Tod im Nichts

Allan Ballmann / Axel Pütter

Tod im Nichts

Kripo Bochum: Laumanns erster Fall

Der Songtext „Mind of the Wonderful" wurde von Raz Nitzan und Adrian Broekhuyse geschrieben. Abdruck mit freundlicher Genehmigung der Autoren.

© 2016 Allan Ballmann

Alle Nutzungsrechte dieser Ausgabe bei
Gardez! Verlag Michael Itschert
Richthofenstraße 14
42899 Remscheid
www.gardez.de

Verlag Christoph Kloft
Südstraße 5
56459 Kölbingen
www.christoph-kloft.de

Lektorat: Christoph Kloft, Roland Reischl

Satz: Roland Reischl, Köln

Umschlaggestaltung: Marco Bischoff, Bochum

Titelfoto: © Marco Bischoff

Autorenfotos: Die Fotos von Allan Ballmann wurden bei Fotowork in Hattingen erstellt. © Allan Ballmann; Foto Pütter: © Axel Pütter

Druck: CPI, Leck. Printed in Germany.

Originalausgabe, 1. Auflage 2016

Das Werk einschließlich aller seiner Teile ist urheberrechtlich geschützt. Jede Verwertung außerhalb der engen Grenzen des Urheberrechtsgesetzes ist ohne Zustimmung der Verlage unzulässig und strafbar. Dies gilt insbesondere für Vervielfältigungen, Übersetzungen, Mikroverfilmungen und die Einspeicherung und Verarbeitung in elektronischen Systemen.

ISBN 978-3-89796-265-1

Für meine Frau Andrea, meine Liebe,
mein Fels in der Brandung und mein Trost in dunklen Stunden.
Danke für deine Liebe.

Inhalt

1. Kapitel	Das Erwachen	9
2. Kapitel	Der Verdacht	55
3. Kapitel	Die Suche	81
4. Kapitel	Die Flucht	103
5. Kapitel	Die Wahrheit	211
6. Kapitel	Das Finale	221
	Ein Wort zur Geschichte/Danksagung	261
	Die Autoren	263

1. Kapitel
Das Erwachen

Stille. Ruhe. Tiefschwarz. Ein Meer aus Nichts, kein Wort, kein Mensch, einfach Nichts.

Und doch, langsam, aus unendlicher Tiefe ein leises klackendes, immer wiederkehrendes Geräusch. Gleichbleibend. Störend. Nervend.

Tack. Tack. Tack.

Die Stille zieht sich zurück und das Geräusch drängt sich vorsichtig weiter in mein Bewusstsein. Ich spüre keine Wärme, keine Nähe, keine Liebe, nur Gedanken im unbegrenzten Raum voller Leere. Kalt, grausam, erbarmungslos und tiefschwarz. Aber das Geräusch ist da, immer wieder, um Beachtung kämpfend. Wieder und wieder schiebt es sich in mein Bewusstsein, erreicht mich nur stockend ohne erkennbaren Rhythmus. Es zieht und zerrt an der Leere, versucht an der Unendlichkeit zu kratzen, gleichsam wie Sisyphos im unermüdlichen Bestreben, den Felsen auf den Berg zu rollen. Das Geräusch wird zum Mittelpunkt meines Bewusstseins, wird zur Welt, gepaart mit meinem Erkennen um die Dunkelheit und die unerschöpfliche Weite. Das die Grenzenlosigkeit endlich macht und die Grenzen definiert. Wo immer ich auch bin, ich kann denken. Die Unendlichkeit verblasst und ich konzentriere mich auf die Zeitabstände zwischen den Geräuschen.

Tack. Tack. Tack.

Komm zu mir, mein liebliches Geräusch, du Begründer meiner Existenz.

Ich. Bin. Hier ... Der Gedanke einer Örtlichkeit taucht aus dem Nebel auf, gesellt sich zur Frage der Sinnhaftigkeit meiner Existenz, und versucht mir einen Weg zu zeigen. Ein Ziel. Eine Richtung. Es erscheint unmöglich, zu weit, unendlich weit weg. Wer ist ich und wo bin ich? Ich denke, also bin ich. Nur ein Gedanke, und das Nichts existiert nicht mehr. Nur ein Gedanke, und die Unendlichkeit ist endlich. Mehr brauche ich nicht, um Gewissheit zu erlangen, nur einen Gedanken und ein Geräusch. Solange das Geräusch existiert, existiere auch ich; solange ich existiere, existiert das Geräusch. Gleichsam einer parasitären Beziehung sind wir voneinander abhängig, dessen bin ich mir sicher. Allerdings bin ich nicht sicher, ob beide Seiten von dieser Ab-

hängigkeit wissen – oder ist es dem Geräusch völlig egal? Kann ein Geräusch beschließen, nicht mehr existieren zu wollen und mich damit auslöschen? Kann ich ein Geräusch zum Bleiben zwingen?

Der Wunsch nach Wissen treibt meine Gedanken vorwärts, immer weiter. Ich muss mir Klarheit über meine Situation verschaffen. Wer bin ich und wo ist hier? Habe ich einen Namen? Ich kann mich nicht erinnern. Da ist nur das Vakuum, dem ich anscheinend entsprungen bin, das mich offenbar aus einer Laune heraus geboren hat. Meine Erinnerungen beziehen sich auf einen kurzen Moment, das Erkennen des Geräusches, die unterbrochene Stille, die endlose Schwärze. Doch wie kam ich hierher?

Die kalte Hand der Finsternis greift nach mir, meine Gedanken drehen sich im Kreis, ohne Ordnung. So unglaublich dunkel und traurig. So viele trübselige Gedanken, die prasselnd auf meine Existenz einschlagen, an mir zerren und mir die Unglaublichkeit meiner Situation bewusst machen. Verzweifelt versuche ich, die Dunkelheit zu vertreiben.

Ich will schreien, und weiß nicht, wie. Ich will rennen, und weiß nicht, wie. Ich will Licht und Wärme, und weiß nicht, woher. Hoffnungslosigkeit streift mein geisterhaftes Dasein. Ich bin so müde und ergebe mich der Nacht, entscheide mich für die Stille, die Ruhe, will die Gedanken unterdrücken und einfach schweigen. Die Stille kämpft sich mutig vor, bereit, mich zu verschlingen, verdrängt das Geräusch, das immer leiser wird, sich zurückzieht und schließlich schweigt ... kein Gedanke mehr und ich gleite fort. Nur Unendlichkeit und Schweigen. Allumfassend, allmächtig.

Tack. Tack. Tack.

Da ist es wieder, das Geräusch, das der Stille den Kampf ansagt. Ich kann mich erinnern, habe das Geräusch nicht vergessen und der Glaube an meine Existenz wächst wie ein kleines einsames Pflänzchen auf einem trostlosen Acker. Wie ferner Donner hallt das Geräusch durch die Lautlosigkeit, stärker, kräftiger als zuvor. Ein Fanal der Hoffnung im Kampf gegen die Stille. Immer schneller zieht sie sich zurück, kommt nicht mehr vor und unterwirft sich dem Geräusch, das immer heftiger, lauter und lauter zu werden scheint. Meine Gedanken tauchen weiter aus der Schwärze hervor und fachen eine Kerze an, die stetig heller zu werden scheint. Die Flamme zieht mich an wie ein Insekt, das zum Licht fliegen muss und sich nicht wehren kann. Auch wenn ich verglühen sollte, will ich mehr. Doch ich verharre in einer nicht fassbaren

Existenz, bleibe Gefangener der Unendlichkeit, die immer wieder von meinem Licht und meinen Gedanken durchbrochen wird. Und dem Geräusch, das mich ruft und fasziniert. Es erinnert mich daran, dass ich nicht im Nichts bin, nicht in der schwarzen Leere.

Vielleicht lohnt sich der Kampf gegen die Sinnlosigkeit. Vielleicht sollte ich ihn aufnehmen und einfach sehen, was passiert. Das Licht flackert ein wenig, scheint verschwommen und wie von Nebel umgeben, undeutlich, aber irgendwie pulsierend. Es kommt näher, langsam, wird heller. Und doch erhellt das Licht nur einen kleinen Raum in der Unendlichkeit. Dahinter, scharf abgegrenzt, lauert noch immer die alles verschlingende Nacht, die Geräuschlosigkeit, mit gierigem Hunger. Bereit, zuzuschlagen, sobald sich die Gelegenheit bietet, sobald mich die Gedanken verlassen und Hoffnungslosigkeit mein Denken überlagert. Dieser dunkle Ort macht mir Angst und meine Hoffnung stützt sich auf meine Gedanken, die ich leben muss und nicht vergessen darf.

Habe ich das Licht mit meinen Gedanken, meiner Existenz erschaffen? Die Lächerlichkeit dieses Gedanken überfällt mich schlagartig. Zu absurd.

Tack. Tack. Tack.

Die Stille ist fort und ein zweites, anderes, helleres Geräusch erscheint. Ebenso gleichbleibend und störend. Nervend. Im Gleichklang. Die Geräusche nähren meine Hoffnung, mein Dasein zu begreifen und zu verstehen. Und wenn ich keine Hoffnung mehr habe? Die Gedanken entgleiten mir, während die Geräusche langsam verstummen. Ich sehe, ich höre – und habe doch keinen Einfluss auf das Licht und auf das Geräusch. Beide entfernen sich unaufhaltsam von mir und ich kann nichts tun, will sie anflehen, zu bleiben, um mir den Weg zu weisen, Hoffnung zu spenden. Ich will leben, denken und existieren und doch entfernt sich das Licht, mein geliebter Hoffnungsspender.

Ich ... Bin ... Müde, so unendlich müde. Ich treibe wieder im Nichts. In der Dunkelheit. In der Stille.

◊

Stille. Ruhe. Tiefschwarz. Ein Meer aus Nichts, kein Wort, kein Mensch, einfach Nichts.

Tack. Tack. Tack.

Das Licht ist wieder da. Pulsierend. Schneller. Hartnäckiger. Und da ist noch etwas anderes, etwas Neues, Kratziges, was mir bisher nicht aufgefallen ist. Ich versuche, diesen Gedanken zu vertiefen, das Kratzige zu verstehen.

Denken, einfach denken, immer weiter. Dann verschwindet die Sinnlosigkeit, das Nichts – und ich existiere. Und ich kann eine neue Erfahrung erleben, etwas Kratziges, eine Erweiterung meiner Existenz. Ich fühle Stoff. Kühl. Rau. An meinem Bein, ich habe ein Bein. Mich befällt die Angst, dass ich mich täusche und die Unendlichkeit mir einen Streich spielt. Wie kann ich hier einen Körper haben, den ich gar nicht brauche?

Aber ich fühle den Stoff, also muss ich Beine haben, ein Leben. Dieser unangenehme, harte, kratzende Stoff, der meine Hoffnung weiter schürt, meine Existenz anfacht. Wie gerne würde ich jubeln, lachen und schreien vor Freude, bis Tränen den Blick verschwimmen lassen. Ich erinnere mich an das Gefühl der Freude und Leichtigkeit, aber ich kann mich nicht erinnern, woher diese Erinnerung stammt. Ich denke und habe Gefühle, also bin ich nicht in der Stille, nicht in der Belanglosigkeit. Nicht in der Singularität. Das Licht ist verschwunden – und den Bruchteil einer Sekunde erschrecke ich. Ich kann ohne das Licht denken, was mich verwirrt.

Wie in einem Nebel sehe ich Grün, nicht eine tiefschwarze Nacht. Es hat keine Konturen, kein Wesen, kein Körper, keine Seele, ist einfach grün, verschwommen, wie ein flimmernder Film am Wüstenhorizont. Das Grün ist warm, leuchtend, anziehend, eben anders.

Ein leises unverständliches Flüstern erreicht mein Bewusstsein, wie ein Rauschen des Windes im Getreidefeld. Ich will mehr. Ich sehe verschwommen einen Kreis, silbern, mit weißem Kern und schwarzen Strichen – und das leise entfernte Flüstern bleibt.

So müde, sehne mich nach der kleinen Kerze, dem vertrauten Freund, der mir Trost spendet. Das Grün flackert und wird undeutlich, verschwimmt weiter, vermischt sich mit der Schwärze und der Dunkelheit. Die kleine Kerze wird schwächer und kämpft an gegen die Allmacht der Unendlichkeit, ein verlorener Kampf, ein sinnloser Kampf. Sie erlischt, ich gebe mich wieder der Schwärze hin und tauche ein in die unendliche Weite der Stille.

Das Klingeln des Handys zerreißt die Stille der Nacht. Wieder einmal hat er vergessen, das Handy leiser zu stellen. Alte Leute und neue Technik gehen selten Hand in Hand. Umständlich dreht sich Udo Laumann im Bett um und blinzelt verschlafen. Das Leuchten des Displays erhellt das Schlafzimmer und wirft einen langen Schatten an die Decke. Laumann hört das leise rhythmische Atmen seiner Frau im Bett.

Bevor der nächste Klingelton ertönt, greift er sich das Handy. Es ist kurz nach drei in der Nacht und eine Rufnummer wird nicht angezeigt. Es kann nur jemand aus dem Präsidium sein, niemand sonst ruft zu einer solchen Stunde unter einer anonymen Nummer an. Als Erster Kriminalhauptkommissar und Leiter des Kommissariats für Tötungsdelikte muss er keine Bereitschaftsdienste mehr übernehmen, aber er ist immer erreichbar, wenn Probleme auftreten. Lange Jahre ist er schon Leiter dieser Dienststelle und bisher hat man ihn nur einmal nachts angerufen. Das war vor vier Jahren, als ein Dienststellenleiter eines anderen Kommissariats tot aufgefunden wurde. Später stellte es sich als natürlicher Tod heraus.

„Ja?", haucht er leise in das Gerät, um seine Frau nicht zu stören.

„Rainer hier. Du musst sofort kommen. Sofort."

Rainer Brandtner, sein Stellvertreter, der langsam zum neuen Leiter aufgebaut werden soll. In wenigen Jahren, wenn Laumann in die wohlverdiente Pension entlassen wird, soll er die Dienststelle übernehmen. Brandtner darf schon jetzt eigene Entscheidungen treffen, aber trotz seines großen Egos sucht er immer wieder bei Laumann Rückendeckung. Verantwortung übernehmen und für die Konsequenzen einzustehen, will gelernt sein und führt immer wieder, gerade in den Anfängen der Ausübung einer Führungsposition, zu Unsicherheiten.

„Was ist los?"

„Nicht am Telefon. Das wirst du einfach nicht glauben."

Laumann nimmt das Handy vom Ohr und betrachtet ungläubig den leuchtenden Bildschirm.

„Sag mir einfach, was los ist."

„Wir haben eine verdammte Hinrichtung. Ein Mann und eine Frau. Du musst nach Wattenscheid kommen. Kennst du das riesige Ackergrundstück am Zeppelindamm, der breiten Landstraße kurz hinter der blauen Brücke?"

„Ja."

„Da gibt es einen Feldweg zum Wald am Südpark, ungefähr 200 Meter von den Wohnhäusern entfernt. Du wirst unsere Lichter sehen. Beeil dich und ..." Eine kleine Pause entsteht.

„Was?"

„Scheiß auf die Dusche."

Brandtner legt auf, und ein verwirrter Laumann bleibt im Bett zurück. Der kleine Bildschirm verdunkelt sich und Laumann sinkt mit seinem Kopf zurück in das Kopfkissen. Eine Hinrichtung? In Wattenscheid? In dieser kleinen Stadt? Das ist mehr als außergewöhnlich. Natürlich gibt es Morde in Bochum, doch in der Regel sind es Kurzschlusshandlungen, selten geplant.

Meistens sitzen die Täter noch auf der Leiche, wie es im Kommissariat ironisch genannt wird. Wenig Ermittlungsaufwand und schnell zu klären, da der Täter bereits während der Tatortaufnahme bekannt ist. Eine Hinrichtung ist ein anderes Kaliber. Gezielt, geplant und meist das Resultat einer umfangreichen Geschichte, die die Mordkommission mühsam zusammensetzen muss. Er stöhnt leicht und setzt sich auf.

Laumann fühlt sich einfach zu alt für nächtliche Ruhestörungen. Wie schnell sind die Jahre vergangen, er kann sich noch daran erinnern, wie er nächtelang problemlos durchgearbeitet hat. Ohne Stöhnen, schmerzenden Rücken oder träge Augen.

Doch diese Zeiten scheinen lange vorbei und die Pension rückt immer näher. Was er früher für undenkbar hielt, ist eingetreten. Er freut sich auf die Pension, die Ruhe und die langen Tage mit seiner Frau, die häufig ihre Zeit alleine verbringen muss, wenn er mal wieder auf der Jagd nach Spuren und Beweisen ist.

Bald, sehr bald werden sie ihren Lebensabend in einem kleinen Haus am Meer verbringen, auf der Terrasse essen und dem Meeresrauschen zuhören.

Seine Frau dreht sich im Bett zu ihm um.

„Ist was passiert?", hörte er sie leise fragen.

„Brandtner hat angerufen. Ich muss los."

Umständlich erhebt er sich aus dem Bett und greift im Dunkeln seine Sachen, die er schon für den Morgen herausgelegt hat.

„Es ist noch früh. Schlaf noch ein wenig. Ich rufe dich nachher an. Okay?"

„Bekomme ich denn noch einen Kuss?"

Laumann lächelt und beugt sich zu seiner Frau. Er küsst sie auf die Stirn und hört ihr gleichmäßiges Atmen. Sie ist wieder eingeschlafen. Die Zeiten seiner Bereitschaftsdienste hat sie nicht vergessen, die häufigen nächtlichen Störungen und unregelmäßigen Arbeitszeiten. Es macht ihr nichts aus und hält sie auch nicht vom Schlafen ab.

Nach über dreißig Jahren Ehe liebt er sie noch wie am ersten Tag. Nicht einen Tag mit ihr will er missen.

Leise stiehlt er sich aus dem Schlafzimmer und zieht die Tür zu. In der Diele macht er Licht und überlegt, ob er nicht doch unter die Dusche springen soll. Er verwirft diesen Gedanken, als ihm die Unruhe von Brandtner in Erinnerung kommt und das Wort „Hinrichtung" in seinem Kopf hallt.

Er nimmt den Autoschlüssel vom Dielenschränkchen und verlässt leise die Wohnung.

Das Garagentor öffnet sich quietschend und sein alter Opel springt ohne Murren an. Die Straßen sind leer, niemand fährt um diese unchristliche Zeit durch die Straßen von Bochum. Regentropfen fallen auf die Windschutzscheibe und die Wischer bewegen sich monoton über die Scheibe.

Eine halbe Stunde später erreicht er den Zeppelindamm und sieht schon aus weiter Ferne den beleuchteten Acker. Langsam steuert er seinen Wagen auf eine kleine Nebenstraße, die parallel verläuft. Die nasse Fahrbahn reflektiert das Licht seiner Scheinwerfer. Die Dunkelheit wird vom flackernden Blaulicht der Streifenwagen und der Krankenwagen durchbrochen.

Als er den Wagen abstellt, erscheint ein junger Polizeibeamter an seinem Auto und klopft gegen die Scheibe auf der Fahrerseite. Laumann öffnet die Tür und schaut den Beamten fragend an. Das Gesicht des jungen Polizisten leuchtet rhythmisch im Schein der Blaulichter auf.

„Entschuldigung. Sie können im Moment hier nicht parken. Fahren Sie …"

„Mein Name ist Laumann. Hauptkommissar Laumann. Mein Vertreter bei der Mordkommission hat mich soeben angerufen, dass ich zum Tatort kommen soll", unterbricht ihn Laumann und hält ihm seinen Dienstausweis entgegen.

„Oh", entfährt es dem jungen Beamten. „Ich … äh. Verzeihung, ich habe Sie nicht erkannt."

Laumann glaubt, trotz der Dunkelheit die Blässe im Gesicht des jungen Beamten zu erkennen. Freundlich lächelt er ihn an.

„Kein Problem. Sie können nicht jeden kennen. Es war richtig, mich anzusprechen. Sie machen Ihre Sache gut."

Die Brust des Beamten schwillt kurz an.

„Wo finde ich den Einsatzleiter?"

„Vermutlich noch am Tatort. Sehen Sie dort hinten die Schirme? Wahrscheinlich werden Sie ihn dort finden. Sie versuchen noch, den Tatort vor dem Regen zu schützen."

„Ja, danke."

Laumann geht die kleine Straße entlang, bis er einen Feldweg erreicht, der zum Tatort führt. Er erkennt die Hektik, die verzweifelten Versuche, eine Überdachung aufzubauen, was vereinzelte Windböen verhindern. Immer wieder flammt Blitzlicht auf.

Brandtner steht alleine, abseits in Richtung des kleinen Waldstücks, und telefoniert. Als er Laumann auf dem Feldweg sieht, beendet er das Gespräch und winkt ihn zu sich.

„Was haben wir?", fragt er Brandtner, als sie sich die Hand geben.

„Miese Scheiße, wenn ich das mal so sagen darf. Der verdammte Regen versaut alle Spuren, die Leichen sind auch schon nass, verdammt. Wir haben bestimmt schon wichtige Spuren verloren."

Brandtner deutet mit der Hand den Feldweg ein Stück hinauf. In der Dunkelheit kann Laumann die Leichen nicht sehen, erkennt aber die schwarzen Umrisse, als ein Blitzlicht aufflammt.

„Ein Mann und eine Frau. Sie liegen nahe beieinander."

„Spaziergänger?", fragt Laumann.

„Wahrscheinlich nicht, nicht um die Uhrzeit. Sie wurden hingerichtet, mehrere Körper- und Kopftreffer."

„Wann ist das passiert?"

„Ungefähr vor zwei Stunden. Anwohner haben Schüsse gehört und die Polizei gerufen." Brandtner nickt in Richtung der Wohnhäuser, die in einiger Entfernung zu sehen sind. Fenster sind beleuchtet und Umrisse von Menschen sind zu erkennen, die gebannt das Treiben der Polizei beobachten, obwohl sie aus dieser Entfernung nichts sehen können.

„Was wissen wir?"

„Noch nicht viel."

„Okay. Dann lass uns anfangen."

Stille. Ruhe. Tiefschwarz. Ein Meer aus Nichts, kein Wort, kein Mensch, einfach Nichts.

Tack. Tack. Tack.

Das Geräusch. Störend. Nervend. Erbarmungslos. Aber er ... erinnert sich an das Geräusch. Es war schon mal da ... vor Sekunden, Minuten, Stunden, Äonen? Er existiert: egal, wer er ist – egal, wo er ist – egal, seit wann er ist. Vielleicht war er schon immer da, ist nie woanders gewesen, und erst jetzt, gleich dem alles schaffenden Urknall, begann seine Existenz mit den Geräuschen und Gedanken. Er hat Zeit, auf das Geräusch zu hören. Zu denken. Das ist wichtig. Der Stoff ist auch noch da und das Licht, aber das Flüstern ist fort. Die Unendlichkeit scheint weiter weg zu sein und immer kleiner zu werden. Obwohl sie noch immer lauert und auf ihn wartet, bereit, seine kleinste Schwäche erbarmungslos zu nutzen. Die eisigen Hände nach ihm streckend, immer bereit.

Er versucht, die Augen zu öffnen, langsam, nicht zu hastig, er hat Zeit ... viel Zeit. Grelles Licht stürzt auf ihn ein. Es schmerzt in seinen Augen. Die grüne Realität erscheint. Schwarz zu Grün. Verschwommen, ohne Konturen. Sein Körper wird erweitert um Augen. So widersinnig ein Körper in der Dunkelheit und Leere auch erscheint.

Verschwommen sieht er den runden Kreis mit den Strichen ... und ein Gesicht schiebt sich vor den runden Kreis. Flimmernd, verwaschen, doch immer schärfer werdend. Ein schmales Gesicht, dunkle Haare, ein Mann. Ist es ein alter oder ein junger Mann? Er weiß es nicht. Der Mund des Mannes öffnet sich und der Mann spricht. Er hört seine Worte, versteht sie aber nicht. Wirre Gedanken jagen durch seinen Kopf.

„Sag mir, wo ich bin und was ich bin!"

Er braucht eine Antwort. Er will nur eine Bestätigung, nur Hoffnung, einen Fingerzeig, dass er auf dem richtigen Weg ist. Dass alles einen Sinn hat und es sich lohnt, zu denken, die kleine Kerze zu schützen und sich von der Dunkelheit abzugrenzen. „Was bin ich?"

Er. Ist. Ein. Mensch. Spürt den Stoff an seinen Beinen. Hört das Geräusch. Noch immer oder vielleicht schon wieder. Vermutlich hat er seine Augen geschlossen und sich der Dunkelheit hingegeben, aber plötzlich ist das Gesicht des Mannes wieder da. Spricht. Hinter seinem Kopf das konturlose, verschwommene Grün. Der Kreis ist weg. Stetige Veränderung. Das ist gut, denn die Realität ist Veränderung und bestätigt seine Gedanken. Irgendwie beruhigt ihn die Aussicht auf eine Realität. Er wartet.

„... sind?"

Ein Wort. Ein einziges Wort. Eine Frage. Was würde er nicht alles geben für eine Antwort. Aber will er wirklich eine Antwort? Was ist, wenn sie ihm nicht gefällt? Er hört das bekannte Geräusch und bemerkt, dass auch das zweite Geräusch da ist. Warum ist ihm das nicht vorher aufgefallen? Auch das zweite Geräusch war immer da. Beide. Keines ist alleine. Vermutlich gehören sie zusammen, sind voneinander abhängig, und von ihm und er von ihnen. Er hört den Geräuschen zu und erkennt, dass sie sich verschieben, geringfügig, nicht im gleichen Takt klingen. Sie können nicht zusammengehören. Wenn die Geräusche unabhängig voneinander sind, kann er vielleicht auch unabhängig von den Geräuschen existieren.

Plötzlich bemerkt er einen merkwürdigen Geruch, nicht erdig, nicht blumig. Wieder kann er ein Körperteil abstreichen, er hat eine Nase. Mit der Gewalt einer Riesenwelle schießt ihm der Gedanke durch den Kopf, dass er eine grüne Wand gesehen hat. Eine Wand ... sicher, in der Unendlichkeit und der Sinnlosigkeit. Der Gedanke ist falsch, irgendwo ist er. Der Gedanke einer grünen Wand beschäftigt ihn immer mehr und wird immer konkreter, bis die Erkenntnis ihn mit einem Schlag trifft. Sie lässt keinen Zweifel aufkommen. Er ist in ... einem Raum. Der Gedanke wird zur Gewissheit. Er ist in einem Raum und er lebt. Kein Nichts, keine Leere, kein Tod. Ihm ist nicht bewusst, dass er an den Tod gedacht hat – und Unbehagen macht sich breit. Er kann nicht tot sein, er denkt.

„Ich denke, also bin ich." Diesen Satz kennt er, kann ihn aber niemandem zuschreiben. Erst jetzt versteht er die fundamentale Bedeutung dieses Satzes, wird die Bedeutung mit einem Mal klar, logisch, sinnvoll und unglaublich wichtig in seiner Realität. Diesen Satz hat jemand ausgesprochen. Der Name „Descartes" fällt ihm ein. Er sagte diesen Satz, er ist aber nicht hier. Descartes ist tot. Er lebt. Und der Satz enthält nicht das Wort „sind".

Er spürt eine warme Hand auf seiner Stirn. Sein Körper scheint vollständig. Er hat Beine, Augen, Ohren, Nase und einen Kopf. Er ist ein lebender Mensch.

„Herr ...?"

Das Gesicht spricht den Satz nicht zu Ende, was er bedauert. So erhält er keine Antworten. So kann er nicht klären, wer und wo er ist. Er dreht sich im Kreis. Der Unendlichkeit und dem Nichts will er sich nicht wieder hingeben. Zu wichtig sind die Fragen und die Antworten. Mühsam sammelt er die Brotkrumen der Erkenntnis, setzt sie in einem überdimensionalen Puzzle zusammen und versucht, sich seiner Realität und seiner Existenz bewusst zu werden.

Er ... Ist ... Müde ... Dieses Mal wird er kämpfen, wird die Unendlichkeit und die Leere in einem großen Kampf besiegen. Dieser Sieg ist so unglaublich wichtig, er beweist seine Existenz und sein Leben. Er möchte nicht zurück, will Antworten, reden. Eine Träne rutscht langsam an seinem Gesicht herab. So unglaublich langsam, dass er jede Pore seiner Haut zu spüren glaubt, immer weiter. Ein salziger Geschmack macht sich in seinem Mund breit. Es schmeckt einfach herrlich. Niemals in seinem Leben zuvor hat er so etwas Herrliches gekostet. Er lebt in einem Raum, weint und ist glücklich darüber.

„... Sie ...?

Wieder ein Wort, eine Frage, keine Bedeutung. Er ist so müde und bemerkt die heranschleichende Stille. Immer weiter kriecht sie, hinterlistig und schleichend, versucht nach ihm zu greifen und streckt sich vor mit eiskalten Klauen. Nur noch einen kurzen Moment. Da sind so viele Fragen, so wenige Antworten.

„Konzentrier dich, es ist wichtig, warum auch immer", denkt er sich. Die Stille zieht sich wieder zurück und er atmet auf. Seine kleine Kerze ist wieder da und die Dunkelheit hat der grünen Wand Platz gemacht. Eine innerliche Ruhe überkommt ihn und er erkennt die Bedeutung des Kreises. Eine Uhr, er hat eine Uhr gesehen, eine große mit silbernem Rahmen und weißem Ziffernblatt, die an einer grünen Wand hängt. Schwarze Striche und Zeiger.

„Herr Schramm? Sind Sie wach? Können Sie mich hören?"

Er kann. Diese unerbittliche Wahrheit möchte er ihm ins Gesicht schreien. In die Welt schreien. Er ist am Leben. Er atmet. Und ist ... wo? Ein Augenblick des Zögerns und des Zweifelns erfasst ihn. So weit ist er gekommen, so nahe an der Erkenntnis seiner Existenz, nur noch wenige Schritte. Er will eine Antwort formulieren, eine Frage, viele Fragen. Heraus kommt jedoch nur ein jämmerliches Krächzen, keine Worte. Keine von den unendlich vielen Fragen.

Scham überkommt ihn, da er nicht einmal in der Lage ist, wenigstens ein Wort, eine Antwort oder eine Frage zu formulieren. Dabei sind die Worte so klar im seinem Kopf, so verständlich und eindeutig. Aber er kann es einfach nicht und die Anstrengung lässt seinen Körper erzittern.

„Es ist okay. Alles in Ordnung. Sie sollten ein wenig schlafen."

Eine Welle der Wut schlägt über ihn herein. Kein bisschen ist in Ordnung. Er treibt immer wieder ins Nichts, findet keine Antworten. Er will nicht zurück, zurück in die Stille und die Unendlichkeit. Nicht das Geringste ist in Ordnung, er hat Angst. Vielleicht ist für das Gesicht alles Ordnung. Ihm selbst bleiben die Ungewissheit, der schwarze Raum und die Zweifel. Er hört ein Klopfen in seinem Kopf und sieht gleichzeitig die Dunkelheit. Die Stille. Das Nichts. Geschwister, die Hand in Hand auf ihn zukommen, ihn verhöhnen und lachen. Sie machen ihm deutlich, wer das Sagen hat. Er anscheinend nicht, doch er wehrt sich, kämpft, aber nur einen kurzen Kampf. Die grüne Wand ist verschwunden.

Er spürt eine warme Hand auf seinem Arm. Er fühlt und lebt, so viel ist sicher. Er bemerkt die beiden Geräusche und spürt einen Schmerz in seinem linken Arm, ganz leicht, fast unmerklich. Schmerz zu fühlen, ist eine neue Erfahrung für ihn, eine freudige, die seine Hoffnung vorantreibt. Ganz in der Nähe dieses Schmerzes liegt die warme Hand. Das bekannte, ihm lieb gewonnene Gesicht. Das Gesicht, nicht so alt, unrasiert, schmal, dunkle Haare, das wieder ein wenig verschwimmt, führt ihm seine Existenz vor Augen. Das Gefühl einer warmen Hand auf seinem Arm, seinem Körper, einem lebenden Körper. Es passt nicht zusammen, das Gesicht und der Arm. Angestrengt denkt er nach, was nicht passt. Die Antwort ist so nah, so greifbar nah und entgleitet doch im morastigen Sumpf des Nichtbegreifens. Niemals hergebend, alles verschlingend, was ihm zu nahe tritt. Er wird es schaffen, wird sich anstrengen.

Er hat den Kopf gedreht und schaut nach rechts in das Gesicht. Wie kommt die warme Hand auf die andere Seite seines Körpers? Das passt nicht, das ist die Antwort, die ihm nicht bewusst wurde und die er dem Sumpf des Nichtbegreifens entrissen hat. Der Kopf auf der einen und der Arm auf der anderen Seite. Es muss ... muss ein zweiter Mensch bei ihm sein. Vielleicht sollte er den Kopf drehen. Er will den Kopf drehen, kann es nicht, viel zu schwer, viel zu mühsam. Vielleicht lieber reden. Mit dem Gesicht. Eine Frage – eine Antwort. Deal?

„Herr Schramm? Wissen Sie, wo Sie sind?"

Er stellt die Fragen, die er eigentlich stellen will, die er ihm beantworten soll. Und doch stellt er sie ihm lächelnd und macht ihn wütend. Die Frage nach dem Wo stellt er sich seit ... Anbeginn der Zeit. Niemand beantwortet diese Frage, nicht einmal Gott. Seine Hoffnung, von dem Gesicht eine Antwort zu erhalten, vergeht wie ein Schneeball in der Wüstensonne. Das Gesicht starrt ihn an, wartet offenbar auf eine Antwort, die er nicht zu geben imstande ist. Das Warten wird unerträglich. Gibt es eine neue Frage, die er nicht beantworten kann?

„Wissen Sie, wo Sie sind?"

Gleiche Frage, gleiche Antwort. Langsam wächst der Gedanke, dass er keine Antworten erhält. Da der erste Sprechversuch bereits scheiterte, entschließt er sich, zu schweigen. Es ist deutlich einfacher, Informationen zu sammeln. Das macht ihn nicht wütend und war bisher doch recht erfolgreich. Seine Augen wandern umher und er erkennt die Uhr an der Wand. Das war eines der Geräusche, das Ticken der Wanduhr. Dieses Geräusch hat er gehört und es entriss ihn aus der Unendlichkeit und dem Nichts. Eine einfache, tickende Uhr als Retter, als Begründer seiner Existenz. Sie hängt an der Wand, ihm gegenüber und ein kleines Stück unterhalb der Decke. Auch das zweite Geräusch kann er hören. Es kommt von seiner rechten Seite. Das Gesicht verdeckt teilweise einen Vorhang, aus dem ein Bett an einer Ecke hervorschaut. Als er das Bett erkennt, wird ihm klar, dass er in einem Krankenhaus liegt. Obwohl er nicht weiß, welche Fakten zu diesem Wissen führen, obwohl er nicht weiß, warum er in einem Krankenhaus liegen soll, ist er sich absolut sicher, dass dem so ist.

„Du liegst selbst in einem Bett", schießt es ihm durch den Kopf. Das zweite Geräusch ist ein medizinisches Gerät. Ein EKG piept und versucht den Gleichklang mit dem Ticken der Uhr. Das Geräusch kommt von nebenan. Von rechts. Hinter dem Vorhang. Der Geruch von Reinigungsmitteln dringt in seine Nase, der ihm zuvor nicht aufgefallen war.

Er hat nicht die geringste Vorstellung, warum er hier liegt. Irgendetwas muss passiert sein, vielleicht sogar etwas Schreckliches, aber er hat nicht die geringste Ahnung. So sehr er sich anzustrengen versucht, er weiß einfach keine Antwort.

Schmerzen kann er nicht feststellen, bis auf die Infusion im linken Arm, die aber nicht sonderlich bemerkenswert ist. Vorsichtig versucht er die Zehen zu bewegen, was ihm auch gelingt. Was also ist passiert? Seine Gedanken rasen und in den hintersten Winkeln seines Gehirns sucht er nach Antworten, die er sich aber schuldig bleibt. Bis vor kurzer Zeit glaubte er, dass er sich im Nichts befinde, in der Dunkelheit – und stellt nun fest, dass sich diese Leere im seinem Kopf befindet. Ein großer schwarzer Fleck, kein Farbtupfer, kein Licht, einfach nur Nichts.

Es erscheint ihm sonderbar, dass er keine Erinnerung hat, dass eine scheinbare Leere von ihm Besitz ergriffen hat und Antworten unerreichbar scheinen. Niemals hielt er etwas Derartiges für möglich, dachte immer, dass solche Geschichten nur in schlechten Filmen möglich sind. Im realen Leben erschien ihm dies ausgeschlossen. Und doch liegt er in diesem Krankenhausbett, hat keine Erklärung dafür und muss sich der gegenwärtigen Situation beugen. Obwohl er die Frage nach seinem Aufenthaltsort geklärt hat, beschleicht ihn ein ungutes Gefühl. Wie ein kleiner Tischtennisball kriecht dieses Gefühl von der Magengegend in die Speiseröhre hinauf, schnürt ihm den Hals zu. Hörbar zieht er die Luft ein, wie ein Ertrinkender, der gerade noch die rettende Luft erreicht.

„Wer bin ich?", denkt er sich und erschrickt ob seiner Ahnungslosigkeit. Nicht einmal sein Name fällt ihm ein, aber er erinnert sich an den Namen „Schramm", den das Gesicht benutzt hat. Scheinbar hat er ihn gemeint, doch bei diesem Namen öffnet sich der Schleier des Vergessens nicht, nicht einmal wenige Millimeter.

Er versucht, sich an sein Leben zu erinnern, irgendeine Kleinigkeit – und kann doch keine Bilder in seinem Kopf erzeugen. Alles scheint gelöscht, ausradiert, für immer verschollen. Zumindest bleiben ihm die Gedanken, die Gefühle, und er kann Worte gedanklich formulieren, also scheint noch ein Teil von ihm vorhanden zu sein. Inzwischen weiß er, wo er ist. Er erinnert sich an die Stille, an das Nichts, die Uhr und das Grün. Doch was war davor? Tief in Gedanken versunken, bemerkt er die feste Berührung am Arm zuerst nicht. Als er vorsichtig gerüttelt wird, erschrickt er wieder. Die Verwirrung ist so unermesslich groß, die Situation so gespenstisch und doch lächerlich, dass er sich nicht vorstellen kann, was denn nun weiter auf ihn einprasseln wird. Vermutlich war er wieder für eine ungewisse Zeit in der Unendlichkeit gefangen, scheint die Kontrolle verloren zu haben. Doch jetzt liegt er wieder im Bett, im Hier und Jetzt.

Zwei Menschen sind bei ihm und nur das ihm schon bekannte Gesicht versucht, mit ihm zu sprechen. Er kann nicht antworten, so sehr er auch will. Die Gedanken kreisen immer wieder um sein Leben und um seine Vergangenheit, die er nicht zu besitzen scheint. Das ist unmöglich. Er denkt, atmet, formuliert Worte und kann sogar sehen. Und die Geräusche. Immerhin. Die Situation erinnert ihn an die Reset-Taste am Computer. Einmal drücken und alles ist auf Anfang gesetzt. Das Vergangene ist vorbei und vergessen, nicht mehr rückholbar. Vielleicht wurde es nur kurzfristig abgelegt und wartet auf eine Wiederherstellung, einen Neustart – und vielleicht lacht er irgendwann über die kurze Episode in der Dunkelheit.

Links neben ihm, wo er die Hand spürt, vernimmt er ein leises Schluchzen und Schniefen. Die Hand drückt fester zu, gleich einer Aufforderung, sich endlich in Richtung der drückenden Hand umzudrehen. Er will sich drehen und kann nicht, wartet lieber auf eine neue Frage. Und wartet. Treibt wie ein Schiff auf dem Ozean und wartet ständig auf die Rufe des Matrosen im Ausguck, dass endlich Land zu sehen ist. Ein seufzendes Geräusch entflieht seiner Kehle und das Gesicht nimmt dies zum Anlass, erneut mit ihm zu sprechen.

„Ihre Frau ist da."

Die Aussage verwirrt ihn weiter. Er ist sich seiner Vergangenheit nicht bewusst, kennt sein eigenes Leben nicht und ist plötzlich verheiratet. Unglaubliche Panik überkommt ihn, Angst, pure Angst und die Frage, was in aller Welt passiert sein muss, wenn er keine Erinnerung mehr an sein Leben hat. Sein Name klingt fremd. Der Name seiner Frau fällt ihm nicht ein und er wagt nicht, in das Gesicht dieser Frau zu schauen. Wie soll er einer Fremden in die Augen sehen, die ihm eigentlich vertraut sein sollte? Einer Fremden, die sich irgendwann entschlossen hat, ihr Leben mit ihm zu teilen, ihre Gedanken, ihre Gefühle. Gemeinsame Pläne und Hoffnungen. Bis dass der Tod uns scheidet.

„Was machst du denn für einen Unsinn? Was ist ..." Ihre Worte gehen in einem heftigen Weinkrampf unter. Die Hand drückt wieder zu und er will versuchen, den Kopf zu drehen. Sie tut ihm leid, aber er beschließt, erst einmal nichts zu sagen und zu warten. Er sollte sie wenigstens ansehen, wenn sie schon um ihn weint. Irgendwie dreht er tatsächlich den Kopf und schaut in blutunterlaufene Augen. Augen, gezeichnet von Schmerz, Tränen, Angst und Schlafmangel. Sie ist hübsch, verdammt hübsch. Er hatte wohl einen guten Geschmack in seiner Vergangenheit und lächelt, anscheinend nur in Gedanken, denn sie reagiert nicht darauf. Sie greift zu einem Becher mit einem Strohhalm, den sie ihm langsam zum Mund führt. Gierig trinkt er einen Schluck, der das Kratzen in der Kehle beseitigt. Er will mehr, immer mehr, doch sie zieht den Strohhalm weg. Das Wasser gibt ihm neue Kraft und neue Hoffnung. Die Frau schaut ihn fragend an, Tränen fließen ihr über das Gesicht. Sie sieht verzweifelt aus.

„Wo bin ich?", sind die ersten Worte, die er über die Lippen bringt. Sie bringen Leben in den Raum, die Frau beginnt zu lächeln, ihre Augen werden größer.

Eine Bewegung rechts. Jemand geht eilig um das Bett herum und erscheint an der Seite der Frau. Das Gesicht. Der Mann. Er wirkt erstaunt und hektisch, aber froh und fühlt seine Stirn. Vermutlich glaubt er noch nicht, dass Worte aus seinem Mund gekommen sind. Er fühlt seinen Puls, zählt die Schläge, schaut auf ihn herab und ein Lächeln erscheint. Er scheint glücklich über seine Worte zu sein, hat wohl nicht damit gerechnet.

„Herr Schramm? Wie fühlen Sie sich?"

„Ich bin müde. Was ist passiert?"

Schweigend blickt der Mann die Frau, seine Frau, an, als müsse er eine Genehmigung einholen oder sich zunächst eine Antwort überlegen. Seine Lippen zucken ein wenig und in seinem Gesicht ist zu lesen, dass er wirklich überlegt, ob er sein Geheimnis mit ihm teilen kann.

„Ich bin Doktor Müller und habe Sie behandelt. Sie haben uns ernsthaft Sorgen gemacht. Und natürlich auch Ihrer Frau."

Schweigend blickt er den Arzt an und fragt sich, ob dieser wohl eine Antwort erwartet. Er weiß aber nicht, was er sagen soll und so schweigt er. Wieder einmal.

Das Ticken der Uhr durchbricht die Stille und wird nur vom gelegentlichen Schluchzen der Frau übertönt. Der Arzt ist also nicht bereit, seine Fragen zu beantworten. Dies kann nur bedeuten, dass das Geschehene ihm noch nicht zugemutet werden kann oder einfach zu schrecklich ist. Vielleicht auch beides gleichzeitig. Es muss einen Grund dafür geben, dass er hier liegt, die Frau weint und ein schwarzes Loch sämtliche Erinnerungen aus seinem Kopf gesogen hat.

Fragend blickt er zu der Frau, die aber auch nicht antwortet. Seine dringlichsten Fragen bleiben unbeantwortet und langsam schweift sein Blick ab. Der Sekundenzeiger der Wanduhr bewegt sich unaufhörlich und macht ihn schläfrig.

Als er wieder zur Seite blickt, ist der Arzt verschwunden und die Frau sitzt auf einem Stuhl in der Ecke. Jemand hat ihr eine Decke auf den Schoss gelegt und sie ist eingeschlafen, erlebt einen unruhigen Schlaf und die Mundwinkel zucken manchmal unkontrolliert. Die Zeit ist viel weiter fortgeschritten, als er gedacht hat. Vermutlich ist er eingeschlafen. Er hat keine Ahnung, wie lange er geschlafen hat, versteht die Uhr nicht. Sie sagt ihm nichts. Aus welchen Gründen auch immer, kann er sie einfach nicht lesen. Er hat geschlafen und ist sich bewusst, dass er geschlafen hat. Er ist froh, dass er diesen Unterschied erkennt und beschließt, die Umgebung zu erkunden und die Frau zu beobachten.

Ihre blonden Haare sind ein wenig durcheinander, die Augenränder sind dunkel und ihre Finger zucken einige Male unkontrolliert. Trotzdem strahlt sie eine gewisse Anmut und Schönheit aus. Ihre Schuhe stehen neben dem Stuhl, ihre Beine sind in der Decke eingepackt. Auf der Decke ist ein Fleck zu sehen, den er als Kaffee zu identifizieren glaubt. Plötzlich hat er ein Verlangen nach Kaffee. Kurz überlegt er, ob er irgendwo an seinem Bett einen Alarmknopf findet, um eine Schwester oder einen Pfleger zu holen. Bei einem Alarm würden sie sofort angerannt kommen, aber damit auch die Frau im Stuhl wecken und ihr wieder einen irrsinnigen Schrecken verpassen. So verzichtet er lieber auf einen Kaffee und verschiebt den Wunsch, sich irgendwie bemerkbar zu machen.

Zuerst sollte er sich um andere Dinge kümmern. Er beobachtet weiter die Frau, die unbekannte, namenlose und schöne Frau. Seine Frau. Sein Körper verkrampft durch die Anstrengungen, sich an den Namen der Frau zu erinnern. Vergeblich. Sein Blick fällt auf den Zimmerdurchgang, es gibt hier keine Tür. Er schaut auf einen gefliesten Gang. Die Wände sind mit schwarzen Streifen und Flecken überzogen: stumme Zeugen hektisch und rücksichtslos bugsierter

Betten. Überall leuchten Neonröhren, künstliches Licht, er sieht kein Fenster, kein Tageslicht. Die Zeit scheint stehen geblieben zu sein, keine Bewegung, keine Stimmen, keine Schritte, nur die Uhr und das EKG ticken unaufhörlich.

Eine junge Frau steht plötzlich im Gang. Ihre roten langen Haare liegen wirr an ihrem Kopf, Blätter haben sich dort verfangen, verkrustetes Blut klebt in ihrem Gesicht und ein schwarzes Loch, das Blut in einem kleinen Rinnsal entlassen hat, klafft in ihrer Stirn. Die Jeans ist verdreckt und die rechte Seite der Jeans wirkt dunkler, scheint nass zu sein. Der grün gestreifte Pullover ist ebenfalls verdreckt und mit einem riesigen Blutfleck im Brustbereich besudelt. Er erkennt einige Blutspritzer auf der Jeans. Blut tropft auf den Boden. Die Frau sieht schlimm aus und steht einfach nur da, schaut ihn schweigend an.

Eine Gänsehaut überzieht seinen Körper. Ihr Schweigen macht ihm Angst und ... sie bewegt sich nicht. Sie steht einfach nur da und schaut ihn an. Kein Schrei, kein Hilferuf, nichts. Nicht eine einzige hektische Bewegung ist auf dem Flur zu vernehmen, keine Rettungssanitäter, kein Notarzt. Ein Blatt fällt kreiselnd vom Kopf zu Boden, landet auf einer kleinen Pfütze dunklen Blutes. Er versucht, sich zu bewegen, will aufwachen und um Hilfe rufen. Es kann doch nur ein schlechter Traum sein. Die Frau schweigt.

„Alles in Ordnung?"

Er hat den Arzt weder gesehen noch gehört – und sein ganzer Körper zuckt vor Schreck zusammen. Der Arzt muss es bemerkt haben, denn seine Hand liegt auf seinem Arm und er lächelt ihn an.

„Sie haben geschlafen. Ich wollte Sie nicht wecken, sondern nur sehen, ob es Ihnen gut geht." Er lächelt wieder, fühlt erneut seinen Puls und schaut auf die Uhr. Die Frau auf dem Stuhl ist wach geworden und blickt ihn überrascht an.

„Die Frau ...", bringt er mühsam hervor.

„Welche Frau? Ihre Frau?"

„Nein. Die Frau auf dem Flur. Sie braucht Hilfe." Er will mit seinem Arm auf den Flur zeigen und bemerkt, dass er den Arm nicht bewegen kann.

„Es ist niemand auf dem Flur. Sie sind auf der Intensivstation, niemand steht hier einfach so auf dem Flur. Sonst hätte eine Schwester mich bestimmt gerufen."

Die Frau auf dem Gang ist nicht mehr da. Die Blutstropfen sind weg. Verwirrt schaut er den Arzt an.

„Ich habe Ihnen ein Medikament zur Beruhigung gespritzt. Das hat wahrscheinlich Ihre Träume ein wenig beflügelt."

Aber so unglaublich realistisch, plastisch? Er hat nicht geschlafen, dessen ist er sich sicher. Die Frau war da, wie der Arzt, seine Frau und der Kaffeedurst. Ist er am Ende vielleicht verrückt? Ist er deswegen hier? Da er darauf keine Antwort weiß, aber einer solchen möglichen Diagnose keinen Vorschub leisten will, bleibt er lieber still. Seinen Entschluss, zu schweigen, verstärkt er durch ein Nicken, was dem Arzt wohl zu verstehen gibt, dass er mit seiner Vermutung Recht hat. Seine eigenen Nerven haben ihm einen Streich gespielt und er hat mit offenen Augen geträumt.

„Wie fühlen Sie sich?"

„Verwirrt dürfte die Sache wohl gut beschreiben. Ich kann mich einfach nicht erinnern. Was ist passiert und warum liege ich auf der Intensivstation?" Seine Worte kommen schleppend und er muss alle Kräfte aufbringen, deutlich zu sprechen.

„Das können wir später noch klären, zunächst sollten Sie einfach abwarten und sich ausruhen. Haben Sie Hunger?"

Er hat wirklich Hunger, traut sich aber nicht zu fragen, was es zu essen gibt. Natürlich fällt ihm nicht ein, wann er zum letzten Mal etwas gegessen hat. Mit ein wenig Glück gibt es Fleisch mit Gemüse oder Nudeln, etwas Handfestes. Doch es wird wohl nur das übliche Essen eines Krankenhauses sein, aber immerhin.

„Ja. Enormen Hunger."

Der Arzt verschwindet, seine Frau schiebt ihren Stuhl an sein Bett und nimmt seine Hand. Langsam streichelt sie seine Hand und eine Träne läuft ihr über die Wange. Als sie ihm in die Augen blickt, versucht sie ein kleines Lächeln. Es ist jedoch nur ein Versuch, der mehr an eine Grimasse erinnert.

„Kannst du dich erinnern?"

„Woran?" Die Frage meint er auch so. Bislang hat er nur die kurze Erinnerung vom Erwachen im Krankenhaus, alles andere ist in einem schwarzen Loch verschwunden. Soll er ihr die ganze Wahrheit sagen oder doch wie üblich schweigen?

„Ich habe nicht die geringste Ahnung. Ich kann mich nicht erinnern." In ihm brodelt die Angst, dass sie ihn bittet, ihren Namen zu nennen.

„An was kannst du dich denn erinnern?"

„Ich ... Nichts, an nichts."

Eine zweite Träne rinnt über ihre Wangen. Ihm will der Name einfach nicht einfallen. Er kann es ihr nicht sagen, will ihr nicht noch mehr Schmerz zufügen. Und wer kann seiner Frau so etwas einfach ins Gesicht sagen? Er hofft auf sein Glück, dass sie ihn nicht danach fragt, wie ihr Name lautet.

„Welches Jahr haben wir?"

„Was?"

„Welches Jahr haben wir?"

Diese Frage erstaunt ihn. Sie ist einfach lächerlich. So lächerlich, dass er doch ein ungutes Gefühl verspürt, das sich in seinem Magen langsam aufwärts schleicht.

„Welches Jahr haben wir?", schreit ein kleines Männchen in seinem Kopf. „Los! Sag es!"

Eine Antwort fällt ihm nicht ein. Unruhe macht sich breit. Er hört ein Lachen in seinem Kopf, die Frau schaut ihn weiter fragend an. Sie kann das Lachen nicht hören, also bildet er es sich wohl nur ein, wie die Frau auf dem Flur.

„2011." Ihm fällt die Zahl einfach so ein. Er erkennt keinen Grund für diese Antwort. Aber er ist überzeugt, dass 2011 einfach richtig ist.

Das Schweigen ist einfach fürchterlich. Anscheinend liegt er mit seiner Überzeugung völlig daneben und das Schweigen führt ihm vor Augen, dass einiges nicht in Ordnung ist.

„Wann haben wir geheiratet?"

Ihm fällt das Datum nicht ein. Kann nicht sagen, ob sie schon lange verheiratet sind oder erst seit kurzem. Noch in seiner Überlegung stellt sie ihm eine weitere Frage.

„Wann bist du geboren?"

Die Gedanken rasen wild in seinem Kopf umher, verursachen leichte Kopfschmerzen. Er atmet, spricht und lebt, also muss er zwangsläufig wohl auch geboren worden sein. Aber ein Datum kommt ihm nicht in den Sinn. Er hat das Gefühl, die Antwort auf diese Frage zu wissen, aber sie fällt ihm nicht ein. Das eigene Geburtsdatum nicht zu kennen, hält er einfach für unmöglich. Es ist zum Verrücktwerden. Die Antwort kommt einfach nicht aus der Versenkung hervor.

Der Arzt erscheint mit einem orangefarbenen Tablett und einer Schüssel. Der Löffel zeigt ihm, dass es heute Suppe gibt. Nichts Dolles, aber immerhin. Angesichts einer fehlenden Erinnerung ist das Erkennen einer Suppe vielleicht sogar schon ein Fortschritt. Die wenigen Sekunden bringen ihn seinem Geburtsdatum nicht näher. In seinem Gesicht muss der Arzt seine Gedanken gelesen haben.

„Machen Sie sich keine Sorgen. Das ist völlig normal, die Erinnerungen kommen wieder. Wir haben Ihnen reichlich beruhigende Medikamente verpasst, da kann es schon mal zu solchen Lücken kommen. Aber ich kann Sie beruhigen: Die Erinnerung kommt wieder."

„Weißt du, wo dein Auto steht?", fragt nun wieder seine Frau.

„Ich weiß nicht einmal meinen Geburtstag. Woher soll ich wissen, wo das Auto steht?"

Vermutlich hat er zu vorwurfsvoll geantwortet. Neuerliche Tränen beweisen ihm, dass er sich im Ton vergriffen hat. Die Frau an seiner Seite hat Ängste durchgestanden, sich Sorgen gemacht. Sie leidet. Als ihn das schlechte Gewissen überkommt, weiß er, dass er sich entschuldigen muss.

„Es tut mir leid. Ich wollte dir keine Vorwürfe machen. Ich bin nur ... verwirrt."

Zärtlich streichelt sie seine Hand und startet einen neuen vergeblichen Versuch zu lächeln.

„Ist schon okay. Es ist alles in Ordnung. Hauptsache, du bist wieder da."

„Ich werde nicht weggehen." Er versucht sich auch an einem Lächeln, erfolglos.

„Kann ich Sie jetzt wieder losbinden?"

Zuerst versteht er die Frage nicht, aber dann bemerkt er, dass er ans Bett gefesselt ist. Das erklärt, warum er sich nicht bewegen konnte, als er die Frau ... als er die Einbildung hatte.

„Sie haben fürchterlich randaliert, einen Pfleger und mich angegriffen. Sie waren einfach nicht zu bändigen. Also mussten wir Sie fixieren und ruhigstellen."

Ungläubig schaut er den Arzt an. Vergeblich wartet er auf den Satz, dass der Mann sich nur einen Scherz auf seine Kosten erlaubt hat. Der Arzt bleibt jedoch völlig ernst.

„Machen Sie sich darüber keine Gedanken. Es ist alles okay. Nichts passiert. Ich habe Ihnen etwas zu essen geholt, nichts Schweres."

Er verspricht, den Anweisungen des Arztes zu folgen. Mit einem freundlichen Lächeln bindet er ihn vom Bett los und stellt ihm das Tablett auf seine Beine. Er freut sich auf das Essen, aber die Suppe ist einfach nur fürchterlich. Der Auskunft des Arztes zufolge soll sie eine Gemüsesuppe darstellen, was sich am Geschmack jedoch nicht feststellen lässt. Trotzdem schlingt er die Suppe gierig herunter. Der Pappkarton neben der Suppe sollte ein Brötchen sein und ist auch ganz passabel.

Seine Frau räumt nach seinem üppigen Mahl das Tablett weg und setzt sich wieder auf den Stuhl neben seinem Bett. Der Arzt ist verschwunden, nicht ohne den Hinweis zu geben, noch einmal vorbeizuschauen.

Die Frau, seine Frau, erklärt ihm, dass er bewusstlos zu Hause aufgefunden wurde. Sanitäter und der Notarzt konnten ihn einfach nicht aufwecken, so wurde er ins Krankenhaus eingeliefert, ohne das Bewusstsein wiederzuerlangen. In der Nacht hat er das Pflegepersonal und den Arzt angegriffen. Mit starken Medikamenten wurde er ruhiggestellt und sicherheitshalber ans Bett gefesselt.

Es klingt wie eine Erzählung aus einem Märchen, nicht wie ein Ereignis aus seinem Leben. Keine Erinnerung, nicht ein einziges Bild hat er vor Augen und hört schweigend zu. Immer wieder vernimmt er ein Schluchzen und sieht vereinzelt Tränen bei der Schilderung der Geschehnisse in der letzten Nacht. Mehrere Pfleger mussten zur Unterstützung anrücken, da er nicht zu bändigen war und auf nichts reagierte. Die Ärzte, die sich immer wieder an seinem Bett einfanden, standen vor einem Rätsel. Als er quasi ausgeschaltet war, wurden verschiedenste Untersuchungen durchgeführt. Alle naheliegenden Ursachen konnten schnell ausgeschlossen werden. Kein Schlaganfall, keine Hirnhautentzündung, kein Drogenmissbrauch, kein Herzinfarkt – nichts. Es gab einfach keine Erklärung.

In diesem Moment wird ihm klar, dass er noch längere Zeit in Behandlung sein wird. Auch ihm stehen Tränen in den Augen, weil er sich an nichts erinnern kann und nicht glauben will, was er hört.

„Alles wird gut. Mach dir keine Sorgen."

Er hofft, dass diese Worte seine Frau beruhigen.

◊

Der Schreibtisch ist übersät mit Bildern vom Tatort. Langsam liest Udo Laumann den Tatortbericht und vergleicht immer wieder die unterschiedlichen Fotos mit den Notizen von Brandtner.

Ihm missfallen die vagen Andeutungen einer Hinrichtung. Er achtet penibel darauf, sich nicht zu früh festzulegen, um sich alle Möglichkeiten offenzuhalten und verschiedene Ansätze diskutieren zu können. Eine zu frühe Festlegung versperrt die Sicht auf die Wahrheit, die Objektivität, und macht betriebsblind. Sein Kugelschreiber fliegt über die Worte und gelegentlich nimmt er Korrekturen am Rand vor oder streicht schwammige Formulierungen.

Die Polizei wurde per Notruf gegen 1.30 Uhr wegen der Schüsse in dem kleinen Waldstück gerufen. Ein Streifenwagen erreichte wenig später den Tatort und die Beamten forderten Rettungswagen und einen Notarzt an. Die Sanitäter verunreinigten den Tatort mit sinnlosen Rettungsversuchen. Laumann ärgert sich immer wieder über die überflüssigen Arbeitsnachweise, wo selbst ein Kind den Tod problemlos hätte feststellen können.

Die Tatortbilder zeigen aufgerissene Medikamententüten, Kanülen und Mullbinden, die vollgesogen neben den Leichen liegen. Kleine Rinnsale von Blut, die den letzten Hauch von Leben weggespült haben, entfernen sich von den Toten.

Brandtner steht in der Bürotür und Laumann weiß nicht, wie lange er schon dort gestanden hat.

„Und?", fragt er Laumann. „Bereit für spannende Neuigkeiten?" Brandtners Gesicht ist mit roten Flecken übersät und seine hektische Unsicherheit kann Laumann deutlich spüren.

Laumann legt den Stift zur Seite und deutet auf den Stuhl, der vor seinem Schreibtisch steht.

„Wie immer", antwortet Laumann in ruhigem Ton.

„Wir haben versucht, zu retten, was zu retten war. Der Regen hat natürlich vieles zerstört. Aber wir haben die Patronenhülsen und eine Geldbörse am Tatort gefunden."

Brandtner macht eine lange Pause. Laumanns Nerven sind zum Zerreißen gespannt. Wut packt ihn. Brandtner macht das immer wieder und es bringt ihn zur Weißglut. Aber der Kollege liebt den großen Auftritt, genießt den Moment im Mittelpunkt und lässt sich Neuigkeiten gerne aus der Nase ziehen.

„Spann mich nicht so auf die Folter. Also?"

„Die Geldbörse gehört Schramm, Klaus Schramm."

Laumanns Herz setzt für einen Augenblick aus. Er kann sich nur verhört haben.

„Was?", ist alles, was er herausbringt.

„Schramm. Klaus Schramm. Vom Betrugskommissariat."

„Ich weiß, wer das ist, verdammt noch mal. Er ist ein Freund von mir und das weißt du ganz genau." Laumanns Worte geraten lauter als beabsichtigt. „Warum sollten seine Sachen am Tatort sein?"

Brandtners Gesicht wird immer blasser. „Es kommt noch schlimmer."

Mit großen Augen schaut Laumann Brandtner an: „Nun red schon!"

„Ich habe sofort die Patronen untersuchen lassen. Wir haben noch nichts Schriftliches vorliegen, aber sie stammen aus Schramms Dienstwaffe."

Laumann springt von seinem Bürostuhl auf. Seine Beine stoßen den Stuhl fort, der krachend gegen die Wand schlägt.

„Das ist jetzt nicht dein Ernst, oder?"

„Doch. Die Untersuchungsstelle konnte es auch nicht glauben und der Leiter hat die Patronen noch einmal selbst untersucht. Kein Zweifel, es war seine Waffe."

„Scheiße, verdammte Scheiße. Das kann doch nicht wahr sein. Schramm? Unmöglich. Er kann ... Das ... Das ist unmöglich. Das muss ein Irrtum sein."

Brandtner schweigt und starrt zu Boden.

„Wo ist Schramm jetzt?", fragt Laumann.

„Keine Ahnung. Jedenfalls nicht im Dienst, ich habe es überprüft. Eigentlich war er schon längere Zeit nicht mehr im Dienst. Urlaub und Überstunden. Wann hast du ihn das letzte Mal gesehen?"

„Ich? Keine Ahnung. Kurz vor Weihnachten haben wir telefoniert. Und hör auf mich zu vernehmen. Wart ihr bei Schramm zu Hause?"

„Nein. Ich wollte erst mit dir reden und das weitere Vorgehen absprechen."

Schwindel macht sich in Laumanns Körper breit. Er denkt über das letzte Gespräch mit Schramm nach. Ihm ist nichts Besonderes in Erinnerung geblieben, keine mysteriösen Andeutungen, keine Hinweise. Ein ganz normales, belangloses Gespräch unter Freunden, bei denen es auch mal Zeiten ohne Telefonate oder Gespräche gab. So hat er sich auch einfach keine Gedanken darüber gemacht, von Schramm längere Zeit nichts gehört zu haben.

„Stell zwei Teams zusammen. Wir fahren zu ihm."

Brandtner verlässt das Zimmer und wenig später treffen zwei Teams, angeführt von Laumann, an Schramms Haus ein.

„Rainer und ich gehen zum Haus. Ihr bleibt hier", sagt Laumann zu den Beamten. Brandtner setzt zum Widerspruch an, doch der Blick seines Vorgesetzten lässt ihn verstummen.

Ungeduldig und mit leicht zitternden Händen betätigt Laumann den Klingelknopf und erschrickt bei Claudia Schramms Anblick. Das aufgedunsene, verheulte Gesicht und die blutroten Augen lassen Schlimmes erahnen. Weinend fällt sie Laumann in die Arme.

◊

Dr. Müller ist zufrieden mit seinen Antworten und gelangt zu dem Schluss, dass er in der neurologischen Abteilung besser aufgehoben ist. Kurze Zeit später wird er in die Wachstation verlegt. Die Verlegung erlebt er nicht bewusst. Immer wieder fällt er in einen tiefen Schlaf, ähnlich seiner Bewusstlosigkeit.

Sein Kopf gaukelt ihm eine Fahrt in einem Aufzug vor, er liegt in einem Bett, aber diese Erinnerung erscheint getrübt, nicht echt.

Irgendwann erwacht er langsam, vernimmt wieder das Piepsen eines EKG, wieder von der rechten Seite. Seine Augen öffnen sich zu einem Zeitpunkt, als ein anderes, noch nervigeres Piepsen immer wieder durch den Raum hallt und seine Nerven über alle Maßen strapaziert. In einem Bett neben ihm liegt ein älterer Mann, der ständig stöhnt und nach der Schwester klingelt. Die schrille Klingel rappelt permanent, und die Schwester zeigt deutliche Anzeichen von Gereiztheit und Aufregung.

Das Klingelmonster kennt jedoch kein Erbarmen und er fragt sich, wann die Schwester endlich die Klingel ausstellt. Sie rennt ständig über den Linoleumboden und verursacht mit ihren weißen Schuhen quietschende Geräusche, die ebenso stören wie die ständige Klingelei. Obwohl an Schlaf und Erholung durch das Klingelmonster und die quietschende Schwester kaum zu denken ist, fühlt er sich langsam besser.

Er überlegt, ob er dem Herrn nicht einfach die Klingel wegnehmen oder zumindest außerhalb seiner Reichweite ablegen soll. Oder einfach das Kissen auf das Gesicht drücken, um endlich für Ruhe zu sorgen. Die Schwester wird es ihm danken und keine Meldung machen. Er hängt immer noch am Tropf, hat verschiedene Schläuche und Nadeln an und in sich. Das Aufstehen kann er vergessen. Er muss sich damit abfinden, dass sämtliche Geräte Alarm schlagen und einen Schwestern- und Ärzteauflauf verursachen würden, sobald er die Nadeln und Schläuche entfernte. Also bleibt er einfach liegen und beobachtet. Bisher hat es noch niemand für nötig befunden, ihn aufzuklären oder Ergebnisse der Untersuchungen mitzuteilen.

Das Licht ist hier besser, nicht mehr so düster und künstlich wie auf der Intensivstation. Er döst ein wenig und versucht, sich seine Vergangenheit in Erinnerung zu rufen. Aber das schwarze Loch will einfach nicht verschwinden.

Das Klingelmonster hat wieder zugeschlagen und er vernimmt Schritte auf dem Flur, die nicht mehr so eilig sind wie zuvor. Eine Dringlichkeit scheint für das Krankenhauspersonal nicht mehr gegeben zu sein, da das Monster permanent zuschlägt und eine Ursache dafür nicht erkennbar ist.

Die quietschenden Geräusche sind wieder zu hören. Als die Krankenschwester an ihm vorbei geht, bemerkt sie seine geöffneten Augen und lächelt ihn ein wenig an. Das Lächeln freut ihn und lässt ihn vermuten, dass er ihr bisher nicht auf die Nerven gegangen ist. Ihm stellt sich jedoch die Frage, ob es wirklich andauernd klingelte – und ob er wirklich wieder bei Sinnen war.

„Was ist denn nun wieder los, Herr Nadolski?" Sie lässt sich nichts anmerken und bleibt freundlich, was er persönlich sehr bemerkenswert findet. Der Mann gibt gurgelnde Laute von sich, die er nicht versteht. Die Schwester verschwindet hinter einem Vorhang, zieht diesen zu und spricht leise auf den Mann ein.

Als sie fertig ist, kommt sie zu seinem Bett und hantiert an seinem Tropf.

„Interessante Geschichte", sagt sie mehr zum Tropf als zu ihm. Offensichtlich meint sie ihn, da er sonst niemanden im Raum sieht, den sie meinen kann. Sie streicht seine Bettdecke glatt und lächelt ihn wieder an.

„Alles in Ordnung? Kann ich Ihnen etwas bringen?"

„Wie wäre es mit Erinnerungen?", fragt er und ist stolz darauf, dass er offenbar seine Sprache wiedergefunden hat und sich klar und deutlich ausdrücken kann. Sie lacht kurz auf.

„Ich hörte davon. Sachen gibt's", und schüttelt dabei den Kopf. Sie greift auf dem Abstelltisch neben seinem Bett nach einem Glas und führt ihm einen Strohhalm an die Lippen.

Gedankenleserin, denkt er und trinkt gierig das Wasser. Aber auch sie nimmt den Strohhalm viel zu früh weg, wie schon seine Frau zuvor. Seine Kehle fühlt sich sofort wieder trocken an, wie nach einem Gewaltmarsch unter einer brennenden Wüstensonne. Aber ein Gewaltmarsch wird wohl kaum die Ursache für seinen Durst sein.

Er schaut auf die Uhr und fragt sich, wie lange er schon hier oben und wo seine Frau ist. Wie ist er überhaupt hierhin gekommen? Liegt er noch im gleichen Bett? Vermutlich hat er geschlafen, traumlos, und ist hier aufgewacht. Lediglich eine blasse Erinnerung an den Aufzug verbleibt ihm. Noch immer hat er keine zeitliche Vorstellung von den Abläufen und kann auch jetzt die Uhrzeit nicht einschätzen. Aber er versteht jetzt die Uhr, kann sie wieder lesen. Es ist kurz vor 16 Uhr in einer unbekannten Woche, einem unbekannten Krankenhaus, einer unbekannten Stadt. Er muss sich noch an sein neues Leben gewöhnen und sehen, wie sich alles entwickelt, welche Überraschungen noch auf ihn warten.

Im Moment ist dieses Zimmer das Zentrum seines kleinen, unbekannten Universums. Die Luft ist warm und trocken und riecht nach Desinfektionsmitteln. Die Krankenhäuser dieser Welt scheinen alle die gleichen Reinigungs- und Desinfektionsmittel zu benutzen. Wie man hier über lange Jahre arbeiten kann, ist ihm ein Rätsel. Die Arbeit der Schwestern und Pfleger kann man nicht hoch genug bewerten, besonders wenn so ein Klingelmonster auf der Station liegt. Vielleicht gibt es gar keine „Todesengel" im Krankenhaus, wie man gelegentlich in den Medien liest, sondern nur kurz vor dem Wahnsinn stehende Schwestern, die Klingelmonster beseitigen. Er kann es ihnen nicht verübeln und würde in der gegenwärtigen Situation seiner Krankenschwester zu ihrer Tat beglückwünschen und schweigen.

„Kann ich Ihnen etwas zu essen bringen?" Die Schwester steht noch oder schon wieder an seinem Bett. Wieder ist er sich nicht darüber im Klaren, ob er kurz eingenickt ist oder über seine Gedanken die Zeit einfach vergessen hat. Den Kopf hat er von ihr weggedreht und seine Augen sehen in Richtung der Zimmertür und des Krankenhausflurs.

In der Tür steht die junge rothaarige Frau mit ihrer blutigen und nassen Kleidung. Sie ... starrt ihn mit kalten feuchten Augen an. Ihre Arme hängen schlaff am Körper herunter. Wieder löst sich ein blutverfärbtes Blatt aus den Haaren und schwebt wild kreiselnd zu Boden. Eine kleine deutliche Spur mit Bluttropfen verläuft hinter ihr auf dem Gang, den er jedoch nur ein sehr kurzes Stück einsehen kann. Ein blutiger Schuhabdruck ist deutlich hinter ihrem Fuß zu sehen. Die Schuhe sind dreckig und blutverschmiert. Sie spricht kein Wort.

Zu Tode erschrocken dreht er ruckartig seinem Kopf zur Schwester, die die Panik in seinem Gesicht sieht und entsetzt einen Schritt zurückweicht. Seine Hände zittern und er spürt, wie ihm sämtliche Farbe aus dem Gesicht weicht. Die elektronischen Geräte piepsen wie verrückt und sein Blutdruck schnellt nach oben. Die Schwester versucht noch das Glas zu greifen, das ihr gerade aus der Hand rutscht und schaut verwirrt auf einen der Monitore. Das Glas zersplittert wie in Zeitlupe auf dem Boden und für den Bruchteil einer Sekunde ist alles still. Sie drückt einige Knöpfe und die Geräte schweigen für einen kurzen Augenblick. Ein Monitor blinkt und eine zackige Kurve schlägt unregelmäßig nach oben aus. Das Klingelmonster schlägt Alarm und stöhnt lauter.

„Herr Schramm?", schreit sie fragend und ihre Stimme scheint sich zu überschlagen. Sie greift nach seinem Arm und ihre langen Fingernägel bohren sich für einen kurzen Augenblick in seine Haut. In ihren Augen erkennt er die Panik, die von ihm auf sie übergesprungen sein muss. Er dreht den Kopf wieder zur Tür und die Rothaarige ist verschwunden. Kein Blut, kein Blatt. Die Schwester dreht seinen Kopf zu sich und schaut ihm in die Augen, er ringt nach Luft und versucht tief einzuatmen. Nur langsam beginnt sich die Atmung zu beruhigen. Er starrt erneut zur Tür, um sicher zu sein, dass die Rothaarige verschwunden ist. Sie bleibt verschwunden, zumindest für den Moment. Vielleicht. Oder nicht?

Er erinnert sich wieder an die Aussage von Dr. Müller, der Medikamente für seine gegenwärtigen Träume verantwortlich gemacht hat. Hoffentlich liegt er damit richtig und irgendwann verschwindet dieses Trugbild endgültig.

„Was ist los? Ich hole den wachhabenden Arzt." Ihre Stimme klingt besorgt.

„Ich ..." Was soll er sagen? Ihm fehlen die Worte und er sucht eine schnelle, logische Begründung für seinen Schrecken. Er kann doch nicht sagen, dass er eine blutverschmierte, dreckige, rothaarige, vermutlich tote Frau in der Tür hat stehen sehen. Sein erster Versuch scheiterte bereits und er hat nicht die Absicht, sich mit Medikamenten vollpumpen zu lassen. Und seine Angst steigt, dass er vielleicht doch mehr am Kopf abbekommen hat, als er jetzt wahrhaben möchte. Vielleicht ist er wirklich verrückt geworden und muss sein Leben darauf abstellen, ständig von Halluzinationen umgeben zu sein.

„Ich bin wohl eingenickt und habe mich erschrocken, als mein Kopf zur Seite kippte. Ich wollte Sie nicht erschrecken. Verzeihen Sie mir", versucht er zu erklären. „Den Arzt brauchen wir wirklich nicht. Wahrscheinlich bin ich zurzeit ein wenig schreckhaft und ängstlich."

In der Hoffnung, dass seine Lüge glaubhafter wird, versucht er ein Lächeln und schaut ihr in die Augen. Er fragt sich, ob sie das leichte Zittern seiner Stimme bemerkt hat.

Sie dreht den Kopf hin und her und überlegt wohl, ob sie ihm glauben kann. Sein Lächeln wird etwas breiter. Ihre Panik verschwindet langsam aus den Augen, als die Geräte wieder völlig normale Werte anzeigen. Sie wartet und beobachtet ihn noch einen Moment, scheint sich aber mit den angezeigten Werten zufriedenzugeben. Kurz fühlt sie nach seinem Puls, geht dann in die Knie, um die Glasscherben aufzusammeln.

„Ist bei Ihnen alles in Ordnung", fragt eine tiefe männliche Stimme. Vorsichtig dreht er sich zur Tür, die feinen Armhärchen richten sich auf. Im Türrahmen steht ein uniformierter Polizist. Sprungbereit wie ein Tiger, eine Hand in Richtung seiner Waffe am Gürtel. Er verschwindet wieder, als die Schwester ihm einen giftigen Blick zuwirft und sagt, dass alles in bester Ordnung ist.

Mit großen Augen starrt er die Schwester an. Die Verwirrung ist ihm wohl anzusehen, aber die Schwester schüttelt den Kopf. Abwechselnd schaut er von der Tür zur Schwester.

„Warum ist er hier?", fragt er dennoch leise.

Noch immer Kopfschütteln. Flehend blickt er sie an und erhält doch nur weiteres Kopfschütteln. Er macht sich plötzlich Sorgen, dass die Polizei seinetwegen im Krankenhaus ist. Was immer auch passiert sein mag, irgendetwas muss dann verdammt schief gelaufen sein. Die Schwester dreht einen Knopf am EKG und schüttelt sein Kopfkissen auf. Sie reagiert nicht auf seine Fragen und er kann nicht den geringsten Ansatz erkennen, dass sie ihm antworten will.

„Welchen Tag haben wir heute?", fragt er stattdessen.

„Heute ist Samstag. Sie sind Donnerstagabend eingeliefert worden." Ihre Stimme klingt ruhig und besonnen. Seine Lüge scheint erfolgreich, aber nicht ausreichend, um ihm Antworten zu geben.

Die Uhr zeigt 16.00 Uhr. Er war fast zwei Tage nicht bei Bewusstsein, ist erst im Verlauf des heutigen Samstages zu sich gekommen. Und hat nicht die geringste Ahnung, was passiert ist. Sein ganzes Leben ist im Moment ein schwarzes Loch. Ein Polizist steht vor der Tür, vielleicht wegen ihm. Seine Besorgnis wird größer. Er kann nur hoffen, dass seine Frau die Erinnerung wieder herstellen kann, teilweise zumindest.

„Kommt meine Frau heute?"

„Ja. Sobald wir den Eindruck haben, dass Sie stabil sind, werden wir Sie aber zuerst in ein anderes Zimmer legen und Ihre Frau anrufen. Sie scheinen ja wieder ansprechbar und orientiert. Der Arzt kommt gleich noch einmal zu Ihnen und entscheidet über die Verlegung. Natürlich werde ich ihm auch von dem kleinen Vorfall von eben berichten müssen. Ich sehe aber kein Problem."

„Kann ich denn heute noch meine Frau sehen?" Treuer Rehblick.

„Ja, aber erst später", erinnert sie ihn.

Er will sich hinsetzen und das feuchte Bettlaken hinter ihm endlich wegbekommen. Sein Rücken scheint wund und erst jetzt fällt ihm auf, dass er ein Engelskostüm trägt. Sein Rücken liegt frei. Seine Haut liegt direkt auf dem feuchten Bettlaken und nichts kann seinen Körper vom Schweiß und der Nässe trennen. Einige Gelenke und Muskeln fühlen sich an wie eingerostet und die Bewegung kostet ihm mehr Anstrengungen als erwartet.

„Ich würde sehr gerne etwas essen. Ich habe riesigen Hunger."

Ganz offenbar ist „Hunger" das Zauberwort. Ein Lächeln erscheint sofort auf ihrem Gesicht. Sie scheint froh zu sein, dass sie das Thema wechseln kann und sie ihm nicht die Anwesenheit eines Polizisten erklären muss. Ihre Gesichtsfarbe ist wieder normal, ihre Welt ist wieder in Ordnung. Die Geräte verjagen die Stille durch das monotone Piepsen. Der alte Mann stöhnt, seufzt und klingelt wieder. Wie immer. Der übliche Wahnsinn.

„Sicher. Gerne. Der Doktor hat ausdrücklich gesagt, dass Sie essen dürfen und sogar sollen. Damit Sie zu Kräften kommen." Mit diesen Worten kneift sie ihm in den Arm, wie einen kleinen Jungen, den man einfach nur knuddeln will.

Sie bietet ihm verschiedene Gerichte an und er entscheidet sich für etwas Handfestes, nicht für die Wassersuppe mit Pappbrötchen. Die Vorsichtsmaßnahmen hinsichtlich der Nahrungsaufnahme scheinen aufgehoben zu sein. Er entscheidet sich für Schnitzel Wiener Art. Nicht gerade ein rosiges Steak, aber immerhin etwas zum Kauen, mit Kartoffeln und Gemüse.

Sein Magen knurrt und ist wohl erbost über die eingeführte Nahrung, sofern das Essen diese Bezeichnung verdient. Er wird nicht nach der Schwester klingeln, denn er fürchtet, dass sie auch ihn als Klingelmonster brandmarken könnte. Das Tablett kann sie auch später mitnehmen. Der Polizist lässt sich auch nicht mehr blicken und so wartet er einfach. Offenbar ist Warten seine neue Lieblingsbeschäftigung geworden.

Es gibt leider keinen Fernseher, sondern nur die Geräusche der verschiedenen Apparaturen. Das Klingelmonster meldet sich erneut durch intensives Klingeln. Die Schwester wird sicher bald auftauchen. Vielleicht kann er doch noch die eine oder andere Information aus ihr herauslocken.

Er ist wohl eingeschlafen, denn als er die Augen öffnet, steht Doktor Müller vor ihm, begleitet von einer ganzen Heerschar anderer Ärzte, Assistenten und Studenten, die alle eifrig ihre Stifte schwingen und Notizen machen.

Er hat das Gefühl, dass der Arzt chinesisch spricht, denn er versteht kein Wort aus seinem Mund. Medizinische Fachbegriffe schwirren durch den Raum. Er sieht in die fragenden Gesichter der ärztlichen Begleiter, die anscheinend einige dieser Begriffe auch nicht kennen. Irgendwann ist der Vortrag zu Ende und der Arzt beugt sich zu ihm hinunter.

„Wie geht es Ihnen jetzt, Herr Schramm?"

Ich hätte gerne noch so ein fünfgängiges Sterne-Menü, kommt ihm in den Sinn. Aber wahrscheinlich würde er mit einer solchen Aussage seine Lage nicht sonderlich verbessern.

„Wirklich gut. Keine Probleme. Habe gerade gegessen und freue mich, in ein richtiges Zimmer zu kommen."

Der Doktor schaut auf seine Papiere und spricht langsam weiter. Er hat den Eindruck, dass der Arzt mehr mit sich selbst als zu ihm oder seinem Anhang spricht.

„Ihre Werte sind absolut in Ordnung. Bisher haben wir nicht feststellen können, was Ihnen fehlt. Wie steht es mit Ihren Erinnerungen?"

„Ich kann mich nicht erinnern", antwortet er wahrheitsgemäß.

„Was ist Ihre letzte Erinnerung?"

„Ich ..." Er überlegt und findet auf Anhieb kein Bild aus irgendeiner Zeit. Seine Erinnerung setzt in der Unendlichkeit, der Stille und der Schwärze ein.

„Ich bin im Krankenhaus, heiße Herr Schramm. Einfach Schramm. Kein Vorname, den habe ich vergessen." Aber auf eine fehlende Erinnerung mehr oder weniger kommt es auch nicht mehr an. Der Arzt grinst ihn an.

Er fühlt sich unbehaglich, wie ein Schwachsinniger, mit dem Doktor Müller langsam, einfach und deutlich sprechen muss.

„Ihr Name ist Klaus Schramm. Sie sind vierzig Jahre alt. Verheiratet. Keine Kinder. Fällt Ihnen nach diesen Informationen etwas ein?"

Er schüttelt den Kopf und fragt sich, was ihm bei diesen spärlichen Informationen auch einfallen sollte.

„Wann sind Sie geboren, Herr Schramm?"

„Ich weiß es nicht. Wir befinden uns ungefähr im Jahr 2011 oder so ähnlich. Irgendwann in den 1970ern, wenn ich vierzig Jahre alt bin." Der Arzt lächelt.

Er wartet darauf, dass der Arzt ihm mit einem Händeschütteln gratuliert.

„Sehen Sie. Sie können sprechen und offenbar auch rechnen. Und Sie haben auch wieder Appetit, was der leere Teller neben Ihnen beweist."

Dr. Müller lacht, als er sein Gesicht deutlich verzieht. Dieses Lächeln macht ihn ein wenig sympathischer.

„Ich weiß. Ich gehe auch auswärts essen." Die anderen Ärzte, Assistenten und Studenten lächeln und nicken sehr eifrig. Er scheint über ihr Schicksal entscheiden zu können. Keiner stellt Fragen, keiner macht einen Scherz und niemand wagt es, sich zu bewegen. Alle hängen an den Lippen des Arztes. Als dieser sich zur Tür dreht und zum Gehen ansetzt, drehen sich auch die anderen zur Tür. Die ersten in der Reihe sind schon am Türrahmen angelangt, als er den Arzt anspricht.

„Darf ich Ihnen noch eine Frage stellen?" Der Arzt bleibt stehen. Er sieht die hängenden Schultern im weißen Arztkittel und den dunklen Schleier in seinem Gesicht.

„Wissen Sie, es ist fürchterlich, so ohne Erinnerung. Meine Frau scheint auch fürchterlich zu leiden und ich kenne nicht einmal Ihren Namen. Können Sie mir den Namen meiner Frau sagen? Bitte!"

Der Schleier verschwindet und der Arzt ist offensichtlich froh, dass sein Patient nur diese Frage gestellt hat. Er kommt zurück und stellt sich direkt neben sein Bett. Langsam blättert er in seinen Unterlagen.

„Frau Claudia Schramm findet ihren bewusstlosen Ehemann in der Wohnung und ruft den Notdienst", liest er reglos von einem der Blätter ab.

„Danke. Und wo wohne ich?"

„Ihre Erinnerung kehrt zurück, sobald die Medikamente abgebaut sind. Sie werden sich bald wieder erinnern. Besprechen Sie Ihr Leben mit Ihrer Frau, Sie kann Ihnen viel mehr erzählen. Dann wird sich bestimmt wieder einiges aufhellen. Okay?"

Der Doktor dreht sich von ihm fort und geht Richtung Tür. Im Hinausgehen ruft er ihm noch beiläufig zu, dass er in ein anderes Zimmer verlegt wird.

◊

Wenig später erscheint die Schwester und befreit ihn von den Geräten.

„Die Schmetterlinge müssen wir aber noch drinlassen."

Sie löst die Bremsen des Bettes und schiebt ihn in den Flur. Den Polizisten kann er nicht sehen. Vielleicht hat er ihn sich nur eingebildet. Wie die Frau, die er auf den Fluren gesehen haben will. Ihm fällt plötzlich ein, dass die Schwester auf seine Frage reagiert hat, eine Einbildung daher nicht in Betracht kommt. Er will die Schwester nicht in Verlegenheit bringen und fragt daher nicht, wo der Polizist ist oder ob er seinetwegen im Flur stand.

Sie schiebt ihn in einen Fahrstuhl und gemeinsam fahren sie einige Stockwerke höher. Die Tür öffnet sich mit einem leisen Knarren und gibt die Sicht auf eine Art Rezeption frei, an der eine Krankenschwester steht. Sie ist wesentlich älter, die Haare sind grau und ihre Figur war vor Jahren wahrscheinlich besser.

„Ich bring dir Herrn Schramm."

„Zimmer 6.31." Sie kommt von der Rezeption hervor, greift an den unteren Bettrahmen und hilft ihrer Kollegin.

„Es ist schon alles vorbereitet. Sie haben ein schönes großes Zimmer, ohne störenden Nachbarn. Ihre Frau hat sich schon um das Telefon, den Fernseher und alles andere gekümmert. Übrigens, ich bin Schwester Paula."

Er kann sich nicht vorstellen, was seine Frau alles geregelt hat, aber er ist gespannt. Vielleicht eine Überraschung, aber womit soll ein Krankenhauspatient überrascht werden? Über einen Fernseher oder verschiedene Zeitungen, die seinem Gedächtnis auf die Sprünge helfen könnten, würde er sich freuen. Oder einen Pizzaservice. Zumindest gibt es kein Klingelmonster in seinem Zimmer, immerhin. Ein uniformierter Mann verschwindet gerade noch durch eine Tür. Vielleicht war es der Polizist von der anderen Station, aber auf jeden Fall ein Polizist, soweit ist er sicher. Er erkennt die Blässe im Gesicht der Schwester von der Aufwachstation. Auch sie hat den Polizisten noch gesehen, weiß aber nicht, wie sie ihm gegenüber damit umgehen soll. Die Schwestern fragt er lieber nicht und er tut so, als hätte er niemanden gesehen. So erspart er ihnen Peinlichkeiten oder Lügen.

Das Zimmer ist wirklich groß und hat sogar einen Balkon hinter der riesigen Fensterfront. Die Stadt dahinter ist grau und trist. Vielleicht liegt das an der leicht nebligen Dämmerung – oder die Stadt ist wirklich einfach nur grau und trist. Er erkennt einen höheren Turm und auf der rechten Seite des Balkons steht ein hohes, älteres Wohngebäude, vor dem eine große zweispurige Straße verläuft, in deren Mitte eine Straßenbahn in den Untergrund verschwindet.

In der linken Ecke seines Zimmers steht ein Tisch mit zwei großen Stühlen, die für ein Krankenhaus sogar bequem aussehen. Sein Bett wird in die gegenüberliegende Ecke geschoben. Die Schwester von der Wachstation wünscht ihm noch alles Gute und verabschiedet sich mit einem Lächeln. Auf dem grauen Abstelltisch steht ein Obstkorb. Sein Bett wird so positioniert, dass er den Abstelltisch bequem erreichen kann. Die Äpfel sehen sehr frisch aus und haben nicht die geringste Ähnlichkeit mit dem Apfel auf seinem Tablett vor einigen Stunden. Es gibt sogar Weintrauben und zwei Bananen. Er wird sich gleich darüber hermachen, wenn die Schwester verschwunden ist. Der Fernseher läuft und auf einem Regal liegen in Folie verschweißte Kopfhörer.

„Ihre Frau bringt Ihnen auch eigene Wäsche und etwas zu lesen mit. Das Telefon ist hier. Hat Ihre Frau auch schon gebucht."

Sie erklärt ihm die Funktionsweise des Fernsehers und des Telefons. Aber wen soll er anrufen? Ihm fällt keine Telefonnummer ein. An Freunde und Bekannte hat er keine Erinnerung. Er verneint die Frage, ob sie ihm noch etwas bringen kann. Das Obst ruft und er kann kaum erwarten, dass die Schwester verschwindet.

Zu seinem Befinden beantwortet er Schwester Paula noch einige Fragen. Endlich verlässt sie das Zimmer. Er ist allein und schaut sich um. Es ist gar nicht mal schlecht, er muss wohl privat versichert sein. Aber das Zimmer ist irgendwie leer, er sieht keine persönlichen Sachen von sich, keine Schuhe, Hemden oder Pantoffeln. Das Telefon nimmt er aus der Ladestation und starrt es an. Ihm fällt tatsächlich keine einzige Telefonnummer ein, die er anwählen könnte. Nachdem er das Telefon wieder in die Halterung gesteckt hat, greift er zum Obst und beißt genüsslich in einen Apfel. Er ist herrlich frisch, leicht säuerlich und dem Krankenhausessen meilenweit voraus.

Da er nichts weiter zu tun hat, packt er die Kopfhörer aus, schließt sie an und steckt sich eine süße Weintraube in den Mund. Die Lautstärke ist richtig und er hört der Musik zu. Dicke Tropfen bilden sich an der riesigen Fensterfront und ziehen Bahnen über das Glas wie Flüsse in den Boden. Die Musik macht ihn schläfrig. Immer wieder schließt er für kurze Augenblicke seine Augen. Die blutverschmierte Frau lässt sich nicht mehr blicken. Zusehends entspannt er sich und die Töne dringen aus weiter Ferne in seine Ohren. Feiner Nebel bildet sich vor dem Balkon, zieht erst in kleinen Schwaden, dann in dicken Wolken vorbei, die schneller werden und Muster und Formen bilden. Der monotone Sound übt eine hypnotische Wirkung auf ihn aus.

Die Wolken kreisen vor dem Balkon, greifen über das Geländer und drücken sich vor das Glas. Sie bilden ein Fahrzeug und vor diesem Fahrzeug steht ein Schreibtisch. Der Mann am Schreibtisch hält Papiere in der Hand. Seine Frau sitzt vor dem Verkäufer und diskutiert. Er sitzt schweigend neben seiner Frau. Er hat nur Augen für den Wagen, ein schwarzes Auto mit Alufelgen und M-Ausstattung.

Im Nebelbild steht er auf und geht zum Auto. Schaut sich die dunkle Lederausstattung an und dreht sich zu seiner Frau, die ihn anlächelt und ihm mit einem Auge zuzwinkert. Schon immer wollte er einen 3er-BMW mit dieser Ausstattung haben und endlich, endlich hat er ihn gefunden. Erschreckt fährt er vom Bett hoch und reißt sich die Kopfhörer herunter. Verblüfft sieht er die feinen Nebelschwaden vor dem Fenster. Ein 3er-BMW, er fährt einen schwarzen BMW. Vor drei Jahren hat er sich dieses Auto gekauft. Seine Frau hat unglaublich hartnäckig mit dem Verkäufer verhandelt, während er nur Augen für das Auto hatte.

Es ist das Jahr 2013. Er ist hellwach, zumindest glaubt er das. Er sitzt im Bett und schaut auf den Nebel.

„Was noch, los denk nach!" Sein Blick sucht den Nebel auf dem Balkon.

„BMW! BMW!" hämmert es in seinem Kopf. Und wieder „BMW! BMW!"

Ein grauer BMW, X-Reihe. Seine Frau fährt einen grauen BMW. Den haben sie letztes Jahr gekauft, obwohl sie gar kein neues Auto haben wollte. Dieses Auto hat er gekauft, bei einem Händler, in einem großen Autohaus. Seine Frau, die das Auto fahren sollte, durfte nur bei kleinen Detailfragen mitbestimmen. Der Verkäufer und er hatten sie überrumpelt, doch schließlich hat sie den Kaufvertrag unterschrieben.

Sein Gehirn schmeißt den Motor an, hat die richtige Drehzahl jedoch noch nicht gefunden. Langsam tauchen Bilder von einem Jungen auf, in einem schwarz-weißen Trikot und Fußballschuhen. Der Junge ist er, etwa acht Jahre alt.

Er greift zur Fernbedienung, schaltet auf das erste Programm, das gerade Fußball zeigt. Er erkennt das Symbol eines Sportsenders und schaut dem Spiel zu, das ihm Spaß macht. Auf der Fernbedienung aktiviert er den Videotext und erkennt, dass es Ende Februar ist.

Die aktuellen Nachrichten im Videotext sagen ihm nichts und bringen ihn auch nicht weiter. So klickt er sich durch die verschiedenen Rubriken, aber der alles befreiende Schlag bleibt aus. Das Lesen macht ihn schläfrig und so schaltet er wieder auf den Sportsender und schaut weiter Fußball. Gerade werden die Szenen für das Tor des Monats eingespielt und eines der Tore scheint aus dem Amateurbereich zu kommen. Eine verwackelte Aufnahme, die durch das Zoomen gelegentlich sogar unscharf wird, flimmert über den Monitor. Er mag Fußball und er hat selbst Fußball gespielt. Aufrecht sitzend starrt er den Bildschirm an.

„Mehr. Gib mir mehr Erinnerungen." Sein Gehirn arbeitet immer schneller.

Eine bestimmte Erinnerung erscheint ihm zum Greifen nah, entzieht sich jedoch seinem Griff und verschwindet wieder im Nebel. Erneut ruft er den Videotext auf und sucht die Sportmeldungen. Schnell findet er die Ergebnisse des aktuellen Spieltages und dahinter eine Tabelle, die er sich aufmerksam ansieht. Fußballklubs wie Dortmund, Bayern, Schalke und Leverkusen fallen ihm auf und erneut schleichen sich zaghaft feine Erinnerungsfäden ein. Dortmund. Schalke. Blau-weiß und schwarz-gelb. Ruhrpottderby.

Mit einem Schrecken weicht er vom Fernseher zurück und ruft die Daten zu einzelnen Spielergebnissen auf, liest die Spielernamen einzelner Mannschaften und die Torschützen. Er erinnert sich an Namen von Spielern, ohne diese zeitlich oder einem Verein zuordnen zu können. Seine Eltern haben ihn immer zum Fußball gefahren. Karl und Lene Schramm. Er wohnt in Bochum. Erinnerungen stürzen lawinenartig auf ihn ein, Unmengen von Bildern, von Informationen über Fußball. Der Videotext ist nur noch Nebensache.

Die Erinnerungen erschlagen ihn förmlich, verwirren ihn und führen zu einem leichten Schwindelanfall. Er kann die Informationen nicht steuern, nicht aufhalten oder beeinflussen. Wie ein unbändiger Wasserfall stürzt plötzlich alles auf ihn ein, verursacht fast körperliche Schmerzen. Sein Geburtsdatum. Seine erste Ehe, die Scheidung. Seine Ausbildung, er ist Polizist. Kripo. Hier in Bochum. Immer mehr Bilder tauchen vor seinem Auge auf: Schießübungen, Einsätze, Kollegen. An einzelne Vorgänge kann er sich plötzlich erinnern, zumindest an besondere, die auch in der Zeitung standen.

Es ist vieles wieder da, plötzlich, unerwartet. Die Lawine verursacht ein dumpfes Druckgefühl in seinem Kopf. Eine Träne fließt über sein Gesicht, starr und steif sitzt er auf dem Bett, den Blick ins Nirgendwo gerichtet. Kein Laut kommt über seine Lippen. Er sitzt einfach nur da und wartet, dass der Wasserfall endet. Weinend sitzt er im Bett und ist froh, in diesem Moment allein zu sein.

Tief atmet er ein und versucht sich wieder zu beruhigen. Vorsichtig sortiert er die Informationen. Sucht nach Erinnerungen aus seiner

Kindheit, aus der Schule, der Ausbildung, seiner ersten Ehe und ... an Claudia. Sie lernten sich am Telefon kennen, durch einen Freund, der sie kannte und verkuppeln wollte. Er hat es geschafft.

Doch was ist seine letzte Erinnerung?

Es regnet weiter und wieder etwas fester. Tropfen kleben am Fensterglas und dunkle Flächen bilden sich auf dem Boden des Balkons. Die kahlen Baumkronen bewegen sich langsam im Wind. Gelegentlich fährt ein Auto auf der Straße. Er beobachtet, wie Menschen zum Unterstand der Straßenbahnhaltestelle rennen und sich in eine winddichte Ecke flüchten. Sie tragen dicke Jacken und Mützen, einige auch Schals. Trotz des Regens muss es sehr kalt sein. Kleine Nebelschwaden bilden sich vor den Gesichtern der Menschen.

Der Ausblick ist trist, was aber nur am Wetter liegt. Bochum hat sich schon vor langer Zeit vom Image der schmutzigen Bergarbeiterstadt gelöst. Die Sonne verstaubt hier nicht mehr, wie Grönemeyer einmal sang. Zwar finden noch immer keine Modenschauen in Bochum statt, aber viele bereits überregional bekannte Events wie der Sparkassen-Giro, Bochum Total oder das Zeltfestival ziehen Menschenmassen an. *EinsLive* vergibt jährlich die Krone in der Jahrhunderthalle und ständige Baumaßnahmen bezeugen den fortwährenden Wandel.

Die Stadt hat vor Jahren begonnen, ihr graues Image abzustreifen und ein grünes Bild zu malen. Es wurden Parks und Grünflächen gebaut, Bäume gepflanzt und das Radwegenetz soll ausgebaut und erweitert werden. Bochum löst sich langsam von den Fesseln der Großindustrie und stellt fest, dass es auch ohne einen Telefonriesen geht und man den Arbeitsplatzabbau in der Stahlindustrie verkraften kann. Wenn der Autobauer die Stadt verlassen hat und ein riesiges Grundstück zurücklässt, werden neue, kleinere Unternehmen kommen und die Stadt vorwärtsbringen. Den Menschen geht es ganz gut, trotz einiger sozialer Brennpunkte, die jede Stadt auf der Welt aufzuweisen hat. Über Jahre wurden die alten Bergarbeitersiedlungen modernisiert und restauriert. Sie leuchten jetzt wie bunte Perlen in den Stadtteilen, die vor Jahrzehnten durch den Bergbau entstanden sind.

Er stellt sich einen der Stühle vor das Fenster seines Zimmers im Krankenhaus Bergmannsheil und macht sich Gedanken über seine Vergangenheit. Vieles scheint wieder da zu sein: Freunde, Bekannte, Verwandte, Schul- und Arbeitszeiten. Den Namen seiner Frau kann er sich merken, sogar der Hochzeitstag fällt ihm wieder ein, was selbst für einen gesunden Mann bemerkenswert erscheint. Ein dunkles Loch bleibt dennoch: Er kann sich einfach nicht an die letzten Wochen erinnern.

Es ist Ende Februar. Sein Geburtstag steht unmittelbar bevor und er kann sich nicht daran erinnern, ob sie irgendetwas geplant hatten. Wahrscheinlich schon: Schließlich wird man nicht jedes Jahr vierzig und runde Geburtstage werden besonders gefeiert. In Anbetracht der Tatsache, dass er ohne jede Diagnose im Krankenhaus liegt, geht er davon aus, dass sie die Feier absagen oder verschieben. Vielleicht hat Claudia die geladenen Gäste schon benachrichtigt.

Der Bruder seiner Frau hatte im Januar Geburtstag, ebenso ein Onkel von ihr und auch einer ihrer gemeinsamen Freunde. Waren sie auf den Geburtstagsfeiern? Wurden die Geburtstage gefeiert? Angestrengt zwingt er sich Bilder in den Kopf – und doch sind es nur Fantasiebilder, Hirngespinste. Diese Bilder sind nicht echt, sind nie so geschehen, fühlen sich irgendwie falsch an. Es ist ein Wunschdenken von ihm, gelenkt durch das Bestreben, die vorhandenen Lücken auszufüllen. Möglicherweise kommen die Erinnerungen zurück. Der Arzt hat es gesagt und er scheint Recht zu haben. Aber kommen alle Erinnerungen zurück? Die Kopfschmerzen werden stärker und seine Angst steigt, dass das schwarze Loch wieder erscheint. Was ist mit Silvester? Oder Weihnachten? Wo war er da? War er im Dienst?

Ihm wird klar, dass dieses krampfartige Suchen, sein Drängen und Bohren keinen Sinn macht. Er kann die Erinnerungen nicht erzwingen. So geht es einfach nicht. Er muss sich Zeit und Ruhe gönnen. Geduldig sein, auch wenn es schwerfällt.

Er schließt die Augen und hört dem Regen zu, der stärker geworden ist und gegen die Glasfront prasselt. Die kahlen Baumkronen bewegen sich noch immer im Wind. Hin und her, im Gleichklang wie ein verliebtes Pärchen, das Arm in Arm über die Promenade schlendert. Seine Gedanken schweifen ab und ihm fällt wieder die Rothaarige ein. Er ist sich nicht sicher, ob er beunruhigt sein soll oder es als Folge der Medikamente vorläufig beiseiteschieben kann. Die Bilder waren so realistisch, so plastisch für ihn. Alles hätte er darauf gesetzt, dass die Frau tatsächlich dort stand, wo er sie sah. Wahrscheinlich hat der Arzt Recht und er sollte die Folgen der Medikamente nicht überbewerten. Schließlich ist er der Fachmann oder sollte es sein. Er will sich darüber keine weiteren Gedanken machen. Sein Kopf kommt schon wieder in Ordnung, wenn die Medikamente erst mal vollständig aus dem Körper gespült sein werden.

Als es leise an der Tür klopft, öffnet er die Augen und dreht sich zur Tür. Claudia erscheint dort mit zwei riesigen Taschen, die polternd auf den Boden knallen. Mit einem Handstreif fährt sie sich durch die Haare und kleinere Tropfen fallen zu Boden.

„Sauwetter", murmelt sie leise und doch erstrahlt sie, als sie ihn im Stuhl sitzen sieht. Sie rennt auf ihn zu, kniet vor dem Sessel nieder, schlingt die Arme um ihn und weint. Er glaubt, sie weint vor Freude und drückt ihn so fest, dass er kaum noch Luft bekommt. Sie bemerkt seinen tiefen Atemzug und lässt los, greift nach seinen Händen und legt ihr Gesicht hinein. Wie ein scheues Reh, zitternd und schluchzend, bleibt sie sitzen. Eine gefühlte Ewigkeit verharren sie so. Schweigen und weinen, reinigende Nässe.

Irgendwann erhebt sie sich aus der Hocke und versucht zu lächeln. Langsam bewegt sie sich zu den Taschen, ihn immer im Blick haltend. Nachdem sie die Taschen vor sich auf den Tisch gestellt hat, greift sie hinein und zaubert ein buntes T-Shirt aus der Tasche. Sie lächelt, als sie die roten Shorts aus der Tasche nimmt und diese wie eine Fahne schwenkt.

„Du willst bestimmt aus deinem Kostüm raus", sagt sie, als sie ihm die Sachen zuwirft. „Obwohl dir dein Kostüm gut steht."

„Ich wollte es mit nach Hause nehmen."

Sie lacht.

„Claudia." Er erhebt sich aus dem Sessel, wartet und sieht in ihre blauen Augen, die immer größer werden. Sie rennt auf ihn zu und wirft sich ihm wieder in die Arme. Er verliert ein wenig den Halt und plumpst auf den Stuhl, der glücklicherweise noch hinter ihm steht. Lachend küsst sie ihm auf die Stirn und die Wange – und wieder fließen einige Tränen.

„Ich habe mich nicht getraut, dich nach meinem Namen zu fragen. Ich wusste, dass er dir nicht eingefallen wäre. Seit wann kannst du dich erinnern?"

„Seit ungefähr einer Stunde. Ich kann mich an fast alles wieder erinnern. An meinen Geburtstag, den Tag unserer Hochzeit, Namen, Freunde, Arbeit. Aber ...", er gerät ins Stocken.

„Aber was?"

„Meine letzten Erinnerungen dürften kurz vor Weihnachten liegen." Bilder kommen ihm verschwommen ins Gedächtnis, die er zu beschreiben versucht.

„Wir waren auf irgendeiner Feier, beim Karsten drüben. Zwei oder drei Kinder waren da, der Pizzaservice brachte Essen. Ich habe Paula noch aktuelle Hits auf den MP3-Player gespielt. Wir haben im Wintergarten gesessen. Nein, nein, es war die Einweihungsfeier des Wintergartens, genau."

„Das war kurz vor Weihnachten."

„Stimmt. Aber danach ist alles dunkel. Wo waren wir Weihnachten?"

„Bei deinen Eltern. Deine Mutter hat dir Sauerbraten gemacht. Und einen riesigen Topf Rosenkohl. Klara war dieses Jahr nicht mit, sie hat ihre Großeltern früher besucht. Deine Eltern waren ganz traurig darüber." Klara ist ihr Patenkind, das sie am ersten Weihnachtstag immer zu seinen Eltern mitgenommen haben, da Klaras Eltern über die Weihnachtsfeiertage arbeiten mussten.

„Hm."

Es stellen sich keine Bilder ein, die sich in seinem Kopf echt anfühlen. An seine Eltern kann er sich erinnern, an die Küche, wo sie immer zum Essen sitzen. Und an das Wohnzimmer, wo sie sich anschließend noch ein Bier genehmigen, manchmal auch eines zu viel. Aber eine echte, reale Erinnerung an dieses Weihnachten hat er nicht. Er kann sich den Unterschied zwischen realen und fantasierten Erinnerungen nicht erklären, es fühlt sich einfach falsch an.

„Habe ich dir etwas zu Weihnachten geschenkt?"

„Klar, du hast dich wieder nicht an unsere Abmachung gehalten und mir ein neues Smartphone geschenkt. Ich habe natürlich, wie abgesprochen", wobei sie die beiden letzten Worte besonders betont und lang gezogen ausspricht, „nichts gehabt und es war mir wieder peinlich."

Es war ihr immer peinlich. Jedes Jahr hat er geschworen, nichts zu Weihnachten oder zum Geburtstag zu kaufen und sich selten daran gehalten. Es macht ihm einfach Spaß, ihr Geschenke zu machen, die sie immer mit leuchtenden Augen eilig vom Papier befreit, das er zuvor mühselig um den Geschenkkarton gewickelt hatte. Und natürlich hat er es nie geschafft, das Geschenk knitterfrei einzupacken. Ihre Freude war immer überwältigend, wobei der Inhalt eigentlich nie wichtig zu sein schien oder selten etwas Großes oder Extravagantes darstellte. Meist irgendwelche Kleinigkeiten, die sie eher beiläufig erwähnt hatte und die er sich merkte oder auf seine Erinnerungsliste schrieb. Am meisten war Claudia über seine Verstecke verwundert. Sie hat niemals ein Geschenk gefunden oder zu früh gesehen. Aber sie hat auch niemals gezielt gesucht.

„Also wie üblich?", fragt er.

„Schlingel", lacht sie und setzt sich auf seinen Schoß.

„Ich werde mich bessern."

„Untersteh' dich", sagt sie und küsst ihn. Wie sehr hat er sie vermisst, ihre Lippen, ihren warmen Körper und den Duft ihres Parfums! Und doch kann er nicht anders, immer wieder fallen seine Gedanken zurück zu den verlorenen Erinnerungen.

„Aber was war danach?", fragt er, als er sich langsam von ihr löst.

Ihr Gesicht wird finster und Schweigen erfüllt den Raum. Sie steht auf und geht zum Balkonfenster. Eine Straßenbahn auf der Hattinger Straße, die am Krankenhaus vorbeiführt, klingelt, bevor sie in den gierigen Schlund des Untergrundes verschwindet. Langsam steckt Claudia ihre Hände in die Taschen und schaut auf den Boden. Seine Anspannung steigt und sie antwortet noch immer nicht.

„Was?", fragt er, als er das Schweigen nicht mehr erträgt.

Sie schaut verlegen aus dem Fenster und schweigt. Aus ihrem Verhalten liest er, dass sie angestrengt darüber nachdenkt, was sie sagen soll. Oder was sie sagen darf? Ihm fällt der Polizist vor der Tür ein. Irgendetwas ist passiert, er kann es nicht greifen, aber umso intensiver spüren.

„Sag mir bitte, was passiert ist. Egal was. Es macht mich einfach wahnsinnig."

Er steht auf und stellt sich hinter sie. Seine Hände legen sich auf ihre Schultern und vorsichtig dreht er sie zu sich. Noch immer starrt sie auf den Boden. Zärtlich legt er seine Hand unter ihr Kinn und hebt ihren Kopf zu sich. Er schaut ihr tief in die Augen, sieht die Angst und die Zweifel. Ihre Augen werden wieder feucht, die Atmung ist schwerfällig und in ihrem Kopf sucht sie nach den richtigen Worten. „Du hast in den letzten Wochen sehr viel gearbeitet", beginnt sie mit brüchiger Stimme. „Warst viel unterwegs, kaum noch zu Hause."

„Hatte es etwas mit dem Job zu tun?"

„Vermutlich, ich weiß es nicht genau. Du hast mir nichts erzählt. Irgendwann hast du mal angedeutet, dass es um etwas Wichtiges geht, mit irgendeiner Bank. Du bist auf irgendetwas gestoßen, hast aber keine Beweise gehabt. Du wolltest keine Kollegen einweihen. Stattdessen hast du angefangen, auch nach der Arbeit zu ermitteln."

„Das sieht mir aber gar nicht ähnlich."

„Stimmt." Sie lächelt.

„Unser Privatleben war dir immer wichtig, stand immer über dem Dienst. Aber dir schien die Sache sehr wichtig zu sein. Ich weiß nicht, warum."

Sie holt tief Luft. Ihre Blicke scheinen ihn zu durchdringen, als suche sie hinter seinen Augen nach einer Antwort.

„Manchmal bist du gar nicht nach Hause gekommen oder erst mitten in der Nacht. Hast wenige Stunden geschlafen und bist wieder gegangen, bevor ich wach wurde. Du hast kein Wort gesagt, häufig dein Telefon ausgestellt und warst einfach nicht zu erreichen. Irgendwann habe ich dann versucht, einen Streit anzufangen und du ..." Sie schluckt und setzt erneut an: „Und du bist einfach gegangen. Ohne ein Wort."

„Du sprichst aber von mir, oder?" Er kann das nicht glauben, es klingt völlig fremd und unverständlich. Nie zuvor hat er sich so benommen.

„Ja, auch wenn du es mir nicht glaubst."

Er starrt aus dem Fenster und wartet auf eine Eingebung, ein Aha-Erlebnis, doch nichts passiert. Seine Arme hat er noch immer um Claudia gelegt und zieht sie vorsichtig zum Stuhl. Sie setzt sich wieder auf seinen Schoß und streicht ihm durch die Haare.

„Habe ich irgendwelche Unterlagen zu Hause?"

„Nein."

Die Antwort kommt spontan. Auf seiner Stirn bilden sich kleine Falten und mit hochrotem Kopf schaut Claudia wieder zu Boden.

„Ich ..." Sie bricht den Satz ab und beginnt erneut.

„Ich habe nachgesehen. Ich habe dir nicht geglaubt und gedacht, dass etwas anderes dahintersteckt."

Er lächelt sie an und gibt ihr einen Kuss.

„Habe ich vielleicht Unterlagen im Büro?"

„Ich habe überlegt, ob ich nicht auf deiner Dienststelle anrufen soll. Aber ich wollte dir nicht noch mehr nachspionieren. Es schien mir eine Art Vertrauensbruch, daher habe ich nicht angerufen. Vielleicht hast du Unterlagen im Büro."

„Ja, vielleicht." Nachdenklich nickt er mit dem Kopf.

„Gestern habe ich in eurer Betrugsabteilung angerufen, um deinen Dienststellenleiter über den Krankenhausaufenthalt zu informieren."

„Und?"

„Er war komisch, klang irgendwie überrascht, würde ich sagen. Ja, das ist das richtige Wort. Viel gesagt hat er nicht. Ich soll ihm die Krankschreibung zuschicken und Bescheid geben, wenn er etwas tun kann. Vielleicht will er dich auch besuchen."

„Dieser Bernd Lohse ist immer komisch", denkt er sich, sagt es Claudia aber nicht. Ein brummiger Typ. Launisch. Wenn man etwas von ihm will oder braucht, muss man zuerst feststellen, welche Laune er gerade hat. Ein schwieriger Mensch. Aber man kann mit ihm auskommen, wenn man ihn zu nehmen weiß.

„Hat er sonst noch etwas gesagt?"

„Nein."

Eine Bewegung an seinem Bett lässt ihn den Kopf drehen. Zuerst denkt er an die Schwester, die vielleicht unbemerkt ins Zimmer gekommen ist. Aber die rothaarige blutverschmierte Frau steht an seinem Bett. Er erschrickt nicht einmal. Vielmehr hat er darauf gewartet, dass sie wiederkommen würde. Es ist an der Zeit, klare Fakten zu schaffen und die Sache aufzuhellen. Ohne die blutige Frau aus den Augen zu lassen, deutet er mit meinem Arm in Richtung seines Bettes.

„Kannst du mir mal das Wasser vom Schränkchen holen?"

Claudia erhebt sich von seinem Schoß und geht zum Bett. Sie zeigt nicht die geringste Reaktion auf die Rothaarige. Die Frau steht so klar und deutlich am Bett, dass Claudia sie gar nicht übersehen kann.

Sie sieht die Frau gar nicht, kommt es ihm in den Sinn. Ich kann sie sehen, aber niemand sonst. Ist es möglich, dass die Medikamente noch immer eine solche Wirkung haben? Ist er ernster verletzt als gedacht? Noch nie zuvor hatte er solche Erscheinungen. Warum dann jetzt? Was soll das?

Claudia hält ihm das Mineralwasser hin und dreht sich zu den Taschen. Er öffnet den Schraubverschluss, verzichtet auf ein Glas und trinkt aus der Flasche. Seine Augen richtet er noch immer auf die Rothaarige, die sich nicht bewegt hat.

„Ich stehe auf und gehe auf sie zu", sagt er sich. Er dreht den Verschluss zu und stellt die Flasche auf den Boden. Als er wieder aufblickt, ist sie verschwunden. Er hat nur einen Moment den Blick von der Rothaarigen genommen.

„Mist."

„Was?"

„Nichts, ich habe gekleckert. Es ist aber nur Wasser."

„Ich muss gleich noch zu meiner Mutter. Soll sie dich besuchen?"

„Bloß nicht. Ich will erst ein wenig Ruhe haben. Vielleicht später, ich bin bestimmt noch länger hier."

„Sehr gut. Genau so habe ich es ihr auch schon gesagt. Sie war natürlich eingeschnappt, hat es aber verstanden und will nicht nerven."

„Kriegst du das mit meinen Eltern auch noch hin?"

„Nein, sie kommen morgen."

„Wann?"

„Irgendwann zum Kaffee."

„Ich werde es überstehen."

„Warum musst du zu deiner Mutter?"

Sie zögert. Einen Augenblick später sagt sie ihm, dass sie die guten Nachrichten weitergeben will und alle sich Sorgen machen würden.

„Du kannst sie doch anrufen."

„Du sollst dich ausruhen, hat der Arzt gesagt. Also werde ich nicht ganz so lange bleiben. Und außerdem ..."

„Ja?"

„Bist du sicher müde."

„Ich habe seit Donnerstag geschlafen."

„So kann man das aber nicht gerade nennen."

„Was ist los?"

Er hat das Gefühl, dass sie ihm etwas verschweigt.

„Komm schon. Lass mich nicht hängen."

„Okay, okay." Sie kommt auf ihn zu und setzt sich auf die Stuhllehne. Nachdem sie ihn kurze Zeit gemustert hat, holt sie tief Luft.

„Udo kommt gleich vorbei. Hat den Arzt belabert, dass er dich unbedingt sehen muss, sobald du wach geworden bist. Es ist furchtbar dringend. Mich hat er auch befragt."

„Dich? Was wollte er denn von dir? Oder von mir?"

„Hat er nicht gesagt. Er wollte nur wissen, was du in der letzten Zeit so gemacht hast. Wo du warst und ob ich weiß, mit wem du dich so getroffen hast. Die Behörde hat vermutlich Angst, dass ein Fremdverschulden hinter deiner Bewusstlosigkeit stehen könnte."

„Dann war er also dienstlich bei dir?"

„Natürlich hat er sich nach dir erkundigt. Aber mehr hat er nicht gesagt."

„Mehr nicht? Das ist eine ganze Menge und hört sich dienstlich an. Wenn er als Leiter der Mordkommission auftaucht, liegt normalerweise irgendwo eine Leiche. Vielleicht habe ich jemanden umgebracht", scherzt er. Claudia verzieht das Gesicht, um ihr Missfallen an seinen Worten zu zeigen. „Vielleicht macht sich die Behörde nur Sorgen um meine Gesundheit", schiebt er schnell nach.

In seinem Kopf kreisen die Gedanken wild umher. Gedächtnisverlust, Laumann will ihn sprechen, ein Polizist im Flur und ein rothaariger blutverschmierter Geist in seiner Nähe. Es liegt auf der Hand, dass er Probleme hat. Aber welche?

„Wer hat mich gefunden? Du?"

„Ja, du hast auf dem Bett gelegen. Lagst da in Unterhose und frische Sachen lagen auf der Truhe. Es sah so aus, als wolltest du dich umziehen."

„War ich verletzt? Blut? Irgendetwas?"

„Nein. Deine Sachen haben ein wenig gerochen, weil du sie länger getragen hattest. Aber da war kein Blut, sicher nicht."

„Habe ich jemanden angefahren?"

Sie seufzt.

„Das Auto steht in der Garage und hat keinen Kratzer."

Er merkt, dass sie auch nicht mehr weiß als er selbst. Es ist sinnlos, Claudia kann ihm keine Antworten geben. Also muss er auf Laumann warten, vielleicht erfährt er von ihm mehr.

2. Kapitel
Der Verdacht

Claudia ist vor einer Stunde gegangen. Der Regen hat aufgehört. Die Straßen sind nass und kleine Pfützen haben sich in den Löchern der Hattinger Straße gebildet. Er hört einen Rettungswagen, der sich mit Martinshorn irgendwo in Bochum seinen Weg durch die Stadt bahnt. Schweigend schaut er auf die Straße und fragt sich, welche Überraschungen noch auf ihn warten.

Seine Gedanken kreisen immer nur um Laumann und die Rothaarige. Die gespenstische Rothaarige. Blutverschmiert. Das Loch in der Stirn. Diese Verletzung hat sie mit Sicherheit nicht überlebt. Er ist zwar kein Arzt und nicht in der Mordkommission, aber das erkennt jeder Laie. Wenn sie tot ist, warum sieht er sie dann? Wenn sie tot ist, hat sie ihm irgendetwas zu sagen? Sie steht einfach nur still in der Gegend und hat beim ersten Mal den Mund geöffnet, als wollte sie schreien. Möglicherweise will sie ihm etwas sagen. Oder hat er lediglich seinen Verstand verloren? Geister und Verstorbene gehören ins Kino. Wie in „The Sixth Sense" oder andere Schauermärchen.

Es ist dunkel geworden und eine kleine Leselampe brennt auf seinem Schränkchen neben dem Bett. Er zieht die kleine Schublade auf und hofft, sein Handy dort zu finden. Könnte er darauf Hinweise gespeichert haben? Fotos? Seine Hoffnung, dass er auf dem Handy Notizen oder sogar Fotos findet, erlischt, als er die gähnende Leere in der Schublade sieht. Dafür findet er auf dem Schränkchen einen Zettel mit der Telefonnummer seiner Eltern. Claudia muss ihn dahin gelegt haben. Er ruft seine Eltern an, sagt ihnen, dass es ihm wieder gut geht und die weiteren Untersuchungen abgewartet werden müssen. Sie freuen sich, seine Stimme zu hören und sind vom morgigen Besuch nicht abzubringen.

Als er das Telefonat beendet, klopft es an der Tür. Noch bevor er etwas rufen kann, schwingt die Tür leise auf und Udo Laumann, der groß gewachsene Mann, Ende fünfzig, mit dunklem Mantel, kommt zielstrebig auf sein Bett zu. Die steinerne Miene des Mordermittlers lässt keinen Rückschluss auf seine Gedanken zu.

Ihm ist nicht klar, ob Laumann als Freund oder als Erster Kriminalhauptkommissar sein Krankenzimmer betreten hat. Als Dienststellenleiter für das KK11, das Tötungsdelikte bearbeitet. Seine Aufklärungsquote ist legendär und sein Ruf reicht über Bochum hinaus. Laumanns blaue Augen funkeln jugendlich, trotz seines Alters. Immer noch bissig, immer noch auf der Jagd. Er kämpft den Kampf gegen das Böse seit Jahrzehnten, war selten Verlierer dieser Auseinandersetzungen. Kein Spielball der Politik, die immer weiter kürzt, einspart und sich anschließend über schlechte Zahlen beschwert. Sicherheit zum Nulltarif, Überalterung der Dienststellen, keine Neubesetzungen. All dies spiegelt sich in seinem Gesicht wider, aber die Augen sind klar und hellwach.

Er kennt Udo seit einigen Jahren und hat sich mit ihm angefreundet. Trotz seiner manchmal harschen Art und seinem gelegentlich aufbrausenden Temperament ist Laumann ihm sympathisch und als Gesprächspartner immer gern willkommen. Er schüttelt ihm die Hand.

„Wie geht es dir?"

„So weit ganz gut, glaube ich."

„Was sagt der Doc?"

Die Katze schleicht überdeutlich um den heißen Brei.

„Sie können nichts finden. Es stehen noch Untersuchungen aus und einige Ergebnisse liegen noch nicht vor, aber ...", er sieht die Augenbrauen seines Gegenübers in die Höhe gehen, „... aber im Moment haben sie keine Erklärung."

„Was ist passiert?"

Wahrscheinlich eine rhetorische Frage. Das Gespräch nimmt Züge einer Vernehmung an, was ihm Unbehagen bereitet. Sicher hat Laumann schon mit dem Arzt gesprochen und weiß genau, ob oder was ihm fehlt. Claudia hat ihm bestimmt auch schon etwas erzählt. Vielleicht testet er ihn, aber warum?

„Du weißt, dass ich mich nicht erinnern kann. Udo, was ist hier los? Sag endlich, warum du hier bist und mich vernimmst."

„Zuerst will ich von dir wissen, was passiert ist." Seine Augen lassen ihn nicht los. Laumann mustert ihn von oben bis unten und saugt jedes Wort, jede Geste in sich auf. Sein Gehirn ist wie eine Festplatte, die alles speichert und niemals vergisst. Selbst nach Jahren kann er sich noch an kleinste Details in seinen Fällen erinnern. Manchem Kollegen ist er einfach unheimlich mit seinem Elefantengedächtnis.

„Ich kann mich an nichts erinnern." Seine Unsicherheit wächst.
„Claudia sagte mir so etwas in dieser Richtung."
„Die letzten Erinnerungen liegen um Weihnachten."
Laumann hört schweigend zu und beobachtet ihn, wie die Schlange das Kaninchen.
„Warum hast du mit Claudia gesprochen? Du hast ihr Angst gemacht."
Laumann zieht einen Sessel ans Bett und setzt sich umständlich hinein. Er öffnet seinen Mantel ein wenig und zupft an seiner grauen Krawatte, die er schon zu lange umgebunden hat. Als der Kriminalhauptkommissar sich vorbeugt und ihm sehr nahe kommt, riecht Schramm den kalten Rauch in seinem Atem. Er könnte jetzt auch eine Zigarette vertragen und sich ein wenig entspannen.
„Wann warst du das letzte Mal im Büro?"
„Schätze mal, dass ich ganz normal arbeiten war. Vielleicht bis vor wenigen Tagen."
Laumann nickt, doch offenbar ist das nicht die Antwort, die er erwartet hat.
„Okay. Was noch?"
„Nichts. Keine Ahnung." Ihn beunruhigt das Gespräch und Laumann bemerkt es. Jeder will wissen, was passiert ist, zuallererst natürlich er selbst – und niemand kann eine Antwort geben.
„Nach Neujahr, genauer gesagt am dritten Januar, warst du das letzte Mal im Büro. Du hast deine gesamten Überstunden genommen und den Resturlaub aus dem vergangenen Jahr. Übernächste Woche wäre der Urlaub zu Ende gewesen."
Er ist schockiert, sein Hals ist trocken. Es kann sich nur um einen Scherz handeln. Warum sollte er nicht zum Dienst gegangen sein? Natürlich hat er immer vorgehabt, seinen Überstundenberg abzubauen, aber alle auf einmal, mit Resturlaub? Sollte das wirklich so gewesen sein, dann wäre er bestimmt mit Claudia in den Urlaub gefahren. Schließlich wünschte sie sich schon seit langem eine große Reise. Verwirrung macht sich breit und er hat keine Antwort.
„Wo soll ich denn die ganze Zeit gewesen sein? Claudia sagte mir doch, dass ich nur noch auf der Arbeit war."
„Das ist das Problem, Klaus." Seinen Namen spricht er scharf und sehr deutlich aus. „Claudia hast du das so erzählt, aber du warst die ganze Zeit nicht im Büro."

Seine Nackenhaare stellen sich auf. Die Gefahr ist fast körperlich zu spüren, eine leichte Gänsehaut breitet sich auf seinem Körper aus.

Umständlich greift Laumann in seine Innentasche und zieht einen Umschlag hervor.

„Wo ist dein Ausweis?"

„Willst du ihn mir wegnehmen?"

„Muss ich?"

„Verdammt noch mal, sag mir endlich, was du willst!" Er schreit ihn an und wartet darauf, dass sich seine Zimmertür öffnet und der Polizist wieder erscheint. Aus dem Umschlag zieht Laumann ein Foto.

Er sieht, dass noch weitere Fotos im Umschlag sind. Ein Bild hält Laumann ihm vor die Nase.

Die Rothaarige! Er zieht die Luft ein. Seine Reaktion war nicht zu übersehen. Er sieht, wie Laumann wieder die Augenbraue hochzieht.

„Kennst du sie?"

Scheiße, was soll er sagen? Er kann wohl schlecht sagen, dass er die Frau ständig als blutiges Gespenst in seiner Nähe sieht. Die Frau auf dem Foto sieht glücklich aus, lacht in die Kamera. Der strahlend blaue Hintergrund lässt vermuten, dass das Foto im Sommer aufgenommen wurde. Sie sieht hübsch aus, jung, mit einem hellen T-Shirt, einzelne Haarsträhnen wirbeln durch die Luft. Ihr schmales zierliches Gesicht erscheint makellos.

„Sie erinnert mich stark an eine alte Schulfreundin. Wir haben uns vor vielen Jahren aus den Augen verloren und dann bei einem Schuljubiläum zufällig wieder gesehen. Gelegentlich gehen wir ein Bier zusammen trinken. Aber sie ist es nicht. Die Frau hier ist zu jung, zu schmal im Gesicht. Aber im ersten Moment habe ich mich doch erschreckt."

Vielleicht nimmt er ihm die Lüge ab. Er nimmt das Bild in die Hand und schaut es nachdenklich an. Sollte er irgendeine Erinnerung an sie haben müssen? Nichts regt sich in ihm, keine Erinnerung, keine Spur, einfach nichts. Mist.

„Das ist Laura. Laura Kampmann. 27 Jahre alt."

Laumann wartet und schaut ihn an, als ob er eine Antwort von ihm erwartet. Er schüttelt den Kopf.

„Sagt mir nichts."

Laumann greift in den Umschlag und reicht ihm ein weiteres Bild. Es ist viel dunkler, in der Nacht aufgenommen. Als die Aufnahme gemacht wurde, muss es geregnet haben, kleine Pfützen funkeln auf einem Weg, der in einer Ecke des Bildes zu erkennen ist. Der Weg liegt direkt an einem Feld, der tiefe Matsch ist deutlich zu erkennen. Auf dem Feld liegt eine Frau mit roten Haaren, die Jeans ist dreckig und nass, wie auch ihr grün gestreifter Pullover. Auf der Stirn glänzt ein schwarzes Loch. Das Blut ist ihr über das Gesicht gelaufen, bedeckt das Feld, auf dem sie liegt, mit einem riesigen roten See. Die leblosen Augen starren in die Kamera. Im Brustbereich ist ein tiefroter Flecken erkennbar. Es gibt keinen Zweifel für ihn, dass diese Frau tot ist. Er schaut über den Bildrand zum Balkon und da steht sie. Laura Kampmann. Sie schaut ihn an. Der gleiche Pullover, die gleiche Jeans und auch die Wasserflecken auf der Jeans scheinen übereinzustimmen. Er dreht den Kopf zu Laumann.

„Und?"

„Kopfschuss. Und ein Schuss in die Brust. Kannst du mir was dazu sagen?"

„Was soll ich dir sagen? Ich kenne die Frau nicht. Woher soll ich dann wissen, was ihr passiert ist?"

Ohne ihn aus den Augen zu lassen, fährt der Mordermittler fort.

„Die Frau wurde am Dienstag in den frühen Morgenstunden gefunden. Wir haben deine Geldbörse mit deinem Dienstausweis neben ihr entdeckt. Hast du dein Portemonnaie nicht vermisst?"

„Nein", sagt er leise. „Ich bin erst vor einigen Stunden aufgewacht, persönliche Sachen habe ich noch nicht vermisst. Ich habe keine Erinnerung. Weiß nicht, wie ich hierhergekommen bin, wusste nicht einmal, wo mein Auto stand. Ich ...", stockt er, „... hast du mich im Verdacht?"

„Ich muss wissen, wo du in der Nacht vom Montag auf Dienstag warst. Der Tod trat irgendwann gegen 1.30 Uhr ein."

„Herrgott nochmal, ich kann mich an gar nichts erinnern", rutscht es ihm lauter heraus als beabsichtigt. „Heute Morgen wusste ich nicht einmal meinen Geburtstag und bin froh, dass der Großteil wieder da ist. Bis auf das Loch ab Weihnachten. Wieso bringst du mich mit dem Tod der Frau in Verbindung?"

„Es war deine Waffe."

Sein Herz steht still, die Farbe weicht spürbar aus seinem Gesicht. Er beginnt zu zittern und sein Magen macht einen Sprung wie bei einer Achterbahnfahrt.

„Unmöglich. Meine Waffe ist im Schließfach. Wieso sollte ich sie denn erschossen haben? Ich kenne sie doch gar nicht!"

„Genau das müssen wir herausbekommen."

„Habe ich sie erschossen?"

Laumann zögert und wartet einige Augenblicke.

Schramms Mund ist staubtrocken. Er greift nach der Flasche und trinkt gierig. Die Kohlensäure treibt ihm die Tränen in die Augen. Seine Waffe. Seine Kugel. Sein Mord? Es erscheint ihm unmöglich, einen Menschen zu erschießen, auch wenn er Polizist ist und dazu bereit sein müsste. Kann es wahr sein? War er der todbringende Sensenmann, der das Leben der jungen und hübschen Frau beendet hat? Erscheint sie ihm deshalb?

„Du kennst mich, Udo. Traust du mir so etwas zu?"

„Weiß nicht", flüstert er und schaut einen Moment aus dem Fenster. „Unter gewissen Umständen kann jeder töten. Es war deine Waffe."

Laumann blickt auf den Umschlag und greift mit zwei Fingern hinein. Ohne ein Wort reicht er ihm noch ein Bild. Es könnte das gleiche Feld sein, einige Bäume sind im Hintergrund zu erkennen. Die Nässe reflektiert den Blitz der Kamera.

Ein Mann liegt auf dem Rücken, vielleicht Mitte dreißig, möglicherweise osteuropäisch, ölige Haare, muskulös. Dunkler Anzug mit weißem Hemd, das zum größten Teil rot gefärbt ist und im Brustbereich zwei schwarze Löcher erkennen lässt. In der Stirn klafft ein kleines schwarzes Loch. Blutlachen haben sich um den Körper gebildet und eine kleine blutige Rinne führt vom Körper weg.

„Wir wissen nicht, wer er ist. Drei Schüsse, bereits der erste war tödlich."

Er versucht, sich auf das Schlimmste vorzubereiten und will gar nicht fragen, aber er muss.

„Meine Waffe?"

„Deine Waffe. Er lag ungefähr fünf Meter von der Frau entfernt. Beide sind fast gleichzeitig gestorben."

Er nimmt das Bild in die Hand und sieht einen völlig fremden Menschen. Kein Lichtblitz, kein Erkennen, keine Erinnerung. Hat er beide Menschen erschossen? Ihm wird schlecht, er hat Angst und hofft, bald aus diesem Albtraum zu erwachen.

„Habt ihr die Waffe gefunden?"

„Nein."

„Habt ihr in meinem Schließfach nachgesehen? Zu Hause?"

„Du weißt doch, wie das läuft."

„Claudia hat nichts erzählt. Hast du es ihr verboten?"

„Ich habe sie darum gebeten. Sie sollte dich nicht aufregen, habe ich ihr gesagt. Von meinen Ermittlungen habe ich ihr nichts erzählt. Ich habe ihr gesagt, dass es mehr oder weniger ein dienstlicher Gefallen ist und die Behörde sicher sein will, dass kein Fremdverschulden vorlag. Und deswegen haben wir uns auch deine Sachen angesehen. Sie glaubt mir und hat zugestimmt, dass wir uns deine Sachen ansehen können."

Sie waren also bei ihm zu Hause. Die Waffe haben sie nicht gefunden. Aber auch keine Informationen darüber, wo er gewesen ist und was er in der ganzen Zeit gemacht hat.

„Habt ihr mein Auto durchsucht?"

„Ja, steht in der Garage. Keine Beule, keine Flecken und auch kein Blut."

„Also war ich nicht mit dem Auto am Tatort?"

„Da kommt kein Auto hin."

„Wo ist das passiert?"

„In Wattenscheid. Am Zeppelindamm unmittelbar am Waldstück, dem Südpark. In der Nähe des alten Bauernhofes, der zum Reitstall umfunktioniert wurde. Gegen 1.30 Uhr haben Anwohner in der Nähe die Polizei gerufen. Haben gedacht, dass Jugendliche wieder mit Polenböllern rumwerfen."

„Dort in der Nähe bin ich aufgewachsen, aber das weißt du bestimmt schon."

Natürlich weiß Laumann es, antwortet aber nicht.

Schramm ist sich nicht ganz darüber im Klaren, wie es weitergehen soll, aber es war seine Waffe gewesen. Wie auch immer und von wem auch immer die Waffe genutzt wurde. Schließlich drängt sich, zumindest für den Moment, nur eine Frage auf:

„War ich am Tatort?"

Laumann schnauft.

„Es hat zu regnen angefangen, bevor der Tatort gesichert werden konnte."

Sein abschätzender Blick verrät ihm, dass er wohl richtig gelegen hat. Laumann hat nichts in der Hand. Vermutlich sind die Kollegen zuerst ihrem Instinkt gefolgt und haben in ihm erst einmal den Tatverdächtigen gesehen. Die Mordkommission hat ihre Arbeit aufgenommen und am Tatort möglichst alle verbliebenen Spuren gesichert.

Das Problem für die Mordkommission besteht wohl darin, ihn mit dem Tatort und den Toten in Verbindung zu bringen. Sie haben seine Waffe als todbringendes Element identifiziert und seine Geldbörse am Tatort gefunden, aber keinen Hinweis auf seine Anwesenheit. Keine konkrete Spur zum Täter oder zu ihm, nichts Handfestes, keinen Beweis, nur Vermutungen und Verdachtsmomente. Er ist und bleibt der erste Tatverdächtige, mehr nicht. Aber was sonst? Laumann scheint seine Gedanken zu lesen.

„Deine Kleidung war auch in Ordnung. Keine Dreckspuren an deinen Sachen oder an den Schuhen. Und wir haben alle Kleidungsstücke getestet."

„Also habt ihr nichts gegen mich in der Hand?"

Laumann lacht kurz auf.

„Deinen Humor hast du jedenfalls wieder zurück."

„Das ist alles, was mir im Moment bleibt."

„Wir haben auch Pulverrückstände an deinen Händen festgestellt."

Die Hände zittern noch mehr, der Mund wird erneut staubtrocken. Der Beweis, dass er eine Waffe abgefeuert hat. Seine Waffe, eine andere hat er nicht.

„Du warst am Montag noch schießen. Am Schießstand auf der Herner Straße."

„Ich dachte, dass ich Überstunden abgebaut hätte und im Urlaub war ..."

Er grinst bei dem Gedanken, merkt aber schnell, dass er keinen Grund dafür hat. Laumann erzählt von einem offenbar sehr planvollen Vorgehen, geschickt und in Kenntnis einiger polizeilicher Abläufe. Es macht ihm Sorgen, dass er ein solcher Mensch sein könnte.

„Du warst unangemeldet am Schießstand. Du hast gesagt, dass dein Chef wohl vergessen hat, dich anzumelden."

„Wie geht es jetzt weiter?"

„Die Präsidentin sitzt mir im Nacken. Und unser Kripoleiter Dresmer auch. Wollen Ergebnisse sehen und sind nicht gerade begeistert, dass ein Hauptkommissar in die Sache verwickelt ist. Sie haben natürlich Angst vor der Presse. Die beiden Toten haben mächtig viel Staub aufgewirbelt und du kannst dir vorstellen, welche Printmedien täglich anrufen, oder?"

„Klar, aber was kann ich jetzt tun?"

„Nichts. Warte erst einmal ab. Für die Medien ist bis jetzt kein Beamter involviert, die Ermittlungen laufen, heißt es, und so weiter. Lass dich von deinem Arzt sehr lange krankschreiben, dann braucht sich keiner Gedanken darüber zu machen, ob oder warum jemand vom Dienst freigestellt wird. Wir wollen keine schlafenden Hunde wecken."

Sie wollen keinen Staub aufwirbeln und die Führungsetage beruhigen, eine Patentlösung hat niemand. Eine lange Krankschreibung wird gewünscht, damit sie ihn nicht suspendieren müssen und sie sich die Untersuchungshaft sparen können, die nur Staub aufwirbeln würde und die Ermittlungen beeinträchtigen könnte. Solange er krank ist, kommen keine Gerüchte hoch. Niemand muss sich unangenehmen Fragen aussetzen oder halbwegs akzeptable Antworten in ein Mikrofon sprechen.

„Brauche ich einen Anwalt?"

„Das musst du selber wissen. Heute haben wir nur ein wenig geplaudert, obwohl ich das gar nicht gedurft hätte. Aber ich brauche Antworten – und ich war mir durch die Gespräche mit Claudia und dem Arzt sicher, dass ich nichts von dir erfahren kann. Bis jetzt. Aber du musst natürlich zur Vernehmung kommen."

„Muss?"

„Du weißt, wie ich das meine. Noch ist nichts offiziell. Ich will mir einfach nicht vorstellen, dass du irgendetwas damit zu tun hast, aber die Indizien werfen zu viele Fragen auf. Und ein unangenehmes Gefühl, wie du dir vorstellen kannst. Der Arzt hat mir gesagt, dass du wahrscheinlich morgen nach Hause kannst. Geh am Montag zu deinem Hausarzt und lass dich krankschreiben. Das kannst du auch als Anlass nehmen, um zur Dienststelle zu fahren. Gib deinem Chef die Krankschreibung und dann komm zu uns runter, wenn du willst. Was meinst du?"

„Klingt vernünftig. Ich habe nichts zu verbergen und wir können alles aufschreiben, aber wie gesagt, viel wird nicht in der Aussage stehen."

„Ich weiß. Und mach dir keine Gedanken wegen der Kollegen. Bis auf die MK, die Präsidentin und dem Dresmer weiß niemand Bescheid. Nicht einmal dein Chef. Und das bleibt vorläufig auch so.

Meine Jungs wissen, dass ich ihnen den Arsch aufreiße, wenn irgendetwas durchsickert."

Laumann packt die Bilder wieder ein und steht auf. Mit seinen riesigen Pranken schüttelt er ihm die Hand. Obwohl er einen kleinen Hauch von Zweifel in Laumanns Augen sieht, scheint er ihm zu glauben. Aber wer würde in dieser Situation nicht zweifeln?

„Wir sehen uns Montag, okay?"

„Ja. Soll ich dich kurz vorher anrufen?"

„Ich bin sowieso im Büro. Der Fall hat oberste Priorität."

Für einen kurzen Augenblick bleibt er an der Tür stehen.

„Ach ja, in einem Fernsehkrimi würde man jetzt sagen, dass du in der nächsten Zeit einen Schatten hast."

„Der Kollege vor der Tür? Wieso brauche ich einen Schatten?"

„Wollte die Präsidentin so."

„So viel zum Thema »Kein Aufsehen erregen«."

Er lacht.

„Eben. Den Kollegen habe ich schon abziehen lassen, er wird aber durch zivile Kollegen ersetzt."

„Doch mehr Zweifel, als du zugeben willst, oder?"

„Du weißt doch selbst, wie wir ticken. Am Ende muss alles korrekt in den Akten stehen. Sieht scheiße aus, wenn etwas schiefgeht."

„Klar."

Mit einem kurzen Nicken verlässt Laumann sein Krankenzimmer. Er ist alleine und seine Gedanken rasen. Claudia sollte ihn nicht beunruhigen, aber den Schrecken, den Laumann ihm eingejagt hat, hätte Claudia auch nicht toppen können. Wie angestrengt er auch nachdenkt und mit Gewalt Erinnerungen hervorzaubern will, es gelingt einfach nicht. Es bleibt einfach dunkel und ein fader Beigeschmack. Ist er ein Mörder?

◊

Es ist ein trüber und nebliger Sonntag. Trotz der Kälte regnet es immer wieder und keine Menschenseele ist auf der Straße zu sehen. Die Menschheit scheint wie vom Erdboden verschluckt, niemand geht bei einem solchen Wetter freiwillig vor die Tür.

Ein Arzt ist bereits am Morgen bei ihm und nimmt wieder Blut ab. Zuerst will er fragen, ob er noch Blut im Körper hat und wie lange der Körper braucht, um den Verlust wieder auszugleichen. Aber er verzichtet lieber auf die Frage, da der Arzt anscheinend keinen Spaß versteht. Der kam schon mit mürrischem Gesicht ins Zimmer und spricht während der Blutabnahme kein Wort. Teilnahmslos starrt er aus dem Fenster, während sein Blut in die Kanüle läuft. Der Chefarzt würde noch einmal nach ihm sehen, ist seine einzige Bemerkung, als er das Zimmer verlässt.

Eine Stunde später ist der Chefarzt dann bei ihm und spricht von einem Rätsel, das er nicht lösen könne. Es gebe einfach keine erkennbaren Ursachen für seinen Zusammenbruch und die Bewusstlosigkeit.

„Sie haben die Gesundheit eines Pferdes", teilt er ihm resigniert mit, während er die Kanülen und sonstigen noch an ihm hängenden Schläuche entfernt.

Sein Körper habe gekrampft, alle Systeme einfach heruntergefahren. Zumindest versucht der Chefarzt, ihm dies mit einfachen Worten zu erklären.

Er kann die Aussagen nicht nachvollziehen. Es muss doch mit den heutigen medizinischen Kenntnissen ein Grund dafür zu finden sein. Offenbar hat er sich geirrt.

Am Montag soll er entlassen werden, da im Krankenhaus nichts mehr für ihn getan und sein Zustand als „sehr gut" bezeichnet werden könne. Er erkennt die Chance und fragt, welche Untersuchungen denn noch bis Montag durchgeführt werden müssten. Zunächst erhält er nur ausweichende Antworten, aber es scheint keine medizinische Notwendigkeit vorzuliegen. Aus versicherungstechnischen Gründen sei eine frühere Entlassung nicht vorgesehen und Entlassungen seien sonntags nicht möglich. Aber er redet permanent auf den Arzt ein und versucht ihn von einer schnellen Entlassung zu überzeugen. Er erklärt sich bereit, die Verantwortung für die Entlassung zu übernehmen.

Das Grinsen des Chefarztes lässt erahnen, dass er seine Absichten durchschaut hat.

Er lässt jedoch nicht locker, bis der Arzt verspricht, sich noch einmal mit dem Vorgang zu beschäftigen und ihn vielleicht doch, eventuell, möglicherweise bereits am Nachmittag zu entlassen.

Claudia kommt zur Kaffeezeit und bringt ein Stück Kuchen mit. Sie unterhalten sich über belanglose Themen und meiden seine Unterhaltung mit Laumann. Er möchte Claudia keine Vorwürfe machen, dass sie ihm nichts von Laumann und seinen Ermittlungen erzählt hat. Das wäre ungerecht. Schließlich hat sie von den tatsächlichen Hintergründen keine Ahnung. Er möchte den Verdacht gegen ihn nicht erwähnen. Er weiß, dass das egoistisch ist, aber was sollte das bringen? Sie würde sich nur noch mehr Sorgen machen, schlecht schlafen, nicht mehr essen und ihm vielleicht sogar misstrauen. Das kann er jetzt wirklich nicht gebrauchen.

So reden sie über den Donnerstag, über die Hilfe, die die Nachbarn ihm haben zukommen lassen. Von den Sorgen, die sich alle machen, von Freunden, Verwandten und Bekannten. Sie bestellt ihm von allen viele Grüße, jeder hat seine Unterstützung angeboten und alle wollen ihn besuchen. Das wäre der einzige Grund, nicht nach Hause zu gehen. Aber er will seine Ruhe und Licht in seine Vergangenheit bringen. Er muss etwas tun und sich Klarheit darüber verschaffen, was ihn zu privaten Ermittlungen getrieben hat. Gut zwei Monate liegen im Dunkeln und er will wissen, was es mit den Toten und ihm auf sich hat. Eine Verbindung kann er sich beim besten Willen nicht vorstellen.

Während sie Kaffee trinken, greift Claudia in ihre Handtasche und gibt ihm sein Handy. Sie schaut zu Boden und weicht seinem Blick aus. Trotzdem muss er aus einem nicht zu erklärenden Antrieb die Frage stellen: „Hat Laumann das Handy gehabt?"

Erschrocken sieht sie zu ihm auf, die Röte breitet sich in ihrem Gesicht aus. Er kann ihr förmlich ansehen, wie sie verzweifelt eine Erklärung sucht. Sie braucht nicht zu antworten, er kennt die Antwort.

„Mach dir nichts daraus. Es ist schon in Ordnung. Laumann macht sich nur Sorgen."

„Er hat mir gesagt, dass sie jedes Fremdverschulden ausschließen wollen. Sie haben die Sorge, dass möglicherweise ein dienstliches Ereignis dahinterstecken könnte."

So hat Laumann also nicht ganz gelogen. Er hat Claudia zwar über die tatsächlichen Hintergründe im Unklaren gelassen, aber eine dienstliche Notwendigkeit ins Spiel gebracht, um weitere Maßnahmen treffen zu können.

„Hat er sonst noch irgendetwas gesagt?"

„Nein. Er hat es mir überlassen, ob ich dir die Wahrheit darüber sage, warum das Handy noch nicht hier ist. Gestern hat er mir gesagt, dass ich das Handy ja zufällig im Haus gefunden haben könnte oder in dieser Situation einfach nicht daran gedacht habe. Ich wollte dir aber die Wahrheit sagen."

Natürlich hat Laumann das Handy nachsehen lassen. Es wäre grob fahrlässig gewesen, das nicht zu tun. Wahrscheinlich hat er sich erhofft, mehr Informationen über die letzten Wochen zu erhalten. Allerdings scheint er nichts gefunden zu haben, da er das Handy sonst nicht so schnell zurückbekommen hätte.

Er schaut das Handy kurze Zeit ungläubig an und sieht seine Kontakte durch. Nur Verwandte, Freunde und Bekannte, keine unbekannten Personen. Zu allen Kontakten fallen ihm auch die Personen ein, nichts Auffälliges.

„Laumann hat mich gefragt, ob irgendein Unbekannter darunter ist."

„Wer soll auch als Unbekannter gespeichert sein?" Wenn er in irgendetwas hineingeraten ist oder aus irgendwelchen Gründen privat ermittelt hat, würde er mit Sicherheit nichts auf seinem Handy hinterlegen. Schon gar nicht unbekannte Verbindungen.

Auch die Bilder sind absolut unauffällig. Zwei oder drei Urlaubsbilder, ein Foto von seinem Wagen, einige Filmschnipsel von *Youtube*. Kann Laumann die Geodaten ausgelesen haben? Geht das überhaupt? Weiß er, wo er sich aufgehalten hat?

Claudia erzählt ihm von ihrer Arbeit bei der Sparkasse und ihren Mitarbeitern, die ihr Trost spenden. Sie halten ihrer Chefin den Rücken frei und geben ihr Bestes, ihr Fehlen nicht auffallen zu lassen. Claudia hat sich krankschreiben lassen und ihr Hausarzt, Dr. Rose, hat ihr aufgetragen, sich zumindest für die erste Zeit um ihn zu kümmern.

Er wird sowieso morgen zu ihm müssen, mal sehen wie der Hausarzt die Sache so sieht. Er ist ein wirklich guter Hausarzt, mit viel Engagement und Herzblut. Und Ehrlichkeit. Kein unverständliches Arztgeschwafel und keine Verschleierung durch den Gebrauch unzähliger Fremdwörter. Wer die Praxis verlässt, weiß in der Regel um seinen Gesundheitszustand. Es sei denn, dass Doktor Rose selbst einen Spezialisten einschalten muss. Aber auch dann sind seine Vermutungen meist richtig.

Am späten Nachmittag erscheint der Chefarzt mit seinen Papieren und gibt ihm und Claudia noch einige Verhaltensregeln. Seine Notfallnummer hat er auf eine Visitenkarte geschrieben und bittet eindringlich, sofort anzurufen, wenn sich sein Gesundheitszustand verschlechtert. Davon geht er aber nicht aus.

Schnell packt er seine Tasche und ist heilfroh, endlich wieder nach Hause zu kommen. Als er mit Claudia auf den Krankenhausflur tritt, kann er keinen Kollegen sehen, ist sich aber sicher, dass Laumann bereits von seiner Entlassung weiß. Die Schwester verabschiedet sich und wünscht ihm alles Gute.

Am Haupteingang des Bergmannsheil-Krankenhauses stehen die Raucher in Grüppchen, Patienten und Besucher, einige von ihnen haben noch Kaffeebecher in der Hand. Die kleine Cafeteria am Eingang ist immer gut besucht, es gibt dort auch besseren Kaffee als auf den Stationen. Er schaut Claudia an, sie liest anscheinend seine Gedanken und lacht.

„Willst du wirklich eine rauchen?"

„Ja, bitte. Mir geht es gut, ich werde auch nicht umfallen. Versprochen."

Sie gibt ihm eine Zigarette, die ohne Zusatzstoffe sein soll. Das Rauchen wird zwar dadurch nicht gesünder, es beruhigt aber doch ein wenig. Außerdem hat man ihn in den letzten beiden Tagen völlig auf den Kopf gestellt. Er ist kerngesund. Das Rauchen hat sich also nicht negativ ausgewirkt, oder zumindest noch nicht.

Claudia hat den Wagen im Parkhaus abgestellt und fragt ihn, ob er warten will, während sie den Wagen holt. Er will aber lieber die paar Meter laufen, möchte sich bewegen und die frische kalte Luft einatmen. Gemütlich gehen sie gemeinsam zum Parkhaus und bezahlen die Gebühren an einem der Automaten.

Auf der Fahrt nach Hause sitzt er schweigend auf dem Beifahrersitz und beobachtet die Spaziergänger, die entlang der Straße laufen, eilig vor dem Regen fliehend. Manche versuchen, alle Möglichkeiten zum Schutz vor dem Regen zu nutzen, viele tragen Regenschirme. Anderen scheint der Regen völlig egal zu sein und sie lassen die Nässe und Kälte in die Kleidung. An einer Kreuzung schaut er durch die Fenster in eine Gaststätte, die von Freunden geführt wird.

„Lass uns nach Hause fahren", ist die einzige Antwort von Claudia, als er einen kurzen Besuch vorschlägt. Vermutlich hat sie recht, er sollte sich Ruhe gönnen.

Sie parkt ihren Wagen vor der Garage, da alle Parkplätze mal wieder belegt sind. In der nächsten Zeit darf er sowieso nicht fahren und braucht daher sein Auto nicht. Also kann sich Claudia getrost vor die Garage stellen. Sie wohnen in einer sehr ruhigen Gegend von Bochum mit vielen Einfamilien- und Reihenhäusern, aber die Parksituation an Wochenenden kann gelegentlich sehr schwierig sein.

Als Claudia den Wagen abschließt, schaut er den Hang hinauf zu den Häusern. Es kommt ihm irgendwie alles verändert vor. In ihm taucht das Gefühl auf, als wäre er in der Jugend hier aufgewachsen, fortgegangen und jetzt nach Jahrzehnten zurückgekommen. Langsam geht er die Treppen hinauf, die zu ihrem Haus führen. Ihr Reihenendhaus liegt am Weg und ihre Holzterrasse glänzt vor Feuchtigkeit. Sie haben auf einen Garten verzichtet, um sich so wenig Arbeit wie möglich zu machen. Aber ganz ohne geht es auch nicht, zumal Claudia ganz wild auf Blumen, Blumentöpfe und Gestaltung ist.

Er selbst nutzt die Terrasse kaum, kann die Sonne und Wärme nicht ausstehen. Schnell zieht er sich einen Sonnenbrand zu. Hohe Temperaturen, auch die immer häufiger auftretende Schwüle, treiben ihm schnell den Schweiß auf den Körper und führen dazu, dass er sich ausgelaugt fühlt.

Er zieht den Herbst vor, nicht zu warm, nicht zu kalt und gelegentlich ein reinigender Regenguss – das lässt ihn aufblühen. Aber seine Einstellung macht ihn zum Einzelkämpfer. Kaum jemand kann sein Leiden nachvollziehen oder verstehen. Unweigerlich führt dies immer wieder zu Konflikten bei der Urlaubsplanung mit Claudia. Alle drei oder vier Jahre beißt er in den sauren Apfel und fährt mit ihr in den Urlaub, sogar in die Sonne. Für ihn ist das purer Stress.

Den restlichen Sonntag liegt er auf der Couch, schaut fern und liest gelegentlich in einem Buch. Aber er ist nicht konzentriert, denkt immer wieder an die Toten und an Laumann mit seinen Ermittlungen. Er kann sich noch nicht um die Sache kümmern. Claudia wirft immer wieder ein Auge auf ihn und würde sofort mitbekommen, wenn er im Haus nach Hinweisen sucht.

Eine Fahrt zum Präsidium scheidet völlig aus. Claudia würde ihn nie dort hinbringen und ihn auch nicht selbst fahren lassen, was für ihn auch in Ordnung ist. Da Laumann bestimmt schon nachgesehen hat, geht er davon aus, dass er hier und im Präsidium keine Antworten finden wird. Also kann er auch gemütlich auf der Couch liegen und abwarten.

Zu Abend gibt es ein leckeres Rinderfilet mit Salat und Kartoffelecken. Das Essen ist traumhaft. Mit Sicherheit ist Claudia die beste Filet-Braterin der Welt. Ein Messer ist überflüssig und das rosafarbene Fleisch erscheint wie gemalt. Es war ihm schon immer ein Rätsel, wie Fleisch so genial zubereitet werden kann.

Abends schauen sie noch einige Krimis und gehen schließlich zu Bett. Claudia schläft sofort ein. Die Tage waren sehr stressig und haben sie ausgelaugt. Immer wieder greift ihre Hand in der Dunkelheit nach ihm. Sie atmet tief durch, als sie seinen warmen Körper spürt und schläft weiter, wenn sie überhaupt wach geworden ist. Er selbst wälzt sich hin und her. Sein Körper weigert sich einfach, der Müdigkeit nachzugeben und einzuschlafen. Die Angst, an einem unbekannten Ort wach zu werden und wieder keine Erinnerung zu haben, lässt ihn einfach nicht einschlafen. So dreht er sich von der einen Seite zur anderen.

Kurz vor Mitternacht steht er auf und geht ins Arbeitszimmer. Er kann einfach keine Ruhe geben. Wie er richtig vermutet hat, findet er keine Hinweise auf die letzten Wochen oder gar eine Beziehung zu den Toten. Er überlegt, ob er den Computer hochfahren soll. Sein Finger schwebt über dem Anschaltknopf.

„Klaus?"

„Ich bin hier. Wollte nur eben auf die Toilette."

„Komm wieder ins Bett."

Er ist sich nicht sicher: Befindet sich Claudia im Halbschlaf oder ist sie wach? Also geht er zur Toilette und betätigt die Spülung. Mit kalten Füssen steigt er ins Bett und starrt in die Dunkelheit. Die Dunkelheit. Er hat noch eine Vorstellung von der Dunkelheit, die ihn vor kurzer Zeit umhüllt hat und langsam verblasst, kann sie aber nicht erklären oder beschreiben. Es ist wie, ja wie? Ein schwarzes Loch, einfach nichts – und plötzlich tauchen Geräusche auf, ein Gesicht erscheint und ein Raum wird sichtbar. Es ist schon ziemlich bizarr und beängstigend, keine Erinnerung zu haben. Und ein feiner Nebel setzt sich auf die Momente des Wachwerdens, verdrängt langsam die Erinnerung.

Seine Gedanken treiben ohne Ziel und Richtung. Er möchte so etwas nicht noch einmal erleben. Bis zu einem gewissen Punkt kann er sich erinnern, dann endet die Erinnerung abrupt um Weihnachten – und plötzlich sind die Bilder aus dem Krankenhaus da. Sonst nichts, er kann es nicht begreifen. Ein schwarzes Loch ist die beste Beschreibung, die ihm dazu einfällt. Gleich einer Aufnahme auf einem Videoband, die plötzlich gestoppt und zu einem späteren Zeitpunkt fortgesetzt wurde. Spielt man das Band ab, sieht man den Bruch in der Aufnahme. Zuerst der Spielfilm, dann plötzlich und unerwartet die Tagesschau. Einfach so, zack.

Was war dazwischen? Vermutlich private Ermittlungen und zwei Tote, die wohl irgendwie mit ihm in Verbindung standen. Standen die Toten selbst miteinander in Beziehung? Eine Dreiecksgeschichte mit einem gehörnten Ehemann? Unmöglich.

Der LED-Wecker wirft die Uhrzeit in roten Zahlen an die Schlafzimmerwand. 01:36. 02:17. Irgendwann erliegt er einem unruhigen Schlaf, sieht die Toten vor seinen Augen, seine weinende Claudia und Laumann. Zwischendurch wird er immer wieder wach. 03:08. 04:41.

Er schreckt hoch. Angst macht sich breit, er will nicht wieder schlafen. Wenn er schläft, wacht er irgendwo wieder auf und kann sich nicht erinnern. Sobald seine Augen geschlossen sind, sieht er wieder und wieder die gleichen Bilder, die gleichen Toten, Tränen und Laumann.

Als der Wecker plötzlich klingelt, wird ihm klar, dass er doch eingeschlafen ist. Richtig erholt fühlt er sich nicht, aber beruhigt, endlich aus dem Bett steigen zu können. Es ist zwar erst halb sieben, doch er springt förmlich aus dem Bett und freut sich auf die Dusche und einen Kaffee. Von Müdigkeit keine Spur.

Wie immer fällt ihm auf, dass der Vollautomat einen Höllenlärm macht. Der Kaffee verströmt einen herrlichen Duft. Er geht mit dem Pott in der Hand zum Fenster im Erdgeschoss. Sein Blick schweift über die Häuser und Gärten der Nachbarn. Der Regen hat aufgehört und Raureif hat sich auf der Holzterrasse gebildet. Es scheint bitterkalt zu sein und die Scheiben der Autos sind vereist.

Sein Blick streift ihre Stelen im Garten, die sie zur Zierde und auf der anderen Terrassenseite als Brunnen angelegt haben, als er am Gartenhaus die Rothaarige, Laura, sieht. Sie steht einfach da und schaut zu ihm herauf. Er ist nicht einmal erschrocken und weiß nicht so recht, wieso nicht. Eigentlich sollte er nervös sein, sich fürchten oder Sorgen machen. Aber nichts von alledem geschieht. Sie verfolgt ihn vom Krankenhaus nach Hause. Die Medikamente dürften nicht mehr der Grund für diese Halluzinationen sein, sie sind längst abgebaut. Die letzten Tabletten hat er am Sonntagmorgen genommen.

Einige Zeit stehen sie so da und starren sich an. Abwartend, lauernd, sprungbereit, um auf die erste Bewegung des anderen reagieren zu können. Doch nichts passiert. Er steht einfach da und wartet, weil er einfach nicht weiß, was er tun soll. Laura steht auch nur da. Er muss etwas mit ihr zu tun gehabt haben. Wenn er nur wüsste, was.

Plötzlich greifen zwei Hände von hinten um seinen Bauch. Wie vom Blitz getroffen, schreit er auf und verschüttet seinen Kaffee.

„Alles in Ordnung. Ich bin's."

Er antwortet nicht und versucht, den Schrecken aus seinen Gliedern zu bekommen. Katzengleich muss Claudia die Treppe heruntergekommen sein und sich an ihn herangeschlichen haben. Oder er war so tief in Gedanken an Laura versunken, dass er Geräusche einfach ausgeblendet hat. Jedenfalls hatte er Claudia nicht bemerkt. Nur langsam entspannt sich sein Körper wieder.

„Warum bist du schon aufgestanden?"

Claudia schmiegt ihren Kopf gegen seinen Rücken.

„Ich konnte nicht mehr schlafen. Aber ich wollte dich nicht wecken und hatte einfach tierischen Kaffeedurst."

„Willst du früh zum Arzt?"

„Wenn es dir nichts ausmacht."

„Ich gehe duschen und bin gleich wieder da. Kannst du mir schon mal einen Kaffee machen?"

„Klar."

Er dreht sich zu ihr um, stellt die Tasse auf den Tisch und nimmt Claudia in den Arm. Tief atmet er ihren Duft ein, spürt ihren warmen Körper und eine Träne läuft ihm über das Gesicht. Er hat ein schlechtes Gewissen, weil er sich nur schwerlich vorstellen kann, was Claudia durchgemacht haben muss. Über Wochen hat er sich offenbar nicht um sie gekümmert, ohne ein Wort der Erklärung. Hat sie im Dunklen gelassen und sich dann einfach für zwei Tage abgelegt. Die Ärzte wussten in den ersten beiden Tagen nicht, ob er überhaupt jemals wieder aufwachen würde. Bis zu seinem Erwachen am

Samstag. Und danach hatten die Ärzte kein Wort der Erklärung, keine Diagnose. Er kann sich Claudias Sorgen und Ängste kaum vorstellen. Ewig will er so stehen bleiben, genießt die Umarmung und atmet ihren Duft ein.

„Schön, dass du wieder da bist."

„Ich gehe nicht weg und wollte auch niemals weggehen", flüstert er ihr lächelnd zu.

Sie wischt ihm die Träne von der Wange, küsst ihn zärtlich und lange. Endlich fühlt er sich zu Hause, geborgen, geliebt und vielleicht sogar einen Moment sorgenfrei. Eine Last scheint von seiner Schulter zu fallen, die jedoch sofort wieder da ist, als sich Claudia aus der Umarmung löst und die Treppe zum Badezimmer hinaufgeht. Langsam dreht er sich wieder zum Fenster. Sein Blick bleibt am Gartenhaus hängen. Laura Kampmann ist verschwunden. Er will seiner Frau nichts von ihr erzählen, weil er sie nicht beunruhigen möchte.

Nach wenigen Minuten hört er, wie Claudia die Dusche abdreht. Er macht ihr Kaffee und setzt sich an den Frühstückstisch, den er mittlerweile gedeckt hat. Schweigend genießen sie die Spiegeleier. Das Geschirr stellen sie nach dem Essen in die Spüle.

Wortlos fahren sie mit Claudias Auto zum Hausarzt. Die Nervosität steigt, je näher sie ihrem Ziel kommen.

Aufmerksam hört sich der Arzt ihre Erzählungen an. Immer wieder sieht er auf die Untersuchungsergebnisse und den Entlassungsbericht aus dem Krankenhaus. Doch auch er steht vor einem Rätsel und kann ihm keine Antworten geben. Die nächsten Wochen sind verplant mit Untersuchungen bei den unterschiedlichsten Ärzten, selbst ein epileptischer Anfall scheint im Bereich des Möglichen. Er stellt sich darauf ein, dass er in nächster Zeit noch viele Fragen hört und noch weniger Antworten bekommen wird.

◊

Mit Überweisungsscheinen, einem Terminzettel für den Neurologen und seiner Krankschreibung verlassen sie den Hausarzt. Claudia steuert ihren BMW die Holzstraße in Eppendorf hinunter, einem Wattenscheider Stadtteil. Die Straßen sind nicht so zugeparkt, wie er befürchtet hat. Wahrscheinlich sind die meisten Leute mit dem

Wagen zur Arbeit gefahren. Am Denkmal im Zentrum von Eppendorf sind viele Leute auf dem Weg zum Supermarkt oder zum Bäcker. Sie fahren über die Engelsburger in Richtung Essener Straße, die Wattenscheid mit Bochum verbindet. Vorbei am Busbahnhof der Bogestra, den öffentlichen Verkehrsbetrieben, und später auch an der Jahrhunderthalle und dem Gewerkschaftshaus.

In ihm macht sich eine Unruhe breit, da er auf Laumann und seine Mordkommission treffen wird und er sich nicht sicher ist, was ihn erwartet. Hat Laumann weitere Überraschungen auf Lager, mit denen er ihn heute konfrontieren wird? Nimmt er ihn fest?

Das Bergbaumuseum verdeckt das Polizeipräsidium teilweise, doch er erkennt das alte Gebäude und, wie üblich, sind alle Parkplätze besetzt. Die Parksituation ist während der Geschäftszeiten einfach katastrophal und ändert sich erst mit Dienstschluss von Polizei und einigen anderen Behörden, die hier ihren Sitz haben.

Claudia parkt auf den Standstreifen, der für Fahrzeuge der Polizei reserviert ist, gleich vor dem Haupteingang, der sich für ihn wie ein riesiges Maul aufbaut und ihn zu verschlingen droht. In ihm regt sich die Frage, ob er wirklich zu Laumann will oder er damit nicht einen Fehler macht. Aber wenn er nicht geht, erhält er keine Antworten, keine Ansatzpunkte, und bringt sich weiter in Verdacht.

„Alles gut?", fragt Claudia.

„Ja, ja. Ich habe nur überlegt, ob ich den Büroschlüssel eingepackt habe." Er zieht der Schlüsselbund aus seiner Jackentasche und hält ihn hoch.

„Geh schon. Die Kollegen sind bestimmt froh, dich heile zu sehen."

„In gut einer Stunde kannst du mich wieder abholen. Fahr ruhig in deine Filiale und sieh nach, ob du noch etwas zu erledigen hast", erwidert er.

Er küsst sie zum Abschied und die eiskalte Luft dringt in den Wagen, als er die Tür öffnet.

„Bitte nicht zum Abschied hupen", denkt er sich, als er langsam die alten Stufen zum Präsidium hinaufgeht. Der Pförtnerin winkt er kurz zu und fährt mit dem Aufzug in die dritte Etage. Der Aufzug geht nicht höher und er muss die Treppe nach oben in den vierten Stock nehmen. Das alte Gebäude ließ einen höheren Ausbau einfach nicht zu.

Der fensterlose Flur auf seiner Büroetage ist mit Neonröhren erhellt. Es ist erstaunlich ruhig und zuerst denkt er, dass die Kollegen zu einer Durchsuchung ausgeflogen sind. Aber er bemerkt die geschlossenen Bürotüren und weiß, dass die meisten einfach in Ruhe arbeiten wollen.

Leise öffnet er seine Bürotür und schaut einen Moment in den Raum. Nichts weist darauf hin, dass er in der letzten Zeit hier war. Keine Vorgänge auf dem Bürotisch, der Rechner ist nicht hochgefahren und seine Tasse steht nicht wie sonst üblich neben der Tastatur.

In den Ablagen und den Schubladen findet er nichts, was ihn irgendwie weiterbringt. Vielmehr hat er den Eindruck, dass jemand seine Schubladen durchgesehen hat. Hinweise auf Laura Kampmann oder den anderen Toten sind auch nicht zu finden. Nicht einmal eine handschriftliche Notiz.

Er schließt die Tür und setzt sich in seinen gemütlichen Bürosessel, den er anstelle des dienstlich gelieferten Sessels benutzt. Er lehnt sich zurück und schließt die Augen. Einen Augenblick lang glaubt er, das Klappern von Tastaturen zu hören.

Ganz leise klopft es an der Tür, die gleichzeitig geöffnet wird.

„Klaus?"

Seine Kollegin steht vor der Tür und sieht ihn mit großen Augen an. Ihre dunklen Haare sind wie immer zu einem Zopf gebunden und ihre Augen glänzen vor Freude. Ein Lächeln zeichnet sich auf ihren Lippen ab.

Auch er muss lächeln und nimmt sie in die Arme.

„Marion. Schön dich zu sehen. Wie geht es dir?"

„Das fragst du mich? Ich habe ja schlimme Sachen von dir gehört: Intensivstation, Bewusstlosigkeit und so einen Kram. Hast Claudia bestimmt einen riesigen Schrecken eingejagt."

Sie drückt ihn fester und scheint nicht loslassen zu wollen. Ihre dünnen Arme üben eine erstaunliche Kraft aus. Ihr Rudergerät im heimischen Fitnesskeller scheint den ersehnten Erfolg gebracht zu haben. Sie gehört zu den wenigen, die einen engeren Kontakt zu ihm haben, wenn auch keinen privaten.

Er hat immer darauf geachtet, im Dienst keine engen Freundschaften entstehen zu lassen. Zu schnell geschehen Dinge, die einen ausgrenzen können oder ins Abseits stellen. In seinem engsten Freundeskreis hat er nur einen einzigen Kollegen, der jedoch in einer anderen Stadt seinen Dienst versieht.

„Was soll ich sagen? Ich weiß nicht, was passiert ist und die Ärzte sind völlig ahnungslos. Es gibt einfach keine Erklärung für den Vorfall."

„Bernd hat so etwas in der Richtung angedeutet. Ist einfach beunruhigend. Wie gehst du damit um?"

„Schlecht. Ich kann nicht richtig schlafen. Habe ständig Angst, irgendwo aufzuwachen und nicht mehr zu wissen, wo ich bin oder was passiert ist. Hoffentlich legt sich das mit der Zeit."

„Und Claudia?"

„Du kennst sie doch. Sie macht sich tierisch Sorgen und lässt mich keinen Moment aus den Augen."

Sie gehen zum Aufenthaltsraum und genehmigen sich eine Tasse Kaffee, der so übel wie immer schmeckt. Sie unterhalten sich noch kurze Zeit über den Dienst und die Kollegen, die wegen der zunehmenden Zahl der zu bearbeitenden Vorgänge resignieren.

„Sag mal, wann war ich das letzte Mal hier?", fragt er sie und schaut stur auf seine Tasse.

„Wow. Das ist ja eine richtig große Lücke, die du da mit dir rumschleppst. Warum fragst du?" Ein sorgenvoller Unterton ist in ihrer Stimme zu hören. Marion macht sich ständig Sorgen um die Gesundheit, um ihre eigene und die ihrer Freunde. Unzählige Male musste die Dienststelle schon Vorträge über gesunde Ernährung und gefährliche Inhaltsstoffe in der Nahrung über sich ergehen lassen.

„Vielleicht bekomme ich so meine Erinnerungen wieder. Oder zumindest Teile davon."

„So um den Jahreswechsel. Ich weiß das nicht mehr so genau. Du hast Urlaub genommen und Überstunden."

„Hab ich gesagt, was ich in dieser Zeit vorhatte?"

„Nein. Vermutlich hast du einfach keinen Bock mehr gehabt. Ich wünschte, dass ich das auch so machen könnte."

„An was habe ich gearbeitet?"

„Der übliche Kram. Nichts Besonderes. Du hast nichts erzählt. Ich habe deine Vorgänge übernommen, dafür schuldest du mir auf jeden Fall noch ein Essen, aber da war nichts Besonderes dabei."

„Das hilft mir nicht weiter."

Auf dem Flur sind schwere, schlurfende Schritte zu hören. Frank kommt in den Aufenthaltsraum und begrüßt ihn herzlich. Seinen massigen Körper wuchtet er auf einen der Stühle. Doch er besteht darauf, nicht zu dick, sondern nur zu klein zu sein. Frank ist mit seiner Lebensart der ideale Gegner für Marion. Seine Lebensweisheiten wie „Fleisch ist mein Gemüse" und „No sports" bergen ständiges Konfliktpotenzial, das in der Regel mit gegenseitiger Neckerei ausgefochten wird.

Auch er will natürlich alles über seine Geschichte hören. Mit verschränkten Armen über seinem Bauch und der dicken Hornbrille auf der Nase hört er schweigend zu. Aber auch er kann ihm nicht weiterhelfen. So unterhalten sie sich noch weiter über die üblichen Belanglosigkeiten des Dienstes und der Behörde. Langsam trudeln immer mehr Kollegen ein. Irgendwann ist es Zeit, dass er sich auf den Weg zu Laumann macht, und er verabschiedet sich. Marion gibt er seine Krankschreibung, da der Chef unterwegs ist.

Bevor er zu Laumann geht, fährt er mit dem Fahrstuhl zurück in die erste Etage. Schramm will nicht durch das Gebäude laufen und anderen Kollegen begegnen, sondern den Eindruck erwecken, dass er nach Hause fährt. Leise, still und heimlich schleicht er förmlich durch das Gebäude. Vergewissert sich immer wieder, dass ihn niemand sieht. Im hinteren Teil des Gebäudes geht er durch den Treppenaufgang in die zweite Etage. Mit seinem Schlüssel öffnet er die Waffenkammer und sieht in sein Waffenfach, das jedoch leer ist.

Was hast du denn erwartet?, denkt er sich und ärgert sich ein wenig über seine Naivität. Laumann hätte sich die Waffe sowieso schon besorgt, wenn sie im Schließfach gelegen hätte.

Anschließend geht er zu Laumanns Büro und klopft an die Tür. Der Chef der Mordkommission ist in eine Akte vertieft und schaut ihn über seinen Brillenrand an. Die Luft riecht nach kaltem Zigarettenrauch.

„Warst du schon oben bei deiner Truppe?"

„Klar. Was gibt's Neues in meinem Fall?"

Natürlich erhält er darauf keine Antwort. Laumanns Stirnrunzeln verrät, dass er selbst auf die eine oder andere Information hoffte.

„Neue Erinnerungen?"

„Nein, keine Änderung."

„Das ist etwas dürftig. Der Staatsanwalt tobt und auch hier werden manche Leute ziemlich nervös. Du kannst dir das ja vorstellen."

„Ich bin mehr als alle anderen daran interessiert, die Sache aufzuklären. Aber ich komme einfach nicht weiter. Ich kann das nicht erklären oder auch nur im Ansatz nachvollziehen. Es macht mich wahnsinnig."

Einen kurzen Moment schweigt er und schaut Laumann erwartungsvoll an. Aber dessen Miene zeigt keine Regung. Er wartet und sein Blick fordert Antworten.

Es klopft an der Tür. Als er sich kurz umdreht, sieht er Laura in der Ecke stehen. Zwar gefriert ihm nicht mehr das Blut in den Adern, aber er bekommt noch immer eine Gänsehaut.

Er kann sie nicht sehen, er kann sie nicht sehen!, schreit es in ihm und er versucht, sich nichts anmerken zu lassen.

„Soll ich die Vernehmung machen?"

„Gleich. Ich muss noch einige Kleinigkeiten klären, dann schicke ich ihn rüber. Nur fünf Minuten."

Schon ist der Kollege verschwunden. In der Hoffnung, dass ihm nichts anzumerken ist, schaut er Laumann an.

„Darf ich eine rauchen?"

Plötzlich liegt eine Schachtel Zigaretten auf den Tisch. Er hat nicht gesehen, wo Laumann sie hergeholt hat.

„Und der Alte?"

„Du weißt doch, wie er tickt. Schleicht immer über die Flure und versucht, Raucher zu erwischen. Aber bei mir?" Er lacht. „Ich bin Leiter einer Mordkommission und es ist nicht mehr weit bis zu meiner Pensionierung. Was will er machen? Mich rausschmeißen?"

Er nimmt einen tiefen Zug und bläst den Rauch in Richtung Decke.

„War ich denn nun am Tatort?"

„Woher soll ich das wissen?"

„Was ist mit meinen Geodaten vom Handy? Die hast du doch garantiert nicht vergessen, oder etwa doch?"

„Mit den Daten können wir noch nichts anfangen, die sind nicht vollständig. Das dauert noch einige Zeit. Man kann dir bisher nicht nachweisen, dass du dort warst."

„Ich kann euch nicht weiterhelfen. Es gibt sicher eine vernünftige Erklärung für ..."

„Es gibt keine vernünftige Erklärung für Doppelmord, Klaus." Seine flache Hand knallt auf den Tisch. „Ich hab hier einen Haufen Scheiße. Ein unbekannter Toter, eine tote Frau, eine Polizeiwaffe, ein Dienstausweis am Tatort und einen kompletten Gedächtnisverlust", donnert er los.

Die Bürotür fliegt auf und der Kollege steht wieder in der Tür.

„Alles in Ordnung?"

„Nichts ist in Ordnung. Mach deine Arbeit, verdammt noch mal!"

Der Kollege zieht den Kopf ein und verschwindet schnell. Laumann schnaubt und steckt sich eine neue Zigarette an. Er hat ihn noch nie so erlebt und er kann erahnen, wie sehr er unter Druck stehen muss.

„Entschuldige. Das war unfair. Aber es ist zum Kotzen. Einen Mord nicht aufklären zu können, kann vorkommen. Aber ein Kollege als Tatverdächtiger und keinen Schritt vorwärtszukommen, ist hart. Die Präsidentin fürchtet um ihre Position. Der Alte sitzt mir ständig auf dem Schoß. Der Staatsanwalt dreht sich im Kreis und weiß nicht, was er machen will. Scheiße."

„Dann mach ich jetzt mal meine Aussage." Er steht auf und gibt ihm die Hand.

„Wie lange habe ich noch?"

„Keine Ahnung. Im Moment haben wir nichts an Beweisen gegen dich. Es gibt viele Erklärungsmöglichkeiten, aber keinen konkreten Tatvorwurf. So kann ich dir wenigstens noch den Rücken freihalten, da ich nicht glaube, dass du geschossen hast. Aber gib mir sofort Bescheid, wenn dir etwas einfällt, egal was. Keine Ahnung, was der Staatsanwalt denkt. Aber wenn er etwas unternimmt, wird die Sache öffentlich. Den Trubel will er vermeiden, das bleibt auch noch so, kann ich mir jedenfalls vorstellen."

„Danke, Udo. Ich werde mein Bestes tun, damit wir die Sache vom Tisch bekommen."

So verlässt er das Büro und geht zu dem Kollegen, der ihn zur Sache vernimmt. Aber seine Aussage entspricht dem, was er Laumann erzählt hat. Nichts Neues. Der Kollege verliert schnell das Interesse an Fragen, die Schramm sowieso nicht beantworten kann.

Zumindest weiß er jetzt, dass es nur Indizien gibt, die ihn belasten. Aber keinen Beweis, dass er am Tatort war oder der Täter ist. So verlässt er doch ein wenig beruhigt das Präsidium, setzt sich auf die Eingangstreppe und wartet.

Hat er die Leute tatsächlich erschossen? Und warum sollte er das getan haben? Ihm fällt absolut kein Motiv ein und innerlich schließt er aus, dass er mit der Sache etwas zu tun hat.

Als er auf der Treppe sitzt und an der Zigarette zieht, öffnet sich die Tür und ein Kollege stellt sich zu ihm. Er gehört zu Laumanns Leuten und so spricht er ihn an.

„Bist du mein Schatten?"

Sein Kopf wird rot und er schaut verlegen zu Boden.

„Ich warte auf Claudia und fahre dann nach Hause. Dann brauchst du mich nicht lange zu suchen. Gib dir Mühe, dass Claudia dich nicht sieht."

Als Claudia vorfährt, steigt er in den Wagen und erzählt ihr von den Gesprächen mit seinen Kollegen, deren Betroffenheit und den vielen Genesungswünschen. Von dem Beamten auf der Treppe, der Richtung Parkplätze geht, erzählt er ihr lieber nichts. In Gedanken ist er ganz woanders und hört Claudias Worten nicht richtig zu.

3. Kapitel
Die Suche

Die Tage verfliegen und er klappert einen Arzt nach dem anderen ab. Alle zeigen sich hoch interessiert, veranlassen jede mögliche Untersuchung aus ihrem Fachgebiet. Unendlich viele Fragen, noch mehr Vermutungen, aber keine Lösung. Die Ergebnisse, die ihm präsentiert werden, zeichnen ein gesundes Bild von ihm und lassen den Aussetzer umso merkwürdiger erscheinen. Wenn er einen Neurologen richtig verstanden hat, hat sein Körper einfach mal die Arbeit eingestellt und in eine Art „Standby" geschaltet. Das sei zwar selten, könne aber durchaus vorkommen. Eine Erklärung, die ihm nicht weiterhilft. Und auch das trübe, nasskalte Wetter verschlechtert seine Stimmung.

Der feine Nieselregen, der jede Jacke durchzieht und den Körper um gefühlt mehrere Grad abkühlt, will einfach nicht aufhören. Langsam aber sicher benimmt sich Claudia wieder normal. Bei der Sparkasse herrscht akuter Personalmangel und so konnte er sie überreden, nach einer Woche wieder arbeiten zu gehen. Natürlich hat sie ihm abgerungen, dass er jede Stunde eine Nachricht über einen Messenger schicken muss, damit sie beruhigt ist. Sobald er eine Minute später schreibt, klingelt das Telefon.

Als sie ihm in einer ruhigen Minute noch einmal erzählt, wie sie ihn fand und sich trotz der herbeigerufenen Freunde ein unglaubliches Chaos und erschreckende Hilflosigkeit abzeichnete, kann er das alles noch immer nicht begreifen und erfassen. Es ist die Schilderung einer interessanten Geschichte einer fremden Person. Er kann nichts dazu beisteuern, ergänzen oder seine Sicht der Dinge darstellen. Die Erinnerungen wollen sich einfach nicht einstellen, was vielleicht sogar besser ist.

Seine Eltern waren zwei Mal zu Besuch. Sie scheinen voller Sorgen und er glaubt, sie werden wegen der fehlenden Diagnose noch verzweifelter.

Meist sitzt er vor dem Computer und surft durch das Netz. Auf seinen Festplatten finden sich keine Hinweise auf Laura Kampmann oder den anderen Toten. Nach wie vor sitzt er im Nebel und auch Laumann, der zwischendurch angerufen hat, kann ihm nichts Neues berichten. Er spürt seine innere Unruhe und den Druck, den die Behördenleitung auf ihn ausübt.

Die Vernehmung der Familie Kampmann hat keine Hinweise darauf ergeben, dass sie Kontakte zu ihm hatte oder den anderen Toten kannte. Einen Ehemann oder Freund gab es nicht. Letztendlich steht Laumann vor einem Rätsel, der Tod der Laura Kampmann erscheint sinnlos. Offenbar hat die Mordkommission keine weiteren Verdachtsmomente gegen ihn gefunden. Laumann ruft kaum noch an und hat keine weiteren Fragen mehr. Vielleicht wartet er auch nur auf Kommissar Zufall.

Aus den Medien ist der Mordfall schon lange wieder verschwunden. Wenn doch mal eine Nachfrage kommt, gibt die Presseabteilung der Polizei nur ausweichende Antworten wie zum Beispiel, dass man hartnäckig daran arbeite, es aber nichts Neues gebe. Außerdem hat sich das öffentliche Interesse in Bochum auf einen neuen Politskandal verlagert, der nun für die Schlagzeilen sorgt.

Er setzt gerade eine neue Nachricht über den Messenger ab, als ihm der Gedanke kommt, nach Laura Kampmann im Internet zu recherchieren. Er hat zuvor einfach nicht daran gedacht, sie zu googeln. Wie üblich fängt er mit den verschiedenen Suchmaschinen an und findet auch Einträge bei Facebook, Twitter und anderen sozialen Netzwerken. Es gibt jedoch leider zu viele Treffer für den Namen. Er kann Laura Kampmann keinen Account zuordnen, da keine Fotos hinterlegt sind. In einer Suchmaschine findet er zwei Anschriften zu einer Person „Kampmann" und auch Bilder zu diesem Namen.

Er lässt sich die Bilder anzeigen und sieht auf einem Bild Laura Kampmann auf der Internetseite einer Düsseldorfer Bank. Die Seite zeigt sie als Referentin im Rahmen einer Informationsveranstaltung für Datensicherheit beim Onlinebanking. Möglicherweise war Laura bei der Bank angestellt, aber im Organigramm der Bank findet er keine Hinweise auf sie. Zumindest weiß er jetzt, dass sie im Bereich von Banken und Datensicherheit zu tun hatte. Auch ein Bild vom Klassentreffen der Märkischen Schule in Wattenscheid findet er. Von Lauras Mitschülern kennt er niemand. Er hat zwar das gleiche Gymnasium besucht, aber das ist zu lange her, um Schüler aus Lauras Zeit zu kennen.

Er meldet sich auf der Seite von Stayfriends an und sucht nach Laura, die Kontaktdaten hinterlegt hat, allerdings keine Wohnanschrift. Seine Finger rasen über die Tastatur und überprüfen die E-Mail-Adresse „rotengel86@hotmail.com", die bei „Stayfriend" hinterlegt ist. In verschiedenen Foren findet er diese E-Mail-Adresse und den Username „Rotengel". Sie zeigen eine sozial engagierte Frau, die sich für vernachlässigte oder missbrauchte Kinder, Klimaschutz, Frieden und humanitäre Hilfsprojekte interessiert.

Die meisten Einträge sind über sechs Monate alt und sehr kurz abgefasst. Keine großen Vorträge oder Statements, meist nur kurze Zwischenrufe zu Kommentaren anderer User. Er kommt Laura Kampmann immer näher und findet die Seite eines Tierschutzvereins, der sich bei Laura für die großzügige Spende bedankt. Der Dank richtet sich an Laura Kampmann aus Wattenscheid-Höntrop, sie schien vermögend gewesen zu sein oder hatte geerbt. Er fragt sich, was für den Tierschutzverein eine „großzügige Spende" darstellt. Für seinen Geschmack wären 500 Euro bereits sehr großzügig, aber er ist mit seinem unterbezahlten Job sicher kein Maßstab für Spenden.

In Wattenscheid-Höntrop wurde auch die Leiche gefunden, was die Vermutung nahelegt, dass Laura in der Nähe ihrer Wohnung getötet wurde. Aber der Stadtteil war zu groß, als dass ihm dieses Detail wirklich weiterhelfen würde.

Er öffnet ein weiteres Fenster und sucht nach Telefonnummern für Kampmann. Zwei Rufnummern sind angegeben, beide mit Adressen. Eine mit einer Anschrift im Forstring. Der Forstring liegt direkt am Südpark, in unmittelbarer Nähe zum Tatort. Hier ist durchaus auch die Oberschicht zu Hause, wenn auch nicht die Superreichen. Umgekehrt betrachtet sind die meisten der dort lebenden Menschen zeitlebens nicht auf staatliche Hilfen angewiesen. In seiner Kindheit ist er häufig an den Häusern vorbeigegangen, wenn er im Wald mit Freunden spielen wollte oder zum öffentlichen Freibad ging.

Er ruft sich die Straße ins Gedächtnis und überlegt, wo sich die Hausnummer befindet. Sein Instinkt sagt ihm, dass die Anschrift richtig ist. Er sagt ihm aber auch, dass er genau überlegen sollte, ob er die Anschrift aufsuchen soll. Seinen Schatten hat er seit einigen Tagen nicht mehr bemerkt. Die Hoffnung, dass er sich frei bewegen kann, wird größer. So geht er davon aus, dass Laumann den Schatten abgezogen hat oder abziehen musste, als sich keine verwertbaren Hinweise einstellten.

Er darf nicht am Wohnort der Toten gesehen werden, weil man ihn wahrscheinlich sofort als Polizisten erkennen würde. Laumann wird ihm den Hals umdrehen, wenn er privat herumschnüffelt und als Verdächtiger am Wohnort der Getöteten auftaucht. Trotzdem beschließt er, dort vorbeizufahren und sich einen feuchten Dreck um das Fahrverbot vom Arzt oder Laumanns Probleme zu kümmern.

Er schaut auf die Uhr, die ihm unerbittlich zeigt, dass er sich gleich wieder bei Claudia zu melden hat. Sie glaubt, dass er zu Hause ist und liest oder aufräumt. Bleiben nur die Nachbarn, die ständig die Umgebung beobachten und ihn mit seinem Auto sehen könnten. Zügig geht er hoch ins Schlafzimmer und schaut auf die geparkten Autos auf der Straße. Meist parken die Autos der Nachbarn auf dem Parkstreifen oder vor den Garagen, wenn sie zu Hause sind. Viele stellen ihren Wagen auch über Nacht nicht in die Garage – und so ist es leicht zu erkennen, wer gerade unterwegs ist.

Die Nachbarn sind wohl arbeiten. Keine Autos weit und breit, die Gelegenheit erscheint günstig. Er schnappt sich sein Handy, packt seine dicke Daunenjacke und geht schnellen Schrittes zur Garage. Das Garagentor öffnet sich quietschend, was sich wie eine Kreissäge anhört und mindestens bis Dortmund zu hören ist, vermutlich auch von Claudia. Aber niemand schaut aus dem Fenster und sein BMW steht ordentlich eingeparkt in der Garage. Hat Laumann sein Auto bewegt? Oder Claudia? Oder hat er den Wagen so in die Garage gestellt?

Er steigt ein und kann keine Veränderung feststellen. Nichts weist darauf hin, dass jemand in seinem Auto war und etwas verändert hat. Er sieht im Handschuhfach nach und kann auch dort nicht feststellen, dass jemand hier etwas gesucht hat. Möglicherweise hat Claudia wieder aufgeräumt oder Laumann hat die Kollegen angewiesen, kein Chaos zu hinterlassen. Vielleicht wollte er nicht, dass er etwas bemerkte und sich die Möglichkeit offenhalten, ihm nichts von der Schnüffelei zu erzählen.

Der vertraute Sound des Drei-Liter-Motors erklingt, als er den Startknopf drückt. Langsam fährt er die Straße hinunter und bremst kurz vor den Straßenschwellen ab, die hier ein Rasen der Autofahrer verhindern sollen. An einer Ampel beobachtet er die Fußgänger, die sich Richtung Haltestelle bewegen. Auf der Hattinger Straße fährt er an der Musikschule vorbei und biegt nach rechts in den

Munscheider Damm, der in den Zeppelindamm übergeht und am Tatort vorbeiführt.

Kurze Zeit später erreicht er die beiden Tankstellen auf dem Zeppelindamm und schaut automatisch auf die Tankanzeige. Kurz vor seiner Bewusstlosigkeit muss er getankt haben, denn die Tanknadel steht fast auf Maximum. So braucht er sich jedenfalls keine Sorgen zu machen, dass er noch tanken muss. Da er so gut wie kein Bargeld mit sich führt, hätte er mit der Karte bezahlen müssen, was Claudia in ihrer Sparkassenfiliale schnell bemerken würde.

Auf der rechten Seite sieht er den Reiterhof, dort wurden die Leichen gefunden. An der blauen Fußgängerbrücke biegt er nach rechts in die Zollstraße und fährt sofort in den Forstring, den er als Wohnanschrift von Laura Kampmann ausgemacht hat. Die St.-Marien-Kirche steht noch genauso da, wie er sie aus seiner Kindheit in Erinnerung hat. Es scheint sich nicht viel verändert zu haben. Die umliegenden Häuser stehen meist vereinzelt und weisen die Hausinhaber nicht unbedingt als bedürftig aus.

Er erkennt die Nummer und fährt langsam an dem Haus vorbei, was aufgrund der Geschwindigkeitsbegrenzung nicht weiter auffällig ist. Im nächsten Kreuzungsbereich wendet er und parkt in sicherer Entfernung. Von hier hat er es im Blick: Das rote Einfamilienhaus steht direkt an der Straße, hat aber durch den hohen Kirschlorbeer einen guten Sichtschutz gegenüber neugierigen Personen. In unmittelbarer Nähe des Hauses steht ein alter, dunkler Golf mit Bochumer Kennzeichen. Er notiert sich auf einem Stück Papier das Kennzeichen.

Die Jalousien sind in den oberen Etagen heruntergelassen. Im Erdgeschoss sind sie nur halb geschlossen und in einem Zimmer brennt Licht, das schwach erkennbar durch das Fenster schimmert. Zunächst kann er nicht sehen, ob sich jemand im Haus befindet, aber Laura hatte keinen Mann und angeblich auch keinen Freund. Würde sie mit ihren Eltern zusammenleben, wäre das Haus bestimmt nicht so abgedunkelt. Aber so genau kann man das auch nicht wissen, zumal ältere Menschen eine andere Einstellung zum Tod und vom Verhaltenskodex während der Trauerphase haben.

Er steckt sich eine Zigarette an und beobachtet das Haus. Claudia sendet er den „Daumen hoch" über den Messenger. Die Zeit vergeht. Im Haus ist keine Bewegung zu erkennen. Gerade als er beschließt, die Beobachtung wegen Erfolg- und Aussichtslosigkeit abzubrechen, öffnet sich die Haustür ein kleines Stück und wird wieder geschlossen, als hätte die Person etwas vergessen. Tatsächlich erscheint Sekunden später ein Mann in der Tür, ungefähr dreißig Jahre alt, lange blonde Haare, Jeans, Studententyp. Er passt gar nicht zu Laura Kampmann und wirkt nicht wie ein Verwandter. Scheinbar verstohlen blickt er sich um und zieht die Eingangstür vorsichtig zu.

Zu seinem Erstaunen schließt der Typ die Tür ab und steckt den Schlüssel in die Hosentasche. Er bewegt sich zum Golf und scheint nichts aus dem Haus mitgenommen zu haben. Eine Tasche oder einen Koffer trägt er jedenfalls nicht bei sich. Ein Polizist ist er auf keinen Fall, weder der Wagen noch der Typ selbst sieht nach Polizei aus. Er fährt in Richtung Marienkirche.

Im gebührenden Abstand fährt er dem Mann hinterher. Der Studententyp macht sich für ihn allein durch sein Aussehen verdächtig. Laura Kampmann hatte sicher einen besseren Geschmack. Der abgerissene Typ, die Erscheinung, der verstohlene Blick und das alte Auto nähren seine Hoffnung, dass er vielleicht auf der richtigen Spur ist.

Er hat noch einige Stunden, bis Claudia nach Hause kommt. Hoffentlich entschließt sie sich nicht, ihm eine Überraschung bereiten zu wollen und früher Feierabend zu machen. Für den Fall sollte er sich eine Ausrede zurechtlegen.

Sie fahren über den Zeppelindamm in Richtung Wattenscheid, am Gewerbegebiet Wattenscheid vorbei und auch am großen Einkaufszentrum am Randbereich der Innenstadt. Er macht sich keine Gedanken mehr darüber, ob der Fahrer ihn bemerkt. Das klappt auch nur im Film – und je nach Neigung des Regisseurs erkennt der Gute oder der Böse innerhalb einer Zehntelsekunde, ob er verfolgt wird oder nicht. Im realen Leben sieht es ganz anders aus. Meist sind die Leute zutiefst erschrocken, wenn plötzlich hinter ihnen das Blaulicht angeht oder über Außenlautsprecher die Anweisung erteilt wird, am Straßenrand zu halten. Trotzdem schaut er in den Rückspiegel und erkennt nur einzelne Fahrer. Wenn normale Polizisten eine Observation übernehmen, sind sie meist zu zweit und fahren Fahrzeuge, die aus mehreren Kilometern verdächtig erscheinen. Wahrscheinlich befinden sich unsichtbare Schriftzüge mit dem Aufdruck „Polizei" am Fahrzeug, die für Polizisten unsichtbar, aber für jeden Normalbürger deutlich zu erkennen sind.

Natürlich erkennt Schramm keine Verfolger und beruhigt sich wieder. Laumann hat die Beschattung bestimmt aufgegeben. Plötzlich fällt ihm sein Handy ein. Hat Laumann einen Beschluss erwirkt und kann über die Telefonüberwachung feststellen, wo er sich gerade befindet? Aber auch hier geht es nicht zu wie im Kino. Niemand kann den exakten Standpunkt eines Handynutzers auf einer beliebigen Straße feststellen oder die exakte Etage in einem Wohngebäude oder gar einem Zimmer, das bleibt dem CSI überlassen.

Sie fahren am ehemaligen Zechengelände vorbei, immer weiter in Richtung Gelsenkirchen. Bald biegt der Wagen in den Festweg und wird in einer Parkbucht abgestellt. Gemächlichen Schrittes verschwindet der Fahrer in einem alten Mehrfamilienhaus. Er parkt einige Buchten weiter und stellt den Rückspiegel so ein, dass er ihn sofort wieder sieht, wenn er zu seinem Auto geht. Wie kommt er nur an den Namen? Seine Kollegen kann er nicht anrufen. Schlafende Hunde sollte man tunlichst nicht wecken. Sie würden sofort alles weitererzählen. Polizisten sind wie eine unbändige Horde alter Waschweiber. Nichts bleibt lange unbemerkt und geheim, der berühmte Flurfunk, so wird die polizeiliche Gerüchteküche auch genannt, funktioniert bestens.

Ihm fällt sein Freund ein, der in Gelsenkirchen bei der Polizei arbeitet. Wenn er Glück hat, ist er gerade im Dienst. Er wählt die Nummer und wenige Sekunden später wird abgehoben.

„Klaus. Oh Mann, ich habe ja Geschichten von dir gehört. Ist ja unglaublich. Wie geht es dir? Claudia hat sich einfach nicht gemeldet. Hab tausendmal auf euren Anrufbeantworter gesprochen."

„Mir geht es wieder gut. Es ist alles in Ordnung."

„Was ist denn passiert? Mann, erzähl schon", sprudelt es aus ihm heraus.

Er gibt ihm einen kurzen Abriss der Ereignisse, die ihn hörbar beunruhigen.

„Thomas, ich hab ein Problem. Kannst du mir vielleicht helfen?"
„Klar, schieß los!"
„Ich war gerade beim Neurologen in Wattenscheid und wollte dann bei euch an der Billigtankstelle tanken. Hab dann noch einen Abstecher zum Discounter gemacht und da kommt doch tatsächlich so ein Studententyp und tickt ein Fahrzeug neben ihm an. Und das Arschloch fährt einfach weiter. Ich wollte gleich in den Laden und den ..."

„Hast du das Kennzeichen?"

Das ging ja besser als gedacht.

„Sicher."

Er gibt ihm das Kennzeichen durch. Im Seitenfach seiner Fahrertür zieht er ein kleines Notizbuch und einen Stift hervor.

„So. Moment. Scheiß Kiste. Der Computer hat wieder keinen Bock."

„Das Problem sitzt vor dem Computer. Weißt du doch", entgegnet er.

„Witzbold. Ah, hier. Alter Golf?"

„Ja."

„Martin Novic. Kruppstraße. Bochum. Baujahr 86."

„Passt zu seinem Studenten-Look", denkt er, während er die Daten notiert.

„Soll ich die Kollegen für dich rufen?"

„Ja, klar. Warte noch, da kommt gerade die Fahrerin."

Er dreht die Scheibe ein wenig nach unten, um eine möglichst echte Geräuschkulisse zu erzeugen und spricht langsam in Richtung Fenster.

„Entschuldigung, junge Frau. Mein Name ist Schramm, von der Polizei. Ihr Fahrzeug wurde gerade angefahren und ich habe den Halter des Fahrzeuges schon feststellen lassen." Kurze Kunstpause. „Ja, ich beende nur das Telefonat mit dem Kollegen und komme sofort zu Ihnen." Er wartet noch einige Sekunden. „Verdammt."

„Was?", fragt sein Kollege am Ende der Leitung.

„Da kommt der Vogel gerade. Brauchst die Kollegen nicht rufen. Ich klär die Sache mal eben und rufe gleich wieder an."

„Bestimmt?"

„Ja, sicher. Bin doch schon ein großer Sheriff. Grüß Maria und die Kinder von mir. Ich melde mich bald wieder. Mach's gut."

Das rote Feld auf dem Display beendet das Gespräch.

Der Studententyp ist noch nicht wieder aufgetaucht und so überlegt er sich, wie es jetzt weitergehen soll. Irgendwie muss er ihn sprechen, ihm fällt aber spontan nicht ein, wie er das anstellen soll. Woher kennt der Typ Laura und in welcher Verbindung stand er zu ihr? Kann er überhaupt etwas zum Tod von Laura sagen? Kennt der Mann ihn? Wieder einmal besteht seine Welt aus viel zu vielen Fragen und nur sehr wenigen Antworten.

Er ruft Thomas an und erzählt ihm, dass der Typ zurückgekommen sei und den Unfall nicht bemerkt habe. Er sei beim Ausparken von einem alten Mann angesprochen worden, der seinen Parkplatz nutzen wollte. So habe er sich zuerst einen anderen Parkplatz suchen müssen. Thomas nimmt ihm die Geschichte ab und Schramm verspricht ihm hoch und heilig, dass er sich heute oder morgen noch einmal bei ihm meldet.

Langsam aber sicher verliert er die Lust, hier in der Parkbucht zu warten. Er hat auch nicht den ganzen Tag Zeit und muss wieder zurück. Er kann ja morgen weitermachen. Immerhin hat er neue Ansätze gefunden und kann sich später darum kümmern. Der nächste Arzttermin steht erst in einigen Tagen an und so hat er genug Zeit. Und donnerstags muss Claudia länger arbeiten, was ihm sehr gut in den Kram passt. So fährt er nach Hause und hat Glück, dass ihn die Nachbarn nicht sehen.

Vorsichtshalber kauft er noch etwas für das Abendessen und kann Claudia sagen, dass er nur eben einkaufen war. Natürlich wird sie schimpfen, aber das kann er aushalten. Sollte sie weinen, würde ihm das wieder einen Herzstich verpassen, aber eine andere Chance sieht er nicht.

So räumt er zu Hause noch ein wenig auf und bereitet das Essen vor. Als er Claudia auf dem Bürgersteig mit den Nachbarn sprechen sieht, fährt ihm der Schreck durch die Glieder. Der Abend verläuft aber entspannt, die Nachbarn haben ihn nicht gesehen, sonst hätten sie Claudia sofort angesprochen.

Claudia geht zu Bett und er schaut im Wohnzimmer noch fern, damit sie in Ruhe schlafen kann. Kurz bevor er sich schlafen legen will, sieht er Laura Kampmann wieder auf der Terrasse stehen. Er geht zum Fenster und starrt zurück. Nichts passiert. Sie steht einfach nur da und starrt ihn an.

„Was willst du von mir?", flüstert er in die Dunkelheit. „Sag mir endlich, was du willst, und steh nicht nur blöde da. Los jetzt."

Aber sie rührt sich nicht und löst sich langsam, aber sicher, im Nichts auf. Zurück bleibt die Dunkelheit – und im Licht der Straßenlaterne sieht er den bindfadenartigen Regen.

Niemals hat er einen Gedanken daran verschwendet, dass ihm so etwas passieren könnte. Übersinnliche Erscheinungen passen einfach nicht zu ihm. Nie hat er auch nur einen Gedanken an so etwas wie Parapsychologie verschwendet. Zwar sieht er gerne Thriller oder Horrorfilme, aber sie dienen zur Unterhaltung und sorgen für eine gewisse Spannung.

Er gehört nicht zu den Menschen, die nach einem Horrorfilm unter das Bett schauen, ob sich dort zwischenzeitlich Dämonen oder Monster versteckt haben könnten. Hat sich daran irgendetwas geändert? Natürlich nicht. Warum sollten in der Zeit Geister und Monster entstehen? Oder ist er ängstlicher geworden? Vielleicht kann er das Thema irgendwie auf den Tisch bringen und Claudia einfach mal so fragen, ob er in letzter Zeit ängstlicher geworden ist oder einfach nur unruhiger. Viel wird sie ihm nicht sagen können, da er ja kaum noch zu Hause war und er wenig Zeit mit ihr verbrachte. So schiebt er den Gedanken beiseite und legt sich ins Bett. Claudia scheint noch nicht zu schlafen und kuschelt sich an ihn. Sie küsst ihn auf die Wange und schläft an seiner Schulter ein. Er starrt Löcher in die Wand und kann wieder nicht einschlafen. Aber er braucht den Schlaf, denn morgen wird er Novic aufsuchen und sehen, ob er einen ersten Kontakt zu ihm herstellen kann. Der Wecker zeigt 02:54 Uhr.

◊

Als der Wecker klingelt, fällt er vor Schreck fast aus dem Bett. Er muss vier Stunden tief geschlafen haben, traumlos und nicht erholsam. Seine Knochen tun ihm weh, der Nacken schmerzt, weil er wieder verdreht im Bett gelegen hat. Der Wecker zeigt 07:45 Uhr und er hat nicht gemerkt, wie Claudia aufgestanden und zur Arbeit gefahren ist. Er ist versucht, sich einfach wieder hinzulegen. Aber heute wollte er sich an Novic heranmachen und ihn so früh wie möglich observieren. Dann wird sich schon der richtige Zeitpunkt ergeben, ihn anzusprechen.

Ohne sich weiter um die Nachbarn zu kümmern, geht er nach einem Kaffee und einer ersten Zigarette zum Wagen und fährt zur Kruppstraße, der Anschrift des Fahrzeughalters. Der Golf ist aber nirgendwo zu sehen. Er fährt in der Umgebung herum, vergeblich. Hoffentlich steht die alte Karre nicht in einer Garage, dann könnte die Suche länger dauern und so viel Zeit hat er nicht. Er beschließt, sein Glück erneut in Gelsenkirchen zu versuchen, da es nicht sonderlich weit dorthin ist. Auch heute fällt ihm kein Verfolger auf, was ihn aber nicht verwundert. Der alte Golf steht noch in der Parkbucht und wurde anscheinend nicht bewegt. Er stellt seinen Spiegel ein und wartet. Und wartet. Nichts. Möglicherweise hat Novic hier eine Freundin, bei der er übernachtet. Ungeduldig spielt er mit seinem Handy, setzt zwischendurch immer wieder eine Nachricht an Claudia ab.

Gegen zehn Uhr klingelt sein Handy und auf dem Display erscheint der Name „Nadja", seine alte Schulfreundin. Zuerst will er den Anruf nicht annehmen, doch er hat längere Zeit nichts von ihr gehört, drückt das grüne Tastenfeld und nimmt das Gespräch an.

„Hey Nadja. Wie geht es dir?"

„Hallo Klaus. Das wollte ich dich auch fragen."

„Mir geht es so weit ganz gut. Und du?"

„Mir auch. Ich habe gestern auf dich gewartet. Du wolltest vorbeikommen und wir wollten gemeinsam frühstücken. Vergessen?"

So sehr er sich auch anstrengt, er weiß nichts von einem geplanten Treffen. Auch auf seinem Terminkalender im Handy war kein Termin eingetragen. Normalerweise trägt er seine Termine ins Handy und nutzt auch die Erinnerungsfunktion. Wenn er ihn nicht eingetragen hat, wollte er vielleicht sichergehen, dass niemand von diesem Treffen wusste.

„Vergessen trifft die Sache wohl richtig."

„Mmh. Ich dachte, die Sache wäre so wichtig. Du wolltest deine Sachen gestern abholen, aber ..."

„Welche Sachen?", unterbricht er sie.

„Ey, Alter. Herr Alzheimer lässt grüßen oder wie?"

„Nein, ehrlich. Ich habe nicht die geringste Ahnung, was du mir gerade erzählst."

„Muss ich mir Sorgen machen?"

„Du hast noch nichts gehört?"

„Nein, was?"

In einer gekürzten Fassung schildert er die Ereignisse, die bei Nadja eine ziemliche Bestürzung auslösen. Er kann an ihrer Stimme echte Sorgen heraushören, was sich in angenehmer Weise von dem geheuchelten Interesse anderer Leute abhebt.

„Welche Sachen habe ich dir gegeben?"

„Keine Ahnung. Es ist ein Paket, sogar relativ groß und zugeklebt. Du hast es mir eines Tages vorbeigebracht und ich sollte es bis zu unserem Treffen aufbewahren. Hast ein ziemliches Geheimnis daraus gemacht. Ziemlich schwer. Soll ich es aufmachen?"

„Nein, nein", hoffentlich bemerkt sie nicht seine aufkommende Panik. „Bist du heute zu Hause?"

„Ja, so ab zwei Uhr. Komm doch zu mir und dann können wir reden."

„Okay, aber ich bin sehr kurz angebunden und kann nicht lange bleiben. Ich habe heute noch einen Arzttermin."

„Für einen Kaffee reicht es aber doch, oder?"

„Ja klar. Bis nachher."

Es regnet noch immer oder schon wieder, er weiß es nicht. Der graue, wolkenverhangene Himmel verheißt weitere Niederschläge. Für Schnee ist es glücklicherweise nicht kalt genug. Aber die graue und verregnete Welt schlägt ihm aufs Gemüt.

Das Telefonat mit Nadja geht ihm nicht aus dem Kopf. Was hat er ihr gegeben und vor allem, wann gab er ihr das Paket? Was war so wichtig, dass er das Paket nicht zu Hause lagerte, sondern bei Nadja? Nie zuvor hat er Pakete bei Freunden oder Bekannten aufbewahrt. Vielleicht sollte er die Observation abbrechen und das Paket sofort holen.

Sein Finger streckt sich bereits zum Startknopf des Wagens, als Martin Novic aus dem Haus kommt. Er öffnet den Wagen, stellt eine Computertasche auf den Beifahrersitz und steigt ein. Als Novic an ihm vorbeifährt, rutscht er ein wenig tiefer in seinen Sitz, startet den Wagen und hängt sich langsam an den alten Golf. Langsam fahren sie in Richtung Wattenscheider Innenstadt. Dort parkt Novic den Wagen am August-Bebel-Platz, einem zentralen Anlaufpunkt für Busse und Bahnen und der Beginn der Einkaufsstraße. In unmittelbarer Nähe findet auch er eine Parkbox, so verliert er ihn nicht aus den Augen. Der Student geht an den Haltestellen vorbei und bleibt einen kurzen Augenblick am Brunnen auf dem Platz stehen. Umständlich zündet er sich eine Zigarette an, setzt dann seinen Weg gemütlich fort. In unregelmäßigen Abständen schaut er sich um, entdeckt aber seinen Verfolger offenbar nicht.

Auf der Einkaufsstraße, der Oststraße, stellt sich Novic vor einem Geldautomaten an.

Schramm beobachtet ihn, geht zurück und stellt sich an der Friedenskirche unter einen Baum in Sichtweite zur Sparkasse. Als ihm sein Versteck zu unsicher erscheint, geht er in den Blumenladen und beobachtet durch das Fenster die Straße. Der Blumenladen ist voll, niemand spricht ihn an. Martin Novic kommt kurze Zeit später in seine Richtung und packt sein Geld in die Geldbörse. Er biegt in eine Stichstraße und betritt ein kleines Café.

Schramm wartet im Geschäft noch kurz ab, überlegt, ob er ihm tatsächlich folgen soll. Aber er hat nichts zu verlieren und geht zu dem Café. Als er die Tür öffnet, schlägt ihm der warme Geruch frischer Brötchen entgegen. Einen Moment lang bereut er den Entschluss, nicht richtig gefrühstückt zu haben. Er bezweifelt allerdings, dass er nunmehr die Gelegenheit bekommt, ein warmes Brötchen zu genießen. Vielleicht ist Novic länger beschäftigt und er könnte dem Bombardement der wohlriechenden Düfte nachgeben und frühstücken. Sollte Novic wirklich unerwartet aufbrechen, kann er die Observierung an einem anderen Tag fortsetzen. Er weiß, wo Novic wohnt und wie er ihn wiederfindet.

Die Bedienung hetzt von Tisch zu Tisch, stellt Brötchenkörbe auf, reicht frischen Kaffee und findet die Zeit, dem einen oder anderen Gast ein Lächeln zu schenken. Er konzentriert seinen Blick auf Novic, sieht ihn in einer kleinen Ecke sitzen, wie er gespannt auf sein Laptop schaut und gelegentlich etwas eingibt. Er scheint sich für die Gäste nicht zu interessieren und hat nicht einmal aufgesehen, als er die Tür öffnete. Es sind genügend freie Tische vorhanden. So sieht er keine Möglichkeit, sich wie zufällig für seine Beobachtungen an Novics Tisch zu setzen. Er setzt sich an einen Tisch für zwei Personen direkt am Fenster. So hat er ihn im Blick und kann auch die Wattenscheider Einkaufsstraße ein wenig einsehen. Von irgendwelchen Bewachern fehlt jede Spur. Laumann muss die Observation wohl eingestellt haben, da er eine Fortsetzung ohne neue Indizien nicht begründen kann.

Verhält sich Laumann gegenüber anderen Verdächtigen auch so – oder hat er eine Sonderstellung inne, die ihn in Freiheit lässt? Aber sie haben bestimmt nichts gefunden und werden mit Sicherheit auch nichts weiter finden. Er wird den Fall alleine lösen und Laumann die Ergebnisse präsentieren. Wie in einem amerikanischen Krimifilm. Der Hauptdarsteller löst den Fall auf eigene Weise, weil die Polizei nicht dazu fähig ist. Dieser Gedanke ärgert ihn, die Polizei ist nicht unfähig, sondern an Recht und Gesetz gebunden und häufig schlecht ausgestattet. Der Polizei Unfähigkeit zu unterstellen hieße, sich selbst als unfähig zu bezeichnen.

In Gedanken versunken, bekommt er nicht mit, wie die Kellnerin an seinen Tisch kommt und auf die Bestellung wartet. Fragend schaut sie ihn an. Er bestellt zunächst einen Kaffee, den sie auch sehr schnell bringt. Zusätzlich bittet er dann doch noch um ein Käse-Schinken-Baguette, da sein Magen zu knurren beginnt. Das Brötchen schmeckt fantastisch und, wider Erwarten, handelt es sich bei dem Schinken nicht um Formfleisch. Novic starrt noch immer auf sein Laptop und registriert sein Umfeld nicht. Umso besser für ihn.

Nach einer halben Stunde bestellt er seinen zweiten Kaffee und lässt sich die Rechnung geben, die er sofort bezahlt. Auf der Einkaufsstraße ist nichts los. Sein Blick wandert über den Vorplatz der Friedenskirche. Nichts Ungewöhnliches zu bemerken. Im Fenster spiegelt sich das Bild von Novic, der in diesem Moment aufsieht und verharrt. Der Student starrt ihn an und er dreht langsam, wie beiläufig, den Kopf in seine Richtung. Novics weit aufgerissene Augen starren ihn aus seinem aschfahlen Gesicht an. Er schüttelt den Kopf und versucht ihm irgendetwas zuzuflüstern, was er nicht versteht. Er dreht sich um und sieht nach, ob er wirklich ihn meint, aber in seiner unmittelbaren Nähe sitzt niemand. Die Rentner-Gang ist zu weit weg und das verliebte Pärchen mit sich selbst beschäftigt. Die beiden Schüler in der anderen Ecke hantieren mit ihren Smartphones und scheinen sich gegenseitig irgendwelche Bildchen zu zeigen. Novic kann nur ihn gemeint haben.

Er zögert einen Moment und überlegt, ob er tatsächlich zu ihm gehen soll, als Novic ihm still und heimlich zuwinkt und zu verstehen gibt, dass er zu ihm kommen soll. Er schaut vorsichtig aus dem Fenster, beobachtet kurz die Oststraße und den Kirchenvorplatz. Als er niemanden sieht, der ihm irgendwie verdächtig erscheint, greift er seinen Kaffee und geht zu Novic.

Der wirkt sehr nervös, schaut angestrengt in Richtung Fenster. Eine Schweißperle rinnt von der Stirn, die er eilig wegwischt. Sein Blick ist gehetzt und immer wieder starrt er aus dem Fenster. Er hat Angst, eindeutig.

„Was machst du hier, verdammt noch mal?"

Er ist verwirrt, überlegt, was er darauf antworten soll. Für ihn ist Novic ein völlig fremder Mensch, aber er scheint ihn zu kennen.

Bevor Schramm antworten kann, zischt er ihn an: „Wenn die uns hier gemeinsam sehen, sind wir am Arsch."

Sein Puls steigt langsam in die Höhe und das Blut beginnt gegen die Schläfen zu pochen. Er kann keinen klaren Gedanken fassen. Verwirrt versucht er Ordnung in das Chaos zu bringen. Immer wieder stellt er sich die Frage nach dem Sinn dieser ganzen Geschichte. Trotzdem kommt er auf keinen grünen Zweig. Nichts macht Sinn und mit jedem Schritt scheint das Chaos größer zu werden. Er hört sein Blut im Körper pulsieren, noch immer in Gedanken verfangen, sprachlos. Eine Bekanntschaft schien ihm ausgeschlossen. Nicht eine Sekunde hatte er diesen Gedanken. Er wollte diesen Mann beobachten und bei einer günstigen Gelegenheit ansprechen.

„Laura ist tot. Was weißt du davon?"

„Ich ..." Er kann den Satz nicht beenden. Seine Hände werden feucht und auch ihm rinnt ein Schweißtropfen von der Schläfe.

„Ihr seid doch bei dem Treffen gewesen und am nächsten Tag ist Laura tot, verdammte Scheiße." Gehetzt schaut er aus dem Fenster.

Jetzt hat er es aus seinem Mund gehört. Er kannte Laura Kampmann und kann sich nicht erinnern. Das entsetzt Schramm mehr als der Anblick der toten Frau in seinem Garten oder im Krankenhaus. „Worum ging es?", fragt er ihn erstaunt. Lange Zeit starrt Novic ihn einfach nur an.

„Sag mal, für wie bescheuert hältst du mich eigentlich?"

„Ich weiß nicht", war alles, was ihm einfällt.

„Wie? Du weißt nicht?" Seine Stimme wird lauter. Verstohlen schaut er sich um.

Er bemerkt, wie die Kellnerin ihnen einen neugierigen Blick zuwirft.

„Willst du mich verarschen? Es war deine Idee. Du, der ach so große Kommissar. Hat alles im Griff, ja? Von wegen." Er schließt sein Laptop. Als er einen Schluck Kaffee trinkt, ist das Zittern seiner Hände zu sehen.

„Ich habe gleich gesagt: »Lasst uns die Sache abschließen und verschwinden!« Hast du wirklich geglaubt, der lässt sich von uns Hampelmännern an der Nase herumführen? Geld gegen Ware? Einfach so und dann weg?"

„Ich habe dich im Haus gesehen. In Lauras Haus."

„Klar, Mann. Wir wussten doch alle, was wir vorhatten. Wir haben die Schlüssel getauscht, außer deinen, für alle Fälle. Damit jeder in die Wohnung des anderen kann, wenn etwas sein sollte. Und dieser Fall ist ja wohl eingetreten."

„Was hast du dort gesucht?"

„Ich weiß nicht, vielleicht die CDs. Einen Hinweis, keine Ahnung. Ich habe nichts gefunden. Hast du die CDs?"

„Nein."

Novic atmet schwer aus und lehnt sich in seinen Stuhl zurück. Wieder starrt er ihn an.

„Das ist jetzt nicht dein Ernst, oder?"

Schramm legt seine Ellenbogen auf den Tisch und beugt sich zu Novic hinüber. Leise spricht er zu ihm: „Jetzt hör mir mal genau zu. Du weißt anscheinend nicht, was passiert ist und wenn ich ehrlich bin, ich auch nicht. Ich hatte einen Blackout und weiß gar nichts mehr."

Der Student setzt zu einer Antwort an, aber Schramm lässt ihn nicht zu Wort kommen.

„Ich weiß es wirklich nicht. Leider weiß ich seit Weihnachten von gar nichts mehr und wurde im Krankenhaus von Kollegen mit einem Doppelmord konfrontiert. Ich will wissen, was wir gemacht haben."

„Und den Scheiß soll ich dir glauben, ja?" Novic blickt wieder aus dem Fenster und beugt sich zu ihm vor. „Vielleicht hast du die beiden umgelegt und willst alles alleine kassieren. Super Idee, na los, mach schon!" Er breitet die Arme aus.

Er hat keine Vorstellung davon, wie er Novic die Sache erklären und wie er an die Informationen kommen soll, die zum Tod zweier Menschen führten.

„Du hast mir doch gesagt, ich soll alles verschwinden lassen. Sogar die Festplatte sollte ich aufräumen. Wir sollten erst einmal Gras über die Sache wachsen lassen, uns erst in drei oder vier Wochen treffen. Daran habe ich mich gehalten. Ich bin pleite und kann nicht weg. Wir haben dir vertraut, du hast die Sachen verwahrt, also wo sind sie?"

„Ich weiß nicht, wovon du redest."

„Von dem Geld, den CDs, wovon denn sonst?"

Die Welt dreht sich in seinem Kopf, das Blut pulsiert wieder in seinen Adern. Er braucht Luft oder Bewegung oder einfach nur eine Erfrischung. Langsam beginnt sich auch das Café zu drehen, ein leichter Kopfschmerz stellt sich ein. Dringend braucht er kühles Wasser im Gesicht, eine Atempause und einen Moment der Ruhe, um diese Informationen sacken zu lassen.

„Ich muss aufs Klo", stottert er und steht auf. „Warte eine Minute auf mich, okay?"

„Ich will nicht zusammen mit dir gesehen werden. Wir müssen verdammt vorsichtig sein."

Er ignoriert die Warnung und läuft an der Kuchenauslage und der Kasse vorbei in die hintere Ecke, wo das Hinweisschild auf die Toiletten angebracht ist. Novic ist ihm im Grunde genommen völlig egal, aber er muss sich irgendwie beruhigen. Er schließt die Tür hinter sich ab und schaut in den Spiegel, der ihm ein bleiches Gesicht mit eingefallenen Augen zeigt. Ihm ist heiß, seine Hände zittern und sind feucht. Das Toilettenfenster lässt frische kalte Luft herein, die er gierig aufsaugt. Der triste Blick auf den Hinterhof verstärkt seine miese Stimmung.

Er füllt das Waschbecken mit kaltem Wasser und taucht seine Hände hinein, spritzt sich das Wasser ins Gesicht und plötzlich wird ihm klar: Er hat sie gekannt, Kampmann und Novic. Allerdings spürt er Zweifel, dass ihm diese Verbindung gefällt. Etwas ist schiefgelaufen, er hat sich in etwas hineinziehen lassen, irgendeinen Scheiß, der völlig außer Kontrolle geraten ist. Aber Mord? In seiner gesamten Dienstzeit ist er mit nichts in Kontakt geraten, was einen Mord rechtfertigen würde, glaubt er. An irgendetwas muss er jedoch gearbeitet haben. Etwas war so wichtig, dass er all seine Überstunden uns noch dazu seinen Urlaub genommen hat, und nicht einmal Claudia ins Vertrauen zog. Das Wasser tropft ihm aufs Hemd, seine Gesichtsfarbe kehrt langsam zurück.

Schramm dreht den Wasserhahn zu, als er plötzlich Glas splittern hört. Menschen schreien. Schritte und noch einmal splitterndes Glas. Ein Tisch wird durch den Raum geschoben und ein Mann schreit. Als es ruhiger wird, hört er zwei dumpfe Knallgeräusche. Schüsse. Mit zitternder Hand öffnet er die Toilettentür und schleicht vorsichtig in Richtung Café. Ein älterer Mann, der zur Rentner-Gang gehörte, liegt blutüberströmt auf dem Boden. Das Blut bildet einen makabren Kranz um seinen Kopf. Irgendwo hört er eine Frau wimmern und weinen. Von Novic kann er nichts sehen und nichts hören. Ein Mann mit einer Waffe steht an der Tür und sieht nach draußen, schreit etwas, was Schramm nicht versteht. Es hört sich russisch an. Die Waffe versteckt er hinter seinem Rücken, damit sie von der Straße aus nicht zu sehen ist.

Er beugt sich weiter vor und sieht den blutenden Novic auf dem Boden liegen, zwischen einem umgeworfenen Tisch und einem kaputten Stuhl. Sein Gesicht ist schmerzverzerrt, ein Speichelfaden läuft aus seinem Mund und seine Jeans ist blutig. Er scheint am Oberschenkel getroffen zu sein. Der Boden ist voller zerbrochenem Porzellan und der Geruch von Pulver liegt in der Luft. Unter der Decke hat sich eine kleine Rauchwolke gebildet, die drohend die Lampe einhüllt. Vor Novic steht ein zweiter Mann, der in seine Innentasche greift und plötzlich eine zweite Waffe mit einem Schalldämpfer in der Hand hält. Novic röchelt irgendetwas, speit Blut aus dem Mund, versucht etwas zu sagen. Er muss eine zweite Wunde haben, die Schramm nicht sehen kann. Der Mann hebt die Waffe und drückt zwei Mal ohne Zögern ab. Novics Schädel zerplatzt wie eine Melone. Eine Mischung aus Blut, Haaren, Knochen und Gehirn verteilt sich auf dem Boden und sogar auf der Wand. Erneut sind Schreie im Café zu vernehmen. Der Mann an der Tür schreit etwas Unverständliches. Das Wimmern der Menschen wird leiser. Die Kellnerin versteckt sich hinter dem Tresen. Der Mann, der Novic erschossen hat, dreht sich in seine Richtung und grinst, aber er schießt nicht.

Wie angewurzelt bleibt er stehen und blickt dem Mann in die Augen. Eiskalte blaue Augen. Der Mann hatte den Moment abgewartet, in dem er sich von Novic trennte, um diesen zu erledigen. In diesem Augenblick weiß er, dass er die beiden Mörder zu Novic geführt hat. Dass er doch verfolgt wurde und die falschen Verfolger im Rückspiegel seines Wagens suchte. Die Erkenntnis trifft ihn mit voller Wucht. Sie haben auf diesen Moment gewartet. Er sollte dabei sein, es sehen. Sie wollten Novic nicht still und heimlich in der Nacht und in seiner Wohnung umbringen. Haben sie gewartet, um sie beide zu beseitigen? Der Mann schießt nicht auf ihn. Also will er ihn entweder lange Zeit quälen oder er will etwas von ihm – oder beides. Wahrscheinlich will er etwas von ihm. Er hat aber keine Vorstellung davon, was er Wertvolles in seinem Besitz haben könnte. Ihm bleibt nur die Möglichkeit, zu warten und zu sehen, ob seine Gedanken richtig sind – oder fliehen und zu hoffen, dass kein weiteres Blut vergossen wird.

Er dreht sich um und rennt zurück zur Toilette, schließt die Tür, um wenige Sekunden Zeit zu gewinnen. Bevor er durch das Toilettenfenster klettern kann, fliegt die Toilettentür auf. Holz splittert und fällt zu Boden, der Türrahmen ist eingerissen. Die Tür knallt gegen die Wand. Bevor sie wieder zuschlägt, hält der Mann sie mit seinem Fuß zurück.

„Hey, Arschloch", ruft ihm ein russischer Akzent entgegen und der Mann grinst wieder.

Halb im Fenster hängend, verharrt er in der Bewegung. Als er wieder auf dem Boden steht, dreht er seinen Körper zum Killer. Er überlegt, ob es nicht besser gewesen wäre, wenn er seine Augen im Krankenhaus erst gar nicht wieder aufgemacht hätte. Zweifel plagen seinen Geist, dass er etwas hat, was der Mann will und er deswegen nicht abdrückt. Seine Hände sind feucht, die Knie zittern. Sein Leben scheint zu Ende, dieser Gedanke wird immer stärker, und er stellt sich die Frage, wie er sein vergangenes Leben bewertet. Hat er alles richtig gemacht? War sein Leben in Ordnung und erfüllt?

Er steht unter dem Toilettenfenster und schließt die Augen. Gleich, in wenigen Augenblicken wird ihn das Nichts umschließen, die Stille, wieder einmal. Nur wird er dieses Mal nicht wieder aufwachen. Nicht noch einmal wird er der Unendlichkeit davonlaufen können, sondern mit ihr verschmelzen und eins werden mit dem Nichts. Für alle Zeit, ohne Rückkehr. Sein Mund ist trocken, er schluckt und wartet auf den Moment des Übergangs. Gleich wird er wohl die Antwort auf die Frage finden, ob ein Mensch den Schuss noch hört, bevor die Kugel ihn trifft und die Stille ihn umschließt. So steht er einfach da und der Sand in der Sanduhr scheint stehen geblieben zu sein. Sekunden verrinnen, nur das Atmen des Killers ist zu hören. Er genießt diesen Moment der Macht, die er über ihn hat. Scheint es nicht einmal eilig zu haben.

Langsam öffnet er die Augen und sieht das schmale Grinsen im Gesicht des Mörders. Vorsichtig greift dieser in seine Innentasche, behält aber dabei die Waffe in der anderen Hand. Schließlich fummelt er ein Handy aus der Tasche, das er ihm entgegenstreckt. Vielleicht ist der Moment gekommen, ihm die Waffe zu entreißen.

Schramm bewegt sich aber nicht, kann sich nicht bewegen. Die zittrigen Knie lassen jeden Gedanken an einen Angriff im Keim ersticken. Der Finger am Abzug und der Lauf, der in seine Richtung zeigt, unterbinden zusätzlich jede Aktion seinerseits. Bevor er sein Ziel erreichen würde, würde sich der Schuss aus der Waffe lösen und ihn niederstrecken.

„Nimm." Selbstsicher steht er da, aber wachsam und sprungbereit. Entweder ist er sich sicher, dass er ihn jederzeit und einfach überwältigen kann oder dass er ihn erst gar nicht angreifen wird. Ungläubig greift er nach dem Handy, das noch warm vom Körper des Mannes ist. Bevor er etwas sagen kann, dreht der Mann sich zur Toilettentür und will den Raum verlassen. Er bleibt im Türrahmen stehen.

„Anatol ruft an. Dann wirst du ihn treffen. Wenn nicht", der Mann macht eine schneidende Geste über seine Kehle. „Also geh lieber dran."

Damit verschwindet er und lässt ihn fragend und völlig verstört zurück. Er hört noch einen Stuhl, der wohl umgeworfen wird, und eine schreiende Frau, aber keinen Schuss. Die Tür des kleinen Cafés wird geöffnet und fällt wieder ins Schloss.

Vorsichtig schleicht er den Gang entlang und schaut in den Gästeraum, sieht das Blut, die beiden Toten, und überlegt einen Moment, ob er das Laptop von Novic holen soll. Aber er kann es nirgends sehen und müsste erst danach suchen. Eine Suche, die ihn viel Zeit kosten und der Gefahr aussetzen könnte, den Kollegen in die Arme zu laufen. Und wenn die Festplatte tatsächlich gelöscht worden war, würde er ohnehin nichts finden.

Anstatt sich noch länger in all dem Blut und dem Geschrei der Menschen aufzuhalten, verschwindet er lieber durch das Toilettenfenster – bevor die Kollegen auftauchen. Er hat Laura und Novic gekannt, das wird früher oder später ans Licht kommen. Sie waren anscheinend in kriminelle Machenschaften verstrickt. Wenn er hier erwischt wird, ist er geliefert. Laumann wird schnell feststellen, dass er sowohl Laura als auch Novic gekannt hat und damit das bisher einzige Verbindungsstück zu den Morden ist. Dann kann Laumann nicht anders, als ihn festzunehmen, und er muss tatenlos die Ermittlungsergebnisse abwarten. Jede Chance auf Klärung wäre für ihn vertan. Er wäre der erste und einzige Tatverdächtige für die Morde. Auch wenn er im Café nicht geschossen hat. Er ist die einzige Verbindung zwischen Laura Kampmann, dem unbekannten Toten auf dem Feld und den Morden hier im Café.

Über das Toilettenfenster gelangt er auf den Parkplatz, der meist von Angestellten und Besuchern der dortigen Krankenkasse genutzt wird. Über einen Umweg erreicht er den unteren Bereich der Einkaufsstraße. Überall hört er das Geheul der Martinshörner, die Kollegen rasen aus allen Richtungen zum Tatort. Zwischendurch die

Sirenen der Feuerwehr und Rettungswagen. Er muss unbemerkt zu seinem Wagen und verschwinden, bevor ihn ein Kollege sieht und mit dem Tatort in Verbindung bringt. Schramm hetzt in einer Seitenstraße an der kleinen Schule und der Stadtbibliothek vorbei. Verschwitzt gelangt er endlich zum Parkplatz am August-Bebel-Platz. Im Auto zündet er sich mit zitterigen Händen eine Zigarette an und pustet den blauen Rauch gegen die Windschutzscheibe. Der Blick auf den Zigaretten- und Lottoladen gegenüber ist vernebelt. Vereinzelt laufen Menschen an seinem Wagen vorbei. Überall ist das laute Geheul der Sirenen zu hören. Die Menschen, die eben noch geschäftig über den Gehweg eilten, bleiben stehen und schauen den Einsatzwagen nach. Sie scheinen zu überlegen, ob sie ihrer Neugier nachgeben und nach der Quelle des Einsatzgrundes suchen oder weitergehen sollen. Nach wenigen Augenblicken setzen die meisten Menschen ihren Weg jedoch fort.

Sein Zittern will einfach nicht aufhören. Das Innere des Wagens füllt sich weiter mit Rauch und noch immer denkt er darüber nach, was eigentlich passiert ist und was er jetzt tun soll. Er muss davon ausgehen, dass Laumann schnell ermitteln wird, wer noch im Café gewesen ist. Und dann ... ja, was dann? Das Geschehene kann er nicht erklären, sofern es überhaupt zu erklären ist. Die Vergangenheit auch nicht. Die Art seiner Beteiligung kann er nicht definieren.

Er wird nur Antworten finden, wenn er jetzt weitermacht. Antworten bekommt er nicht von Laumann oder der Staatsanwaltschaft. Dieser Anatol wird Antworten haben, wer immer er auch ist. Novic erzählte etwas von Geld und CDs. Hätte er doch nur gefragt, was Novic damit meinte. Aber er musste sich ja aufs Klo verkriechen und sich Wasser ins Gesicht spritzen. Er ärgert sich über seine Dummheit und versucht sich damit zu beruhigen, dass keiner mit einem solchen Fortgang der Ereignisse rechnen konnte. Außer Anatol vielleicht. War dieser bereits hinter ihnen her, als er aus dem Krankenhaus entlassen wurde – oder als er Novic fand? Es ist die Ironie des Schicksals, dass er wieder einmal mehr Fragen als Antworten hat. Immer wieder Fragen über Fragen.

Sein Leben scheint eine einzige Frage zu sein, zumindest, was die letzten zwei Monate betrifft. Ihm ist danach, zu reden. Er will den Ballast einfach abwerfen und sich dem Schicksal ergeben, egal was die Zukunft bringen wird. Es wäre eine Erleichterung. Aber wohin sollte er gehen? Die Menschen, die ihm Antworten geben konnten, waren tot, abgesehen von Anatol. Laumann? Der sucht selbst noch nach Antworten. Und Claudia kann er da nicht mit reinziehen, sie hat genug durchgemacht. Sie ist schon zu sehr gebeutelt, auch wenn sie nicht weiß, was eigentlich gespielt wird. Aber sie wird unter dem Ergebnis leiden müssen. Niemand wird ihr glauben, von nichts gewusst und den Mann an ihrer Seite, den sie so liebte und geheiratet hat, nicht wirklich gekannt zu haben. Obwohl „erkannt" das richtigere Wort wäre. Wahrscheinlich wird man ihr den Kübel Scheiße auf den Tisch knallen und sie wird davon getroffen werden. Schuldig oder nicht war dabei eine untergeordnete Frage. Es geht einfach nur um Klatsch, Tratsch und Verkaufen. Ein Hauptkommissar verwickelt in Mord und Intrigen, mit einer Schießerei und Hinrichtungen in Wattenscheid, mein Gott, die Zeitungsauflagen werden nach oben schnellen ...

Und der Tod Novics war eine Hinrichtung! Eiskalt, ohne Gnade – und, was deutlich schlimmer war, ohne eine Spur des Zögerns oder des Zweifels. Warum wurde er verschont? Welche Rolle spielt er dabei und warum war es so wichtig, dass er am Leben bleiben durfte? Durfte oder musste?

Ein lautes Hupen hinter ihm lässt ihn aufschrecken. Er startet den Wagen und fährt rückwärts aus der Parklücke. Ohne eine Vorstellung von seinem Ziel zu haben, fährt er die Hochstraße entlang, nur weg von der Innenstadt. Seine Überlegungen umkreisen die Frage, wann Laumann wissen wird, dass er am Tatort war. An einer freien Parkbucht bleibt er stehen und setzt eine Nachricht an Claudia ab, dass alles in Ordnung ist. Doch nichts war in Ordnung, was er ihr leider nicht sagen konnte. Bis zum Treffen mit Nadja hat er noch zwei Stunden Zeit. Zunächst nach Hause, um die nächsten Schritte zu planen. Sehr lange wird er dort nicht bleiben können. Er muss untertauchen, bis er die ganze Sache aufgeklärt und verstanden hat.

4. Kapitel
Die Flucht

Er sitzt zu Hause in der Küche am Tresen und starrt die schwarze Flüssigkeit in seiner Tasse an. Der Kaffee schmeckt irgendwie bitter. Seine Hände zittern noch immer. Das Adrenalin jagt durch den Körper, er kommt nicht zur Ruhe. Noch nie war er mit einem solchen Ereignis konfrontiert worden, obwohl er in seinem beruflichen Leben viel gesehen hat. Menschliche Abgründe hat er gesehen, zumindest war er nahe dran. Aber so etwas übersteigt seine Vorstellungskraft. Laumann wird mit Sicherheit irgendwann eine Verbindung ziehen können und er wird weitere Fragen an ihn haben, die er einfach nicht beantworten kann. Langsam wird es Zeit, zu verschwinden und die eigenen Nachforschungen zu intensivieren.

Ein kurzes Telefonat mit Claudia baut ihn nicht auf und bringt ihn nicht näher an eine Lösung. Ganz im Gegenteil. Er kann ihr nicht die Wahrheit sagen. Seine Pläne muss er für sich behalten. Es widerstrebt ihm, sie zu verlassen, wenn auch nur für eine überschaubare Zeit. Er möchte sie in den Armen halten, den Duft ihrer Haare riechen und ihre weiche Haut auf seiner spüren. Der Abschied, den er in seinen Gedanken formuliert, fällt ihm schwer. Ihren Worten kann er kaum noch folgen, so sehr ist er von ihrer gedanklichen Nähe gefesselt. Auf der Arbeit hat sie in den Nachrichten von der Schießerei in Wattenscheid gehört und beschwert sich über die gewalttätige Welt, das Chaos, die Aggressionen. Er verkneift sich Antworten und kommentiert sehr wenig. Sie bemerkt seine Unruhe nicht. Es wird spät werden heute. Sie hat viel zu tun und einen kranken Mitarbeiter nach Hause schicken müssen.

Das Handy, das ihm der Mörder gegeben hat, liegt vor ihm auf dem Tresen. Es ist ein einfaches Prepaid-Gerät. Keine gespeicherten Rufnummern, keine Fotos, kein Internet, nichts. Es liegt einfach so da und schweigt ihn an. Wie lange will Anatol warten? Er geht in den Keller und holt eine kleine Reisetasche, in die er einige Sachen zum Anziehen einpackt, seine Zahnbürste und einige Kleinigkeiten, die er vielleicht braucht. Den restlichen Kaffee schüttet er in den Ausguss. Er muss verschwinden. Eine andere Wahl hat er nicht. Laumann muss handeln und der Staatsanwalt kann sich einen Scheißdreck um die Presse kümmern. Es ist jetzt fast eine Stunde her. Laumann kann jeden Moment an der Tür stehen und ihn festnehmen. Dann wäre jede Chance vertan, Klarheit in die Sache zu bringen. Anatol hat wahrscheinlich die richtigen Antworten und so lange muss er draußen bleiben. Wenn er Claudia nicht weiter mit hineinziehen will, muss er jetzt gehen, die letzte Möglichkeit.

Und Nadja natürlich, das Paket, ein großes Paket mit unbekanntem Inhalt. Bekommt er hier Antworten – oder war es vielleicht einfach nur ein Geschenk für Claudia zum Geburtstag, das so groß war, dass er es im Haus nicht verstecken konnte oder wollte? Wie dem auch sei, seine Entscheidung ist gefallen, er geht. Sein Handy klingelt und ein Schrecken fährt ihm durch die Glieder. Die Rufnummer ist unterdrückt. Das kann nur Laumann sein.

Vorsichtig greift er zum Handy und nimmt ab. Es ist tatsächlich Laumann, der schwer atmend an der Leitung ist.

„Klaus?"

„Ja."

Genau in diesem Moment erkennt er, dass Laumann es weiß. Er weiß, dass er im Café war. Aber wie hat er das geschafft? Es ist klar, dass er auf dem Weg zu ihm ist und er schleunigst aus dem Haus muss. Er streift sich seine Jacke über, packt die Reisetasche und verlässt die Wohnung. Während er zum Auto geht, telefoniert er mit Laumann.

„Wo bist du gerade?"

„Ich bin in Bochum. Im Alex. Trinke gerade einen Kaffee und esse ein Brötchen. Warum?"

„Ich weiß, dass du bei der Schießerei in Wattenscheid warst."

„Ich? Wann? Welche Schießerei?", fragt er und versucht, Unkenntnis zu heucheln. Augenblicklich erkennt er den gescheiterten Versuch und erhält auch sofort Gewissheit.

„Du sollst mich nicht verarschen!", schreit Laumann in den Hörer. „Du bist gesehen worden, als die Ballerei im Café losgegangen ist."

„Wie kommst du darauf?"

„Vielleicht solltest du mal auf Kameras achten", antwortet er hämisch.

Verdammte Scheiße, nirgendwo wird vernünftig überwacht. Höchst selten erhält man bei seinen Ermittlungen Überwachungsbilder, aber jetzt, ausgerechnet in diesem unscheinbaren Café ... Eine glühende Wut macht sich in seinem Brustkorb breit. Darauf hat er wirklich nicht geachtet. Er beschleunigt seine Schritte. Die Reisetasche fliegt auf den Rücksitz. Als er den Motor startet, übernimmt die Fernsprecheinrichtung das Gespräch.

„Ich bin auf dem Weg zu dir und ..."

„Ich bin in Bochum. Sagte ich dir doch gerade."

„Hör auf, mich zu verarschen", schreit er wieder in das Telefon. „Du sitzt im Wagen und fliehst."

„Udo, ich ..."

„Du bleibst, wo du bist. Ich hole dich ab und dann klären wir die verdammte Scheiße."

„Du weißt, dass ich nicht warten kann. Ich habe keine Erklärung und suche Antworten. Aber nicht im Knast. Du wirst die Sache nicht klären können."

„Klaus, letzte Chance. Dann muss ich dich jagen. Die Großzügigkeit der Staatsanwaltschaft hat Grenzen. Du kannst ..."

„Viel Glück. Wir sehen uns bald."

„Klaus, ich ..."

Er beendet das Gespräch und fährt Richtung Hattingen. Weg von Laumann, den Kollegen und der drohenden Haft. Jetzt ist er alleine, auf sich gestellt und gejagt von der deutschen Polizei. Unauffällig rollt er entlang der Landstraße, der Wuppertaler Straße, die von Laumann und den Kollegen wegführt und überlegt, wie er den Wagen loswerden kann. Wahrscheinlich ist er schon zur Fahndung ausgeschrieben, der Wagen natürlich auch. Im Parkhaus des Reshop-Carrés, einem großen Einkaufszentrum in Hattingen, sucht er sich einen Parkplatz in einer der hintersten Ecken und fährt mit der Rolltreppe hinunter zu der Einkaufsstraße.

Er wird Geld brauchen und schaut in seine Brieftasche, die gerade mal hundert Euro aufweist. An einem Geldautomaten zieht er sich Bargeld. Es ist ihm jetzt egal, ob der Geldautomat überwacht wird. Möglicherweise dauert es, bis Laumann die Auszahlung in Hattingen bekannt wird, verhindern kann er es nicht. Er hat nicht vor, lange in Hattingen zu bleiben.

Mit zittrigen Fingern wählt er Claudias Nummer. Sie freut sich über den Anruf und er erzählt ihr, dass er in der Einkaufspassage in ihrem Stadtteil Bochum-Linden ein wenig spazieren geht, sich einen kleinen Schaufensterbummel genehmigt. Er versucht, unverbindlich zu bleiben und doch klingen seine Worte ein wenig nach Abschied.

„Ist alles in Ordnung?", fragt sie ihn dann auch, „du klingst so komisch."

Er hat keine passende Antwort darauf und versucht, seine Stimmung mit den Gedanken an die Bewusstlosigkeit zu erklären. Claudia ist sehr feinfühlig und kennt ihn einfach zu gut. Sie fragt aber nicht weiter nach, da sie weiß, dass er ungern auf Probleme angesprochen wird und sie besser wartet, bis er selbst mit dem Erzählen anfängt. So vertröstet er sie auf den Abend und verabschiedet sich von ihr. Er muss schlucken und seine Augen werden feucht. Die Angst ergreift seinen Körper. Er will Claudia nicht alleine lassen und hasst sich für diese Entscheidung. Ob seine Frau ihm irgendwann vergeben kann? Vielleicht wird sie sich von ihm trennen und genau das schürt seine Angst weiter.

Danach geht er in einen alten gammeligen Im- und Export-Laden und kauft sich ein Prepaid-Handy mit einem kleinen Guthaben. An einem kleinen Parkplatz findet er in einer hinteren Ecke eine Bank. Hier ist er ungestört und hat die Umgebung im Blickfeld. Er entfernt die SIM-Karte aus dem alten Handy und nimmt den Akku aus dem Gerät. Die Einzelteile legt er neben sich auf die Bank. Die Kontaktdaten der alten SIM-Karte überspielt er auf das neue Handy, wenige Sekunden später werden sie ihm auch schon angezeigt und er braucht nur noch die neue SIM-Karte einzusetzen.

Er verlässt die Parkbank und wirft die Einzelteile des alten Handys in verschiedene Mülleimer. Immer wieder schaut er sich vorsichtig um und vergewissert sich, dass er nicht beobachtet wird. Die alte SIM-Karte wirft er in einen Gully. Seine einzige Verbindung zu Claudia ist damit unterbrochen, er ist endgültig auf sich allein gestellt. Aber er kann nicht riskieren, dass Laumann seinen Standort ortet. Er braucht Zeit.

An der Haltestelle steht ein Bus, der in Richtung Bochum fährt. Er muss Nadja in Wattenscheid aufsuchen und das Paket abholen. Bis sich Anatol meldet, erscheint ihm das Paket als einzige möglich Spur zur Klärung der Situation. Am Automaten löst er einen Fahrschein und steigt in den Bus. Wohl wissend, dass er in die unmittelbare Nähe von Laumann und dem Polizeipräsidium fahren muss. Nur über den Bochumer Hauptbahnhof und durch die Innenstadt gelangt er zu Nadja. Er sucht sich den Platz im hintersten Teil des Busses aus, sodass er nicht so schnell gesehen werden kann. Seine

Reisetasche stellt er auf den freien Sitzplatz neben ihm, damit sich niemand dort hinsetzt.

Mit jeder Sekunde der Busfahrt steigt seine Ahnung, dass das Paket bei Nadja wichtig sein könnte. Er kann und will einfach nicht glauben, dass er ein Geschenk für Claudia bei ihr hinterlegt haben könnte. Da gäbe es andere Möglichkeiten, viel bessere.

Claudia. Was tut er ihr an? Hat sie nicht schon genug gelitten? Sein Magen verkrampft sich. Die Qual ist körperlich spürbar und während er langsam mit dem Bus in Richtung Bochum fährt, fragt er sich wieder, ob er nicht aufgeben sollte. Kann Laumann nicht seine Arbeit machen und ihn aus diesem Chaos befreien? Was hat er zu befürchten? Er hat niemanden getötet und deshalb kann alles nicht so schlimm sein. Trotz seiner Befürchtung, in etwas Kriminelles verstrickt zu sein. Ein Berg von Fragen, die ihn immer weiter deprimieren und in eine Lage bringen, die immer auswegloser scheint. Die Angst, sich jemanden anzuvertrauen und die Aufklärung in andere Hände zu legen, ist größer als der Wunsch nach Aussprache. Er will niemanden in die Sache hineinziehen, schon gar nicht Claudia.

Laumann ist gefesselt an Recht und Gesetz. Sich an ihn zu wenden, kann durchaus gefährlich werden. Ganz besonders, wenn er doch an kriminellen Handlungen beteiligt war. Oder ist. So ist er also allein, der einsame Streiter, der Gejagte, der nicht einmal weiß, warum und wie das alles passieren konnte. Wie John Rambo, nur nicht so gefährlich, und unbewaffnet ... und ohne Überlebenstraining ... und ohne Orientierung, planlos. Selbst John Rambo hatte in Colonel Trautman einen Vertrauten in der Not. Er fragt sich, wo sein Colonel Trautman ist oder wer er sein könnte. Er lehnt den Kopf gegen die Scheibe des Busses und bemerkt den Knoten in seinem Hals. Wie nie zuvor in seinem Leben, fühlt er sich einsam und verlassen. Diese Einsamkeit ist schlimmer als die Einsamkeit in der Bewusstlosigkeit. Dort kämpfte er um sein Leben, um Orientierung und um Hilfe. Hier ist er mitten unter Menschen – und trotzdem allein. Ihm fehlt ein kleines Licht, eine Lösung und Hilfe. Doch es taucht kein Gesicht auf, das ihm Hoffnung spendet. Kein Geräusch, das ihm den Weg zeigt. Er fühlt sich verloren.

Der Bus bremst und hält vor einer Haltestelle mit einem Unterstand. Einige Fahrgäste gehen zur Tür und warten, bis der Bus endgültig zum

Stillstand kommt und sich die Türen öffnen. Am Unterstand sieht er wieder Laura Kampmann, in der blutigen Kleidung. Sie sieht ihn an, wortlos. Sein Kopf liegt noch immer an der Scheibe und er fragt flüsternd, was er tun soll. Er träumt vage davon, eine Antwort zu erhalten, aber kein Wort ist zu vernehmen. Warum ist sie hier, warum verfolgt sie ihn – oder dreht er langsam aber sicher durch?

Eine Träne läuft an seiner Wange hinab. Wie gerne würde er sich an Claudias Schulter lehnen und schlafen. Wie gerne würde er jetzt ihre Stimme hören, ihr sagen, dass es ihm gut geht und sie sich keine Sorgen machen muss. Aber er kann nicht. Er kann sie nicht anrufen. Sie wird Laumann aus Sorge um ihn informieren und sagen, dass er angerufen hat. Natürlich würde es etwas dauern, bis er die unterdrückte Nummer in Erfahrung gebracht hat. Aber dann würde er auch diese Nummer aufschalten und ihn zu orten versuchen. Innerhalb von 24 Stunden müsste er sich ein neues Handy besorgen. Und er hat keine unbegrenzten finanziellen Mittel zur Verfügung. Die Zeiten von Telefonzellen sind auch vorbei. Er kann sich nicht daran erinnern, wann er zum letzten Mal eine gesehen hat.

Als sich der Bus wieder in Bewegung setzt, folgt ihm Lauras Blick. Er hält dem Blick stand und sie verschwindet kurz darauf aus seinem Blickfeld, das nun die graue und triste Umgebung einer Ruhrgebietsstadt zeigt. Quer im Bus verteilt sitzen Menschen, die sich nur um sich selbst kümmern, aus dem Fenster starren, wie er, oder mit dem Handy spielen. Niemand unterhält sich, niemand sieht sich um, keiner interessiert sich für den anderen. Erst jetzt kann er verstehen, warum die Polizei in manchen Fällen einfach keine Zeugen findet. Das Interesse am Mitmenschen ist einfach verloren gegangen. Die Worte, die „selbst" beinhalten, haben an Bedeutung gewonnen. Ihm ist das nie so aufgefallen. Wahrscheinlich gehörte er ja auch zu jenen Ignoranten, die ihm jetzt so deutlich auffallen.

Der Regen hat die Straßen dunkelgrau werden lassen. Einzelne Pfützen sind überall zu erkennen. Menschen versuchen, durch kurze Sprünge nasse Füße zu vermeiden. Müdigkeit macht sich breit und er schließt für einen kurzen Moment die Augen.

Plötzlich schreckt er auf und erkennt in einiger Entfernung den Bochumer Hauptbahnhof. Er fühlt seinen steifen Nacken, den er sich durch das kurze Nickerchen eingehandelt hat. Als der Bus endgültig zum Stehen kommt, wartet er, bis alle ausgestiegen sind. Als letzter

Fahrgast steigt er aus dem Bus und geht ein Stück auf dem Gehweg vor dem Bahnhof. Vorsichtig schaut er sich um, ob sich ihm bekannte Personen oder Kollegen in der Nähe aufhalten, kann aber niemanden erkennen. Der Hauptbahnhof ist die einfachste Möglichkeit, die Straßenbahn nach Wattenscheid zu nehmen. Aber die Gefahr, erkannt zu werden, erscheint ihm zu groß. Wahrscheinlich streifen zivile Polizisten und die Bundespolizei durch den Bahnhof und sind auf der Suche nach ihm. Kleine Fotos werden mit der Bemerkung von Hand zu Hand gereicht, sich vorsichtig der gesuchten Person zu nähern. Mit ein wenig Glück spricht sich herum, dass er nicht bewaffnet und ein Schusswaffengebrauch zu vermeiden ist. Aber kann er wirklich sicher sein, dass ein übereifriger Kollege nicht doch die Nerven verliert?

Als er auf den Fußgängerüberweg tritt, richtet er seinen Blick zu Boden und geht langsam in der Masse der Menschen, die eifrig ihren Zielen entgegenstreben, die Huestraße zur Bochumer Innenstadt hinunter. Verstohlen blickt er zwischendurch auf, sieht sich selbst in den spiegelnden Fenstern der Geschäfte und erwartet, plötzlich von einem Bekannten oder Kollegen angesprochen zu werden. Als nichts dergleichen geschieht, macht er sich auf den Weg zum Bermudadreieck, Bochums größter Partymeile. Immer Schutz suchend in der Menschenmenge und dem Versuch, in keiner Weise aufzufallen. Trotzdem hat er das Gefühl, dass er hell leuchtend aus der Masse herausragt und für jeden Polizisten auf diesem Planeten als gesuchte Person zu erkennen ist. Ein Leben auf der Flucht kann er sich beim besten Willen nicht vorstellen und allein der Gedanke hätte noch vor kurzem paranoide Schübe in ihm ausgelöst.

An der Bratwurstbude neben dem Unionkino genehmigt er sich zuerst eins der berühmten Würstchen, die seines Erachtens überbewertet sind. Aber die Soße ist gut, obwohl er es gerne noch schärfer hätte.

Die nächste Haltestelle in Richtung Wattenscheid liegt im Bereich des Rathauses, nicht weit vom Polizeipräsidium entfernt. Er setzt darauf, dass sich die Suche auf die Umgebung seiner Wohnanschrift konzentriert. Niemand, auch nicht Laumann, wird damit rechnen, dass er sich in die unmittelbare Nähe des Präsidiums begeben würde. So zumindest seine Hoffnung. Er steigt die Treppen hinunter zur U-Bahn und zieht sich einen Fahrschein. Die Bahn ist in drei Minuten angekündigt. Er verzieht sich in eine hintere, etwas dunkle Ecke und beobachtet die Menschen, die am Bahnsteig stehen und auf die Bahn warten. Niemand scheint sich für ihn zu interessieren. Sie scheinen sich für gar nichts zu interessieren. Vielleicht einfach nur ein Problem der Nutzer von Bus und Bahn, die jeden Tag den gleichen Trott durchlaufen und, gelangweilt von der Monotonie des Alltags, die Mitmenschen vergessen haben. Irgendjemand hört etwas lauter Radio. Ein Nachrichtensprecher berichtet über die Schießerei in Wattenscheid und dass vermutlich die organisierte Kriminalität dahinterstecke. Man wisse nichts Genaues, auch nicht die Zahl der Toten oder Verletzten. Die Polizei ermittle, gebe aber keine Stellungnahme ab. Das Übliche in dieser Situation. In Wattenscheid scheint Chaos ausgebrochen zu sein, große Teile der Einkaufsstraße wurden gesperrt. Krankenwagen und andere Einsatzfahrzeug blockieren die Einkaufsstraßen und manche stehen mit rotierenden Blaulichtern am August-Bebel-Platz und blockieren den öffentlichen Personennahverkehr.

Am Centrumplatz, einige Haltestellen vor der Wattenscheider Innenstadt, hält die Straßenbahn an. Der Fahrer teilt über Lautsprecher mit, dass das Zentrum gesperrt ist und die Fahrgäste die Straßenbahn verlassen müssen. Doch er ist nahe an seinem Ziel. Am Parkstreifen wenige Meter vor der Bahn wird ein Pendelverkehr eingerichtet und die eingesetzten Sonderbusse bringen die Fahrgäste zum Rathaus. Von dort kommen sie in die Innenstadt, die nicht vollständig gesperrt ist, oder können die Fahrt in Richtung Gelsenkirchen fortsetzen. Leises Gemurmel ist in der Straßenbahn zu vernehmen. Nicht alle haben etwas von dem Ereignis mitbekommen.

Er geht an der Sparkassenfiliale „Centrumplatz" vorbei und wendet sich nach rechts in die Dickebankstraße. Am Sportplatz schaut er sich kurz um, ob ihm jemand folgt. Er kann aber niemanden erkennen und geht davon aus, dass Anatol ihn anrufen wird und auch er seine Bewacher abgezogen hat. Sie haben ihren Auftrag erledigt.

Er ist zu früh. Nadja wird noch nicht da sein und er wird sich noch etwas gedulden müssen. Am Bismarckplatz geht er zum Kiosk und kauft sich eine kleine Flasche Wasser.

Der neu gestaltete Vorplatz am umgebauten Bunker ist menschenleer, der Kiosk dagegen gut besucht. Häufig stehen hier Menschen, die ihr Bier trinken, sich unterhalten und im Laufe der Jahre zu Stammkunden und einer verlässlichen Einnahmequelle geworden sind. Aus den Wortfetzen ihrer Gespräche erkennt er, dass das Blutbad in dem Café das Top-Thema ist. Wildeste, in Bier und Schnaps getränkte Spekulationen werden eifrig ausgetauscht, Verschwörungstheorien werden geboren, unter die Leute gebracht – und die gute alte Zeit wird heraufbeschworen. Trotz der Ernsthaftigkeit der Lage muss er schmunzeln. Er war bei der Schießerei anwesend, kennt die Wahrheit, oder einen Teil von ihr, und ist einfach nur erstaunt, zu welchen Fantasien das menschliche Gehirn fähig ist. Von einem gescheiterten Attentat auf die Oberbürgermeisterin bis zum Terroranschlag irakischer, wahlweise syrischer, iranischer, israelischer oder gar russischer Terroristen ist die Rede. Noch einige Biere und Schnäpse weiter – und das Attentat hätte sich gegen den amerikanischen Präsidenten gerichtet, der gerade in Wattenscheid auf Shoppingtour war.

Erschrocken schaut er auf die Gruppe, als ein Handy in seiner Jackentasche klingelt. Doch niemand schaut sich um oder beobachtet den Sonderling, der mit einer Flasche Wasser auf einem der Stühle sitzt. Er steht auf und geht ein Stück die Straße hinunter, um sich vor neugierigen Blicken und Ohren zu schützen. Anatols Handy klingelt. Seine Hände werden wieder feucht, sein Herz rast und sein Kopf sagt ihm, dass er nicht abheben soll. Er kann aber nicht anders und muss das Gespräch annehmen. Wer weiß schon, wozu der noch in der Lage ist? Vielleicht tobt er sich an Claudia oder seinen Freunden aus, wenn er nicht abnimmt.

„Ja", meldet Schramm sich kurz, weil er nicht weiß, was er sagen soll.

„Mein lieber Kommissar. Wie geht es dir?"

Der russische Akzent ist unüberhörbar und geht ihm sofort auf die Nerven. Für seine Ohren ist er zu hart, zu aggressiv. Die persönliche Anrede stört ihn, da er Angst davor hat, dass er diesen Menschen kennt. Sein Puls ist in die Höhe geschnellt und seine Gedanken rasen mit Lichtgeschwindigkeit in seinem Kopf.

„Lass den Scheiß und sag mir, was du willst!"

Am Ende der Leitung vernimmt er einen deutlichen Seufzer, als hätte er einem langjährigen Freund Unrecht angetan.

„Wie ich bemerke, hat dein Arzt nicht gelogen."

Sein Herz setzt aus. Er weiß von seiner Bewusstlosigkeit und kennt seinen Arzt. Aber er sagte nicht, welchen Arzt er meint.

„Welcher?", fragt er daher.

„Spielt das irgendeine Rolle?"

„Ja, verdammt noch mal", speit er in den Hörer. Vorsichtig schaut er zum Kiosk zurück, ob ihn jemand beobachtet. Der Satz ist ihm wohl doch lauter herausgerutscht, als er eigentlich wollte.

„Der aus dem Krankenhaus."

„Wieso hat er mit dir gesprochen?"

Eine kurze Pause entsteht. Er hört, wie Anatol sich eine Zigarette anzündet und den Rauch ausbläst. Vor seinem Auge entsteht ein Bild, wie Anatol mit dem Telefon in der Hand auf seinem Sofa sitzt und den Rauch in Ringen zur Decke pustet.

„Er hatte keine Wahl. Aber mach dir keine Sorgen, er wird nicht reden."

„Warum nicht? Was ist passiert?"

„Geld regiert die Welt, wie du bestimmt weißt. Aber was soll das Gerede? Lass uns vom Geschäft sprechen." Er macht eine kurze Pause und wartet, ob er weitere Fragen zum Arzt stellt. Er kann aber nichts mehr ändern und hofft, dass dem Arzt nichts passiert ist.

„Lass einfach Unschuldige aus der Sache raus."

Es tut ihm leid, aber Anatol hat recht. Was soll er mit ihm über den Arzt reden, ändern kann er daran ohnehin nichts mehr. Und er ist mehr an Antworten interessiert.

„Welches Geschäft?", fragt er daher.

Ein kurzes Kichern dringt aus dem Handy. Er wird das Gefühl nicht los, dass Anatol unglaublichen Spaß an der Geschichte hat. Er muss ihn gekannt haben oder kennen. Es ist verrückt.

„Welches Geschäft? Welches Geschäft?", blafft Anatol ins Telefon. „Ich reiß dir und deiner Sippe die Eingeweide raus, wenn du mich verarschen willst. Hörst du?" Er zeigt seine Wut unverhohlen.

„Ich weiß nicht, wovon du redest." Wenn er mit dem Arzt gesprochen hat, muss er seinen Gesundheitszustand doch kennen. Es sei denn, er glaubt ihm nicht.

„Novics Ableben war eine Kleinigkeit, im Vergleich zu dem, was ich mit dir anstelle, wenn du mich verarscht, verstehst du das?"

„Ja."

Was sollte er auch sonst sagen? Er hat nicht die geringste Ahnung, was er von ihm will. Nicht die geringste Ahnung, von welchem Geschäft er redet oder worin dieses Geschäft bestand.

Anatols Stimme hat sich wieder etwas beruhigt. Nun versucht er, wieder etwas freundlicher zu sein. Sein Stimmungswechsel treibt ihm eine Gänsehaut auf die Arme. Wahrscheinlich wollte er ihm nur den Ernst der Lage verdeutlichen, sofern dies überhaupt notwendig war. Vom Ernst der Lage ist er schon lange überzeugt, auch ohne russische Verbal-Attacke.

„Ich habe meine Abmachung gehalten und erwarte, dass auch du deine Abmachung hältst."

„Und die lautet wie?"

„Du weißt, wovon ich spreche."

Novic hat im Café von CDs gesprochen. Hat er ihm versprochen, die CDs zu besorgen? Es muss wirklich etwas sehr Wichtiges darauf sein, wenn Anatol bereit ist, für diese CDs zu morden. Und Laura? Hat er Laura umgebracht, um auf ihn einzuwirken? Und wer war der andere Tote?

„Meinst du die CDs?"

Anatol schreit freudig auf.

„Du kannst dich ja wieder erinnern. Großartig. Dann können wir unser kleines Geschäft zum Abschluss bringen."

Nichts ist großartig. Er hat nicht die geringste Ahnung, von welchen CDs die Rede ist, was darauf gespeichert ist und wo diese verdammten Dinger sind.

Vielleicht sind sie im Paket, das bei Nadja liegt. Aber das bedeutet, dass er auch Nadja in Gefahr bringt. Er will weiteres Töten vermeiden.

„Wo sind deine Wachhunde?"

„Nikolas?"

„Woher soll ich das wissen?"

„Hier. Er steht neben mir." Die Stimme wird erheblich leiser als er den Hörer in den Raum reicht.

„Sag schön Guten Tag zu Herrn Kommissar, Nikolas."

„Hallo Arschloch", hört er den Mann sagen. Es ist eindeutig der Kerl aus dem Café, nicht zu verwechseln, der wenigen Worte zum Trotz. Anatol kichert.

„Er mag dich einfach nicht. Er ist, wie sagt ihr, einfältig. Aber gut, schnell und verlässlich. Muss er dich noch einmal besuchen oder kommen wir ins Geschäft?"

„Was ist mit Laura Kampmann passiert?"

Anatol lacht lauthals los, kann sich offenbar nicht beruhigen und verschluckt sich. Sein Husten hämmert durch das Telefon.

Obwohl er das Handy ein Stück von sich weghält, kann er den Russen noch immer deutlich husten hören. Ein dumpfes Klopfen ist aus dem Hörer zu vernehmen und er geht davon aus, dass Nikolas ihm auf den Rücken schlägt. Das Husten wird langsam leiser und seltener.

„Das, mein lieber Freund, sollten wir vielleicht einmal bei einem Kaffee besprechen. Ich habe einen sehr guten Mann verloren und bin nicht erfreut. Es ist schwer, guten Nachwuchs zu finden. Wenn du dich erinnern kannst, sag mir Bescheid und wir reden darüber."

Der Tote gehörte also zu Anatols Männern und hatte einen Auftrag. Wenn er Laura getötet hat, stellt sich die einfache Frage: Wer hat den Mann getötet? Er? Oder war es eine Falle von Anatols Konkurrenz? Menschen wie er haben unzählige Feinde, die nur auf eine Schwäche oder einen Fehler warten und seinen Platz einnehmen wollen.

„Ich will jetzt Antworten."

„Und ich will die CDs. Also?"

„Ich brauche Sicherheiten."

Anatol gibt ein lang gezogenes „Ah" von sich.

„Jetzt wirst du Geschäftsmann. Endlich können wir vernünftig reden. Du hast die CDs?"

„Nein, aber ich weiß, wo sie sind."

„Sehr gut, Herr Kommissar. Du willst also Sicherheiten. Also, ich sag dir was. Ich war bereit, für die CDs zu bezahlen und habe gezahlt. Mich interessiert weniger, was darauf ist. Ich kann es mir vorstellen und ich habe bereits alle notwendigen Schritte eingeleitet. Jetzt will ich den Verräter, jetzt will ich wissen, wer hierfür der Schuldige ist. Deshalb habe ich bezahlt. Ich brauche die originalen CDs. Ob du eine Kopie hast oder nicht, ist mir scheißegal. Nichts davon kannst du jetzt noch verwenden, alle Spuren sind beseitigt."

„Dann habe ich noch weniger Gründe, dir die CDs zu geben, wenn du sie nicht mehr brauchst."

„Du kapierst es immer noch nicht, oder? Ich sagte, mich interessiert nicht, was drauf ist. Aber ich bin hoch interessiert, wer die Verantwortung trägt. Und diese Information ist auf den CDs, auf den originalen CDs. Du kannst dir ruhig eine Kopie davon machen, zur Sicherheit", zischt er in das Telefon.

„Was mir auch deutlich macht, dass ich für dich so entbehrlich bin wie Laura und Novic. Wer garantiert mir, dass du mich nicht umlegst, oder jemanden aus meinem persönlichen Umfeld?"

„Du meinst Claudia?"

Erneut will sein Herz aussetzen, er kann kaum noch atmen. Anatol weiß einfach zu viel über ihn. Er ist entsetzt darüber, dass er ihm offenbar wehrlos ausgeliefert ist. Und auch Claudia. Er hat seinen persönlichen Lebensbereich ausgeforscht, weiß alles über ihn und das macht ihn noch verwundbarer. Und Anatol deutlich gefährlicher.

„Deine Claudia ist eine hübsche Frau. Für mich etwas zu alt, aber hübsch. Ich habe kein Interesse an ihr, sofern du mir die CDs gibst. Das Geld ist überwiesen, du hast es mit Sicherheit schon überprüft. Das kann ich also abschreiben, selbst wenn ich dich umlege. Aber ich kann keinen weiteren Rummel mehr gebrauchen und ein toter Bulle wird mit Sicherheit einen riesigen Wirbel auslösen."

Er hat Geld bezahlt. Wenn er nur wüsste, wovon Anatol eigentlich redet.

„Warum musste Novic sterben, und Laura?"

„Novic? Pah. Eine gefährliche Plaudertasche. Hat bei den falschen Leuten gefährliche Andeutungen gemacht, die ich nicht ignorieren konnte. Ich kann nicht dulden, dass einige Mitkonkurrenten erfahren, dass ich mich erpressen lasse. Aber ich wollte, dass du dabei zusiehst, den Ernst der Lage erkennst und mir ein kleines Geschenk machst."

„Und Laura?"

„Nettes Mädchen. Hat mir gefallen. Aber manchmal spielt das Leben anders."

„Sag mir, warum."

„Mit den Erinnerungen ist das so eine Sache. Sie sind nicht verlässlich, wenn sie vorhanden sind und manchmal tun Erinnerungen weh. Wir werden uns später darüber unterhalten."

„Wenn ich dir die CDs gebe, wird niemand aus meinem Umfeld sterben?"

„Niemand, selbst du nicht. Ich will keinen weiteren Staub aufwirbeln. Die Sache ist sowieso schon zu viel in der Öffentlichkeit, es wird geredet. Bisher habe ich die Sache im Griff und bin mir sicher, dass die Bullen ... Verzeihung, die Polizei nichts kapiert und irgendwelchen Idioten die Schuld in die Schuhe schieben wird. Ein

Mord an einem Polizisten könnte mir schwer zusetzen, den ganzen Polizeiapparat auf den Plan rufen und meine Geschäfte gefährden. Das wäre in meiner Situation ziemlich dämlich. Glaubst du, dass ich dämlich bin, Herr Kommissar?"

„Nein", haucht er in den Hörer. Seine Stimme droht zu versagen. „Wie geht es jetzt weiter?"

„Das liegt an dir. Ich bin ein sehr geduldiger Mensch, aber meine Geduld hat Grenzen. Ich werde dich wieder anrufen. Dann will ich meine CDs."

„Und wenn ich sie bis dahin nicht habe?"

Anatol schweigt. Er hört sein Atmen und irgendein Klirren im Hintergrund, als würde eine Tasse auf einen Tisch abgestellt. Leise Schritte.

„Das wird nicht passieren. Keine Spielchen mehr. Du weißt, wozu ich in der Lage bin – und niemand, hörst du, niemand kann und wird mich aufhalten."

„Ich ..."

„In 24 Stunden rufe ich dich an und dann sage ich dir, wo wir uns treffen. Also beeil dich."

Das Gespräch ist beendet. Anatol hat aufgelegt, noch bevor er etwas fragen oder antworten kann. Er starrt das Handy an, als könnte es das Gespräch noch einmal wiederholen. Das Atmen fällt ihm schwer. Er fühlt sich, wie von einer Dampfwalze überfahren, und wartet auf die gute Fee, die ihn endlich aus diesem Albtraum befreit. Doch nichts dergleichen passiert.

Die Menschentraube steht noch immer in der Nähe des Kiosks. Die Diskussionen sind lauter geworden, zaubern aber kein Schmunzeln mehr auf sein Gesicht. Die kalte Feuchtigkeit dringt durch seine Kleidung. Ein kleines Schütteln durchfährt seinen Körper. Einen Schnaps könnte er jetzt gebrauchen. So langsam begreift er, dass er in eine Erpressung geraten ist, auch wenn er nicht versteht, welche Rolle er dabei spielt. Und Geld ist geflossen. An wen? Ob Laumann davon weiß? Kann er eine Verbindung zwischen Novic und Laura herstellen, und letztlich auch zu ihm?

Bis jetzt hat er nur verstanden, dass Anatol erpresst wurde oder wird. Laura und Novic waren vermutlich auf etwas gestoßen. Absolut unverständlich ist seine Rolle in diesem Spiel. Sollte er sich auf die Seite der Erpresser geschlagen haben oder war er nur ein Angestellter von Anatol? Nichts davon ergibt einen Sinn für ihn. Keinen der Beteiligten hat er vor Weihnachten gekannt und sicher auch keine großen Freundschaften geschlossen. So kann er sich auch nicht vorstellen, für Anatol zu arbeiten oder gearbeitet zu haben, nicht in solch kurzer Zeit. Die Fragen werden immer mehr und schwerwiegender.

Anatol geht davon aus, dass er die CDs hat. Er hat alles auf eine Karte gesetzt und ist dabei, das Spiel zu verlieren. Seine Hoffnung ruht auf dem Paket bei Nadja. Sollten die CDs nicht darin sein, ist er so ziemlich geliefert. Und wenn er Laumann diese Geschichte erzählt, wird er ihm wahrscheinlich nicht glauben. Was er durchaus nachvollziehen kann. Er selbst glaubt es kaum und kann im Moment keine einzige Verbindung zwischen Novic, Laura und sich selbst herstellen, geschweige denn zu Anatol.

Die Einzigen, die ihm diese Fragen beantworten könnten, sind tot. Anatol könnte ihn aufklären, aber warum sollte er, wenn er die CDs in den Händen hält? Er hegt starken Zweifel, dass er ihm glauben kann, aber seine Argumentation ist nicht ganz von der Hand zu weisen.

Vielleicht wäre es besser gewesen, er hätte nicht so verzweifelt um die kleine Kerze in der Dunkelheit gekämpft und hätte sie einfach ausgeblasen.

◊

Als er auf Nadjas Haus zugeht, fängt der fiese Nieselregen wieder an. Die Kälte kriecht durch die kleinste Ritze seiner Kleidung. Das Sweatshirt fühlt sich feucht an. Sein Körper kann die eindringende Kälte und Feuchtigkeit nicht bekämpfen und versucht, Wärme durch Zähneklappern zu erzeugen. Nadjas Wagen steht in der Einfahrt, was ihn ein wenig zuversichtlicher stimmt. Der kleine silberne Fiesta mit dem Aufkleber am Kofferraum.

Bevor er zur Tür geht, beobachtet er noch einmal kurz die Straße. Niemand scheint ihm zu folgen oder ihn zu beobachten, weder Polizei noch andere zwielichtige Gestalten. Im Hintergrund hört er noch das Gelächter der Trinker am Kiosk, die ihre Verschwörungstheorien offenbar unterbrochen haben. Ein lautes, abgehacktes Lachen ist zu hören und gehört wohl zu einem Scherz, den einer abgelassen hat.

An der Haustür prangt Nadjas Nachname in großen, neuen Lettern. Er kann sich an dieses Schild nicht erinnern, es muss wohl nach Weihnachten angebracht worden sein.

Die Tür wird unmittelbar nach seinem Klingeln geöffnet. Nadja strahlt ihn an und nimmt ihn in die Arme, wie einen Freund, den sie über Jahre nicht mehr gesehen hat. Sie setzen sich in die Küche an einen kleinen Tisch. Nadja kocht einen Kaffee und mit sorgenvollen Blicken hört sie sich seine Geschichte an, wobei er natürlich die blutigen Passagen, Morde und Geister weglässt. Er erzählt nur die Dinge, die sich auf den Krankenhausaufenthalt beziehen und auf ärztliche Gespräche. Nachdem er seine Erzählung beendet hat, schüttelt sie ungläubig den Kopf. Auch sie kann das alles kaum glauben. Wenn sie erst die ganze Wahrheit hören würde ... Was würde sie wohl dazu sagen?

Er trinkt seinen Kaffee und langsam kehrt die Wärme in seinen Körper zurück. Sie hält seine Hand und fragt, wie es Claudia jetzt geht. Die Frage schmerzt und er bemerkt, wie leid es ihm tut, sie ohne ein Wort verlassen zu haben. Aber bald ist alles vorbei und er wird wieder bei ihr sein, für immer. Er ist verzweifelt und Nadja sieht es ihm an. Als eine Träne über sein Gesicht läuft, nimmt sie ihn erneut in ihre Arme und hält ihn fest. Die Umarmung spendet ihm Trost, aber löst seine Probleme nicht. Schweigend setzen sie sich wieder gegenüber und essen Kekse, die sie auf den Tisch gestellt hat.

„Wie geht es jetzt weiter?", fragt sie ihn.

„Ich habe gleich einen Termin beim Neurologen. Mal sehen, was der so findet", lügt er.

„Ich habe dein Auto gar nicht gehört, bist du mit dem Bus hier?"

„Der Arzt hat mir das Fahren verboten und deshalb bin ich mit dem Bus gekommen."

„Warum hast du nichts gesagt? Ich hätte dich doch abholen können."

„Nein, nein, schon gut. Die frische Luft ist ganz gut für mich. Und Bewegung schadet auch nicht."

Nadja lächelt und schlägt leise mit der Hand auf den Küchentisch.

„Dann bring ich dich gleich zum Arzt. Du kannst doch nicht mit dem Paket und deiner Tasche durch die Gegend laufen."

Auf die Schnelle muss er sich eine Ausrede einfallen lassen, ohne Verdacht zu erregen. Essen erscheint ihm als beste Möglichkeit, sich vor Laumann zu verstecken. Er setzt sein bestes Lächeln auf, hofft, dass es auch als Lächeln erkannt wird.

„Ich würde dein Angebot gerne annehmen, aber ich muss nach Essen, in die Innenstadt." Mit einer kurzen Handbewegung zeigt er auf seine Reisetasche. „Vielleicht muss ich sogar ein wenig Sport machen."

„Ach du Schreck. Ich fahre dich trotzdem. Das ist doch gar kein Problem."

„Wenn du unbedingt möchtest, gerne. Aber du kannst mich nahe der Innenstadt absetzen, der Arzt hat seine Praxis in der Einkaufsstraße, da kommst du mit dem Wagen nicht rein."

„Das macht nichts. Soll ich dich danach noch nach Hause fahren?"

„Nein, danke. Der Arzt sagte mir, dass die Untersuchung ungefähr zwei Stunden dauert. Vielleicht sogar mehr. Claudia kommt vorbei und holt mich ab."

„Willst du das Paket mitnehmen?"

„Klar. Es ist für den Nachbarn. Ich habe es für ihn aufbewahrt. Seine Frau hat übermorgen Geburtstag und ich wollte nicht, dass Claudia das Geschenk sieht und sich womöglich verplappert."

„Oh", ist die einzige kurze Antwort.

„Du weißt als Frau ja wahrscheinlich, wie schnell so etwas gehen kann ..."

„Jetzt bewegst du dich aber auf dünnem Eis."

„Schon gut, du weißt, wie ich es meine."

„Eben."

Sie lacht. Langsam steht sie auf und geht ins Schlafzimmer. Mit einem Paket, das deutlich zu groß ist für CDs, kommt sie zurück und stellt es vor ihn auf den Tisch. Ein unscheinbares Paket, keine Aufkleber, nichts Verräterisches. Er schiebt es ein Stück zur Seite, um an seinen Kaffee zu kommen. Dabei geht es ihm nur darum, das Gewicht des Pakets abzuschätzen. Deutlich schwerer als ein paar CDs – es müssten schon einige hundert davon sein. Die Neugier brennt ihm unter den Nägeln, am liebsten würde er es an Ort und Stelle aufreißen. Es fällt ihm schwer, die Beherrschung zu behalten.

„Weißt du, was drin ist?"

Er lacht kurz auf.

„Kommen wir doch noch einmal zurück auf die Neugier und das Verplappern." Sie kneift ihre Augen zu kleinen Schlitzen zusammen.

„Das Eis zeigt erste Risse."

„Uuups. Dann sollte ich lieber meine Klappe halten." Mit einem Schulterzucken fährt er fort. „Ich weiß auch nicht, was drin ist." Irgendwie entspricht das auch der Wahrheit. Vorsichtig greift er nach dem Paket und hebt es hoch.

„Neugierig? Soll ich mal rappeln?"

„Hab ich schon, nichts zu hören. Und jetzt keine dummen Sprüche."

Sie hat gemerkt, dass er zu einer ironische Bemerkung ausholt und sofort die nächste kleine Stichelei verhindert. Während sie an ihrem Kaffee nippt, schaut er sich das Paket von allen Seiten an. Nicht einmal eine handschriftliche Notiz, nichts weiter. Lange hält er es nicht mehr aus. Er muss das Paket öffnen, er muss wissen, was drin ist. Aber nicht hier.

„Kannst du mich jetzt nach Essen fahren? Ich will mich auf keinen Fall verspäten."

Sie geht hinüber zur Garderobe und zieht sich die Jacke an. Er trinkt den letzten Schluck Kaffee, der schon kalt und bitter geworden ist. Ihre Tassen stellt er in die Spülmaschine, den Aschenbecher kippt sie im Mülleimer aus.

Auf der Fahrt zur A40 geraten sie in ein Verkehrs-Chaos. Nadja hat nichts von der Schießerei mitbekommen und blickt neugierig in die Gegend. Er schiebt das Chaos auf den üblichen Pendlerverkehr. Schweigend fahren sie über die A40 nach Essen und hören REM aus der Musikanlage des Autos. Als sie die Innenstadt von Essen erreichen, schaut er ihr in die Augen und bedankt sich für ihre Hilfsbereitschaft. Auch sie sieht ihm in die Augen, nimmt ihn in den Arm.

„Du bist irgendwie komisch, anders."

„Was meinst du?"

„Ich ... ich weiß auch nicht. Hab einfach ein komisches Gefühl."

„Ich weiß nicht, was du meinst", ist die einzige Entgegnung, die ihm einfällt. Natürlich weiß er genau, was sie meint. Für den Bruchteil einer Sekunde überlegt er, ob er sich ihr anvertrauen könnte. Er vertraut ihr völlig, doch er will sie nicht in Gefahr bringen. Den Gedanken verwirft er schnell wieder. Nadja kann ihm nicht helfen – und selbst wenn er ihr die Geschichte erzählen würde, hätte er nur sein Gewissen ein wenig erleichtert und dafür ihres belastet. Anatol könnte Verdacht schöpfen, das will er auf keinen Fall. Also steigt er aus, greift sich seine Reisetasche und das Paket. Mit seinen letzten dankenden Worten schließt er die Fahrzeugtür und bewegt sich in Richtung Kettwiger Straße, Essens City-Passage. Als sie anfährt, winkt er ihr noch hinterher, bis sie in einer kleinen Kurve außer Sichtweite ist. Nachdem Nadja verschwunden ist, setzt er sich auf eine kleine Bank und starrt durch die Gegend.

Die Leute hetzen an ihm vorbei, gefangen in ihrem eigenen Kosmos und losgelöst von den Problemen dieser Welt. Ein kleines Mädchen rutscht vor Freude quietschend von einer Schaukel. Eine junge Frau fängt sie am Ende auf und stellt sie wieder auf die Beine. Lachend und leicht schwankend rennt das Mädchen in ihrer mit Windeln vollgestopften Hose zur Leiter und klettert voller Vorfreude Stufe für Stufe hinauf. Für sie besteht ihre Welt nur aus dieser Rutsche, nicht ahnend, welche Überraschungen das Leben für sie bereithält. Die junge Frau, eben noch freudig am Spaß des Kindes teilnehmend, verzieht leicht das Gesicht. Gleich wird sie dem Kind das Vergnügen nehmen und die Kleine wird, vielleicht zum ersten Mal in ihrem Leben, erkennen, dass das Leben nicht nur aus Spaß besteht. Mit Sicherheit werden Tränen fließen und er beschließt, sich zunächst einen Kaffee zu holen. Während er sich in einem kleinen Café einen Platz sucht, hört er das entfernte Schreien eines Kindes.

„Böse Mama", murmelt er vor sich her und nippt an seinem Kaffee. Als die Kellnerin kommt, fragt er sie nach einem Branchenbuch. Sie schaut ihn an, als wäre er ein Dinosaurier. Sie ist vielleicht gerade einmal zwanzig Jahre alt und hat in ihrem Leben wahrscheinlich noch nie ein Branchenbuch gesehen. Im Zeitalter von Smartphones und der ständig erreichbaren Welt des Internets ist ein Branchenbuch auch sicherlich völlig fehl am Platze. Aber er hat kein Smartphone und auch kein Internet, ist also auf die analoge Welt, die Papierwelt, angewiesen. Sie lächelt nur.

„Bitte?"

„Ein Branchenbuch brauche ich."

Die Falten auf ihrer Stirn werden größer.

„Gelbe Seiten?", fragt er, „schon mal gehört?"

„Ich frage mal meine Chefin. Bin gleich wieder da."

Schnellen Schrittes verschwindet sie, vorbei an Laura Kampmann, die am Fenster steht und zu ihm herübersieht. Er schaut sie an, aber er merkt, wie ihm ihr Anblick immer weniger ausmacht. Selbst der Schreck bleibt aus und manchmal hält er schon nach ihr

Ausschau. Sie sagt nichts, macht nichts und steht einfach nur da, warum sollte ihn ihr Anblick erschrecken.

Die junge Kellnerin kehrt mit einem leichten Lächeln zurück und legt ein Tablet auf den Tisch.

„Leider haben wir kein Telefonbuch. Wir können Ihnen aber ein Tablet kurz zur Verfügung stellen. Sie wissen, wie Sie damit umgehen?"

„Ja, natürlich. Ich habe meines nur zu Hause vergessen. Danke."

Er öffnet den Explorer und sucht zuerst in den lokalen Nachrichten, ob es neue Informationen zum Wattenscheider Fall gibt. Jede Menge reißerischer Artikel sind zu finden, aber keiner trifft den Kern der Wahrheit. Journalistischer Dünnschiss, der nur für die Auflage geschrieben wurde. Sogar einige Handy-Mitschnitte sind auf *Youtube* zu finden, die ein Meer von Krankenwagen, Feuerwehr und Streifenwagen zeigen. In einer Aufnahme wird sogar auf das Café gezoomt und man sieht die Beine einer Person, die auf dem Boden des Cafés liegt. Glücklicherweise wird der Kopf durch einen umgeworfenen Tisch verdeckt.

Hektische Polizisten laufen durch die Gegend, die verzweifelt versuchen, weitere Aufnahmen zu verhindern. Ein Kamerateam steht am Brunnen am August-Bebel-Platz und eine Reporterin spricht mit einem Mikrofon in der Hand in die Kamera. Der Polizeisprecher verliert sich in nichtssagenden Redewendungen und Hinweisen auf die außerordentlich intensive Arbeit der sofort eingerichteten Mordkommission unter Leitung von Hauptkommissar Laumann. Einen Zusammenhang zwischen Laura Kampmann, dem Toten und der Schießerei im Café sieht niemand. Er findet keine Hinweise auf sich, Staatsanwaltschaft und Polizei scheinen sich noch nicht entschlossen zu haben, die Öffentlichkeit einzuschalten. Das kann ihm nur mehr als recht sein.

Er ruft eines seiner E-Mail-Postfächer auf und schreibt eine E-Mail an Claudia, die er ihr zur E-Mail-Adresse der Sparkasse senden will. Der Cursor blinkt und ihm fallen keine Worte ein, die er schreiben könnte. Worte können die Situation einfach nicht richtig wiedergeben, zumindest nicht seine Worte. So schreibt er ihr einfach, dass er sie liebt, ihr weitere E-Mails schreiben und alles erklären wird. Aber er müsse zuerst versuchen, die ganze Sache aufzuklären, seine Unschuld zu beweisen. Dass er niemandem ein Haar gekrümmt und Laumann sie bestimmt schon eingeweiht habe. Laumann müsse natürlich anders darüber denken. Dessen Fragen könne er noch nicht beantworten, aber er werde auf alles eine Antwort finden. Und dass er sich sicher sei, bereits mehr Informationen erlangt zu haben als die gesamte Polizei seit Beginn der Ermittlungen. Er schreibt ihr, wie sehr er sie vermisst und dass es ihm einfach leid tue, sie so vernachlässigt zu haben. Dass sie sich nach dieser Geschichte an einen Strand legen, Cocktails schlürfen, sich lieben und die Vergangenheit belächeln würden. Doch bis die Verdächtigungen behoben sind, müsse er untertauchen. Als er die Mail verschickt, wischt er sich eine kleine Träne aus dem Auge. Wegen dieser Mail wird sie weiterhin zur Arbeit gehen. Auch wenn sie dort nur auf eine neue Mail von ihm wartet. Zumindest sitzt sie nicht zu Hause, grübelt und weint.

Anschließend sucht er im Internet ein Hotel in der Nähe der Essener Innenstadt. Als er eines gefunden hat, zahlt er seinen Kaffee und bedankt sich noch einmal für das Tablet.

Er geht vom Hauptbahnhof in Richtung Hachestraße und betritt ein kleines unauffälliges Hotel, wenig Sterne und allem Anschein nach wenig besucht. Die junge Frau an der Rezeption, vertieft in ein Buch, würdigt ihn zunächst keines Blickes. Erst als er sie anspricht, zuckt sie zusammen und entschuldigt sich.

„Verzeihen Sie bitte. Ich war gerade tief in mein Buch versunken. Verdammt spannend."

„Was lesen Sie gerade?"

„*Gone Girl*. Wirklich spannend. Kennen Sie es?"

„Ja."

„Und? Ist die Frau tot?"

„Wollen Sie wirklich, dass ich Ihnen die Spannung nehme?" Er legt seine Stirn in Falten und wartet auf eine Antwort. Sie scheint in dem Buch noch nicht allzu weit fortgeschritten zu sein und entscheidet sich dann doch für den Erhalt der Spannung: „Oh nein, nein." Sie wartet kurz, setzt ihr Lächeln wieder auf und stellt sich an den Computer.

„Deswegen sind Sie aber nicht hier. Was kann ich für Sie tun?"

„Ich brauche ein Zimmer für eine Nacht."

„Wir hätten noch ein Zimmer frei. Für 55 Euro inklusive Frühstück – von sechs bis zehn Uhr. Ganz wie Sie wollen."

Sie schiebt ihm ein Formular zu und sucht nach einem Stift. Als sie ihn gefunden hat, lächelt sie wieder und gibt ihm zu verstehen, dass er die Anmeldung ausfüllen muss.

„Brauchen Sie einen Ausweis?"

Sie mustert ihn von oben bis unten, schaut auf seine Tasche und das Paket und lächelt wieder.

„Nicht nötig. Füllen Sie einfach nur diesen Zettel aus und unterschreiben Sie dort." Als sie auf die gestrichelte Linie am unteren Rand des Zettels zeigt, sieht er verschiedene Nationalflaggen auf ihren Fingernägeln, wobei er auf Anhieb nur die deutsche und die amerikanische Flagge erkennt.

„Sind Sie auf der Durchreise?"

„Ich muss in Richtung Süden. Nach Hause. Endlich meine Frau wiedersehen."

Ein kleiner Schatten huscht kurz über ihr Gesicht. Jetzt ist er derjenige, der lächelt.

„Kann ich das Zimmer bereits jetzt in bar bezahlen?"

Sie schaut ihn fragend an.

„Nein, nein, das können Sie doch morgen nach dem Frühstück machen."

„Wissen Sie. Ich bin ein kleiner Unruhegeist. Vielleicht nehme ich morgen früh den ersten Zug und bin zum Frühstück längst schon wieder weg."

„Ich werde aber auf jeden Fall hier sein."

„Trotzdem würde ich gerne zahlen, wenn es keine Umstände macht."

„Okay."

Sie quittiert ihm die Zahlung, händigt ihm den Schlüssel aus und zeigt auf den Fahrstuhl: „Zweite Etage, rechte Seite. Ich habe Ihnen ein Zimmer nach hinten raus gegeben. Da ist es wenigstens ruhig."

„Vielen Dank. Das ist sehr nett von Ihnen." Er steckt den Schlüssel in die Hosentasche und greift sich seine Sachen. Als er sich wieder an ihr Buch erinnert, kommt ihm in den Sinn, dass manchmal nicht alles so ist, wie es scheint. Einen Moment bleibt er stehen und schaut das Mädchen an.

„Kann ich noch etwas für Sie tun?"

„Nein, danke. Ich wünsche Ihnen noch spannende Stunden mit Ihrem Buch."

„Die werde ich bestimmt haben. Wie fanden Sie es?"

„Ich fand es ...", er sucht nach einem passenden Wort, ohne zu viel zu verraten – und entscheidet sich für „interessant".

„Wirklich?", ist alles, was sie herausbringt. Er kann sich ein Grinsen einfach nicht verkneifen.

„Viele interessante Wendungen und Ereignisse. Fast wie im richtigen Leben", gibt er zurück.

„Na dann", wendet sie sich wieder ihrem Buch zu, das sie auf den Rezeptionstisch abgelegt hatte.

Kreischend öffnet sich die Tür zum Fahrstuhl, der wenig vertrauenswürdig aussieht. Langsam bringt er ihn in die zweite Etage zu seinem kleinen Zimmer – schlicht und einfach, ohne jeden Luxus, den er auch nicht braucht. Er stellt seine Tasche auf das Bett und das Paket auf den kleinen Schreibtisch, auf dem ein alter Röhrenfernseher steht. Im Zimmer sieht er keinen Kühlschrank, also macht er sich noch einmal auf den Weg zur Rezeption.

Die junge Frau schaut verdutzt hoch, setzt jedoch wieder ein charmantes Lächeln auf.

„Alles in Ordnung?", fragt sie dennoch ein wenig unsicher.

Schramm nickt. „Ich wollte nur fragen, ob es hier auch Getränke gibt."

„Die können Sie bei mir kaufen. Was hätten sie denn gerne?"

„Eine Flasche Wasser und zwei Bier."

„Kommt sofort." Sie verschwindet in einem Raum hinter der Rezeption. Ein Kühlschrank wird geöffnet und Flaschen klimpern. Mit den Flaschen in der Hand kommt sie wieder zurück.

Er legt einen Zehn-Euro-Schein auf den Tisch und fragt, ob das Geld reicht. Sie nickt verlegen und kramt in der Kasse umständlich nach Wechselgeld.

„Ist gut so. Gute Nacht."

„Gute Nacht", ruft sie ihm hinterher, als sich die Fahrstuhltür quietschend schließt.

Auf dem Bett sitzend, fixiert er das Paket. Das kalte Bier rinnt ihm erfrischend die Kehle hinunter, aber der Kloß im Hals geht einfach nicht weg. Wie das Kaninchen die Schlange betrachtet, so betrachte er sein Paket. Seine Nackenhaare haben sich aufgestellt und die Angst vor dem Inhalt lässt ihn daran zweifeln, ob das Öffnen des Paketes eine gute Idee ist. Er platzt vor Neugier, aber die Angst lähmt ihn.

Wenn er das Paket nicht öffnet, erhält er keine Antworten – will er das wirklich? – und hat mit Anatol ein Problem.

Er bemerkt die Dunkelheit, die sich langsam im Raum ausbreitet. Das Handy zeigt ihm gerade einmal den späten Nachmittag an. Vorsichtig greift er zu Anatols Handy, aber dort ist kein Hinweis auf einen Anruf zu erkennen. Er trinkt einen Schluck, wirft das Handy auf das Bett, wo es kurz aufspringt, und geht zum Schreibtisch. Irgendwie hat er den Eindruck, dass der Tisch sich von ihm entfernt, seine innere Stimme schreit ihn an, dass er sitzen bleiben soll. Aber was soll's?

Vorsichtig, als würde er die Büchse der Pandora öffnen, reißt er das Klebeband ab. Als er den Deckel öffnet, erkennt er zusammengeknülltes Papier, das den Inhalt entweder schützen oder verstecken soll. Mit zittriger Hand entfernt er das Papier. Der Schrecken lässt alle Farbe aus seinem Gesicht entweichen und seine Hände zittern mehr als je zuvor in seinem Leben. Er muss sich setzen und starrt ungläubig in das Paket. Seine Waffe im Zivilholster und das Reservemagazin liegen oben auf und machen alle Hoffnungen auf ein Missverständnis zunichte.

◊

Peter Müller, Kriminaloberkommissar, 37 Jahre alt und ständiges Mitglied der MK1, die regelmäßig Bereitschaftsdienste für Tötungsdelikte hat und aus Kollegen der unterschiedlichsten Fachdienststellen zusammengesetzt ist, klopft kurz an Laumanns Tür und tritt ein. Gerade noch rechtzeitig zieht er den Kopf ein und der Aktenordner fliegt gegen die Wand, löst ein Stück vom Putz und fällt krachend zu Boden. Mit gesenktem Kopf verschwindet er schleunigst aus dem Büro und hört durch die geschlossene Tür das gedämpfte Schreien seines MK-Leiters.

„Habe ich gesagt, dass Sonderrechte genutzt werden sollen, die in ganz Bochum zu hören sind? Bin ich nur von Idioten umgeben?" Ein lautes Krachen folgt dem Geschrei. Wahrscheinlich hat Laumann wieder etwas durchs Büro geworfen. Müller hat Laumann noch nie so erregt erlebt. Aber einen tatverdächtigen Kollegen, der rechtzeitig fliehen konnte, hat er auch noch nicht erlebt. Schramm kennt zwar das System, konnte aber nur fliehen, weil sich Kollegen nicht an Anweisungen hielten. Solche Dinge passieren eben. Müller traut sich jedenfalls vorläufig nicht in das Büro, obwohl er neue Erkenntnisse hat, die Laumann interessieren werden. Es ist vielleicht besser, einige Minuten abzuwarten, statt sich einen Vortrag über Anweisungen anzuhören oder einen Gegenstand vor den Kopf geknallt zu bekommen. So steht Müller mit einigen Papieren auf dem Flur, als der Leiter der Kriminalinspektion, Oberrat Knappschild, den Flur betritt. Zu spät, um noch rechtzeitig zu verschwinden, setzt Müller zu einem kurzen Gruß an.

„Guten Morgen", sind jedoch die einzigen Worte, die ihm über die Lippen kommen.

„Hat Laumann wieder einen Aussetzer?"

Müller weiß nicht, wie er diese Frage beantworten soll. Zu loyal steht er Laumann gegenüber und nimmt die gelegentlichen Wutausbrüche nicht persönlich, sondern als Ausdruck erheblicher Frustration. Laumann beruhigt sich immer wieder und ist sich auch nicht zu schade, Entschuldigungen auszusprechen, wenn seine Ausbrüche Grenzen überschreiten. So geht Müller davon aus, dass auch dieses Mal eine Entschuldigung folgen wird. Trotzdem ist in der Führungsebene ein Wutausbruch dieser Art nicht gern gesehen, denn er passt nicht zum Versuch, längst überholte Umgangsformen in der Behörde vergessen zu machen.

Zu viele Anstrengungen wurden unternommen, das Miteinander hervorzuheben und das berüchtigte „Eignungs-, Leistungs- und Befähigungsprinzip" als behördlichen Maßstab zu etablieren.

Aus Laumanns Büro ist kein Wort zu hören, als der Leiter der Kriminalinspektion die Tür öffnet und hinter sich wieder verschließt.

Im Moment, in dem er eintritt, weiß Laumann, dass er eine unausgesprochene Grenze überschritten hat und er sich bei Müller entschuldigen muss. Er war eben zur falschen Zeit am falschen Ort. Seine Laune war auf dem Gefrierpunkt und Ursache war die Nichtbeachtung seiner Anweisung.

Knappschild setzt sich an den Bürotisch gegenüber von Laumann und sagt kein Wort. Langsam greift er in seine Jackentasche, fischt eine Schachtel Zigaretten heraus. Nachdem er einige Glimmstängel hervorgezogen hat, bietet er Laumann einen an.

„Seit wann rauchen Sie?"

Ein leichtes Lächeln zeichnet sich auf Knappschilds Gesicht ab.

„Schon immer. Nur nicht im Dienst. Und wenn Sie uns bei der Präsidentin nicht verraten, rauchen wir uns eine hier im Büro."

Laumann holt einen Aschenbecher aus der Schublade seines Schreibtisches und greift sich eine Zigarette. Beide sitzen sich schweigend gegenüber und warten.

„Und?", fragt Knappschild.

„Was soll ich sagen. Wenn niemand das tut, was er soll, gefährdet das den Erfolg der Mordkommission. Schramm hat sich abgesetzt und der Staatsanwalt flippt aus."

„Sie dürfen die Präsidentin und die Führungsstelle nicht vergessen."

Laumann verzieht das Gesicht und bläst einen blaugrauen Kringel in die Luft.

„Ich weiß."

„Sollen wir die Öffentlichkeit einschalten?"

Laumann überlegt. Er hat sich bereits seine Gedanken gemacht, ist aber zu keinem Ergebnis gekommen. Er findet Gründe, die für und auch gegen eine Veröffentlichung sprechen.

„Im Moment haben wir einen Verdacht, nicht mehr und nicht weniger. Es gibt zurzeit keinen Beweis für die Täterschaft von Schramm. Und wir hätten einen riesigen Medienrummel."

„Warum setzt er sich dann ab?"

„Ich kann es fast nachvollziehen. Die Verdachtslage spricht gegen ihn. Er hat keine Erinnerung an die Ereignisse der letzten Wochen. Er findet keine Antworten auf die Fragen, warum seine Waffe für die Tat genutzt wurde und wo sich die Waffe befindet. Und in Wattenscheid war er auch, weil er auf eigene Faust ermittelt hat und uns einen Schritt voraus ist. Was soll er also tun?"

„Aber Flucht?"

Laumann antwortet nicht sofort. Er ist sich einfach nicht sicher, ob Schramm als Zeuge oder als Tatverdächtiger zu behandeln ist. Letzteres geht ihm gegen den Strich. Zum einen grundsätzlich, da es sich um einen Kollegen handelt und zum anderen, weil er noch dazu mit ihm befreundet ist. Die fehlende Beweislage trägt zu seiner Unsicherheit bei. Eine solche Tat traut er Schramm einfach nicht zu, aber wer weiß? Knappschilds blaue Augen fixieren Laumann.

„Ich habe Bedenken bezüglich Ihrer Freundschaft zu Schramm. Vielleicht sind Sie in dieser Situation zu befangen."

Laumann winkt ab: „Ich bin es ihm schuldig und könnte seiner Frau nicht mehr unter die Augen treten, wenn ich den Fall abgäbe. Nein, ich bin der Richtige und kann den Fall lösen, Freundschaft hin oder her."

„Glauben Sie ihm?"

„Hm. Mir macht die Schießerei in Wattenscheid Sorgen. Er war dort und hat mit Novic gesprochen, der wenige Sekunden später hingerichtet wurde."

„Aber Schramm hat nicht geschossen, oder?"

„Nein. Aber der Schütze hatte es auf Novic abgesehen, eindeutig. Schramm ging zur Toilette, der Täter kommt rein und erledigt Novic eiskalt. Dann folgt er Schramm zu den Toiletten. Aber es ist nichts passiert."

„Und was meinen Sie?"

„Vielleicht hat er mit Schramm gesprochen. Kurz nachdem der Täter von den Toiletten ins Café zurückkehrt, erscheint auch Schramm kurz und sieht sich um. Wahrscheinlich hat er in diesem Moment den Entschluss zur Flucht gefasst. Er verschwindet wieder in Richtung Toiletten. Flieht durchs Fenster."

Beide starren sich an, keiner wagt, das Unaussprechliche auszusprechen. Der Täter wollte etwas von Schramm und hat skrupellos Novic erschossen. Schramm krümmte er kein Haar. Die einzige Verbindung zwischen den Morden an Laura Kampmann, dem unbekannten Toten und Novic ist Schramm. Er steckt mitten drin und wüsste wahrscheinlich erheblich mehr, wenn ihm sein Gedächtnis keinen Streich spielen würde.

„Gibt es eine Verbindung zwischen Novic, Kampmann und Schramm?"

„Bisher nicht. Ich warte auf die Auswertung von Novics Laptop, das der Täter zurückgelassen hat. Auch Schramm hat sich nicht um das Laptop gekümmert, also muss ich davon ausgehen, dass wir nicht viel darauf finden werden."

„Können wir den Täter identifizieren?"

„Läuft, aber wir haben noch keine Ergebnisse."

„Womit haben wir es hier zu tun?"

Laumann hat sich diese Frage mehrfach gestellt und weiß keine Antwort. Die eiskalte Hinrichtung zeigt jedenfalls, dass der Täter ein Profi ist. Es war mit Sicherheit nicht sein erster Mord. Solche Leute werden nur gerufen, wenn etwas ganz Wichtiges, viel Geld und eine Organisation dahinterstecken. Eine Bande eher nicht, die würde das selbst erledigen. Organisierte Kriminalität passt sehr viel besser. Mafia? Russen? Osteuropäer? Wer?

Knappschild hat die gleichen Gedanken.

„Organisierte Kriminalität?"

Laumann nickt langsam und zündet sich eine zweite Zigarette an.

„Drogen? Waffen? Menschenhandel?"

„Nein, nein. Glaub ich einfach nicht. Es muss etwas sein, womit Schramm auch dienstlich in Kontakt kommt. Er kennt keine Dealer oder Waffenhändler. Damit kennt er sich nicht aus, wahrscheinlich wäre er damit zu einer Fachdienststelle gegangen."

„In den Dienstbesprechungen wurde nichts in dieser Richtung angedeutet. Keine anstehenden Verfahren oder besondere Ermittlungen. Wenn Schramm etwas angestoßen hätte, wäre ich angesprochen worden. Es hätte Konferenzen gegeben, aber da gibt es nichts."

„Also muss es etwas sein, womit Schramm zu tun hatte oder was zumindest annähernd seinen Deliktsbereich betrifft. Es hat aber nichts mit seiner alltäglichen Vorgangsbearbeitung zu tun."

„Warum?"

„Bei der Übernahme der offenen Vorgänge aufgrund des Urlaubs, den er eingereicht hatte, ist nichts aufgefallen."

Laumann wippt langsam in seinem Bürostuhl hin und her.

„Daran habe ich auch schon gedacht. Ich habe vorsichtig mit Bernd Lohse gesprochen, der die Vorgänge in seiner Dienststelle verteilt hat. Nichts. Dass Schramm in unsere Ermittlungen einbezogen ist, habe ich natürlich nicht erwähnt." Laumann wartet einen Moment, bis er fortfährt.

„Betrug ist ein weites Feld. Wenn ich mir den Geschäftsverteilungsplan ansehe und die Zuständigkeit der Dienststelle. Ich habe nicht die geringste Ahnung, womit wir es hier zu tun haben."

Auch Knappschild hat sich bereits Gedanken gemacht. „Wirtschaftskriminalität?"

„Hm. Dafür haben wir aber auch eine andere Fachdienststelle. Im Grunde genommen ist das Aufgabenfeld von Schramm nicht wichtig genug, um Kontakt zur Wirtschaftskriminalität zu haben."

Knappschild lächelt.

„Nein, nein, so meinte ich das nicht. Die Arbeit ist schon wichtig, aber häufig bearbeitet er Massenkriminalität. Die ist nicht von der Intensität, dass organisierte Strukturen irgendwelche Killer beauftragen."

Es macht einfach keinen Sinn. Eine Verbindung zwischen den Beteiligten ist nicht erkennbar, ein Beschuldigter, oder was immer

Schramm darstellt, ist flüchtig, Leichen liegen auf Bochums Straßen herum, eine Hinrichtung mit einem weiteren unbeteiligten Toten. Für Laumann sind es rabenschwarze Tage und der Fall ist noch lange nicht abgeschlossen.

„Der Staatsanwalt hat eingelenkt. Keine Öffentlichkeitsfahndung, keine Presse. Aber der Arsch geht ihm auf Grundeis. Wenn das schiefgeht, kann er ab sofort Ladendiebstahl bearbeiten."

Es klopfte an der Tür. Knappschild dreht sich um und sieht Müller ins Büro kommen.

„Stör ich?"

„Komm ruhig rein."

Müller begrüßt noch einmal den Leiter der Kriminalinspektion und öffnet eine kleine Mappe.

„Wir haben schon einmal die Daten von Novics Laptop durchgesehen." Müller kramt umständlich zwischen einzelnen Blättern. Laumanns Nerven sind zum Zerreißen gespannt, Knappschild beugt sich vor und beide hängen an den Lippen des Kriminaloberkommissars.

„Also ich hab nichts gefunden, was die Morde erklären könnte, aber", Laumann atmet heftig aus, „Novic, Kampmann und Schramm kannten sich. Ich habe hier Kontaktdaten von Kampmann und Schramm gefunden, von Schramm allerdings nur die dienstliche Erreichbarkeit, dafür von Kampmann zusätzlich die Telefonnummern der Eltern."

„Wir haben doch die Handy-Nummer von allen. Über die Provider müssen wir feststellen können, ob sie sich angerufen haben und wann. Vielleicht können wir auch noch Novics Handy-Nummer mit einbeziehen. Die haben wir doch, oder?"

„Nein, die war auf seinem Laptop nicht vermerkt. Und die Antworten könnten etwas dauern, selbst wenn die Provider mitspielen. Die heilige Kuh der Deutschen, der Datenschutz." Müller zuckt mit den Schultern.

„Es geht doch nur um die Verbindungsdaten. Und die Möglichkeit, ein Bewegungsprofil zu erstellen."

Müller schüttelt den Kopf. „Keine Chance. Ohne richterlichen Beschluss jagen uns die Anbieter vom Hof. Und selbst wenn wir uns nur für Telefone oder Geodaten für wichtige Aufklärungsarbeit interessieren, muss der Richter die Maßnahme anordnen."

„Warum werden wir immer so sehr ausgebremst?", fragt sich Laumann. Manchmal sind Entscheidungen so dringend und wichtig, doch immer wieder verzögert sich alles. Nur der Verriss bei mangelndem Erfolg kommt prompt und zügig. Gerade durch die politische Ebene, der Laumann die Schuld für die Misere gibt. Aber die Dinge sind nun mal eben so und er muss mit diesen Hindernissen leben.

„Gib mir Bescheid, sobald Probleme auftauchen. Ich werde trotzdem schon mal mit dem Staatsanwalt reden und dafür sorgen, dass er sofort einen Richter findet. Den Beschluss werden wir schnell bekommen, da bin ich mir sicher."

Müller will gerade aus dem Büro gehen, als Laumann ihn zurückruft. Er entschuldigt sich bei Müller für seinen Wutausbruch und verspricht Besserung. Die Wangen des Kollegen färben sich ein wenig rötlich. Er scheint verlegen, zumal der Leiter der Kriminalinspektion anwesend ist. Er weiß nicht, was er sagen soll oder ob überhaupt eine Antwort erwartet wird. So nuschelt er ein „Vergiss es" in den Raum und verschwindet zügig.

„Jetzt wissen wir aber auf jeden Fall, dass die drei sich irgendwie kannten, vielleicht sogar in Kontakt standen. In welcher Beziehung auch immer."

„Informieren Sie den Staatsanwalt. Aber wir sollten bei der gegenwärtigen Linie bleiben und keine Hetzjagd veranstalten, die uns noch viel mehr Probleme einbringen könnte."

„Sehe ich auch so. Ich ruf ihn gleich an."

Knappschild erhebt sich und geht zur Tür. Mit einem schelmischen Grinsen dreht er sich zu Laumann.

„So ein Aktenordner kann ganz ordentlich wehtun." Seine Finger streichen über die Stelle mit dem herausgebrochenen Putz. Laumann setzt zur Antwort an.

„Ich finde es gut, dass Sie sich entschuldigt haben. Sie sollten trotzdem weitere Wutausbrüche dieser Art vermeiden. Ich weiß nämlich nicht, wie ich einen solchen »Unfall« erklären könnte."

Damit verschwindet er aus dem Büro. Laumann hat Verständnis für den kleinen Rüffel und sieht Knappschild zum ersten Mal in einem anderen Licht. Mit ihm zusammen im Büro sitzen und eine zu rauchen, hätte er zuvor für absolut unmöglich gehalten.

Er nimmt sich ein Blatt Papier aus dem Drucker und schreibt die drei Namen mit großem Abstand untereinander. Zu „Schramm" schreibt er die dienstlichen Aufgaben und weitere persönliche Daten, soweit sie ihm bekannt sind.

Zu Kampmann fallen ihm nur das Alter ein und der Hinweis, dass sie in Düsseldorf bei einer großen Bank gearbeitet hat. Dort hielt sie Vorträge und Seminare für die Bereiche „Investment" und „Steuerrecht".

Novics Stelle bleibt leer. Laumann steht auf und geht zum Aufenthaltsraum der Ermittlungskommission.

„Peter. Ich brauche Auskünfte."

Laumann weiß, dass sich Peter Müller mit Computern auskennt und auf Computerdelikte spezialisiert ist.

„Alles klar, Chef, womit kann ich dienen?" Er hat den Aktenordner-Anschlag bereits vergessen und Laumann freut sich, dass Müller nicht so nachtragend ist wie einige andere Kollegen.

„Wir haben nichts über Novic. Was hat er gemacht? Schule, Kontakte, Beruf, alles unbekannt. Wir brauchen eine gemeinsame Schnittstelle zwischen Novic, Kampmann und Schramm. Was haben sie gemeinsam, was verbindet sie? Irgendetwas muss sie zusammengebracht haben und ich will wissen, was es ist. Dann klären wir auch die Morde."

Müller strahlt über das ganze Gesicht – endlich eine offizielle Aufgabe zu seinem Spezialgebiet.

„Diese Frage habe ich mit auch schon gestellt und einfach schon mal angefangen."

Laumann ist verblüfft.

„Und?"

„Bisher sehr wenig und nichts Konkretes, aber ich habe ja auch gerade erst angefangen."

„Gut. Dann gib mir bitte sofort Bescheid, wenn du etwas findest. Und ...?"

„Ja?"

Müller schaut ihn direkt an.

„Nichts. Schon gut. Ich hole mir einen Kaffee und gehe in mein Büro."

„Alles klar."

Der Kaffee ist frisch gekocht und Laumann verbrennt sich die Lippen daran. Vorsichtig stellt er ihn neben die Tastatur. Der Fall gewinnt an Fahrt. Die Kollegen versuchen, den Schützen aus Wattenscheid zu identifizieren, und die ersten Beziehungen zwischen den Beteiligten zeichnen sich ab. Seine Laune bessert sich und er denkt, dass er die Sache vielleicht zu einem guten Abschluss bringen kann.

Als er sein Telefon in die Hand nimmt und Schramms Handynummer wählt, erscheint ein weiterer Mitarbeiter der Kommission in seinem Büro. Mit ausgestrecktem Arm bittet er um einen kurzen Moment Geduld, bis er den gesprochenen Text von Schramm auf der Mailbox hört. Das Übliche „Ich bin im Moment nicht zu erreichen, aber ... bla, bla, bla."

„Schramms Provider hat sich gerade gemeldet. Das letzte Gespräch war mit dir. Er hat noch einmal irgendetwas mit dem Handy gemacht, aber kein Gespräch. Die Geodaten weisen nach Hattingen."

„Hattingen? Wieso Hattingen?"

„Keine Ahnung. Das war der letzte Kontakt. Vermutlich hat er das Handy und die SIM-Karte zerstört und weggeworfen. Wir tappen völlig im Dunkeln. Er kann überall sein."

„Scheiße."

Laumann grübelt. Wo bist du?, denkt er bei sich.

„Haben wir irgendwelche Informationen über Freunde oder Verwandte in der Gegend?"

„Keine Richtung Hattingen. Die meisten in Bochum, ein Kollege in Gelsenkirchen, mehr eigentlich nicht."

„Geht die Kontakte an. Fragt, ob er sich irgendwo gemeldet oder um Unterschlupf gebeten hat. Und denkt daran, es sind seine Freunde. Vielleicht lügen sie für ihn. Fangt mit dem Kollegen in Gelsenkirchen an!"

Die Kommission kommt weiter in Bewegung. Eifriges Schreiben und Telefonieren ist aus allen Räumen zu hören. Notizen werden gemacht, Vermerke zu den Ergebnissen geschrieben. Das Bild scheint konkreter zu werden, die Puzzleteile werden mehr und warten nur darauf, richtig zusammengesetzt zu werden. Laumanns Optimismus steigt.

Wenig später stellt die Kommission fest, dass sich Schramm bei dem Kollegen aus Gelsenkirchen telefonisch gemeldet hat. Laumann nimmt zur Kenntnis, dass Schramm unter einer fadenscheinigen Begründung eine Halterabfrage machen ließ und Novic der Halter des abgefragten Fahrzeugs war.

„Wie kommt Schramm an das Kennzeichen von Novic?" Diese Frage können die Ermittler nicht beantworten. Es war ein Fehler, die Observation Schramms so früh abzubrechen.

Als Laumann sich im Büro wieder seinen Überlegungen hingibt, erscheint eine Gruppe von Kollegen auf dem Flur des Präsidiums. Sie tragen zwei Kartons durch die Gegend, die mit sichergestellten Unterlagen vollgestopft sind und aus der Wohnung von Novic stammen. Sein Stellvertreter, Hauptkommissar Brandtner, erstattet Laumann Bericht. Er hat verschiedene Hinweise gefunden, die eine Beziehung zu Laura Kampmann aufzeigen.

„Der Novic und die Kampmann waren in der gleichen Schule und haben ihr Abitur dort gemacht. Sie kannten sich wahrscheinlich schon einige Jahre und haben vielleicht Kontakt zueinander gehabt. Möglicherweise die erste Liebe."

„Noch aktuell oder der übliche Kinderkram?", fragt Laumann, „die Eltern wissen angeblich von nichts."

„Schwer zu sagen. Meine Vermutung ist, dass sie bis heute in Verbindung standen, der Kontakt aber den Eltern verschwiegen wurde."

„Was meinst du?"

„Vielleicht waren die Eltern dagegen und so mussten sie sich heimlich treffen. Kampmann kommt aus guten Verhältnissen, aber Novic ... Na ja, ich wäre als Vater auch nicht gerade begeistert."

Laumann denkt über das Gespräch mit den Eltern nach. Natürlich ist ihm aufgefallen, dass sie eine gewisse Borniertheit der Oberschicht an den Tag legten. Sie sprachen in den höchsten Tönen von ihrer Tochter und ihrer Karriere, aber nicht über ihr Liebesleben. Es war natürlich die Darstellung des perfekten Nachwuchses, der die Familie mit Stolz erfüllt und stark in Richtung obere Karrierestufe ging. Zeit für erfüllte Liebe gab es nicht, Karriere war wichtiger. Die ganz normale elterliche Verblendung.

„Was spricht für eine Beziehung der beiden bis zu ihrem Tod?"

„Hier, schau einfach selbst."

Auf dem Display erkennt Laumann die verschiedenen Wohnräume von Novic. Alles in allem aufgeräumt, aber doch männlich mit großem Fernseher, Computer und Musikanlage. Auf der Küchenspüle stehen zwei benutzte Tassen, die noch nicht in die Spülmaschine eingeräumt wurden. Der Grad der Sauberkeit weist eher feminine Züge auf. Passt irgendwie nicht zu Novic, den er bislang in die Schublade der nicht ganz so gepflegten Studenten gesteckt hatte.

„Ich weiß, was du meinst, zu ordentlich. Weist eine weibliche Handschrift auf."

„Nicht nur. Wir haben auch mehrere Zahnbürsten gefunden und zwei T-Shirts, die vermutlich einer Frau gehört haben. Aber nichts weist darauf hin, dass eine Frau sich ständig dort aufgehalten hat. Möglicherweise kurzfristig oder für ein, zwei Tage – und dabei hat sie vielleicht die T-Shirts vergessen. Aber schau dir doch einmal die Deko an. Wie viele Männer kennst du, die gesunde Pflanzen in der Wohnung haben, Bilder an den Wänden und keine Poster, oder irgendwelchen Nippes oder Figürchen? Das war eindeutig eine Frau. Aber Laura Kampmann? Keine Ahnung."

„Wir überprüfen gerade die Handy-Nummern. Vielleicht klären wir so ja die Beziehungen. Sagt mir auf jeden Fall, wenn ihr noch mehr gefunden habt!"

Laumann verschränkt die Arme hinter dem Kopf, lehnt sich im Bürostuhl zurück und schließt die Augen. Er genießt den kurzen Moment, wenn sich kleine Puzzleteile finden und langsam ein unbekanntes Bild ergeben. Ein unscharfes, undeutliches Bild, aber mit jedem Teil wird das Bild schärfer und konkreter. Es ist eine Frage der Zeit und einer zündenden Idee – und das Bild liegt ausgebreitet vor ihm. Dieser Moment bereitet ihm immer wieder die meiste Befriedigung, die Erkenntnis, dass alles seinen Gang geht, die Ermittlungen laufen und die Ergebnisse nur eine Frage der Zeit sind. Die Aufklärung und Festnahme des Täters sind lediglich die Endprodukte des Ermittlungsprozesses. Der Weg dahin ist der wahre Nervenkitzel.

Laumann zuckt zusammen, als sein Telefon auf dem Schreibtisch vehement um Aufmerksamkeit schreit. Schleppend greift er zum Hörer und erkennt die Stimme von Claudia Schramm. Sein Magen krampft sich zusammen und sein Herz scheint von einem Messer attackiert zu werden.

Er hat Claudia aufgeklärt, um sie zu sich ins Boot holen. Ihm blieb keine andere Wahl. Nur so konnte er Klaus helfen, was auch immer geschehen ist. Claudia Schramm hat die Informationen offenbar gut verarbeitet, sie schien gefasst, aber ihre Sorgen und Ängste waren nicht zu leugnen. Sie wollte mithelfen, ihren Mann zu überzeugen, sich in die Hände von Laumann zu begeben und dessen Fähigkeiten zu vertrauen.

„Weißt du, wo er unterkommen kann?", fragt er nach einer knappen Begrüßung. Er traut sich nicht, sie nach ihrem Befinden zu fragen.

„Nein, er hat viele Freunde und Bekannte, auch noch aus seiner Jugendzeit, aber dort wird er sicher nicht hingehen. Er weiß, dass ich dir die Namen gebe. Glaubst du, er hat es getan?"

Laumann weiß keine Antwort, will Claudia aber nicht belügen oder falsche Hoffnungen wecken.

„Schwer zu sagen. Als Freund würde ich Nein sagen, als Polizist darf ich mich einer solchen Möglichkeit nicht verschließen."

Beide schweigen einen Moment, Laumann hört Claudia leise schluchzen.

„Mach dir keine Sorgen, ihm wird nichts passieren. Wir werden die Sache schon aufklären. Wahrscheinlich steckt nur ein blöder Zufall dahinter und Klaus hat sich nichts zuschulden kommen lassen. Wart's nur ab."

„Ich ... ich weiß nicht. Ich habe Angst. Meine Sorgen scheinen mich aufzufressen, die Arbeit fällt mir auch schwer. Klaus hat sich gemeldet."

Laumann sitzt senkrecht im Bürostuhl.

„Er hat mir eine Mail geschickt, auf meine dienstliche Mail-Adresse. Er ... Es ..."

Er hört, wie Claudia schluckt, den Tränen nahe ist und die Verzweiflung in ihrer Stimme Oberhand gewinnt. Ihm fallen keine Worte ein, die er ihr mitgeben könnte. Alles nur leere Phrasen, die ihr nicht wirklich helfen würden. Für solche Situationen werden Polizisten nicht ausgebildet. Sie sind auf sich allein gestellt und müssen auf ihre eigenen sozialen Fähigkeiten vertrauen.

„Was hat er geschrieben?"

„Er will selbst ermitteln und glaubt, dass du ihm nicht helfen kannst. Für ihn ist es eine Frage der Zeit, bis er in U-Haft geht und ihm damit jegliche Möglichkeiten genommen werden. Er will alles aufklären und kann sich noch immer nicht erinnern."

„Wir machen Fortschritte."

„Er glaubt nicht daran und will bereits mehr Informationen haben. Aber er geht nicht näher darauf ein und sagt nicht, was er schon weiß."

„Weißt du, wo er ist?"

„Nein", antwortet sie ohne Zögern. Laumann glaubt ihr sofort. Er ist sich absolut sicher, dass Claudia wegen ihrer großen Sorgen absolut ehrlich ist. Sie hat zu viel Angst, Klaus verlieren zu können.

„Aber er will sich wieder melden. Per Mail."

Natürlich per Mail über irgendeinen Computer. Er will einfach nur verhindern, dass wir ihn orten können. Mit einer Mail nimmt er uns Ermittlungsansätze, denkt sich Laumann. „Okay. Kannst du mir die Mail zuschicken?", fragt er Claudia.

„Ja sicher. Zu dir?"

„Nein. Ich werde einem Spezialisten sagen, dass er dich anrufen soll. Er wird dir sagen, wie und wohin du die Mail verschicken sollst."

„Habt ihr schon etwas herausgefunden? Hat Klaus die Leute umgebracht?"

„Wir haben festgestellt, dass er die Ermordete, die wir am Zeppelindamm gefunden haben, gekannt hat und auch den Mann, der in Wattenscheid erschossen wurde. Aber ich glaube nicht, dass er geschossen hat."

„Auch nicht auf den Mann im Wattenscheider Café?"

„Auf gar keinen Fall. Wir haben Überwachungsbilder. Er war es nicht."

Claudia Schramm atmet hörbar die Luft aus. Die Erleichterung ist deutlich zu vernehmen.

„Das ist gut, oder?"

„Ja, das ist gut. Mach dir nicht zu viele Sorgen. Er ist kein schlechter Mensch, es wird sich alles klären, glaub mir."

„Danke. Danke für deine Worte. Ich habe Angst, dass er mit den falschen Leuten in Kontakt gekommen ist. Die haben schon viele Menschen erschossen, sie werden vor Klaus nicht haltmachen."

„Mach dir keine Sorgen. Er ist Polizist. Er wird nicht kopfüber in gefährliche Situationen rennen. Wenn er die Beweise für seine Unschuld hat, wird er zu mir kommen, wir werden dann den Rest erledigen. Klaus ist kein einsamer Rächer."

Er hört, wie Claudia die Nase hochzieht und leise schluchzt.

„Hör zu. Geh rüber zu deiner Freundin. Bleib heute Nacht da und lass dich trösten. Du wirst ..."

„Aber wenn er nach Hause kommt und ich bin nicht da?"

„Heute kommt er mit Sicherheit nicht nach Hause. Er versteckt sich zunächst und versucht, Hinweise zu finden. Vielleicht kommt er morgen oder übermorgen nach Hause. Lass dich krankschreiben, machst du das?"

„Ja, aber wie kann ich zu Hause auf ihn warten? Wenn er wieder eine Mail zur Arbeit schickt?"

„Sprich mit deinem Vertreter. Sag ihm, dass er deine Mails durchsehen soll, er kann mich anrufen, wenn eine Mail von Klaus dabei ist und ich kümmere mich dann darum. Wahrscheinlich weiß ich morgen schon etwas mehr und die Welt sieht deutlich besser aus."

Noch immer kann er das Schluchzen hören.

„Ich rufe gleich deine Freundin an. Ich kenne sie ja und sie wird mit Sicherheit sofort zu dir rüberkommen. Dann bleibt sie bei dir und du kannst zu Hause warten. Was hältst du davon?"

„Hört sich gut an. Danke."

Die Verbindung ist unterbrochen und Laumann schaut verwirrt den Hörer an. Sie hat das Gespräch plötzlich unterbrochen, ohne erkennbaren Ansatz. Er hofft, dass es nur die Tränen waren, die sich unaufhaltsam ihren Weg bahnten – und Claudia einfach nicht bereit war, ihm gegenüber eine Schwäche zu zeigen. Klaus hat verdammt viel Glück, hoffentlich weiß er das auch.

◊

Der Regen ist heftig und zwischendurch blitzt es, aber der Donner lässt auf sich warten. Für die Jahreszeit sind solche Gewitter recht ungewöhnlich. Die Geräusche des prasselnden Regens auf den Fenstern und die heftigen Blitze, die das Hotelzimmer immer wieder erhellen, lassen eine gespenstische Atmosphäre aufkommen. Er sitzt auf dem Bett und starrt noch immer in Richtung Paket. Die Waffe scheint ihn höhnisch anzugrinsen und liegt wie selbstverständlich ganz oben im Paket. Er traut sich nicht, sie in die Hand zu nehmen.

Minutenlang sitzt er einfach nur so da und überlegt, was dieser Fund für ihn bedeutet. Auf jeden Fall zunächst einmal, dass er eine Waffe hat, mit der zwei Menschen erschossen wurden. Aber was heißt das für ihn? Ist er der Mörder? Hat er die Waffe verschwinden lassen müssen? Doch warum?

Vielleicht wurde ihm die Waffe ja weggenommen und benutzt. Daher musste er sie zunächst verschwinden lassen. So brauchte er niemandem zu erklären, warum seine Waffe zur Ausführung eines

Doppelmordes genutzt wurde. Er überlegt sich mögliche Variationen der Abläufe und kommt zu keinem Ergebnis. Die Überlegungen bringen ihn nicht weiter. Viel zu viele Unwägbarkeiten.

Der Kopfschmerz setzt wieder ein und die Einsamkeit trübt sein Herz. Wie gerne hätte er jetzt Claudia in seiner Nähe! Wie gerne hätte er die Wahrheit gewusst und ihr diese gestanden! Die Wahrheit. Will Laumann auch die Wahrheit wissen oder reicht es ihm, ihn als Mörder zu fassen? So richtig kann er sich nicht vorstellen, wie Laumann auf die Erkenntnisse reagieren würde, dass er hier mit der Tatwaffe, seiner Waffe, in einem Hotelzimmer sitzt und einfach noch nicht nicht bereit ist, sich zu stellen. Laumann bleibt keine andere Wahl. Für ihn muss er der Täter sein. Nach Schramms Einschätzung können nicht allzu viele Spuren des wahren Täters an der Waffe sein, selbst wenn dieser mehrere Schüsse mit seiner Waffe abgefeuert hat. Die Waffe gehört ihm, seit Jahren. Er hat sie unzählige Male benutzt, auseinandergenommen und gereinigt. Es werden einzig und allein seine Spuren an und in der Waffe zu finden sein. Außerdem war er noch kurz zuvor dienstlich schießen. Was auf ein planvolles Vorgehen hinweist und den Rückschluss zulässt, dass er vielleicht mit dem Einsatz der Schusswaffe gerechnet hat.

Er schüttelt den Kopf und trinkt einen Schluck Bier, aber seine Hände haben nicht aufgehört zu zittern. Vorsichtig nähert er sich wieder dem Paket. Da liegt es, das verfluchte Ding, schwarz, matt und nichts sagend über seine Gefährlichkeit. Geladen, nicht nur mit Munition, sondern auch mit Sprengstoff, zumindest für ihn. Die Waffe kann und wird sein Leben entscheiden und verändern, allerdings weiß er nicht, in welche Richtung.

Die Dunkelheit, die noch immer gelegentlich von Blitzen durchbrochen wird, lässt ihn schreckhaft zusammenzucken. Ein heftiger Donner in unmittelbarer Nähe fliegt krachend durch die Luft und bringt die Fenster zum Beben. Für die Situation genau passend, zur richtigen Zeit, wie in einem schlechten Hollywoodfilm. Langsam geht er zum Lichtschalter und die Deckenlampe beendet die bedrückende Dunkelheit. Bereits einen Schritt vor dem Paket erkennt er die mit verschmierten Blutsprenkeln behaftete Waffe. Der hastige und oberflächliche Versuch, die Waffe abzuputzen, schlug offensichtlich fehl. Unschuldig liegt sie dort und scheint ihn anzulachen. Sein Schicksal liegt in dieser Waffe.

Langsam streckt er seine Hand aus. Eine Gänsehaut bildet sich auf seinen Armen, aus Angst, dass ihm die Waffe plötzlich entgegenspringt. Trotzdem ergreift er das kalte, schwarze Metall. Rote Spritzer und zwei kleine helle Anhaftungen kleben an der Waffe, über deren Ursprung er sich keine Gedanken machen will. Nachdem er das Magazin entnommen und die Waffe entleert hat, zählt er die Patronen. Es fehlen fünf Schuss im Magazin. Zwei für Laura, drei für den unbekannten Mann. Sollte er irgendwann einmal daran gezweifelt haben, dass seine Waffe tatsächlich zur Ausführung eines Doppelmordes genutzt wurde, so muss er nun der Wahrheit ins Auge blicken. Blut, helle Anhaftungen und fehlende Munition sprechen für sich.

In seinem Hals setzt sich wieder ein Knoten fest. In Anbetracht der Tatsache, dass seine Waffe genutzt wurde und er diese jetzt in der Hand hält, muss er die Möglichkeit einräumen, dass er auch der Schütze gewesen sein könnte. Aber für ihn ist das unmöglich, es kann, nein, es darf nicht wahr sein. Er entfernt mit einem feuchten Tuch die Flecken und versucht, sich die Momente vorzustellen, in denen die Schüsse abgegeben wurden. Als ein beklemmendes Gefühl stärker wird, legt er die Waffe auf sein Bett. Ihm graut davor, dass die Erinnerungen plötzlich einsetzen und er erkennen muss, dass er der Todesschütze gewesen ist.

Langsam widmet er sich wieder dem Paket und entfernt weiteres Papier, das die Gegenstände, die unter der Waffe liegen, verdeckt. Zuerst fallen ihm drei Bündel mit Geldnoten auf, die insgesamt 25.000 Euro beinhalten, in 50ern und 100ern. Verblüfft prüft er die Scheine zwischen den Banderolen und stellt fest, dass keine anderen Geldnoten dazwischen sind.

Die Summen, die die Banderolen ausweisen, sind nicht mehr vollständig vorhanden, es fehlen einige tausend Euro. Warum hat er so viel Geld und woher stammt es? Die Banderolen weisen kein Symbol einer Bank oder Sparkasse auf, stammen daher nicht von Claudia.

Über den Inhalt des Paketes gerät er ebenso ins Grübeln wie über seine Erlebnisse der vergangenen Tage: Blut, Schießerei und Tod, Geld und Heimlichkeiten – und trotzdem stellt sich keine Erinnerung ein. Vermutlich wird er sich niemals mehr an diese dunkle Zeit erinnern. Er sollte das einfach so hinnehmen und sich darauf besinnen, die Sache aufzuklären.

Das Laptop im Paket erstaunt ihn schon gar nicht mehr. Es erscheint ihm in Anbetracht des Geldes auch unsinnig, sich über ein Laptop in der dazugehörigen Tasche zu wundern. Überall und jederzeit sind diese Geräte verfügbar, vernetzt. Sie prägen das Bild großer Städte, wo jeder Mensch zu jeder Zeit telefoniert, surft oder spielt. Dabei spielt es keine Rolle, ob mit Laptop, mit einem Smartphone oder einem Tablet, die dem Laptop mittlerweile den Rang abgelaufen haben. Die Welt ist schnelllebig geworden. Keine Zeit, sich mit Dingen lange aufzuhalten, schneller Konsum, schnelles Essen, schnelle Dates. Überall und jederzeit versorgt mit mehr oder weniger sinnvollen Informationen. Sich allen anderen mitteilen und sich für so wichtig halten, dass die Welt über jeden Schritt zu jeder Zeit informiert werden muss. Wahrscheinlich gibt es Menschen, die sogar ihre Toilettengänge über Facebook veröffentlichen.

Vor einigen Jahren hat er sich von der Schnelllebig- und Oberflächlichkeit verabschiedet, nutzt kein Facebook oder Twitter und will auch nicht ständig erreichbar sein. Häufiger vergisst er auch mal sein Handy oder schaut gar nicht nach, ob und wer ihm irgendwelche Informationen zuschickt. Er war schon immer ein Typ des Tower-PC oder eines Laptops, der gemütlich mit einer Tasse Kaffee vor dem Schreibtisch sitzt und arbeitet. Zumal seine Augen langsam schlechter geworden sind und er sich immer wieder dabei erwischt, das Smartphone oder anderen Lesestoff weiter von sich weghalten zu müssen.

Neben dem Laptop findet er ein kleineres Päckchen und seine Finger kribbeln. Fein säuberlich in Hüllen verpackt, findet er insgesamt zehn unbeschriftete CDs darin. Sind das die CDs, die Anatol haben will, die CDs, für die Menschen sterben mussten? Hastig greift er nach dem Laptop, doch er kann es nicht einschalten, es reagiert einfach nicht. Mit dem beiliegenden Ladekabel verbindet er das Laptop mit dem Stromnetz und der Bildschirm leuchtet auf. Bis es hochgefahren ist, sieht er sich den restlichen Inhalt des Pakets an und zieht zwei Briefumschläge heraus.

Die Überraschungen nehmen kein Ende. Zuerst findet er sechs Pässe: zwei britische, zwei schweizerische und zwei österreichische. Alle tragen unterschiedliche Namen und Geburtstage, aber alle Pässe zeigen die Bilder von Claudia und ihm. Die Bilder sind nicht mehr topaktuell, aber sie sind eindeutig zu erkennen. Natürlich weiß er nicht, woher die Pässe kommen und schon gar nicht, wieso er im Besitz dieser Pässe ist. Aber die Tatsache, dass er sie hier vor sich liegen hat, lässt Schreckliches erahnen.

Er muss die Pässe vorsorglich besorgt haben. Was natürlich auch heißt, dass er damit gerechnet hat, sich absetzen zu müssen. Da ihn Claudia im Krankenhaus oder später nicht auf solche Pässe angesprochen hat, wird er ihr davon nichts erzählt haben. Sie kann also nichts von diesen Pässen und der gefährlichen Situation gewusst haben. Wie wollte er sie dann einsetzen? Er kann schlecht eine Urlaubsreise planen und mal eben gefälschte Pässe für die Reise aus der Tasche ziehen. Um Claudia vom Einsatz solcher Pässe zu überzeugen, müsste mit absoluter Sicherheit eine enorm aufwendige Überzeugungsarbeit geleistet werden. Wenn es nicht sogar unmöglich ist. So muss er wohl irgendwann den Entschluss gefasst haben, Claudia später einzuweihen und sich dann abzusetzen, mit ihr und einer vielleicht völlig absurden Geschichte wie dieser ...

Er kennt keine Fälscher und kann sich nur schlecht vorstellen, dass er die Pässe von Anatol hat. Der lässt Laura und Novic töten, warum sollte es einen Grund geben, ihm Pässe zu besorgen? Kaum vorstellbar. Was also ist hier los? Aus welcher Richtung kommt die Gefahr? Anatol erscheint die einzige Möglichkeit. Warum ihn am Leben lassen? Und was ist mit seiner Beteuerung, ihm oder Claudia nichts antun zu wollen? Wie glaubhaft ist diese Aussage? Zu gerne würde er ihm glauben, doch Zweifel steigen auf.

Er zuckt auf dem Bett zusammen, als ihm ein schrecklicher Gedanke kommt. Ist er möglicherweise tiefer mit Anatol verbandelt, als er es sich hier und jetzt vorstellen kann? Steht er auf seiner Gehaltsliste? Aber woher sollte er ihn kennen? In der kurzen Zeit seiner Erinnerungslücke erscheint ihm eine solche Entwicklung unmöglich. Seine Erinnerungen setzen um Weihnachten aus, zuvor hat er noch nie von Anatol oder irgendwelchen Russen gehört. In so kurzer Zeit kann sich niemand so tief verstricken und zum Mörder mutieren. Das ist absolut unmöglich. Sollte Anatol der große Chef oder Mitglied der Führungsriege einer kriminellen Organisation sein, dauert der Aufbau einer Vertrauensbasis unendlich lange. Niemand kann in so kurzer Zeit so nahe an eine kriminelle Elite gelangen. Dafür gibt es Personen, die nicht oben in der Hierarchie sitzen und die Neuankömmlinge auf Herz und Nieren prüfen. Nur in seltenen Fällen zeigt sich der wahre Kopf einer solchen Organisation. Schon gar nicht innerhalb von wenigen Wochen oder Monaten.

Es muss etwas anderes sein, etwas, was er noch immer nicht erfassen kann.

Er legt die Pässe weg und greift sich den zweiten Umschlag, leichter und nicht so vollgestopft. Aus dem Umschlag fallen ihm ein Zettel und verschiedene EC-Karten entgegen, die unterschiedliche Banken ausweisen. Soweit er das erkennt, handelt es sich um eine Bank in der Schweiz, eine Bank in Luxemburg und zwei Karten einer ihm unbekannten Bank.

Im Hotelzimmer ist es dunkler geworden. Erst jetzt bemerkt er, dass das Laptop in den Ruhemodus geschaltet hat und der Monitor dunkel geworden ist. Sofort sucht er im Internet die ihm unbekannte Bank, die ihren Sitz in Liechtenstein hat. Auf dem Zettel sind handschriftlich vier Zahlenreihen notiert. Es ist seine Schrift. Die Zahlenreihen enthalten die Bankverbindungen, die auf den Karten stehen. Dahinter stehen weitere Zahlen, vor denen Sonderzeichen niedergeschrieben wurden. Er vermutet, dass es sich um Zugangsdaten für Onlinebanking handelt und beschließt, es auf einen Versuch ankommen zu lassen. Seine Schrift und die Kombination von Sonderzeichen und weiteren Zahlenreihen erinnern ihn daran, wie er Zugangsdaten zusammenstellt. Er nutzt immer zwei bestimmte Wörter, die mit verschiedenen Sonderzeichen oder Zahlen variiert werden. Möglicherweise sind zu den Konten die Passwörter ähnlich gestaltet. Er greift sich die Karte der Schweizer Bank und ruft die Internetseite dieser Bank auf.

Auf der Seite wird ein Login angeboten. Er gibt die Zahlen des Zettels ein, benutzt zur Passworteingabe zuerst sein Lieblingswort und schreibt das Sonderzeichen und die Zahlen dahinter. Mit Drücken der Return-Taste erscheint die Eieruhr auf dem Monitor. Lange Zeit passiert nichts und er glaubt schon, dass das Laptop abgestürzt ist, als ein kurzes „Ping" ertönt. Auf der Internetseite wird angezeigt, dass entweder die Zugangsdaten falsch sind oder das Passwort fehlerhaft eingegeben wurde. So nutzt er sein zweites Wort und drückt voller Spannung die Return-Taste. Bereits nach wenigen Sekunden wird er mit „Dear Mr. Steve Hangles" angeredet. Auf diesen Namen ist auch der britische Pass ausgestellt. Er schaut aber noch einmal nach, um sicher zu sein. Er ist also im Besitz eines gefälschten Passes und eines Kontos bei einer Schweizer Bank. Etwas orientierungslos sucht er die Webseite ab. Als er endlich den Status des Kontos abfragen kann, verschlägt es ihm die Sprache. Das Konto weist ein Guthaben von fast fünf Millionen Euro auf. Sprachlos nimmt er sein Bier und spült die kalte Flüssigkeit die Kehle hinunter, der Kontostand bleibt. Unglaublich viel Geld. Was ist ein Mensch bereit, dafür zu tun? Töten? Auch er?

Auch die anderen Konten kann er einsehen und am Ende hat er einen Kontostand von vier mal rund fünf, also insgesamt fast zwanzig Millionen Euro. Zwanzig Millionen. Die Welt dreht sich, und verzweifelt versucht er sich vorzustellen, wie diese Summe zustande kommt. Aber es sind vier unterschiedliche Konten mit vier unterschiedlichen Inhabern. Und mit einem der Namen kann er sich ausweisen, dank des gefälschten Passes. Die Namen der anderen Kontoinhaber hat er noch nie gehört. Zwei Personen dürften jedoch klar sein: Laura Kampmann und Novic, der ja auch von Geld sprach. Wer aber ist die vierte Person? Und warum hat ausgerechnet er diese ganzen Unterlagen?

Seine Spekulationen werden durch ein Konto erhärtet, das auf den Namen einer Frau ausgestellt ist. Dieses Konto könnte Laura gehört haben. Er hat nicht die dazugehörigen Pässe. Laura und auch Novic müssen ihre Pässe selbst irgendwo versteckt haben. Doch wo und warum? Laumann scheint die Pässe nicht gefunden zu haben – oder hat er es ihm gegenüber nicht erwähnt? Es macht doch keinen Sinn, ihm die Karten und Zugangsdaten für die Konten zu geben und die Pässe an anderer Stelle aufzubewahren. Ist es möglich, dass sie einen Treffpunkt vereinbart haben? War das Vertrauen in ihn so groß, dass sie ihm die Unterlagen gegeben haben?

Er genehmigt sich sein zweites Bier und überlegt sich die nächsten Schritte. Er nimmt eine der CDs und legt sie in das Laufwerk. Völlig unübersichtliche Zahlenreihen tauchen auf dem Monitor auf. Die Zahlen kann er in keinen logischen Zusammenhang setzen. Aber doch erkennt er verschiedene Summen, die in unregelmäßigen Abständen auftauchen. Summen, die schier unglaublich anmuten, auch zwei dreistellige Millionenbeträge. Keine Namen, keine Hinweise auf den Inhaber, nur Zahlenkolonnen in wirrer Reihenfolge. Endlos. Unermesslicher Reichtum. Summen, die einem Märchen aus Tausendundeiner Nacht entsprungen sind. Währungen aus aller Welt, doch hauptsächlich Dollar und Euro. Gelegentlich auch Yen und Buchstabenkürzel, die er als Kuwait-Dollar und britische Pfund deutet. Er greift sich eine weitere CD, dreht sie in seinen Händen, aber keine Beschriftung ist darauf enthalten. Kein Aufkleber. Nichts. Einfach nichts. Es scheint, als wären auf der CD Kontobewegungen gespeichert, Zahlungen und Überweisungen. Doch sie ergeben für ihn keinen Sinn, da weder begünstigte Konten noch Kontostände oder Namen erkennbar sind. Einige Zahlenkombinationen interpretiert er als Datumsangaben. Die Transaktionen scheinen bis zu vier Jahre zurückzuliegen.

In ihm wächst der Gedanke, dass er hier so etwas wie die berühmten Steuersünder-CDs in den Händen hält, die nur einen Sinn ergeben, wenn der entsprechende Schlüssel vorliegt. Einen Schlüssel, den er nicht hat. Auch die anderen CDs zeigen nur die Zahlenreihen und manchmal die Symbole für Plus oder Minus. Keine Namen, keine Verwendungszwecke, keine Hinweise.

Sollte es diese vierte Person geben, muss sie ihnen diese Daten besorgt und Zugang zu einer oder mehreren Banken in einer der Steuer-Oasen haben. Wer ist diese Person? Wie nimmt man Kontakt zu ihr auf? Gehört eines der Konten Anatol? Haben sie ihn erpresst?

Wieder erhellt ein Blitz sein Hotelzimmer und ein Donner lässt die Scheibe vibrieren.

Seine Gedanken sind wirr und ungeordnet. Wie automatisch zündet er sich eine Zigarette an, ungeachtet des Rauchverbots im Hotelzimmer. Der Qualm breitet sich im Zimmer aus und hinterlässt kleine graue Fladen, die langsam zur Decke steigen. Seine Nerven beruhigen sich ein wenig. Er muss sich darüber im Klaren werden, was als Nächstes zu tun ist. Die CDs sind wichtig. Anatol will die Originale haben, scheint aber nicht sonderlich besorgt, wenn er Kopien anfertigt. Also wird er sich Kopien anlegen. Ein Blick auf die Uhr sagt ihm, dass er noch Rohlinge in der Stadt kaufen kann. Er klappt das Laptop zu und zieht sich seine Jacke über. Anatols Handy hat er in die Jackentasche gesteckt, wer weiß, wann er anruft. Sicher ist sicher.

Unbemerkt schleicht er an der Rezeption vorbei und verlässt das Hotel. Die kalte Luft trifft seine Wangen und seine Lungen verweigern kurz den Dienst. Der kalte Nieselregen dringt wie eine kriechende Schlange in seine Kleidung. Schnell stellt er den Kragen hoch und läuft zur Einkaufsstraße. Graue Wolken kleben am Abendhimmel, doch Blitz und Donner scheinen aufgehört zu haben. Seine Schritte werden schneller, Passanten nimmt er gar nicht wahr. Er muss sich darauf konzentrieren, nicht zu schnell zu sein. Er will nicht auffallen und stellt sich die Frage, ob schon ein Foto von ihm zu Fahndungszwecken veröffentlicht worden ist. Verdammt, daran hätte er denken müssen! Warum hat er nicht nachgesehen? Er darf jetzt keine Fehler machen. Jeder Fehler bringt ihn Laumann und dem Gefängnis näher. Der Gedanke, als Polizist im Knast zu sitzen, steigert seine Unruhe, aber auch seine Konzentration. Er wird langsamer und redet sich ein, dass kein Bild von ihm veröffentlicht wurde.

Im Einkaufscenter am Limbecker Platz gibt es einen großen Elektronikladen, der lang genug geöffnet hat. Die große Spindel mit den Rohlingen lässt er sich in eine kleine Plastiktüte packen. Er schaut niemandem direkt in die Augen, verhält sich unauffällig. Wie lange wird er für das Kopieren der Daten brauchen? Wann ruft Anatol wieder an?

In einem Discounter kauft er noch zwei Flaschen Wasser und geht die Einkaufsstraße zurück zum Hotel.

Das Mädchen an der Rezeption ist wieder – oder noch immer – in ihr Buch vertieft. Sie schaut nur kurz auf und ihre Stirn zieht kleine Fältchen. Sie überlegt wohl, wann er das Hotel verlassen hat. Das Buch scheint jedoch viel spannender und so senkt sie ihren Blick wieder auf die Zeilen. Es kommt ihm sehr gelegen, da er keine Lust auf eine nichtssagende Unterhaltung hat. Zügig geht er auf sein Zimmer, schließt die Tür.

Das Laptop, das Paket mit den CDs und die Rohlinge stellt er auf den Tisch und beginnt mit dem Kopieren. Das dauert länger, als er dachte, zwischendurch schläft er immer wieder ein und schreckt hoch, wenn das Laptop die kopierte CD aus dem Schubfach schiebt. Manchmal sieht er Laura im Zimmer oder glaubt sie zu sehen, doch Realität und Traum verschwimmen. Manchmal steht sie einfach nur im Raum. Dann kommt sie mit erhobenen Armen auf ihn zu, mit einem schwarzen Loch in der Stirn. Der Schrecken dieses Bildes hat ihn zusammenzucken lassen, da er vielleicht für das schwarze Loch verantwortlich ist. Sein Körper beginnt zu zittern. Hat er geschlafen? Ist er eingenickt? Er ist sich nicht sicher. Das Hotelzimmer ist leer, keine Spur von Laura. In den frühen Morgenstunden ist er endlich fertig mit dem Kopieren, fühlt sich trotz der unruhigen Schlafphasen erstaunlich ausgeruht.

Unter der Dusche fällt ihm ein, dass er das Laptop gar nicht weiter beachtet hat und sich von den gefundenen CDs hat ablenken lassen.

Mit nassen Haaren setzt er sich wieder an das Laptop und schaut einzelne Ordner durch. Hinweise auf Laura oder Novic findet er nicht, schon gar nicht auf Anatol. Unter seiner regulären privaten E-Mail-Adresse bei einem Freemail-Anbieter findet er eine Nachricht von Claudia. Sie hat gestern noch spät geschrieben und die Tatsache, dass sie Kontakt sucht, versetzt ihm einen Stich ins Herz. Sofort macht sich wieder das schlechte Gewissen breit und die Frage, ob das hier einen Sinn macht oder er sich lieber Laumann anvertrauen soll. Laumann scheint ihr die ganze Geschichte, oder vielmehr das, was er von ihr weiß, erzählt zu haben.

Er solle sich keine Sorgen machen und nach Hause kommen. Alles werde sich klären und Laumann sei auf seiner Seite. Aber Laumann sei natürlich auch eingeschränkt in seinen Möglichkeiten und durch eine Flucht würde er die ganze Sache nicht einfacher für ihn machen. Kann er sich lebhaft vorstellen. Ein Grinsen zieht sich über sein Gesicht. Lange wird Laumann die Führungsebene oder die Staatsanwaltschaft nicht mehr hinhalten können. Er weiß jetzt sicher, dass noch keine Öffentlichkeitsfahndung raus ist, aber irgendwann wird die Jagd auf ihn eröffnet. Fragt sich nur, wie viel Zeit ihm noch bleibt.

Claudia liebt ihn und ihr Flehen, nach Hause zu kommen und gemeinsam die Angelegenheit durchzustehen, treibt ihm die Tränen in die Augen. Claudia. Wie gerne würde er zurückgehen, sie in die Arme schließen und die Welt vergessen! Anatol vergessen. Die Toten. Seine Waffe. Einfach alles. Aber so einfach ist das nicht. Die Geschichte muss zu Ende gebracht werden und nur er ist derjenige, der das kann. Er nimmt sich vor, Claudia wieder zu schreiben. Aber im Moment will er nicht antworten. Zu groß ist die Angst, dass Laumann ihn über das Laptop finden oder seine Mail-Adresse überwachen kann.

Er kennt sich zu wenig mit Computern aus – und hat womöglich zu viele amerikanische Krimiserien gesehen, weshalb er nicht so recht weiß, was tatsächlich technisch machbar ist – und welche Möglichkeiten die Fahnder haben.

In seinem E-Mail-Account findet er keine Kontaktdaten, nur unzählige Spams, Newsletter und Nachrichten, die ihn jetzt nicht weiter interessieren und die er deshalb löscht. Claudias Nachricht behält er.

Er wechselt die Webseiten und öffnet weitere Accounts mit verschiedenen Mail-Adressen, die er sich anonym angelegt hat und von denen niemand etwas weiß. Die hat er nur für belanglose Tätigkeiten im Netz benutzt, wenn er seine offizielle Mail nicht verwenden wollte. In einem Account findet er verschiedene Nachrichten von einem „Moneytracker". Für Spam sind es zu viele Mails, also öffnet er die älteste. Die erste Nachricht stammt vom 29. Dezember.

„L. hat mir gesagt, dass sie Kontakt zu Ihnen hatte und ich Ihnen vertrauen kann. Wie sieht es aus? Moneytracker"

Ist dieser Moneytracker die vierte Person? Eine Person mit „L" kann doch nur Laura Kampmann heißen, eine andere fällt ihm nicht ein, würde wahrscheinlich auch keinen großen Sinn machen. Wie hat er denn Lauras Vertrauen gewonnen, wenn er sie doch gar nicht kannte? Wie kam der Kontakt zu ihm zustande und was ist besprochen worden?

Er sieht nicht, ob und wann er geantwortet hat. Der Ordner mit den gesendeten Nachrichten ist leer. Aus der Nachricht kann er nicht sehen, dass er geantwortet hat. Das Symbol für eine beantwortete Nachricht sucht er vergeblich. Die zweite E-Mail zeigt, dass er etwas geschrieben haben muss, denn drei Stunden später hat er eine neue Nachricht erhalten.

„Okay, habe sonst niemanden. Was wissen Sie über Anatol Parujew? Ich meine nicht Internet. Moneytracker"

Anatol Parujew. Seine Haare an den Armen stellen sich auf, dieser Moneytracker kennt Anatol mit vollständigem Namen. Und er hat die vierte Person gefunden, aber keine Ahnung, wer er ist und woher er kommt.

„Das kann ich verstehen. Wir können einige Tage warten. Vielleicht können wir ja telefonieren, in einem persönlichen Gespräch könnten wir uns kennenlernen und Vertrauen aufbauen."

Er hat sich wohl Zeit erbeten, um zu überlegen oder Nachforschungen anzustellen. Die nächsten beiden Mails sprechen von Unterlagen, die Moneytracker bereits zusammengestellt hat.

Am 2. Januar bedankt sich Moneytracker für das Telefonat, er ist beunruhigt.

„Vielen Dank für das aufschlussreiche Telefonat. Ich bin erfreut, dass du wie ich denkst und wir die Aktion starten können. Wie besprochen sende ich dir die Unterlagen zu. Innerhalb einer Woche werden die Unterlagen bei dir sein. Anbei die Handynummer von Anatol, die ich aus dem Kundenstamm habe. Denk an das Prepaidhandy."

Sie sind bereits beim Du angelangt und scheinen telefoniert zu haben. Gemeinsam haben sie wohl eine Übereinstimmung gefunden. Er hat einem Plan zugestimmt und sich offenbar bereit erklärt, Kontakt zu Anatol aufzunehmen. Moneytracker hat Zugriff auf irgendwelche Unterlagen und Einsicht in persönliche Erreichbarkeiten, die er nutzen wollte. Sein Blick fällt auf die EC-Karten.

Seine Kontaktaufnahme scheint erfolgreich gewesen zu sein, die Bezahlung erfolgte – was auch die 20 Millionen auf den Konten erklären würde.

Die CDs, so vermutet er, sind wohl mit den Unterlagen gemeint.

Er überlegt, an welche Adresse dieser Moneytracker die Unterlagen geschickt haben könnte. Er geht nicht davon aus, dass er sie zur Dienststelle oder nach Hause schicken ließ, wenn es sich um eine zweifelhafte Angelegenheit handelt. Das Risiko wäre deutlich zu hoch. Novic? Laura? Das hätte er ihnen ausgeredet. Auch für sie wäre das Risiko zu hoch. Und Moneytracker spricht bisher auch nur von „L". Von einer anderen Person, die auf Novic hindeuten könnte, war bisher nicht die Rede. Novic passt bisher einfach nicht ins Bild. Laura scheint den Kontakt zu ihm hergestellt und ihn später mit Moneytracker bekannt gemacht zu haben. Wahrscheinlich kannten sich Laura und Novic – und dieser muss dabei irgendeine Funktion erfüllt haben. Über ihn weiß er bisher nicht viel. Eigentlich gar nichts.

Vielleicht wird es sich später zeigen. Er muss sich zuerst um die Adresse kümmern. Und in Bewegung bleiben, verschwinden. Er zieht sich schnell an und packt seine Sachen. Seine Waffe steckt er in das Zivilholster an seinem Gürtel und versteckt sie unter seiner dicken Jacke. Die CDs verstaut er in seiner Reisetasche, ebenso wie die Umschläge mit den Karten und Pässen. Die Laptoptasche hängt er sich über die Schulter.

Die Rezeption ist verlassen und so nutzt er die Gelegenheit, still und heimlich zu verschwinden. Den Schlüssel legt er auf den Tresen der Rezeption und ist dankbar, dass er nicht gesehen wird.

Der Regen hat aufgehört, aber die Kälte greift unbarmherzig nach seinem Körper. Langsam geht er in Richtung Einkaufsstraße – und taucht ein in die langsam wach werdende Stadt.

◊

Vor den Geschäften stehen Lieferfahrzeuge, die hektisch ausgeladen werden. Zwischendurch laufen die ersten Menschen die Einkaufsstraße hinunter zu ihrer Arbeitsstelle oder den ersten geöffneten Bäckereien. Der Duft warmer frischer Brötchen weht durch die Straße. Er eilt zuerst zum Bahnhof, entschließt sich aber wegen des Brötchenduftes, zuerst eine Möglichkeit für ein Frühstück zu suchen. In einer kleinen Seitenstraße findet er ein Studentencafé, das dem äußeren Anschein nach die besten Zeiten hinter sich hat. Ein Blick ins Innere zeigt ihm eine spartanische Einrichtung und viele dunkle Ecken. Wie geschaffen für ihn, um mit dem Laptop zu arbeiten. Einige Tische sind besetzt, niemand schaut auf, als er das Café betritt. Vorsichtig schaut er sich im Laden um, eine junge Frau lächelt ihm zu, als würde sie fragen, wohin er sich setzen möchte.

Er setzt sich an einen kleinen Tisch mit Plastikblumen. Von dort hat er den gesamten Raum im Blick. Niemand kann ihn überraschen und der Zugang zu den Toiletten liegt auf der anderen Seite. Die junge Frau bringt ihm eine kleine Frühstückskarte. Er bestellt zunächst einen Kaffee und entschließt sich dann für ein kleines Frühstück. Die beiden Brötchen sind frisch, auch der Käse und die Wurst sehen frisch aus. Den unbändigen Hunger hat er noch gar nicht bemerkt und jetzt, während des Essens, beginnt sein Magen zu knurren. In der Hoffnung, dass ein drittes Brötchen hilft, bestellt er noch eines. Nach dem dritten Brötchen geht es ihm deutlich besser. Er fühlt sich gestärkt und ist bereit, sich seiner Vergangenheit zu stellen.

Obwohl ein Rauchverbot in öffentlichen Gaststätten besteht, sieht er mehrere Leute, die rauchend am Tisch sitzen. Niemand scheint sich darum zu kümmern und so vermutet er, dass das Rauchen vom Betreiber geduldet wird. Auch er zündet sich eine Zigarette an. Vorsichtig beobachtet er noch einmal die Tische im Café und sieht einige Gäste vor ihren Tablets sitzen. Er holt das Laptop aus der Tasche, stellt es vor sich auf den Tisch und ruft sein E-Mail-Konto auf. Dort findet er weitere Mails von Moneytracker. Mit Erstaunen stellt er fest, dass über Nacht eine neue Mail von ihm gekommen ist.

"Bin in der Nacht angekommen. Treffen uns am bekannten Ort. Warte dort auf dich. Moneytracker."

Sofort drückt er die Antworten-Taste und schreibt seinen Text.

"Wo ist der bekannte Ort? Müssen reden. Dringend."

Er schickt die Mail ab und kann nur hoffen, dass er frühzeitig eine Antwort erhält. Vorsichtshalber löscht er beide Mails aus den entsprechenden Ordnern. Ein aktueller Kontakt zu einem möglichen Mittäter könnte zum Problem werden.

Im Posteingang findet er weitere E-Mails, die er vor längerer Zeit von Moneytracker erhalten hat:

"Habe Paket verschickt. Hat der Kontakt schon stattgefunden? Habe bereits vier Ziele einrichten lassen. Paket mit Unterlagen folgt. Vorsorglich alle Ziele übersandt. Moneytracker"

Das Paket wurde also verschickt und ist wohl auch angekommen, sofern seine Überlegungen, dass es sich um die CDs handelt, richtig sind. Moneytracker will Ziele eingerichtet haben und kann eigentlich nur die Konten als Ziele meinen. Wahrscheinlich ist sein Konto auch damit gemeint. Moneytracker hat damit gerechnet, dass es schwierig werden könnte und ging davon aus, dass er besser keine Kontounterlagen auf die Namen fremder Personen und gefälschte Pässe bei sich haben will. Hat er Angst vor internen Ermittlungen, der Polizei, oder gar vor Anatol? Wenn man bei ihm nichts findet, kann er alles noch so weit abstreiten und versuchen, sich irgendwie aus dieser Sache rauszureden. Irgendwie macht dies auch Sinn, allerdings muss er sehr viel Vertrauen zu Laura gehabt haben. Und Laura wohl zu ihm als Hauptkommissar.

Laura kannte Moneytracker und suchte den Kontakt zu einem Verbündeten bei der Polizei. Sie muss ihn von etwas überzeugt – und er sich auf die Sache eingelassen haben. So weit, so gut. Doch warum hat er die Konten in Verwahrung, aber nicht die Pässe?

Die vierte Person kommt an Bankunterlagen, die unzählige Buchungen, teilweise in Millionenhöhe, aufweisen. Mindestens eines dieser Konten gehört Anatol. Er wird von ihnen erpresst und hat offenbar tatsächlich Geld bezahlt. Zu diesem Zeitpunkt war die Angst vor der Veröffentlichung der Transferdaten wahrscheinlich so groß, dass er wohl schnell bezahlt hat. Vielleicht haben sich andere Personen sogar an der Zahlung beteiligt. Welchen Leuten haben sie ans Bein gepinkelt? Warum sind sie davon ausgegangen, dass sie mit dieser Erpressung durchkommen? Und was hat Novic damit zu tun? Laura muss Novic gekannt haben, ihm ist Novic zuvor nicht untergekommen. Die einzige Möglichkeit sind die Pässe. Novic hat die Pässe besorgt und daher fehlen auf allen Konten einige tausend Euro, die sie wohl für die Pässe aufbringen mussten.

Er bestellt sich noch einen Kaffee und bläst einen blauen Rauchkringel in die Luft. Verträumt schaut er aus dem Fenster und sieht die kleine Seitenstraße, die sich mit Leben füllt. Und mit Toten. Die blutverschmierte Laura steht auf der anderen Straßenseite und schaut ihn an. Ihre Blicke kann er förmlich auf seiner Haut spüren, aber er scheint ihr näherzukommen. Er sieht sie nicht mehr als fremden Geist an, sondern als Person, die er kannte, mit der er ein Geheimnis teilte – und dieses Geheimnis bezahlte sie mit ihrem Leben. Und Novic? Warum taucht er nicht auf, was ist das Besondere an Laura Kampmann?

Auf dem Bildschirm wird noch immer die Mail angezeigt. Nach und nach öffnet er weitere Mails und erkennt, dass er wohl auch das zweite Paket erhalten hat. Moneytracker fragt ihn immer wieder, ob der Kontakt stattgefunden und wie Anatol reagiert hat.

Vom 12. Februar stammt die Mail, dass alles eingetroffen ist und er die vier Ziele aufgeladen hat. Anatol hat also bezahlt und der vierte Mann hat das Geld auf die verschiedenen Konten überwiesen. Ein weiteres Puzzlestück fügt sich zu den anderen. Vertrauen gegen Vertrauen. Er hat für die Möglichkeit gesorgt, das Geld einzunehmen und auf die Konten zu verteilen, hier haben sie ihm vertraut. Also vertraut er auch ihnen, oder ihm, seine Unterlagen an. Kurz darauf scheint Moneytracker nervös zu werden und fragt immer wieder, was denn los ist und warum sich niemand meldet.

Anscheinend hat er nicht mehr geantwortet, denn die Mails kommen häufiger. Sein Ausfall und die Erinnerungslücken haben eine Antwort unmöglich gemacht.

Schramm muss das Problem der Lieferadresse lösen und versucht sich vorzustellen, welche Adresse er genutzt haben könnte.

Aus seiner dienstlichen Tätigkeit weiß er, wie Briefkästen – in unübersichtlichen Wohnkomplexen wie Studentenwohnheimen oder in Bochumer Stadtteilen mit sozialen Brennpunkten – manipuliert und genutzt werden können. Aber auch hier entsteht immer ein gewisses Restrisiko des Entdecktwerdens, das er bestimmt nicht eingegangen wäre.

Seine Gedanken schweifen ab. Krampfhaft überlegt er, wie er möglichst unauffällig Post erhalten kann. Nicht an seine Wohnung, nicht an Laura und auch nicht an Novic. Novic? Ihm fällt das Gespräch mit Novic ein. Sie haben die Schlüssel getauscht. Und der Golf war nicht für Gelsenkirchen angemeldet, sondern für Bochum. Wem gehört die Wohnung in Gelsenkirchen? Haben sie die Gelsenkirchener Anschrift für die Zusendung genutzt?

Er greift zu seiner Reisetasche und entnimmt die Briefumschläge. Nichts. Nur die Karten und die Pässe. Die Laptoptasche hat mehrere Innentaschen und Fächer. Als er einen kleinen Klettverschluss in der Innenseite der Tasche öffnet, hört er es leise klimpern. Er greift hinein und findet einen Schlüsselring mit zwei gleichen Schlüsseln daran. Wohnungsschlüssel! Gelsenkirchen. Die Lieferanschrift. Es kann sich nur um die Wohnung in Gelsenkirchen handeln. Ein kleinerer Schlüssel hängt zwischen den Wohnungsschlüsseln. Das Adrenalin schießt in seinen Körper, er freut sich und möchte am liebsten seinen Jubel hinausschreien. Er muss nach Gelsenkirchen, bevor Laumann der Wohnung auf die Spur kommt!

Sein E-Mail-Account ist wieder geschlossen, als die Bedienung ihm noch einen Kaffee bringt und er die Rechnung verlangt. Schnell sucht er einen Autoverleih in der Umgebung. Er kommt einer Lösung spürbar näher. Während er sich eine Zigarette anzündet, verwirft er den Gedanken, eine Mail an Claudia zu schreiben. Einen Moment lang blickt er aus dem Fenster, keine Laura Kampmann zu sehen.

Er legt ein kleines Trinkgeld auf den Tisch, verlässt das Café und geht zum Autoverleih. Er muss schnell nach Gelsenkirchen, wenn er Antworten haben will.

◊

Laumann vergräbt seinen Kopf in seine Hände und atmet tief ein. Ursache seiner miesen Stimmung ist nicht das triste Wetter, das noch immer nass und grau über Bochum schwebt, sondern die Ergebnislosigkeit der Ermittlungen. Die Ergebnisse der Mordkommission kommen spärlich und langsam – oder führten bisher in verschiedene

Sackgassen. Niemand in der Kommission hat die alles entscheidende Spur gefunden, keiner den Durchbruch geschafft. Noch nicht. Kommissar Zufall hält sich dezent zurück und Laumann ist sich nicht sicher, wie lange die Ermittlungen noch andauern und wie viel Zeit ihm noch bleibt. Ergebnisse werden erwartet, gerade in diesem Fall. Auch wenn es ihm egal sein könnte und er in ein paar Jahren in Pension gehen wird, so weiß er doch, dass er sich keine Fehler erlauben darf und Kollegen schon an seinem Stuhl sägen.

Angewidert schiebt er seine Tasse mit dem eiskalten Kaffee von sich und schaut Kriminaloberkommissar Müller ins Gesicht. Er steht vor seinem Schreibtisch und wedelt mit einem Zettel. Laumann versucht, die aufkeimende Hoffnung zu unterdrücken. Zu viele Nieten hat er in diesem Fall schon gezogen und langsam, ganz langsam ist eine kleine Stimme in seinem Kopf zu hören, die ihm sagt, dass er diesen Fall nicht lösen wird. Aber er kann nicht anders und verscheucht die kleine hässliche Stimme und schwört sich innerlich, dass er diesen Fall klären wird.

Müller holt kurz Luft. Die zu überbringende Nachricht wird nicht zur Besserung von Laumanns Stimmung beitragen.

„Kampmann und Schramm hatten telefonischen Kontakt. Zuletzt drei Wochen vor ihrem Tod, dann hört der Kontakt auf. Aber ..."

Laumann schaut ihm tief in die Augen und Müller erkennt mit Schrecken die tiefen dunklen Ringe um die Augen seines Vorgesetzten.

„Aber wir haben ab Ende Dezember auffällig viele Verbindungen mit mehreren unbekannten Prepaid-Nummern."

„Wieso unbekannt?", fragt Laumann leise nach und überlegt, wie er die Information einordnen soll. „Was ist mit den Anschlussinhabern?"

„Ich kann Prepaid-Handys mit Nummern anonym auf jedem Flohmarkt kaufen. Kein Problem. Es ist ..."

„Scheiß Welt", fährt Laumann dazwischen. „Was für einen verdammten Mist haben wir hier? In was ist Schramm da hineingeraten?"

„... unmöglich, den tatsächlichen Nutzer zu identifizieren."

„Was ist mit Novic?"

„Er hat offiziell kein Handy."

„Jeder hat ein Handy."

„Prepaid-Handy", bemerkt Müller und zuckt zusammen, als ihn der Blick von Laumann trifft. „Bei der Leiche haben wir auch kein Handy gefunden."

„Wir können also nicht mit Sicherheit sagen, dass alle drei Kontakt zueinander hatten. Richtig?"

„Ich kann nur sagen, dass Schramm und Kampmann bis drei Wochen vor ihrem Tod in Kontakt standen. Möglicherweise haben sie anschließend über Prepaid-Nummern telefoniert."

„Wie viele unbekannte Nummern haben wir gefunden?"

„Sechzehn."

„Überschneidungen?"

„Nein. Kampmann und Schramm haben niemals die gleichen Nummern angerufen."

Laumann schüttelt den Kopf und ist fassungslos. Er kommt keinen Schritt weiter, egal welche Anstrengungen unternommen werden.

„Das kann einfach nicht wahr sein", ist alles, was ihm dazu einfällt. „So gut können die doch nicht sein. Das sind einfach zu viele Zufälle, einfach unglaublich."

„Schramm kennt sich doch aus. Er wird dafür gesorgt haben, dass sie nur mit Prepaid-Handys telefonieren und jeder sein eigenes Handy hat. Wahrscheinlich haben Schramm und Kampmann auch nur die erste Zeit mit ihren registrierten Handys telefoniert und sind dann umgestiegen. Er weiß doch, dass wir die Telefondaten überprüfen."

„Aber sie haben sich gekannt."

„Es gibt nur die Möglichkeit, dass Novic und Schramm über Kampmann Kontakt hatten oder die zwei auch mit unterschiedlichen Prepaid-Nummern telefonierten."

„Sie müssen sich gekannt und die unbekannten Prepaidnummern genutzt haben. Auf den Überwachungsbildern sah es so aus, als würden sie sich kennen und ein freundliches Gespräch sieht anders aus. Sie scheinen sich gestritten zu haben, Novic sah ziemlich mitgenommen und gehetzt aus. Er würde nicht mit Schramm reden, wenn sie sich nicht gekannt hätten."

Laumann wartet einen Moment, doch Müller hat nichts weiter dazu zu sagen.

„Was haben die Durchsuchungen bei Novic und Kampmann ergeben?"

Müller räuspert sich und sucht die richtigen Worte. Auch hier sind nur frustrierende Ergebnisse mitzuteilen.

„Wir haben nichts in den Wohnungen gefunden. Novic lebte alleine, die Eltern haben ausgesagt, dass er vor einigen Wochen eine neue Freundin kennengelernt habe. Ab und zu soll er sich dort aufgehalten haben."

„Wer ist sie?"

„Das wissen sie nicht. Novic hat sie nie vorgestellt und so gut wie nichts erzählt, er war in diesen Dingen immer sehr verschlossen. Anscheinend hat er nicht gewusst, ob es sich zu einer ernsten Sache entwickeln würde – oder die Geschichte mit einer Freundin ist gelogen."

„Okay, weiter. Was haben wir noch über Novic?", fragt Laumann und spürt die Frustration, die stärker zu werden droht.

„Novic ging keiner geregelten Arbeit nach. Ewiger Student, Kleinkrimineller. Haben mehrere kleinere Verfahren gegen ihn gehabt, nichts Besonderes: Diebstahl, Schwarzfahren und Betrug. Ein einziges Mal haben wir ihn mit einem Joint erwischt. Bisher hat man ihm nur mit dem erhobenen Zeigefinger gedroht, keine Vorstrafen. Noch immer ist er in der Uni eingeschrieben, ging sogar gelegentlich dorthin. Aber ich würde bezweifeln, dass er jemals den Abschluss gemacht hätte. Keine Ahnung, wie er Geld verdient hat."

„Was für ein Betrug?"

„Hat sich Waren liefern lassen und nicht bezahlt."

„Wurde der Fall von Klaus bearbeitet?"

„Nein."

„Was wissen wir über Laura Kampmann?"

„Nichts weiter. Mit Kampmanns Eltern hast du gesprochen. Keine Liebschaften, keine Freunde, nur Karriere. Auf den gefundenen Computern finden sich hunderte Kontakte zu Mitarbeitern verschiedener Banken, Management-Schulungen, Vorträge und solchen Kram.

Sie war bei einer Düsseldorfer Bank angestellt und wurde für verschiedene Vorträge oder Schulungen gebucht. Meist ging es um Sicherheit und Steuerrecht."

„Sicherheit und Steuerrecht?" Laumann hebt eine Augenbraue kurz hoch. „Wo waren die letzten Vorträge?"

„Bei einer Düsseldorfer Bank. Sie war zuvor in Frankfurt bei verschiedenen Banken und sogar bei der Sparkasse Bochum. Bochum ist aber einige Jahre her."

„War etwas Auffälliges dabei?"

„Was meinst du?"

„Ich weiß nicht genau. Aber Sicherheit und Steuerrecht? Hat sie Kontakte ins Ausland?"

„Sieht nicht so aus. Aber sie hat Vorträge bei Banken gehalten, die garantiert auch ausländische Filialen haben. Aber direkte Kontakte kann ich nicht feststellen."

„Das sollten wir noch einmal überprüfen. Kannst du die Sachen noch einmal durcharbeiten? Suche nach Verbindungen ins Ausland und Steuer-Oasen, solche Sachen. Wer weiß, auf was wir da stoßen. Vielleicht kommen wir an ein Motiv?"

„Erpressung?"

„Möglich."

„Aber es wäre doch einfacher, wenn ich als Banker solche Informationen an die Behörden oder die Bundesländer verkaufe, die zahlen doch seit einigen Jahren sehr gut für solche Sachen. Und die Steuerflüchtlinge haben kräftig dafür nachbezahlt, also warum Erpressung?"

„Vielleicht ging es gar nicht um Steuern."

„Sondern?"

Laumann überlegt einen Augenblick und schaut Müller wieder an.

„Wer weiß? Deshalb sollst du suchen", sagt er mit einem Lächeln auf den Lippen und greift zum Telefon, wählt eine Kurzwahlnummer und wartet einen Augenblick.

Die Bürotür öffnet sich und Rainer Brandtner steht in der Tür. Er winkt mit zwei Schlüsselbunden, wobei er eines davon auf Laumanns Schreibtisch wirft. Fragend sieht Laumann ihn an, während Müller, der eben noch das Büro verlassen wollte neugierig in der Tür stehen bleibt.

„Tom? Okay, hör zu. Die angrenzenden Dienststellen haben die Bilder von Schramm, ja?"

Laumann hört seinem Gesprächspartner am Telefon zu und gibt Brandtner ein Zeichen, kurz zu warten.

„Gut. Sind die Bilder auch nach Hattingen gegangen? Was? Okay, dann hol es sofort nach. Vielleicht haben wir in Hattingen etwas übersehen. Und wir müssen ... ja, ich weiß."

Müller und Brandtner schauen sich an und hören weiter zu.

„Nein, nicht mehr Informationen. Wir suchen ihn einfach nur als Zeugen. Und keine, hörst du, keine Informationen zu einer möglichen Verbindung zu den Morden. Wenn irgendetwas an die Presse durchsickert, ist hier die Hölle los. Sag ihnen, wir suchen ihn einfach, er darf nicht angesprochen werden, auf keinen Fall. Wir übernehmen das und machen uns sofort auf den Weg, wenn er gesehen wird. Danke."

Laumann legt auf und Brandtner setzt sein gewohntes Grinsen auf.

„Was sollen die Schlüssel?"

Brandtners Grinsen wird noch breiter. Er genießt es sichtlich, dass er als wohl Einziger in der Kommission Fortschritte gemacht hat und sucht in solchen Augenblicken nach Anerkennung.

„Ich habe mal ein wenig mit den Asservaten gespielt und siehe da", und wirft den zweiten Bund auf den Tisch.

Laumanns Ahnungslosigkeit wird immer größer und er versteht nicht, worauf Brandtner hinauswill. Müller verharrt im Büro und will sich die mögliche Sensation nicht entgehen lassen.

„Und?"

Brandtner beugt sich vor und greift einen Schlüsselbund mit einem sternförmigen Anhänger.

„Das ist der Schlüssel von Laura Kampmann", und fuchtelt damit klimpernd in der Luft herum.

„Das hier", er nimmt sich einen der Schlüssel, „ist der Haustürschlüssel." Anschließend nimmt er – einen nach dem anderen – die weiteren Schlüssel: „Garage. Briefkasten. Auto. Eltern. Büro." Theatralisch hält er die letzten beiden Schlüssel in die Luft. „Diese beiden Schlüssel kann ich nicht zuordnen. Keine Ahnung, wohin die gehören."

„Na super! Wo ist der Witz bei der Sache?", fragt Müller neugierig, der nach wie vor keine Anstalten macht, das Büro zu verlassen. Auch Laumanns Neugier ist geweckt. Er fragt aber nicht weiter, sondern wartet auf die Fortsetzung von Brandtners Bühnenauftritt. Der greift sich den nächsten Schlüsselbund.

„Novics Schlüssel. Wohnung. Briefkasten. Auto. Und ...", dabei nimmt er zwei Schlüssel in die rechte Hand und hält sie Laumann vor die Nase. Leise spricht er weiter. In der linken Hand hält er die beiden Schlüssel von Laura Kampmann und triumphiert. „Sie sind identisch. Kampmann und Novic haben gleiche Schlüssel."

Laumann wird blass und lässt seinen Mund offenstehen.

„Und das hier", dabei greift er wieder zu Novics Schlüssel, „ist noch besser. Es sind die Schlüssel zu Kampmanns Haus."

Vorsichtig legt er die Schlüssel vor Laumann auf den Tisch und genießt den Moment des Triumphes. Laumann sieht sich die Schlüssel an und hält sie übereinander. „Sie sind gleich", sagt er leise murmelnd vor sich her, als hätte es noch einer Bestätigung bedurft.

„Sag ich doch. Die beiden Turteltauben hatten ein gemeinsames Nest und jeder hatte noch Schlüssel zu der offiziellen Wohnung des anderen."

Laumann schweigt und überlegt. Sie kannten bisher nur die Wohnanschriften und haben sie durchsucht. Die Mordkommission hat bis jetzt keine Hinweise auf eine dritte, vielleicht gemeinsame Wohnung gehabt. Ob es sich um ein gemeinsames Nest handelte, wie Brandtner es nannte, interessiert Laumann nicht. Für ihn zählt nur die Möglichkeit, dort neue, entscheidende Anhaltspunkte finden zu können, die die Sache aufklären und zu Schramm führen.

„Scheiße, verdammt", rutscht es ihm heraus. „Und wir hatten keine Hinweise darauf. Das ist ... verdammt ... woher sollen wir das wissen? Gute Arbeit."

Brandtners Brust schwillt vor Stolz und fällt auch gleich wieder zusammen.

„Wo ist die Wohnung?", fragt Laumann und lacht innerlich über Brandtner, der sich auf diese doch wohl logische Frage offenbar nicht vorbereitet hat.

„Keine Ahnung. Woher soll ich das wissen? Ich hab nur die Schlüssel zusammengebracht."

„Peter, haben wir irgendetwas in den Konten gefunden? Irgendetwas wie Mietzahlungen oder einen Immobilienkauf?"

„Nein, aber ich habe die Unterlagen auch nur kurz durchgesehen. Ziemlich oberflächlich. Finanzermittlungen habe ich noch nicht veranlasst."

„Dann mach das. Aber schnell. Für Kampmann und Novic. Sie sollen sich beeilen, wir brauchen die Auskünfte gestern. Los. Nein, warte!" Müller bleibt stehen und dreht sich zu Laumann um.

„Weitet die Finanzermittlungen auch auf Schramm aus! Ich gehe zwar davon aus, dass Claudia mir so etwas erzählt hätte, aber schaden kann es nicht. Vielleicht hat er etwas hinter ihrem Rücken gemacht. Los!" Müller verschwindet.

„Und du, schnapp dir noch jemanden. Fahrt noch einmal die beiden Wohnungen an und sucht nach Hinweisen auf die dritte Wohnung. Macht es selbst, dann habt ihr direkt einen Abgleich beider Wohnungen."

Brandtner verlässt das Büro und lässt Laumann mit seinen Gedanken zurück. Kampmann und Novic kannten sich näher, hatten wahrscheinlich sogar eine gemeinsame Wohnung. Er schnappt sich seinen Mantel und geht den langen Büroflur entlang. Vor einer geöffneten Tür bleibt er stehen.

„Sarah, nimm deine Sachen und komm mit. Wir müssen noch einmal zu den Eltern."

Sarah Krafft, Hauptkommissarin, nimmt die Fahrzeugmappe vom Schreibtisch und streift sich ihren Anorak über. Sie fühlt sich unbehaglich in der Mordkommission und bereut den Schritt, sich freiwillig für den Bereitschaftsdienst gemeldet zu haben. Sie hat ein Problem mit Leichen, mit toten Körpern im Allgemeinen. Und nach der Geburt ihrer beiden Kinder wollte sie sich erst recht nicht mehr mit dem Tod auseinandersetzen.

Diesen Bereitschaftsdienst musste sie jedoch übernehmen. Zu lange hat sie sich erfolgreich vor diesem ungeliebten Dienst drücken können, bis die ersten bösen Blicke der anderen Kollegen sie dazu brachten, ihren Arm zu heben. Sekunden später hatte sie dies bereits bereut und hoffte, dass es lediglich bei einer Bereitschaft blieb. Es dauerte jedoch nicht lange, bis ihr Handy klingelte, ohne dass im Display eine Rufnummer angezeigt wurde. Da wusste sie, dass die Mordkommission einen Fall übertragen bekommen hatte und sie mindestens einen Toten zu sehen bekommen würde.

Nun fährt sie sich mit ihren dünnen Fingern durch die blonden Haare und sieht Laumann fragend an: „Haben wir etwas übersehen?"

„Vielleicht, ich erzähl es dir im Auto."

Laumann geht eilig weiter und Sarah Krafft versucht mit trippelnden Schritten an Laumann dranzubleiben. Er spürt wieder Hoffnung und dieses Mal versucht er nicht, diese Hoffnung zu unterdrücken. Er kommt näher. Die Puzzleteile scheinen bald vollständig und es ist nur eine Frage der Zeit, bis alle passen und das Bild erkennbar ist. Dann wird er sehen, ob er sich in Schramm getäuscht hat oder nicht.

◊

Der Mann am Schalter greift zu einem Prospekt, nimmt seinen Stift und kreuzt einige Fahrzeuge an.

„Im Moment habe ich nur noch zwei S-Klassen, einen Golf und einen X-5 zur Verfügung." Wild hämmert er auf die Tastatur und schaut kurz auf den Monitor.

„Wenn Sie noch fünf Minuten warten, kann ich Ihnen auch noch einen 3er anbieten."

Er entscheidet sich für den 3er, da er das Fahrzeug kennt und sich dann nicht großartig umstellen muss.

„Ich brauche ihn für zwei Tage. Kann ich das Fahrzeug am Flughafen Köln/Bonn abgeben?"

„Selbstverständlich. Möchten Sie die Kilometerpauschale anheben?"

„Nein, danke. Ich muss nicht viel fahren. Nur noch kurz bei den Eltern in Duisburg vorbei und anschließend in den Urlaub."

Der Mann lächelt ihn an.

Er sieht sich genötigt, ihm eine Geschichte zu erzählen, warum er ein Fahrzeug mieten muss.

„Gestern ist mein Wagen kaputtgegangen." Schramm ärgert sich, dass er ihm überhaupt etwas erzählt. Er macht es ihm zu einfach, dass er sich an ihn erinnert.

„Immer wenn man es nicht gebrauchen kann, oder?"

„Wem sagen Sie das?" Er setzt ein gequältes Lächeln auf. „Ist Barzahlung möglich?"

„Ja, sicher. Ich brauche nur einen Ausweis und schon kann ich den Leihvertrag fertig machen."

Kurz überlegt er, ob er einen der gefälschten Pässe nutzen soll, entscheidet sich aber dagegen. Vielleicht braucht er die Pässe noch, wenn eine Öffentlichkeitsfahndung ausgegeben ist. Jetzt kann er noch gefahrlos seinen Ausweis vorlegen. Wenn Laumann ihm näher kommt, kann er die Pässe noch immer einsetzen. Und bis Laumann merkt, dass er sich ein Fahrzeug gemietet hat, werden zwei oder drei Tage vergangen sein.

Der Mann gibt die Daten in den Computer, als sein Telefon klingelt. Das Fahrzeug ist fertig und kann ausgehändigt werden.

„Das Fahrzeug muss vollgetankt wieder abgegeben werden."

„Selbstverständlich", erwidert er. Er unterschreibt die Verträge und nimmt die Unterlagen entgegen. Gemütlich geht er zum Wagen, der im Innenhof steht. Seine Taschen verstaut er im Kofferraum und fährt vom Gelände des Autovermieters. Bei der nächsten Parkmöglichkeit hält er an und tippt sein Ziel in das Navigationsgerät. Er sucht einen Weg nach Gelsenkirchen ohne Nutzung der Autobahn. Über Essen-Schonnebeck und Gelsenkirchen-Rotthausen fährt er zum Festweg nach Gelsenkirchen-Ückendorf. In dem Gelsenkirchener Stadtteil stehen noch alte Bergarbeitersiedlungen, die in der Blütezeit des Bergbaus entstanden sind und nach und nach der Moderne weichen müssen. Er sieht das Haus, in dem Novic verschwunden ist. Den Wagen stellt er in gebührendem Abstand vor dem Haus ab und beobachtet für einen kurzen Moment die Umgebung. Er kann aber niemanden sehen, keinen Polizisten und keinen russisch aussehenden Menschen, und steigt aus.

Vorsichtig nähert er sich dem Hauseingang und verlangsamt seine Schritte. Als er sich unbeobachtet fühlt, schaut er sich die Klingelleiste und die Briefkästen an. Innerlich flucht er auf übelste Art und Weise. Keinen dieser Namen kennt er, keiner entspricht den Namen auf einem der Pässe. Mist! Er zieht den Schlüsselring aus seiner Hosentasche und probiert die Schlüssel aus. Keiner passt. Verdammt! Warum in Herrgottsnamen ist der Haustürschlüssel nicht dabei? Leise beschimpft er Novic. Vielleicht gab es nur zwei Haustürschlüssel, die Novic und Laura hatten? Wie kommt er ins Haus und wie findet er die Wohnung?

Langsam entfernt er sich von der Tür und schaut sich die Fenster an. Im Gegensatz zu den anderen Fenstern sehen die im ersten Geschoss links schmierig und lange nicht geputzt aus. Während in den anderen Fenstern ordentliche und weiße Gardinen hängen, gelegentlich auch Blumentöpfe zu sehen sind, weisen die schmierigen Fenster von Rauch vergilbte und etwas graustichig gewordene Gardinen auf.

„Passend zu Novic", denkt er sich und glaubt, dass es sich um die Wohnung handeln muss. Er steht in der Nähe des Hauseinganges, als eine alte Frau mit Rollator auf den Hauseingang zukommt. Sie sieht ihn, verlangsamt kurz ihren Schritt, runzelt die Stirn und ruft: „Sind Sie auch mal wieder da. Wurde auch Zeit, der Flur muss dringend geputzt werden." Die Begrüßung verwundert ihn eigentlich nicht. Nur die Tatsache, dass sie ihn kennt oder zu kennen glaubt. Da alte Leute häufig nichts Besseres zu tun haben, als anderen nachzuspionieren und am Fenster zu hocken, bieten sich ihm plötzlich neue Möglichkeiten, ins Haus zu gelangen.

„Guten Tag", entgegnet er daher freundlich und fügt gedanklich ein „Olle Zippe" hinterher. „Darf ich Ihnen helfen?"

„Sehe ich so gebrechlich aus, dass ich Ihre Hilfe benötige?"

„Nur wie die soeben aus dem Jungbrunnen entstiegene personifizierte Freundlichkeit", entgegnet er leise mit einem Lächeln.

„Was?", schreit die alte Dame und hält ihm ein Ohr entgegen.

„Ich dachte, ich bin einmal freundlich", sagt er etwas lauter mit einem Grinsen.

„So, so. Dann sagen Sie Ihrer Freundin doch einfach, dass sie die Freundlichkeit besitzen könnte, den Flur zu putzen. Und ständig dieser Krach."

„Flurputzen ist das geringste meiner Probleme", denkt er sich und lächelt die alte Dame nur an. Er geht einen Schritt zur Seite, hebt die Arme und macht den Weg frei.

„Ich dachte ja nur."

Nach einer gefühlten Ewigkeit hat sie den Schlüssel endlich in das Schlüsselloch gebracht und grinst ihn hämisch an.

„Ja, Sie sollten mal an die alten Leute denken und nicht so früh in der Wohnung rumpoltern."

Umständlich geht er um sie herum und hält ihr die Tür auf. Sie hebt nicht weniger umständlich ihren Rollator die eine Stufe hoch und schlägt ihm leicht auf die Finger, als er ihr helfen will.

„Nicht. Nicht. Nicht. Wollen Sie, dass ich falle?"

Keine schlechte Idee, würde aber seine Situation verschlechtern. So geht er langsam hinter ihr den ersten Treppenabsatz hoch und wartet, welche Wohnung sie aufschließen wird. Sie will in die linke Erdgeschosswohnung, was seine Annahme bestätigt, dass er mit der linken Wohnung im ersten Stock richtig gelegen hat.

„Ich wünsche Ihnen noch einen schönen Tag", und wendet sich der Treppe zur.

„Wenn Sie den Flur putzen, ist der Tag gleich viel schöner", keift sie zurück und hat ihr Gehör anscheinend wieder gefunden. Er geht die wenigen Stufen nach unten zurück zum Eingangsbereich und schaut sich die Briefkästen ein. Mit dem kleinsten der drei Schlüssel öffnet er den einzigen Briefkasten, aus dem die Post offenbar schon länger nicht geleert wurde und auf dem der Name „Gruber" steht. Statt irgendwelchen Briefen enthält er aber nur Werbung, die er nach oben in den ersten Stock mitnimmt.

Dort nimmt er einen der beiden größeren Schlüssel, die scheinbar gleich sind, zwischen die Finger. Als er den Schlüssel ins Schloss stecken will, öffnet sich langsam die Tür. Erschrocken bleibt er stehen, die Tür schwingt nur ein kleines Stück auf und verharrt dann geräuschlos. Kein Ton ist aus der Wohnung zu vernehmen. Er dreht sich zum Hausflur, niemand ist zu sehen. An der gegenüberliegenden Tür sieht er keinen Türspion und kann somit auch nicht beobachtet werden. Mit seiner Waffe in der Hand schiebt er die Tür leise und vorsichtig auf. Schnell geht er in die Wohnung und schließt leise die Etagentür. Schramm steht in einem lang gezogenen Flur mit einem alten roten Läufer. Er sieht vier Türen, zwei auf der linken und eine auf der rechten Flurseite, diese drei Türen stehen offen. Die Tür am Ende des Flurs ist geschlossen. Leise geht er den Flur entlang bis zur ersten Tür auf der linken Seite.

Totenstille beherrscht die Wohnung, nicht einmal das Ticken einer Uhr ist zu hören. Mit dem Rücken zur Wand steht er neben dem Türeingang und hebt seine Waffe in die Höhe. Sein Herz rast und dumpf pochend wird sein Blut durch den Körper gepumpt. Mit einem beherzten Schritt stellt er sich in den Türeingang, die Waffe im Anschlag, und sucht den Raum ab. Im Raum ist niemand zu sehen. Auf der einen Seite steht lediglich ein altes schmales Bett, an der Wand gegenüber zwei alte klapprige Schränke. Unter dem Fenster steht ein Tisch, der als Arbeitstisch gedient hat. Der Computer ist ausgeschaltet. Papiere sind auf dem Tisch verteilt.

Mit gezogener Waffe steht er wieder in der Diele. Er braucht eine Sekunde zum Durchschnaufen und um sich zu konzentrieren. Nur eine Sekunde. Diese eine Sekunde wird die Situation nicht ändern, kann aber sein Leben beenden.

„Höre die Stille, sieh um dich, werde eins mit der Umgebung", fällt ihm ein. Und riecht den abgestandenen Hauch des Todes. Dieser typische Geruch verbrauchter, kalter Luft, nicht den schweren und intensiven Leichengeruch, der nach einigen Tagen zu vernehmen ist. Er ist der Geruch des gerade Verstorbenen, der unverkennbar im Raum schwebt. Seine Nackenhaare stellen sich auf, bitte nicht noch einen Toten. Langsam geht er zu den anderen Türen.

Mit dem Rücken zur linken Dielenwand kann er den einzigen Raum sehen, der auf der rechten Seite liegt. Die Küche ist einfach und nicht auf dem aktuellen Stand der Technik. Einfache Herdplatten und eine Spüle mit einer Armatur, die den sechziger Jahren des letzten Jahrhunderts entsprungen ist. Die üblichen Schränke, ein kleiner Tisch mit vier Stühlen. Niemand zu sehen. Beherzt gleitet er zur gegenüberliegenden Wand, richtet seine Waffe auf das andere Zimmer, das wohl eine Art Wohnzimmer darstellen soll. Eine Dreier-Couch aus braunem Stoff, zwei Sessel, ein Kacheltisch und in der Ecke Fernseher und Schrank.

Im Sessel sitzt ein Mann, der ihn mit weiten Augen anstarrt. Das Gesicht ist aschfahl und der Mann zeigt keine Regung, als er mit der Waffe im Anschlag im Türrahmen steht. Sein Hemd ist blutverschmiert und die dunklen, fast schwarzen Flecken machen jede Vermutung überflüssig. Wieder ein Toter, wieder erschossen und wieder einmal Fragen.

Er tritt einen Schritt zurück und öffnet die geschlossene Tür, die zum Badezimmer führt. Niemand ist in der Wohnung, bis auf ihn und den Toten. Er hat genug von Leichen, von Schusswaffen und dem Gefühl der Ohnmacht. Körperlich ausgelaugt, setzt er sich auf die Couch und vergräbt das Gesicht in seine Hände. Für einen kurzen Moment versucht er vergeblich, nicht zu denken, die Toten zu vergessen und alles hinter sich zu lassen. Voller Sehnsucht sieht er einem Ende entgegen und ertappt sich dabei, einfach aufzugeben, sich fallen zu lassen und Laumann zu ergeben. Was kann er noch erreichen oder was will er erreichen? Was für einen Sinn soll er hier sehen?

Zuerst sollte er sich um den Toten kümmern und feststellen, wer dieser Mann war. Auch wenn er vermutet, dass er dem vierten Mann gegenübersteht, braucht er Gewissheit. Aber zuerst geht er in die Küche, trinkt einen Schluck Wasser und lässt sich dann Wasser über seine Haare laufen. Seine Beine fühlen sich schwer an, versagen ihren Dienst, und doch muss er weiter, muss die Lösung suchen, die Wahrheit, wie auch immer sie aussieht.

Er kniet neben der Leiche und sieht nach, ob er etwas in den Taschen des Toten findet. Da er weder eine Geldbörse noch einen Ausweis entdeckt, muss er woanders suchen. Die Küche ist leer und so geht er zurück zum Schlafzimmer. Im Schrank findet er eine Lederjacke mit einer Geldbörse, in der ein Schweizer Ausweis steckt. Der Name „Bägli" ist ihm völlig unbekannt. In einem der Schränke steht eine kleine Reisetasche und dort findet er noch einen österreichischen Pass mit dem Bild des Toten. Er ist ausgestellt auf den Namen „Gruber", der ja auch auf dem Briefkasten stand. Der Pass ist vermutlich gefälscht, was er aber nicht mit Sicherheit erkennen kann. Vielleicht ist auch der Schweizer Ausweis gefälscht, er weiß es einfach nicht.

Auf dem Schreibtisch erkennt er nichts, was ihn einer Lösung näherbringt. Nur einige Zettel mit handschriftlichen Notizen. Keine Namen, Adressen oder Bankverbindungen. Novic hat sich wohl an seine Anweisung gehalten und alles verschwinden lassen. Er hat nur noch einige Werbeprospekte und die wöchentliche Stadtteilzeitung übrig gelassen, aber keinen Hinweis auf ihre gemeinsamen Pläne. Den Computer beachtet er nicht weiter, da er davon ausgeht, dass Novic hier ebenfalls gründlich gearbeitet und alles vernichtet hat. Was ihm bleibt, ist der Tote, die vierte Person. Musste der Mann fliehen? Wollte er nur wissen, warum sie sich nicht gemeldet hatten? Hatte er Angst um seinen Anteil? Und wer wusste davon, dass er sich hier aufhält? Anatol?

Wer sonst sollte ihn töten lassen, wenn nicht er? Das bringt ihn jedoch auf einen Gedanken, der ihn wieder in Angst und Schrecken versetzt. Wenn Anatol die vierte Person gefunden hat, gibt es für ein Treffen mit ihm keinen Grund mehr. Außer dem, dass nun eben er mit Sterben an der Reihe ist. Er wird nicht den Fehler machen, ihm unter die Augen zu treten. Er wird verschwinden, mit Claudia. Und dem Geld, dass er nur online auf sein Konto, für das er den falschen Pass hat, überweisen lassen muss.

Es wird schwierig werden, Claudia von der Flucht zu überzeugen, möglicherweise sogar unmöglich. Was macht er dann? Setzt er sich alleine ab? Unmöglich. Ohne Claudia geht er nirgendwo hin. Niemals, für kein Geld der Welt.

Schramm sitzt auf dem Stuhl vor dem Computer und überlegt sich sein weiteres Vorgehen.

Seine Waffe liegt auf dem Schreibtisch und ein leiser Fluch kommt über seine Lippen. Für eine Flucht braucht er die Waffe nicht und kann sie auch nicht mitnehmen. Anatol wird er aus dem Weg gehen müssen. Dann kann er sie auch hier liegen lassen und darauf warten, dass Laumann sie irgendwann findet. Er weiß dann, dass er nicht bewaffnet ist und sich niemand Sorgen machen muss, wenn er doch von Kollegen gestellt wird.

Keine Toten mehr, Kommissar Laumann, versprochen!, denkt er sich.

Das Handy von Anatol klingelt und vor Schreck wirft er einige Prospekte vom Schreibtisch. Umständlich wühlt er in seinen Taschen nach dem Handy. Sein Daumen schwebt über der roten Taste und er steht kurz davor, dass Gespräch nicht anzunehmen. Er überlegt schnell, was Anatol von ihm will – und vielleicht, aber nur vielleicht, durchschaut er seinen Plan. Zu seiner Überraschung wird auf dem Display eine Nummer angezeigt, also drückt er die grüne Taste und nimmt das Gespräch an.

Stille. Schweigen. ER will das Gespräch nicht beginnen und hört das leise Atmen des Anrufers. Auch der scheint zu warten. Die Ruhe wird unerträglich, die Zeit verläuft zähfließend und nach einer schier unendlichen Zeit kann er nicht mehr an sich halten.

„Ja?"

„Mein lieber Kommissar, schön, dass du mit mir sprechen willst", haucht ihm Anatols russischer Akzent entgegen. „Ich war mir nicht sicher, ob wir beide noch einmal miteinander reden." Er atmet leise in den Hörer, im Hintergrund hört er Schrittgeräusche.

„Hast du mir mein Geschenk mitgebracht, Kommissar?"

„Du willst das Geschenk haben?", fragt er ihn und wartet gespannt auf die Antwort am anderen Ende der Leitung. Wird Anatol versuchen, ihn in die Falle zu locken? Ist er der Nächste auf seiner Abschussliste?

„Eigentlich brauche ich keine Geschenke mehr. Ich habe alle meine Pakete ausgepackt, keine Überraschungen mehr."

„Dann brauchst du mein Geschenk also nicht mehr, oder sollte ich mich irren?"

Er scheint einen Moment zu überlegen, an seinem tiefen Seufzer glaubt er zu erkennen, dass Anatol die ganze Geschichte Spaß macht und nicht eine einzige Sekunde seinen Schlaf rauben wird.

„Stimmt", antwortet er nur.

„Was soll dann die ganze Scheiße hier? Sag es mir."

Ein lang gezogenes „Aaah" entweicht seiner widerlichen Kehle, die Schramm jetzt zu gerne zudrücken würde.

„Du bist in Gelsenkirchen, nicht wahr?"

„Ja", krächzt er und ist wütend darüber, dass er ihm zeigt, wie emotional mitgenommen er ist. „Ja, ich bin hier."

„Nikolas war wieder einmal böse."

„Lass den Mist, er handelt nur auf deine Anweisung."

Anatol lacht in den Hörer und genießt den Augenblick seines Triumphes.

Um ihn herum beginnt sich alles zu drehen. Er setzt sich auf den nächstbesten Stuhl und wartet einfach auf die Fortsetzung des Dramas. Er kann sich beim besten Willen nicht mehr vorstellen, wie er alles zu einem guten Ende führen kann. Anatol lacht noch immer in den Hörer, wenn auch nicht mehr so laut – und es klingt auch nicht mehr ehrlich.

„Im Gegensatz zu dir habe ich mein Ziel erreicht. Es war einfach eine glückliche Fügung, dass ich nicht mehr auf deine Geschenke angewiesen bin. Ich habe alles in Ordnung gebracht und nichts und niemand kann mir ans Bein pissen. Nicht einmal du, mein lieber Kommissar."

„Wir werden sehen ... und ich werde ..."

„Nichts wirst du", und lacht erneut. „Du machst mir Spaß. Endlich jemand, der genug Eier in der Hose hat und mir die Stirn bietet. Der nicht vor mir kriecht wie ein Insekt. Großartig. Einfach großartig. Ich könnte dich gebrauchen, hast du Interesse?"

Ihm bleibt die Spucke weg. Er bietet ihm einen Job an, er kann es nicht glauben. Das Blut schießt ihm in den Kopf und eine unbändige Wut macht sich in seinem Körper breit.

„Aber ich muss wohl davon ausgehen, dass du kein Interesse hast, oder? Das macht nichts. Aber wie ich schon sagte. Dein Geschenk ist nicht mehr notwendig, alle Spuren sind verwischt und ich habe keine Lust, einen Bullen abzuknallen und mir die gesamte Polizei zum Feind zu machen. Ich weiß ja, was dich interessiert."

„Und was soll das sein?", fragt er leicht unsicher und ist gespannt, was dieses Mal auf ihn zukommt.

„Du bist Polizist. Du bist neugierig und willst immer die Wahrheit wissen, ja?"

Anatol schweigt wieder unendlich lange und wartet auf eine Reaktion, die er nicht zu zeigen bereit ist.

„Ja, die Wahrheit. Das ist so eine Sache. Wer sie nicht kennt, sucht sie, und wer sie gefunden hat, will sie wieder vergessen."

„Warum hast du sie getötet?", ist die einzige Frage, die Schramm jetzt einfällt.

„Ich kann mir in meinem Job keine Fehler leisten. Meine Geschäftspartner fallen wie Hyänen über mich her, wenn ich mich von solchen Kleinganoven erpressen lasse. Aber ihr wart nicht schlecht, vielmehr: du warst nicht schlecht. Scheiß auf das Geld. Ich habe genug Geld und Macht und du hast mir einen sehr, sehr großen Dienst erwiesen. Und weißt du welchen?"

„Nein", antwortet er wahrheitsgemäß.

„Ich war träge und nachlässig. Viel zu viel Routine, die Verantwortung abgegeben, ohne die Arbeit zu überwachen, alles selbstverständlich und dann ... dann schleichen sich Fehler ein. Und du hast mir dieses Geschenk gemacht, mich wachgeküsst mit deinem ersten Anruf. Ich konnte es gar nicht glauben, was du mir da abverlangt hast. Mit deiner triefenden Arroganz, zielstrebig und eiskalt berechnend. Du hast mir nicht viele Möglichkeiten gelassen, aber der Preis war in Ordnung. Betrachte es als deinen Lohn für den geleisteten Gefallen um meine Nachlässigkeit."

„Warum hast du sie getötet?"

„Ich habe gar nichts gemacht. Ich ..."

„Hör endlich auf damit, du hast den Auftrag gegeben und ich will wissen, warum!", schreit er in den Hörer. Anatol antwortet nicht sofort, lässt wieder einige Sekunden verstreichen.

„Ich habe dir bereits erzählt, dass Novic eine Plaudertasche war und den falschen Leuten etwas erzählt hat, dummer Junge. Das konnte ich nicht durchgehen lassen. Dieser Idiot, warum ist er nicht einfach von der Bildfläche verschwunden? Und Bägli ..." Er lässt eine Pause folgen. Bägli, der Name auf dem Ausweis.

„Ich gehe davon aus, dass er vor dir sitzt und nicht mehr atmet. Ich kann nicht zulassen, dass mir ein kleiner Banker noch einmal solchen Ärger macht. So dient er mir noch zur Abschreckung, falls noch so einer auf miese Gedanken kommt."

Bägli. Er hat die Bankdaten besorgt und die ganze Sache eingefädelt. Er hat die Handy-Nummer von Anatol besorgt und den Kontakt zu Laura Kampmann gehabt, die sich an ihn wandte. Laura.

„Was ist mit Laura Kampmann? Was ist mit ihr passiert?"

„Das hast du mich schon einmal gefragt. Kannst du dich denn immer noch nicht daran erinnern?", fragt er mit einem amüsierten Unterton.

„Doch, und das wir reden können, wenn ich mich erinnere."

„Und jetzt willst du von mir die Wahrheit hören? Ohne Erinnerung? Ohne Gegenleistung? Bist du bereit für die Wahrheit?"

Schramm ist sich nicht sicher, was er antworten soll, aber er muss die Wahrheit erfahren, wenn er seinen Frieden finden will. Er will Laumann die Ergebnisse präsentieren – und wenn er dann strafrechtlich für die Erpressung zur Verantwortung gezogen wird, dann ist das auch in Ordnung. Aber er kann mit der Unwissenheit nicht leben.

Er will wieder in den Spiegel sehen können, wenn das überhaupt noch möglich ist. Vielleicht erhält er auch die Antwort, warum er sich Laura Kampmann angeschlossen hat.

„Ich bin bereit."

„Dann müssen wir uns treffen. Ich will dir etwas zeigen."

Er will ihn treffen, er ist der Nächste auf der Liste, schießt es ihm durch den Kopf.

„Und ich soll dir glauben? Ist das tatsächlich dein Ernst?"

Als Anatol nicht antwortet, redet er einfach weiter. „Ich glaube, dass ich der Nächste auf deiner Liste bin. Erwartest du wirklich, dass ich dir glaube?"

„Ist mir egal. Wir treffen uns und du kriegst Antworten. Wir treffen uns nicht und du kriegst keine Antworten. Vielleicht kommt deine Erinnerung ja wieder, vielleicht auch nicht. Meine Gründe habe ich dir genannt, es liegt nur an dir. Die eine oder andere Geschichte wird man dir nicht anhängen können, aber für andere bist du verantwortlich. Deine Entscheidung. Keine Sicherheiten – nur mein Wort."

Er schnaubt verächtlich in den Hörer. Aber er hat ihn in der Falle. Und Anatol weiß es. Er kann nicht warten, ob die Erinnerungen wieder zurückkommen, er braucht die Antworten. Für Claudia. Für sich. Für Laumann und die Toten.

„Aber ich habe mir schon gedacht, dass du es dir überlegen musst und deswegen meine Rufnummer übermittelt. Ich mache dir folgenden Vorschlag, den du dir in Ruhe überlegen solltest: Meine Handy-Nummer besteht noch exakt 24 Stunden. Danach werde ich für dich nicht mehr erreichbar sein, auch nicht unter dieser Nummer. Ich werde dann meine Cocktails genießen und in der Zeitung lesen, wie sie dich auseinandernehmen. Und niemand wird Anatol Parujew verfolgen oder anklagen."

„Das glaubst du doch selbst nicht."

„Anatol Parujew ist 1971 im Alter von drei Jahren verstorben. Und jetzt hast du 24 Stunden Zeit. Bis dann."

Das Gespräch ist unterbrochen. Weg. Ungläubig starrt er auf das Handy und wartet darauf, dass es noch einmal klingelt. Doch nichts passiert. Wer ist der Kerl, den er treffen muss?

Kein Weg führt daran vorbei, er muss ihn treffen! Seine Gedanken kreisen um Sicherheiten. Es muss eine Möglichkeit geben, dass er sich mit Anatol treffen kann und dieses Treffen auch überlebt. Er kann sich schlecht konzentrieren und immer wieder stellt er sich die Frage, ob er ihm vertrauen kann.

Die Wohnung sollte er schnellstens verlassen, aber wohin kann er gehen? Ihm bleibt nur ein kleines, unauffälliges Hotel in der Nähe. Nicht in der Nähe von Laumann und auch nicht in einem Bereich, wo er erkannt werden kann. Recklinghausen erscheint ihm ein sinnvolles Ziel, weit genug entfernt und doch in der Nähe. Er muss weg und zwar sehr schnell.

Schramm steckt sich seine Waffe, die er nun doch gebrauchen kann, wieder in das Holster und verlässt die Wohnung. Die Waffe gibt ihm ein wenig Sicherheit.

Geräuschlos zieht er die Wohnungstür zu und geht die Treppen hinunter. Hinter der Tür der Alten hört er ein Geräusch. Die Alte wartet nur darauf, dass er die Wohnung verlässt, um ihn wieder auf den dreckigen Hausflur hinzuweisen. Wie er die Haustür schließt, reißt sie ihre Wohnungstür auf und ruft ihm etwas hinterher.

Ohne Antwort tritt er auf den Gehweg und steigt in den Wagen.

◊

Anatol wirft das Handy auf den kleinen Beistelltisch und genießt den Martini in seiner Hand. Er liebt Martini und fühlt sich James Bond so nahe, so unsterblich und überlegen. Nikolas stellt einen frischen Aschenbecher auf den Tisch und schaut seinen Chef fragend an, der den Wunsch in Nikolas Augen ablesen kann.

„Darf ich jetzt?"

Anatol sieht ihn an wie einen kleinen Jungen, der die Welt um sich herum noch nicht versteht. Er tätschelt ihm den Arm und lächelt.

„Nikolas. Wie lange kennen wir uns schon?", fragt er ihn.

Nikolas erkennt die Zurechtweisung bereits im Ansatz und schämt sich für seine Frage. Sie zeigt, dass er die Pläne seines Chefs mal wieder nicht verstanden hat.

„Über dreißig Jahre", antwortet er daher. „Sie sind wie ein Vater für mich, ein Vater, den ich nie hatte." Er spürt, wie seine Hand wieder getätschelt wird.

„Und du bist für mich wie der Sohn, den ich nie hatte."

Nikolas, der sonst wenig Regungen zeigt, lächelt verlegen. Seine Dankbarkeit und Loyalität gegenüber Anatol ist unbegrenzt. Nie wird er vergessen, wie er den kleinen Nikolas, diesen verwahrlosten, verdreckten, kleinen Nikolas von der Straße holte, als dessen Eltern den von Gorbatschow eingeleiteten Umwälzungen in der Sowjetunion Tribut zollen mussten und alles verloren: Wohnung, Arbeit, Ansehen und ein Lebensziel. Als dessen Vater zum ständigen Trunkenbold wurde und seine Aggressionen gegen Nikolas' Mutter und ihn selbst richtete, lief er von zu Hause fort und lebte fortan auf der Straße. Hier machte er Bekanntschaft mit Drogen und Alkohol – und verkaufte seinen kleinen zarten Körper an schmuddelige alte Männer. Gelegentlich stahl er Kleidung oder Nahrung, um nicht elendig im Dreck und in der Kälte zu verrotten.

Zu dieser Zeit legte Anatol die ersten Grundsteine seiner Karriere. Er erkannte die Möglichkeiten der Umwälzungen und setzte zielstrebig und kompromisslos auf seine Fähigkeiten und Kontakte aus seiner KGB-Zeit. Und über diese Kontakte schuf er sich eine neue Identität, die zu seinem Leben wurde. Manchmal brauchte er einige Sekunden, um sich seinen wahren Namen in Erinnerung zu rufen.

Der kleine Nikolas lief ihm zufällig über den Weg und er war fasziniert von dem kleinen Jungen, der geschickt versuchte, ihm seine Geldbörse aus der Gesäßtasche zu stehlen. Es war jedoch nur ein Versuch – und statt weinerlich um Verzeihung zu bitten, trat ihm der kleine Junge furchtlos entgegen.

Er ohrfeigte den Jungen, der nicht weinte oder um Gnade winselte. Die Wange des kleinen Jungen zeigte unverzüglich eine starke rote Färbung auf. Der kleine Junge verschränkte seine Hände in die Seiten seines zierlichen Körpers und versprach Anatol, diesen zu verprügeln, wenn er größer ist. Er war augenblicklich fasziniert von dem kleinen Jungen und spürte, wie väterliche Gefühle in ihm aufstiegen. Anatol nahm den Jungen auf und zeigte ihm eine nie gekannte Welt, ohne Hunger, ohne Durst, ohne Sex und Drogen. Schickte ihn auf Privatschulen und träumte davon, diesen kleinen Jungen zu seinem Nachfolger zu machen.

Vielleicht würde der Kleine irgendwann seine Geschäfte übernehmen können. Sein Lebenswerk. Nebenbei unterrichtete er den Jungen und zeigte ihm die Welt der organisierten Kriminalität. Nikolas schmeckte den süßlichen Duft des Geldes, hatte Gefallen an der Macht gefunden und schnell zeigte er, welche Fähigkeiten in ihm steckten.

„Und noch immer hast du das Geschäft nicht verstanden." Anatol bemerkte früh, dass Nikolas ein Rudeltier war, nicht der Leitwolf. Niemals würde Nikolas, der seine Schulen nie überragend oder gut abschloss, in seine Fußstapfen treten können. Nikolas war der geborene Handwerker, nicht der Meister.

„Du löst die großen Probleme nicht mit der Waffe, nur die kleinen. Für die großen Probleme brauchst du eine große Lösung, eine elegante Lösung."

„Ich verstehe nicht, warum ich den verdammten Bullen ..."

„Ich weiß. Aber du solltest wissen, dass ich immer einen Plan habe, immer vorbereitet bin."

Nikolas Augen zeigen einen Anflug von Traurigkeit. Er hat nicht mit einer Zurechtweisung gerechnet und ist innerlich ein wenig betrübt, nicht in alle Einzelheiten eingewiesen zu sein. Zumindest ist er klug genug, seinen Platz zu erkennen und zu wissen, dass er Anatol niemals würde das Wasser reichen können.

Trotzdem hat er geglaubt, dass Anatol ein besonderes Vertrauen zu ihm und er tiefe Einblicke in das Geschäft hat. Nun erkennt er, wieder einmal, dass er die geschäftlichen Gepflogenheiten noch immer nicht gänzlich verinnerlicht hat.

Anatol überrascht ihn immer wieder mit seinen unglaublichen Verbindungen und Kontakten, die sich seiner Vorstellungskraft entziehen.

„Mach dir nichts draus. Ich überlege, ob ich dich aus Deutschland abziehe. Es wird gefährlich für dich, das Geschäft und damit auch für mich. Sie haben Fotos von dir und werden dich suchen, vielleicht sehen wir dein Bild bald in den Zeitungen. Also muss erst Gras über die Sache wachsen, vielleicht kannst du nie mehr mit mir nach Deutschland reisen. Du solltest mit Mischa für einige Wochen nach Hause fliegen."

„Ich kann Sie doch nicht alleine hier lassen. Jemand muss doch aufpassen ..." Ein kläglicher Versuch, wie er sich eingestehen muss. Eine unsichtbare Armee befindet sich jederzeit in unmittelbarer Nähe, keine Ecke bleibt unbeobachtet. Anatol Parujew wird bewacht wie der amerikanische Präsident – und bei beiden dürfte es schwierig werden, in ihre direkte Nähe zu gelangen.

„Ich bin nicht alleine und ich bin in Sicherheit. Nichts wird passieren. Du hast wie immer hervorragende Dienste geleistet."

„Ich würde für Sie sterben, jederzeit."

Nikolas überlegt einen kurzen Moment, ob er noch etwas anderes sagen soll, entscheidet sich aber dagegen. Es ist nicht gut, seinem Chef zu widersprechen, er hat sich zu fügen. Für den Bruchteil einer Sekunde hat Nikolas den Gedanken, dass er seinen Boss nicht mehr wiedersieht und sein Ende nun gekommen ist.

Mit der Überwachungskamera, die er in diesem Café übersehen hat, ist er zu einem Risiko geworden. Er hat einen schweren Fehler gemacht, musste aber auch improvisieren. Der Bulle sollte anwesend sein, sollte der Hinrichtung beiwohnen und er sollte ihm das Handy übergeben. Die Gelegenheit schien günstig. Nur die verdammte Kamera war ein nicht zu entschuldigender Fehler, den er zutiefst bereut. Dass dabei ein unschuldiger Mensch zu Tode kam, interessiert ihn nicht. Ihn interessiert nur, dass er Anatol enttäuscht hat.

Anatol sieht diesen Gedanken in seinen Augen und lächelt ihm noch einmal zu.

„Nichts wird dir passieren, denn du bist für mich ein wichtiger Vertrauter. Der einzige, den ich habe. Ich brauche dich."

„Dann bleibe ich bei Ihnen."

Nikolas verbeugt sich leicht vor ihm, dreht sich um und geht langsam zum Ausgang der Lounge. Anatol ist beeindruckt von der Loyalität dieses Menschen, selbst nach all den Jahren und Jahrzehnten. Seit dem zehnten Lebensjahr nutzt Nikolas nur die Anrede „Sie" als Ausdruck seines Respekts. Ein einziges Mal hat er ihm das Du angeboten, das Nikolas jedoch heftig verweigerte und niemals nutzte.

„Nikolas?", ruft er ihm hinterher.

Nikolas bleibt einen Moment stehen und geht zurück.

„Hat Dimitri, dieser kleine Bastard, Kenntnis von der Situation?"

Dimitri Sarov, Leiter der nordamerikanischen Sektion, war schon immer scharf auf seinen Stuhl und hat daraus niemals einen Hehl gemacht.

„Es gibt nur Gerüchte, aber Dimitri ist wachsam. Wir dürfen ihn nicht vergessen. Er hat seine Spione, wahrscheinlich auch bei uns."

„Wen?"

„Ich bin mir nicht sicher."

„Behalte die Sache im Auge. Wir dürfen uns keine Fehler leisten. Mach aber nichts auf eigene Faust, okay?"

„Ich habe verstanden", sagt Nikolas und verlässt wortlos die Lounge des Luxushotels in Berlin.

Die Bedienung kommt vorbei und Anatol bestellt einen zweiten Martini, den er sich seiner Meinung nach redlich verdient hat. Er grinst noch immer, als die Bedienung den Martini auf den Tisch stellt und wieder verschwindet.

Sein Plan wäre beinahe perfekt aufgegangen, wenn dieser verdammte Novic nicht dazwischengefunkt und er den Banker nur ein oder zwei Tage früher erkannt hätte. Lausige zwei Tage und trotzdem lächelt er. Vielleicht war nicht alles so perfekt, wie gewünscht. Doch er hat rechtzeitig Vorkehrungen getroffen, die ihm jetzt den Erfolg sichern würden.

Das Ergebnis wird ihn befriedigen und niemand wird ihm etwas anhängen können. Im Laufe der Jahre ist er einfach zu groß geworden, zu mächtig. Unantastbar durch die Kontakte in allerhöchste Kreise. Und was viel wichtiger als alle Kontakte ist: Er besitzt Informationen über die allerhöchsten Kreise, die schwerste Krisen auslösen und zum Sturz von Regierungen führen können.

Anatol ärgert sich nur darüber, dass ein kleiner Banker an eine Nummer gekommen ist, die direkt zu ihm führte und er keine Ahnung hatte, wie dieser Fehler eintreten konnte. Gibt es weitere Fehler, die er noch nicht erkannt hat?

Er greift in seine Jackentasche und wählt auf dem Handy eine Nummer. Als abgehoben wird, gibt er eine kurze Anweisung. Die Weichen sind gestellt und er braucht nur noch auf den Anruf von Schramm zu warten.

◊

Laumann sitzt unruhig auf dem Beifahrersitz, Sarah Krafft steuert das Fahrzeug unter Missachtung jeglicher Geschwindigkeitsbegrenzung durch die Straßen. Er drückt permanent die Wahlwiederholungstaste auf seinem Handy und flucht. Müller telefoniert und das Besetztzeichen zerrt an seinen Nerven, er wird stocksauer. Kurz darauf erhält er ein Freizeichen und Müller meldet sich.

„Hast du irgendetwas in Richtung Gelsenkirchen?", bellt er in den Hörer.

„Äh, nein. Nur der Kollege, der mit Schramm telefoniert hat."

„Novics Eltern haben irgendetwas mit Gelsenkirchen in Erinnerung. Er hat da mal was erwähnt, vielleicht wohnt die Freundin da.

Die Eltern sind sich nicht sicher, aber immerhin. Bei den Kampmanns natürlich wieder Fehlanzeige."

„Gelsenkirchen, ich weiß nicht. Wann kommt ihr zurück?"

„Was war in Gelsenkirchen? Los jetzt", Laumann kommt in Fahrt und ignoriert die Frage.

Müller beginnt zu schwitzen und klappert auf der Tastatur seines Computers. Er findet nichts und die Schweißflecken unter seinen Armen vergrößern sich.

„Okay, ich gehe die Unterlagen noch einmal durch."

„Wir sind in wenigen Minuten zurück." Laumann hängt auf.

Müller reibt sich die Augen und überlegt. Gelsenkirchen ist ihm in Erinnerung und trotzdem kann er den Gedanken nicht fassen. Schramm hat mit einem Kollegen aus Gelsenkirchen telefoniert, den Müller aber aus seinen Überlegungen nimmt, zu abwegig. Langsam gleitet sein Blick über die Akten und die unzähligen Notizzettel auf seinem Schreibtisch. Er steht auf und greift sich einen der Ordner aus dem Regal. Er blättert die Seiten durch, die Hinweise zu Novic und seinem Tod enthalten. Nichts.

Müller stellt den Ordner wieder ins Regal und greift sich den nächsten mit Unterlagen zu Laura Kampmann. Er blättert auch diese durch, die Fotos und Auflistungen der Asservate, kann aber auch hier keinen Hinweis finden, der sich auf Gelsenkirchen bezieht. Das ungute Gefühl, etwas übersehen zu haben, lässt sich seine Nackenhaare aufstellen. Aus einem der Ablagefächer greift sich Müller die Ergebnisse der Finanzermittlungen, die die Kollegen so schnell hatten einholen können.

Die Auflistung zu Novic ist sehr dünn und übersichtlich. Nur ein Konto, keine weiteren geschäftlichen Beziehungen zu Banken oder Versicherungen. Keine Schließfächer und keine Vollmachten zu weiteren Konten. Novic scheint für Finanzermittler ein unbeschriebenes Blatt zu sein. Kampmanns Akte ist wesentlich dicker. Er blättert die Seiten durch und findet verschiedene Konten, die auf den Namen von Laura Kampmann laufen oder liefen. Die Konten sind alle bei Banken in der Umgebung des Wohnortes, eine Onlinebank. Sie besitzt auch Vollmachten zu den Konten ihrer Eltern, verschiedene Aktiendepots und Versicherungen.

Müller entdeckt ein Konto bei der Sparkasse Gelsenkirchen, das aber bereits aufgelöst ist. Das Konto bestand nur wenige Monate, wies nur einige Gehaltseingänge auf und wenige Buchungen. In der Regel haben Menschen ihr Konto in der Stadt, in der sie wohnen. Müller stutzt. Er blättert in den Fallakten zu Laura Kampmann, schaut sich die Auflistung mit dem Werdegang von Laura Kampmann an und stolpert über ihren Lebenslauf.

„Das ist es!", schreit er hinaus und die beiden Angestellten, die zufällig an seinem Büro vorbeikommen, blicken ihn verwundert an. Müller ruft die Meldedatei für Laura Kampmann auf. Sie war vor zwei Jahren in der Virchowstraße in Gelsenkirchen gemeldet, nur wenige Monate. Und mit ihrem Wegzug endet auch die geschäftliche Beziehung zur Sparkasse Gelsenkirchen. Das Adrenalin schießt in sein Blut.

Über die Adressauskunft erkennt er, dass die Bewohner in der Virchowstraße seit mehreren Jahren dort gemeldet sind. Nach dem Auszug von Laura Kampmann zog dort ein junges Ehepaar ein, das noch immer in der Wohnung wohnt. Er überprüft alle erwachsenen Bewohner über die polizeilichen Recherche-Systeme. Die Namen tauchen in keinem Verfahren auf. Er ruft eine Datei mit den Verbindungsdaten auf, die sie bei den Telefonbetreibern für die Handys der Ermordeten angefordert haben. Hier findet er eine Gelsenkirchener Festnetznummer, die Laura Kampmann im September letzten Jahres vom Handy aus angerufen hat.

Im System für die polizeiliche elektronische Vorgangsbearbeitung fragt er landesweit die Festnetznummer ab. Vielleicht wurde diese ja einmal aufgenommen und ins System eingespeist. Ein Geschädigter oder ein Zeuge, der die Nummer bei der Polizei eingegeben hat, egal, vielleicht ist etwas zu finden. Enttäuscht stellt er fest, dass das System die Nummer nicht kennt.

Müller beschwört seinen Rechner und gibt die Nummer in ein Programm ein, um den Anschlussinhaber zu ermitteln. Er überlegt, ob er die Festnetznummer einfach anrufen soll. Aus Angst, dass er damit einen schweren Fehler macht, verzichtet er auf den Anruf. Laumann soll selbst die Entscheidung treffen.

Sein Computer gibt ein Piepsignal von sich und Müller notiert sich den Namen des Anschlussinhabers und die dazugehörige Wohnanschrift. Den Anschlussinhaber überprüft er beim Einwohnermeldeamt Gelsenkirchen, der noch immer für diese Wohnanschrift gemeldet ist. Der Angerufene ist 76 Jahre alt und offenbar kein Verwandter von

Laura Kampmann, dies hätte Laumann bei der Familie in Erfahrung gebracht. Dieses Mal überprüft er den Namen des Anschlussinhabers in der landesweiten Vorgangsbearbeitung. Dort wird er mehrfach als Geschädigter geführt, der Strafanzeigen bei der Polizei gestellt hat. Müller ärgert sich wieder über die Eingaben der Kollegen, keiner von ihnen hat die Telefonnummern im System hinterlegt.

Obwohl seit Jahren gebetsmühlenartig auf die Wichtigkeit der Datenpflege und Erreichbarkeiten hingewiesen wird. Einzeln ruft er die Vorgangsübersichten der Strafanzeigen auf, beginnend mit den jüngsten Anzeigen und liest langsam die Kurzsachverhalte.

Er springt von seinem Bürostuhl auf und sein Jubelschrei hallt durch den langen Büroflur. Noch während er mit hochgereckten Armen vor seinem Schreibtisch steht, erscheint Laumann in seiner Bürotür.

„Was ist denn hier los?"

„Ich weiß, wie wir die Wohnung finden. Ich bin mir sicher."

Müller schildert seine Ergebnisse und Laumann nickt anerkennend mit dem Kopf.

„Hast du schon angerufen?"

„Nein."

„Dann mach das. Ich stelle schon einmal die Teams zusammen. Beeil dich bitte." Laumann stürzt aus dem Büro und mit zittrigen Händen wählt Müller die Rufnummer.

Er hatte mit seiner Vermutung richtig gelegen. Laura Kampmann hat für einen Freund den Kontakt zu ihrem ehemaligen Vermieter hergestellt. Der suchte kurzfristig eine Wohnung. Der Vermieter konnte ihrem Freund noch eine Wohnung im Festweg in Gelsenkirchen anbieten und Laura Kampmanns Wort hat ihm ausgereicht, um dem Freund diese Wohnung zu vermieten. Der Mieter ist René Gruber aus Österreich, der sich beruflich für ein oder zwei Jahre in Deutschland aufhält. Die Miete wurde für ein halbes Jahr im Voraus bezahlt. Müller notiert sich die Daten und unterrichtet Laumann über die Ergebnisse.

Laumann wählt die Nummer von Staatsanwalt Renner und berichtet von den Erkenntnissen über die Gelsenkirchener Wohnung.

„Und Sie glauben, dass wir hier einen Zusammenhang mit unseren Morden haben? Es ist doch nur die Wohnung für einen Freund. Ich finde es etwas dürftig, Sie nicht?"

„Novic und Kampmann hatten gleiche Schlüssel. Wir haben durch Novic Eltern eine Verbindung zu einer Gelsenkirchener Wohnung gefunden und haben die Aussage eines Vermieters, dass Laura Kampmann für einen angeblichen Freund eine Wohnung suchte. Und die Miete wurde bar und im Voraus bezahlt. Ich würde diese Fakten nicht als dürftig bezeichnen. Ich bin mir sicher, dass wir damit richtig liegen."

„Wenn das danebengeht, sind wir geliefert."

„Ich übernehme die volle Verantwortung. Wenn Sie wollen, können Sie auch behaupten, dass ich Ihnen falsche Informationen gegeben habe, mir egal. Aber ich bin absolut überzeugt, dass wir ins Schwarze getroffen haben."

Staatsanwalt Renner schweigt und überlegt einen Moment.

„Okay, ich werde mit einem Richter sprechen."

„Können wir das nicht sofort erledigen? Mit Gefahr im Verzug?"

„Wie soll ich eine solche Dringlichkeit begründen? Die Wohnung besteht seit Monaten, wir haben keine Hinweise auf ein Verbrechen oder irgendeine Gefahr, die eine solche Eile begründen würde. Ich werde diese Durchsuchung so nicht anordnen. Entweder erfolgt die Anordnung über den Richter oder Sie blasen die Durchsuchung ab."

Zähneknirschend muss Laumann dem Staatsanwalt recht geben. Er hat den Bogen überspannt und kann sich glücklich schätzen, wenn der Richter dem Antrag zustimmt.

„Aber ich werde mit dem Richter sprechen und den Antrag beschleunigen. Wenn er zustimmt, können Sie noch heute in die Wohnung."

„Okay. Das reicht mir."

In Laumanns Büro treffen sich die eingesetzten Kommissionsmitglieder zu einer kurzen Besprechung. Müller berichtet den Mitgliedern von den neuesten Ergebnissen. Er breitet einen Stadtplan von Gelsenkirchen auf dem großen Tisch aus und zeigt allen den Standort der Wohnung. Laumann übernimmt das Gespräch, als Müller seine Ausführungen beendet.

„Ich gehe davon aus, dass wir bald einen Beschluss bekommen. Wir haben eine Gruppe der Hundertschaft zur Verfügung, die wir für eine äußere Absperrung einbinden können. Sarah geht zu dieser Gruppe und koordiniert den Einsatz mit mir. Der Rest fährt zum Objekt, ich bleibe zunächst im Hintergrund und halte den Kontakt zur Leitstelle und zur Staatsanwaltschaft, falls wir noch etwas brauchen."

Laumann sieht allgemeines Nicken als Zustimmung.

„Rainer?"

„Hier."

„Schnapp dir zwei Kollegen. Ihr geht das Objekt an, die anderen zunächst verdeckt im Hintergrund. Keine Sonderrechte, keine blauen Lampen auf den Autos und keine, absolut keine Musik will ich hören."

Laumann schaut jedem einzelnen Kollegen ins Gesicht, um sicherzugehen, dass jeder im Raum seine Anweisung verstanden hat und kein Martinshorn anschaltet.

„Nicht noch so ein Fehler. Fragen?"

„Werden wir auf Schramm treffen?"

„Keine Ahnung, aber denkt bitte daran: Er ist Kollege und wahrscheinlich nicht bewaffnet – und noch immer ist er als Zeuge anzusehen. Er ist nicht gewalttätig und wird uns mit Sicherheit nicht aggressiv angehen, deshalb kein Sondereinsatzkommando. Also haltet euch zurück, ich will keine körperliche Auseinandersetzung oder Ballerei, verstanden?"

„Nehmen wir ihn dann fest?"

„Ich will ihn hier in meinem Büro haben und zwar ohne Aufsehen. Sollten wir ihn antreffen, packen wir ihn sofort in ein Auto und fahren ihn nach Bochum, über den Hinterhof. Ich will, dass er unsichtbar ist, falls wider Erwarten die Medien etwas mitbekommen sollten. Und haltet die Klappe, keine Auskünfte, zu niemandem, ist das klar?"

Alle nicken.

„Also das Übliche: keine Ahnung, darf keine Auskünfte geben und verweist auf die Pressestelle! Weitere Fragen?"

„Wann geht es los?"

Laumann schaut auf Müller, der den Kopf schüttelt. Er hat in der kurzen Zeit keine weiteren Hinweise gefunden, die für den Einsatz von Bedeutung sein könnten.

„Wenn wir den Beschluss haben. Rüstet schon einmal auf."

Die Beamten verlassen das Büro, schnappen sich ihre Einsatzausrüstung, die meisten ziehen sich ihre schusssichere Weste an. Pistolen werden geprüft, Handschellen am Gürtel angebracht und Reizstoffsprühgeräte in Jackentaschen gepresst. Fahrzeugpapiere werden herumgereicht, niemand will freiwillig fahren. Jeder möchte vor Ort sein und nicht die Zeit im Auto verbringen.

Staatsanwalt Renner gibt grünes Licht und teilt Laumann mit, dass die Anordnung zur Durchsuchung bereits vorab mündlich erteilt wurde.

„Lassen Sie es vorsichtshalber ruhig angehen", gibt er Laumann noch mit auf dem Weg.

Gemeinsam gehen Mitglieder der Mordkommission zum unteren Parkdeck am Präsidium. Laumann fährt vor und zwingt die anderen Fahrer, ihm zu folgen. Er will verhindern, dass sich die Sache hochschaukelt. Die Beweislage ist dünn für eine Durchsuchung, aber Laumann ist der festen Überzeugung, dass es sich um die gesuchte Wohnung handelt. Wahrscheinlich ist dieser „Gruber" nur erfunden, eine Alias-Personalie.

Den schwarzen 3er-BMW, der ihm auf dem Aschenbruch, der Verbindungsstraße zwischen Gelsenkirchen und Wattenscheid, entgegenkommt, bemerkt er nicht. Seine Gedanken sind auf die anstehende Durchsuchung fokussiert.

Auf einem Parkplatz am Gelsenkirchener Südfriedhof lässt Laumann anhalten, die Fahrzeuge folgen ihm. In der hinteren Ecke steht ein Gruppentransporter der Hundertschaft.

„Sarah, geh rüber zur Hundertschaft. Nimm das Funkgerät mit und halte Verbindung zu mir. Wenn Rainer im Haus ist, baut schnell die Absperrung auf. Wenn die Absperrung steht, geh auch ins Haus."

Er steht auf und geht zum ersten Fahrzeug. „Ihr fahrt den direkten Weg zum Haus, parkt aber nicht direkt davor."

Er geht zum nächsten Wagen. „Bleibt bei Rainer, aber stellt euch etwas versetzt ab. Wenn Rainer ins Haus geht, zieht ihr nach. Dann übernimmt die Hundertschaft die Absperrung."

Laumann schaut die Fahrer noch einmal an. Auf sein Signal setzen sich die Fahrzeuge in Bewegung. Er zündet sich eine Zigarette an, steigt in seinen Wagen und fährt über die Ückendorfer Straße zum Festweg. Dort beobachtet er aus der Entfernung die Fahrzeuge und die Kollegen, an deren Spitze Rainer Brandtner zur Haustür hastet.

Das Funkgerät ist still.

◊

Er fährt auf der Günnigfelder Straße und biegt in den Aschenbruch. Auf dieser abschüssigen Straße kommen ihm drei Fahrzeuge entgegen, die nach Polizei aussehen. Für einen Augenblick glaubt er, Laumann im ersten Fahrzeug zu erkennen. Sofort schaut er in eine andere Richtung und beobachtet über den Rückspiegel, ob eines der Fahrzeuge wendet. Kurz entschlossen ändert er seine Route und verschwindet über kleine Seitenstraßen zur Autobahn A40, um nach Recklinghausen zu fahren.

Laumann hat eindeutig im Fahrzeug gesessen. Mit Sicherheit. Er war überzeugt, dass Laumann zum Festweg fährt. Wie kommt er so schnell an diese Adresse? Hat er etwas übersehen und einen Fehler gemacht? Einen Reim kann er sich auf diesen schnellen Fortschritt nicht machen. Laumann ist verdammt schnell und es ist nur eine Frage der Zeit, wann er an den Autovermieter kommt. Scheinbar hat der Hauptkommissar einige Asse im Ärmel, die er nicht eingerechnet hat.

In Recklinghausen angekommen, fährt er auf den Parkplatz eines Discounters und sucht über Google ein unauffälliges Hotel. Ein kleines Hotel Garni in der Innenstadt erscheint ihm die richtige Wahl und so steuert er dorthin, stellt den Wagen auf den Parkplatz und fragt nach einem Einzelzimmer für zwei Tage.

Der junge Mann an der Rezeption ist freundlich, verlangt aber zu seinem Ärger doch einen Ausweis und notiert die Daten auf der Anmeldung. Ohne aufzufallen kann er ihm einen Ausweis nicht vorenthalten, ist aber noch immer nicht bereit, einen der gefälschten Ausweise zu benutzen. Allerdings fragt der Rezeptionist nicht nach dem Grund seines Besuchs und er braucht keine der Lügen anbringen, die er sich zurechtgelegt hatte. Auch dieses Zimmer ist gut, schlicht und zweckdienlich. Er braucht keinen Luxus, nur Ruhe und Zeit.

Laumann ist ihm dicht auf den Fersen, zu dicht. Er spürt, dass die Zeit für ihn knapp wird. Entweder wird er von Laumann gefasst und muss die Verantwortung für die Erpressung übernehmen, vielleicht sogar noch andere Straftaten, an die er bisher nicht gedacht hat, oder Anatol hat gelogen und alles ist zu Ende. Wie auch immer die ganze Sache ausgeht, es wird böse für ihn enden!

Er verlässt sein Hotelzimmer und parkt den Wagen in einiger Entfernung vom Hotel. In der Stadt kauft er Briefumschläge, Stifte und Versandtaschen. Im Zimmer angekommen, fertigt er noch einen Satz Kopien der CDs an. Die kopierten CDs packt er in eine der Versandtaschen und schreibt Laumanns Namen darauf. Der zweite Satz Kopien verschwindet in einer Versandtasche mit dem Namen eines befreundeten Rechtsanwaltes.

Die Pässe für Claudia mit den falschen Namen legt er mit den EC-Karten und den Zugangsdaten für das Onlinebanking in den letzten Umschlag. Er will Claudia einige Zeilen schreiben, falls er später nicht mehr dazu kommt. Nur mühsam findet er Worte, die zu erklären versuchen, was passiert ist. Viele Dinge kann er einfach nicht erklären und auch nicht entschuldigen. Ihm fällt kein Grund ein, warum er sich dieser Sache angeschlossen hat.

Wahrscheinlich war es einzig und allein die Versuchung des Geldes, der er erlegen war. Seine Handschrift ist zittrig und jede Faser seines Körpers sträubt sich, diese Zeilen zu schreiben.

Mehrmals bittet er um Verzeihung, nicht um Verständnis, beteuert ihr seine Liebe. Vielleicht hatte er einfach nur genug von der Arbeit, von diesem Leben und wollte mit ihr ein neues beginnen. Er erklärt ihr auch, dass alle Beteiligten nunmehr tot seien und auch er, wenn sie diese Zeilen liest, vielleicht nicht mehr leben werde. Sie solle über das Geld verfügen, wie es ihr beliebt. Keine Spur führe zu ihr und sie solle schnell entscheiden, ob sie das Geld auf einem Nummernkonto anlegt und für sich selbst nutzt. Oder, was ihm auch gefallen würde, es an verschiedene wohltätige Organisationen spendet. So könne das schmutzige Geld noch einen guten Zweck erfüllen.

Er legt den Stift zur Seite und schaut aus dem Fenster, als könnte er dort seine Zukunft sehen. Dort sind jedoch nur Regentropfen, die langsam an der Scheibe hinunterlaufen. Ihm fallen die Worte aus dem Lied „Mind of the Wonderful" von Blank & Jones ein:

We had a love
A future
We were honest
But my truth held
So many little lies
Can't turn the page
Can't rearrange
It's written in the sand
And tide is closing in

Cold is the night,
cold are my hands,
cold as my heart*

Er lässt sich auf das Bett fallen und weint.

Als er wach wird, ist es kurz nach 21.00 Uhr. Sein Kopf ist klar, die schweren Gedanken sind verloren und erstmals seit einigen Tagen scheint er mit sich im Reinen. Eine Entscheidung ist gefallen und er weiß, was er zu tun hat.

Er zieht seine Jacke zu sich und greift zum Handy.

Es klingelt nur ein einziges Mal und die russische Stimme begrüßt ihn.

„Ich habe nicht so schnell mit deinem Anruf gerechnet. Hast du eine Entscheidung getroffen?"

„Wann können wir uns sehen?"

„Die Suche nach Wahrheit ist also stärker in dir. Das ist gut. Wie wäre es mit morgen? Morgen Nachmittag?"

„Wo?"

Anatol überlegt einen kurzen Moment. „Wie wäre es mit ..."

„Keine Chance," unterbricht ihn Schramm, „den Ort bestimme ich. Ich will Leute um mich haben, nur zur Sicherheit, verstehst du?"

„Noch immer in Sorge?"

„Ich würde gerne lebend aus der Sache rauskommen."

„Kein Problem", sagt Anatol gönnerhaft. „Ich komme dir da gerne entgegen. Nenne mir einen Treffpunkt!"

„Kennst du das Hotel Fallentaler in Dortmund?"

„Das werde ich finden."

„Gut. Morgen, 17 Uhr. An der Bar. Und du kommst alleine."

Anatol schnaubt. „Meine Leute werden mich keine Sekunde aus den Augen lassen. Wir werden uns alleine unterhalten, aber meine Leute sind in der Nähe."

Ihm gefällt die Situation nicht, aber Anatol weiß, dass er keine andere Chance hat. Er muss sich darauf einlassen.

„Und alle gehen wieder fröhlich nach Hause?"

---

* *Wir hatten eine Liebe, eine Zukunft, wir waren aufrichtig – Aber meine Wahrheit beinhaltete so viele kleine Lügen – Kann die Seiten nicht zurückblättern, kann sie nicht neu ordnen – Es ist in den Sand geschrieben – Und die Flut kommt bedrohlich nahe (...) Kalt ist die Nacht – Kalt sind meine Hände – Kalt wie mein Herz.*

„Wie oft muss ich dir das noch erklären? Du hast absolut nichts zu befürchten, verstehst du? Absolut nichts."

„Okay. Dann um 17.00 Uhr."

„Moment, mein lieber Kommissar, nicht so schnell. Ich habe auch noch eine Frage."

Er stockt und überlegt, welche Frage Anatol haben könnte. Was will er von ihm?

„Wer sagt mir, dass du nicht etwas vorhast und plötzlich und unerwartet deine Kollegen vor uns stehen?"

Die Überlegung ist logisch, auch Anatol hat keine Garantien, aber jede Menge Druckmittel.

„Ich werde Claudias Leben nicht in Gefahr bringen. Sie hat nichts damit zu tun und nicht die geringste Ahnung, was hier gespielt wird. Ich komme allein, ganz allein und ich habe dein Wort, dass Claudia nichts passieren wird. Vielleicht kommt es dir komisch vor, aber mir reicht dein Wort."

„Wenn ich gewollt hätte, wäre Claudias Leben bereits vorbei. Du hast mein Wort."

„Okay."

Schramm legt auf. Er nimmt die verbliebenen Rohlinge aus der Tasche und startet noch einen Brennvorgang. Drei Kopien braucht er für seinen Plan, die originalen CDs wird er Anatol aushändigen. Er weiß, wozu der Russe fähig ist und will ihn nicht weiter verärgern. Er darf ihn nicht unterschätzen, er ist bereit.

◊

Nikolas schaut Anatol lange und tief in die Augen.

„Wäre nicht jetzt der passende Augenblick, um Schramm aus dem Weg zu schaffen?", fragt er auf Russisch.

Anatol runzelt die Stirn und wirft ihm einen eiskalten Blick zu.

„Habe ich dir nicht gesagt, dass Waffen nicht immer die perfekte Lösung sind. Manchmal brauchst du Verstand und Nerven. Niemand", er erhebt seine Stimme, „niemand wird Schramm etwas antun. Hast du mich verstanden?" Er hat nicht einmal bemerkt, dass er ebenfalls russisch spricht, was äußerst selten vorkommt. Er legt Wert drauf, dass seine russische Herkunft nicht erkannt wird und meidet daher seine Muttersprache.

„Ich ..."

„Hast du mich verstanden, Nikolas?", zischt er und kleine Speicheltropfen fliegen durch die Luft. Anatols Gesicht ist stark gerötet. Nikolas weiß, dass er wieder zu weit gegangen ist und er den Überblick verloren hat.

„Ja", gibt er kleinlaut zu.

„Wirklich? Keine Missverständnisse?"

„Ich habe verstanden. Keine Missverständnisse."

„Ich möchte nicht meinen einzigen Sohn verlieren. Hörst du?", er tätschelt Nikolas die Wange, „verstehst du das?"

„Ja. Was werden wir tun?"

„Wir werden uns mit Schramm treffen. In Dortmund. Morgen."

„Sollten wir nicht jemanden schicken? Wenn die Bullen dort auf uns warten?"

„Ich werde gleich alles in die Wege leiten und in 15 Minuten wird das Hotel observiert. Wir werden sofort bemerken, wenn uns Schramm zu linken versucht. Dann, und das verspreche ich dir, darfst du mit ihm anstellen, was immer du willst."

Nikolas grinst vor Freude und hofft insgeheim, dass Schramm einen Fehler macht.

„Und wenn wir jemanden schicken?"

„Hast du nicht zugehört? Ich kann niemanden schicken, ohne mein Ansehen zu ruinieren. Die Hyänen haben sich schon an den Tisch gesetzt und warten nur auf einen solchen Fehler. Ich kann derzeit keinen Krieg gebrauchen und wir müssen versuchen, die Sache unter Verschluss zu halten. Bisher haben wir das gut geschafft, niemand hat von der Erpressung Wind bekommen – und so soll es bleiben."

Nikolas nickt. Er kennt die Spielregeln und weiß, dass Schwäche und Fehler gnadenlos ausgenutzt werden. Schwäche stärkt die Feinde und die Freunde, die auf den Chefsessel hoffen und sofort die Übernahme anstreben. Das Gesetz des Stärkeren.

„Sind die beiden CDs angekommen?"

Nikolas zieht einen Umschlag aus seiner Jacke.

„Sehr gut. Ich muss mein Laptop vorbereiten. Lass die Maschine startklar machen, wir fliegen so schnell wie möglich nach Dortmund."

Mit einer leichten Verbeugung verschwindet Nikolas und führt das befohlene Telefonat für den Flug.

Anatol zieht sich auf seine Suite zurück und schaut sich die Dateien auf den CDs an. In verschiedenen Ordnern legt er Kopien an, lehnt sich in seinen Sessel zurück und sein verschmitztes Lächeln umgibt das Gesicht.

Es ist alles bereit. Zeit für das Treffen mit Schramm.

◊

Hauptkommissar Brandtner geht zur Eingangstür, die beiden Kollegen folgen eilig. An der Tür angekommen, schaut er auf die Klingelleiste und sieht den Namen „Gruber". Brandtner dreht sich zu den Kollegen um und nickt. Die Eingangstür ist geschlossen und ein leiser Fluch entspringt seinen Lippen. Ein zweiter Eingang ist nicht erkennbar, also klingelt Brandtner an einer anderen Klingel. Die Haustür wird aufgedrückt. Leise schleichen sie die Treppen im Hausflur hinauf. In der Wohnungstür der rechten Erdgeschosswohnung steht ein junger Mann und starrt auf das merkwürdige Trio.

Brandtner legt seinen Zeigefinger auf die Lippen und hält dem Mann seinen Dienstausweis unter die Nase.

„Wo ist die Wohnung von Gruber?", fragt er den Mann.

Der verliert an Gesichtsfarbe und zeigt mit dem Finger auf die linke Wohnung im ersten Stock. Dann verzieht er sich in seine Wohnung, wobei er die Wohnungstür leise schließt. Sie gehen in die erste Etage und bauen sich gegenüber der gesuchten Wohnung auf. Die Kollegen blicken fragend zu Brandtner, der auch nur die Schultern zuckt. Vorsichtig greift er zum Türgriff. Nichts bewegt sich.

Vorsichtig legt Brandtner sein Ohr an das Holz und lauscht. Kein Geräusch ist aus der Wohnung zu hören. Er drückt auf den Klingelknopf und ein schriller, scheppernder Klingelton ertönt. Keine Reaktion. Kein Geräusch. Erneut ist das schrille Klingeln im Hausflur zu hören, wieder keine Reaktion.

Brandtner greift in die Hosentasche und zieht Laura Kampmanns Schlüssel hervor. Auf den Schlüsseln hat er inzwischen farbliche Markierungen und Buchstabenkombinationen angebracht. Er schaut sich zwei Schlüssel mit einem roten Punkt und dem Klebezettel „unb." an. Er vermutet, dass der kleinere Schlüssel zum Briefkasten gehört und der größere zur Wohnung. Leise schiebt er den Schlüssel in den Zylinder und dreht ihn langsam um. Mit einem leisen Klacken öffnet sich die Tür. Er schaut die Kollegen an, die durch Nicken ihre Bereitschaft zeigen. Brandtner springt zuerst in die Diele der Wohnung.

„Polizei! Polizei!" schreit er in die Diele und hetzt durch den langen Gang. Mit der Waffe im Anschlag durchsuchen die Beamten die Zimmer und finden den Toten im Sessel.

◊

Das Funkgerät knackt leise. Laumann überprüft die Einstellung und hört Brandtner rufen.

„Ich höre."

„Wir sind in der Wohnung."

„Ist Schramm da?"

„Nein. Aber das solltest du dir ansehen. Komm rüber!"

Laumann ahnt nichts Gutes und fährt zur Wohnung. Die uniformierten Beamten haben die Absperrung übernommen. Einzelne Bürger bleiben neugierig auf dem Gehweg stehen und beobachten das Geschehen. Bewohner des Hauses schauen aus dem Fenster und starren ungläubig die Polizeibeamten an. Laumann geht auf einen der uniformierten Kollegen zu, zeigt seinen Ausweis und geht zum Hauseingang. Im Hausflur hört er Gemurmel aus einer der Wohnungen. Der Stimme nach könnte es Rainer Brandtner gewesen sein, der Anweisungen erteilt oder telefoniert.

Im Erdgeschoss öffnet sich eine Tür und eine alte Frau sieht Laumann neugierig an. Als er seinen Ausweis zeigt, verschwindet die alte Dame hinter der Tür. Vor der Wohnung im ersten Obergeschoss trifft er Rainer Brandtner, der die Spurensicherung und einen Notarzt anfordert.

„Was ist los?", fragt Laumann.

„Wohnzimmer." Der ausgestreckte Daumen zeigt in die Wohnung.

Wortlos geht er durch den lang gezogenen Flur und schaut in die einzelnen Zimmer. Mitglieder seiner Kommission sind an verschiedenen Tischen zugange, suchen in Papieren oder Schränken nach Hinweisen und Beweisen. Er kommt zum Wohnzimmer und sieht Sarah Krafft vor einem Sessel knien, in dem eine Person mit Schusswunden sitzt. Krafft dreht sich um und schüttelt den Kopf. Er weiß, dass er einen Leichnam vor sich hat, auch ohne Sarahs eindeutige Zeichen.

„René Gruber, vermutlich." Laumann zuckt zusammen. Er hat Brandtner nicht kommen hören, weil er vertieft war in seine Gedanken.

„Was heißt das?"

„Das ist der Name des angeblichen Mieters und wir haben einen Ausweis auf diesen Namen gefunden."

Laumann kann die Aussage Brandtners noch immer nicht richtig einordnen.

„Und was heißt dann vermutlich?"

Brandtner hält ihm einen zweiten Pass entgegen. Der Schweizer Pass weist einen völlig anderen Namen auf. Laumann hält den Ausweis hoch und vergleicht das Bild mit dem Gesicht des Toten.

„Fälschung?"

„Einer der beiden Pässe mit Sicherheit. Ich weiß nicht, wer er ist und welcher der echte Pass ist. Das müssen wir später klären. Komm mal mit."

Brandtner weist zur Küche und geht zur Spüle. Er wischt mit einem Finger über den Ausguss und hält ihn Laumann unter die Nase.

„Der Typ im Wohnzimmer ist schon länger tot, aber die Spüle ist noch nass. Vor kurzem war jemand hier."

„Schramm?"

Brandtner zuckt mit den Schultern. „Möglich."

Er geht zum Küchentisch und zeigt auf einen Aschenbecher.

„Ist auf jeden Fall seine Zigarettenmarke."

Laumann ist frustriert und weiß, dass er Schramm nicht mehr helfen kann. Selbst wenn er auch diesen Mann nicht erschossen hat, so ist Schramm doch schon längst zu tief verstrickt. Er kann ihn nur noch als Beschuldigten ansehen. Zumindest für den Tod von Laura Kampmann und dem noch immer unbekannten Toten auf dem Feld. Zu viele Tote in Zusammenhang mit Schramm. Zu viele Hinweise auf ihn – und dann verschwindet er auch noch.

Der Staatsanwalt wird ausrasten und die Präsidentin ebenfalls. Laumann fürchtet sich davor, der Präsidentin in die Augen sehen zu müssen. Nicht, dass er Angst vor Konsequenzen hat. Er hat Angst, sich eingestehen zu müssen, dass er einen Fehler gemacht hat. Er hat sich für Schramm zu weit aus dem Fenster gelehnt, wollte einfach nicht wahrhaben, dass Schramm doch mehr Dreck am Stecken hat. Laumann reibt sich die Augen. Brandtner hat die Gedanken wohl erkannt.

„Das wird ein spannendes Gespräch."

„Halt die Fresse, Brandtner", ist die einzige Antwort – und Laumann ist kurz davor, Brandtner an den Kragen zu gehen. Aber sein Stellvertreter kann ja nichts dafür. Er selbst hat den Fehler gemacht und muss die Konsequenzen tragen. Brandtner erkennt seine unglückliche Aussage.

„Entschuldige, das war unpassend. Es tut mir leid."

Laumann klopft ihm auf die Schulter.

„Schon gut. Kümmere dich um den Tatort, intensiv! Packt alles ein! Ich will wissen, ob Schramm ihn erschossen hat und welche Waffe benutzt wurde. Mach Dampf, wir brauchen ganz schnell Antworten!"

In seiner gesamten Zeit als Leiter einer Mordkommission hat er sich noch nie so ohnmächtig gefühlt. Er sieht einfach kein Fortkommen, keine Entwicklung in diesem Fall, kein Ende. Ständig wird er von dem Gefühl befallen, etwas Entscheidendes übersehen zu haben, Entwicklungen nicht vorhersehen zu können. Während der gesamten Ermittlungen hinkt die Kommission zwei Schritte hinterher. Selten ist ein Fall so außer Kontrolle geraten, hat so schnell und folgenschwer die Richtung geändert. Ein Ende ist einfach nicht in Sicht.

„Wir müssen etwas übersehen haben ..."

Brandtner überlegt. Auch er hat einen solchen Fall noch nicht erlebt.

„Ich verstehe noch immer nicht, um was es hier eigentlich geht. Wo steckt der Sinn hinter dem ganzen Dilemma? Was ist das Motiv? Geld? Rache? Dreiecksverhältnis? Was?", fragt Brandtner und schaut Laumann in die Augen.

„Zuerst habe ich gedacht, dass wir lediglich zwei Tote haben und die Sache in den Griff kriegen. Es lief etwas zäh, aber irgendwann würden wir schon die Verbindung finden, die Morde aufklären und wissen, ob und wie Schramm da reinpasst. Plötzlich wird Novic hingerichtet, als er mit Schramm in einem Café spricht, Schramm haut ab. Wir entdecken die Beziehung zwischen Kampmann und Novic – und haben noch immer keine Ahnung, ob und wie Schramm beteiligt ist. Jetzt noch ein Toter und Schramm steckt wahrscheinlich wieder mittendrin. Es läuft völlig falsch."

Beide schweigen sich einen Moment an. Laumann atmet tief ein und trifft eine Entscheidung.

„Macht den Tatort, intensiv. Jemand soll die Sache schon einmal vorab sichten, vielleicht finden wir etwas. Und wir brauchen schleunigst eine Aussage zur Tatwaffe. Morgen früh um neun Uhr halten wir eine Besprechung ab, ein Brainstorming. Wenn dann nichts dabei herauskommt, fangen wir von vorne an. Ich versuche, im Präsidium die Wogen zu glätten. Rainer, du hältst mich auf dem Laufenden. Bis später."

Laumann geht die Treppe hinunter, als die alte Dame wieder die Tür öffnet. Er nickt ihr zu.

„Wann ist denn endlich wieder Ruhe hier?" keift sie.

„Ich bin von der Polizei." Laumann hält ihr noch einmal den Ausweis hin. „Vielleicht können Sie mir helfen. Haben Sie einen Moment Zeit für mich?"

„Was wollen Sie denn wissen. Geht es um die Schmutzfinken von oben?"

Laumann runzelt die Stirn.

„Ja, ja. Was habe ich nicht alles gepredigt, dass endlich mal der Flur geputzt wird. Erst heute noch habe ich ihn darum gebeten."

„Was? Wen?" Laumann stockt der Atem. Unendlich viele Fragen schießen ihm durch den Kopf. „Mit wem haben Sie gesprochen? Und wann?"

„Gerade eben noch. Hat sich seit Wochen nicht mehr blicken lassen. Und seine Frau hat auch nicht den Flur geputzt, wenn sie mal hier war – und das war selten genug. Und die Hausverwaltung, da kann ich Ihnen auch noch was erzählen. Kümmern sich um nichts und niemanden, nur um die Mieten. Pah", schnaubt sie.

„Wen haben Sie gesehen?"

„Na, den Mann von oben. Der Weihnachtsmann wird's wohl kaum gewesen sein."

„Gerade eben ist der Mann von oben gegangen?"

„Sag ich doch. Nicht mal den Flur hat er geputzt. Ist gerannt wie ein Hase, damit er mich ja nicht mehr ansprechen kann."

„Wissen Sie, wann er gekommen ist?"

„Kurz vorher. Hab ihn vor der Tür getroffen. Für den Flur hat es aber nicht mehr gereicht. Ich hab ihn noch angeschimpft, wegen des Krachs, verstehen Sie?"

Laumann ist verwirrt.

„Welcher Krach?"

„Ja, in der Nacht! Habe ich das nicht gerade erzählt?"

„Hab ich wohl überhört. Welcher Krach?"

„Na der Streit, mit dem Mann ..."

„Der, der gerade gegangen ist?"

„Nein, der andere."

„Also nicht der, der gerade gerannt ist?"

„Sie sind aber schwer von Begriff, junger Mann", ungläubig sieht sie Laumann an, „sind Sie auch wirklich von der Polizei?"

Laumann zückt erneut seinen Ausweis und hält ihn der Dame noch einmal vor die Augen.

„Also langsam, nur für mich. Wer hatte in der Nacht Streit?"

„Der da oben wohnt", antwortet die Alte bockig.

Laumann verzweifelt. Die Alte weiß etwas und er muss Klarheit in die Aussage bringen.

„Moment. Eine Sekunde, ich bin gleich wieder da." Er dreht sich um und hastet, ohne eine Antwort abzuwarten, die Treppe hinauf.

„Rainer? Rainer! Verdammt, wo bist du?" Er rennt in die Wohnung.

„Haben wir die Mappe mit den Bildern dabei? Von Schramm und den Toten?"

„Klar, warte. Wir haben sie immer mit, für alle Fälle."

Laumann würde Brandtner vor Freude am liebsten um den Hals fallen.

„Und gib mir mal die Pässe des Toten."

Brandtner gibt ihm die geforderten Sachen mit einem fragenden Blick.

„Komm mit."

Gemeinsam gehen sie die Treppe hinunter, wo die alte Dame sich vor ihrer Wohnungstür auf den Rollator gesetzt hat.

„Wie war Ihr Name?", fragt Laumann.

„Schulze, Edith. Schulze mit z."

„Frau Schulze. Mein Name ist Kommissar Laumann, von der Kripo. Das ist mein Kollege Brandtner. Darf ich Ihnen einige Bilder zeigen?"

„Und dafür brauchen Sie Verstärkung?"

Brandtner grinst. Eine schlagfertige Frau, ganz nach seinem Geschmack. Laumanns Gesicht dagegen wird immer fleckiger vor lauter Hektik.

„Frau Schulze, wer ist dieser Mann?", fragt er und hält ihr ein Bild von Klaus Schramm hin.

„Woher soll ich das wissen?"
„Wohnt der Mann hier?"
„Nein. Ja. Ich weiß nicht."
Brandtner glaubt, dass Laumann gleich platzen wird und lächelt. Er lehnt sich locker gegen die Flurwand.
„Wann haben Sie den zum letzten Mal gesehen?"
„Gerade eben, das ist der Hase."
Brandtner zuckt zusammen. „Was?"
„Ist der auch so schwer von Begriff?", fragt sie in Richtung Laumann. „Der war eben noch hier."
„Und der wohnt hier?", fragt Brandtner zweifelnd.
„Ich weiß nicht. Manchmal ist der auch mit seiner Freundin hier, verstehen Sie?"
Laumann hält ihr ein Foto von Laura Kampmann hin.
„Genau. Die meine ich. Und da war noch einer. Die drei waren anfangs häufiger hier. Ein Kommen und Gehen. Dann war nur noch selten jemand da – und niemand hat den Flur geputzt."
Laumann hält ihr ein Foto von Novic hin.
„Das ist der andere Mann. Die drei waren häufiger in der Wohnung, in der letzten Zeit gar nicht mehr. Ich will gar nicht wissen, was die da oben gemacht haben."
„Wann war der Mann das letzte Mal hier?" Er hält ihr noch immer das Bild von Novic unter die Nase.
„Ich weiß nicht, junger Mann. Ich spioniere doch nicht fremden Leuten hinterher."
Brandtner räuspert sich im Hintergrund und kann sich ein Lachen gerade noch verkneifen.
„Sicher nicht, und?"
„Weiß nicht. Ist schon länger her."
„Und wann war die Frau das letzte Mal hier?"
„Och, das ist auch schon lange her. Ich glaube, die haben sich verkracht und jetzt kommt sie nicht mehr. Der da", und sie zeigt mit ihrem Zeigefinger auf das Bild von Schramm, „war gerade hier. Und dann ist er weggerannt."
„Und der hier?" Laumann zeigt das Bild des Toten aus dem Ausweis.
„Den kenn ich nicht. Wohnt der etwa auch hier?"
„Haben Sie den hier schon einmal gesehen?", fragt er und hält ihr ein Bild von dem Toten auf dem Feld hin.

„Den kenn ich auch nicht. Sieht irgendwie tot aus. Ist etwas passiert?"

„Nein, nein, das hat mich nur interessiert. Wer hatte denn gestern Krach miteinander?"

„Ich vermute, der hier. Der wohnt doch manchmal hier." Sie zeigt auf Schramm.

„Und der hier." Jetzt weist sie auf Novic.

„Haben Sie die beiden oder einen von ihnen gesehen?"

„Nein. Ich habe geschlafen."

„Und dann war der Krach da?"

„Ja, ich lag schon im Bett. Dann haben sie sich lautstark unterhalten."

„Haben Sie gehört, um was es ging?"

„Ich lausche nicht, junger Mann."

Brandtner fühlt sich wie in einer Comedy.

„Wissen Sie, wie spät es war?"

Sie schaut Laumann an wie einen dummen Jungen.

„Wenn ich schlafe, habe ich keine Brille auf, junger Mann. Ich weiß nicht."

„Okay, okay, was dann?"

„Einer muss wohl den Fernseher voll aufgedreht haben, es war ziemlich laut. Dann hat es einige Male gerumst. Dann wurde es ihnen offenbar selbst zu laut und sie haben den Fernseher ausgemacht. Daraufhin war Ruhe. Wir alten Leute wollen auch mal schlafen."

„Ist denn jemand die Treppe heruntergegangen?"

„Ich bin wieder eingeschlafen. Ich weiß es nicht."

„Sie haben heute nur diesen Mann gesehen, keinen dieser beiden Männer und auch nicht die Frau?"

„Sagte ich doch gerade."

„Danke, vielen Dank. Ich schicke nach einem Kollegen, der nimmt ihre Aussage noch einmal auf. Ist das in Ordnung?"

„Und wer putzt jetzt hier den Flur?"

Brandtner prustet los.

„Geben Sie nachher dem Kollegen die Nummer der Hausverwaltung. Ich rede mit denen."

„Na ja, dann bin ich ja mal gespannt." Sie erhebt sich von ihrem Rollator und schlurft in die Wohnung. Laumann dreht sich zu Brandtner und ruft ihm zu:

„Schramm war hier. Gerade eben noch, Herrgott nochmal!"

Laumann klopft noch einmal an der Tür der alten Frau. Schlürfende Schritte sind zu vernehmen und ein leises Gebrummel, das an ein Fluchen erinnert. Er setzt sein freundlichstes Lächeln auf, als die Tür geöffnet wird.

„Frau Schulze, darf ich Ihnen noch eine Frage stellen?"

„Haben Sie wieder vergessen, was ich Ihnen gerade erzählt habe?" Sie zeigt ihr zahnloses Lächeln.

„Haben Sie zufällig gesehen, ob der Mann ein Auto hatte?"

„Nein, hab ich nicht." Wortlos knallt sie die Tür zu.

„Verwandtschaft von dir?", fragt Brandtner und geht sofort lachend in Deckung.

Sie haben Schramm verpasst, „gerade eben" – wer weiß, wie viele Minuten oder Stunden damit gemeint sein können ... Schramm hält sich noch in der Nähe auf und versteckt sich. Kennt Schramm den Toten? Weiß er, wer hinter den Morden steckt? Und was wird er jetzt machen?"

Eine Fahndung macht keinen Sinn, da er nicht einmal weiß, ob Schramm mit einem Fahrzeug geflüchtet ist. Nicht einmal die Kleidung kennt er, wonach sollen die Kollegen also Ausschau halten?

Schramm ist wie ein Phantom, ebenso unsichtbar wie schnell. Laumann glaubt nicht, dass Schramm einfach nur Glück hat. Schramm weiß deutlich mehr – oder hat mehr in Erfahrung gebracht als die Mordkommission bis jetzt. Er schaut Brandtner wieder an.

„Glaubst du, dass er sich wieder erinnert?"

„Möglich. Der Arzt konnte keinen Zeitpunkt benennen, wann die Erinnerungen wieder einsetzen könnten. Vielleicht gestern, oder morgen, nächste Woche, nächstes Jahr oder vielleicht gar nicht mehr. Meiner Meinung nach hätte sich Schramm gemeldet, wenn er sich erinnert hätte und keinen Dreck am Stecken hat. Wenn er sich wirklich erinnert und flüchtet, steckt er in der Scheiße. Und zwar verdammt tief, denn dann kann er auch nicht mehr zu uns kommen. Vielleicht sucht er einen Ausweg."

„Noch tiefer als Mord geht nicht. Was will er also?"

Brandtner sucht die richtigen Worte, als sie auf den Gehweg treten und sich eine Zigarette anzünden.

„Stell dir einfach mal vor, du wächst im Krankenhaus auf, hast keine Erinnerung mehr und wirst dann mit zwei Morden konfrontiert, die mit deiner Waffe durchgeführt wurden. Von deinen Papieren am Tatort mal abgesehen. Was machst du?"

„Nicht abhauen."

„Das sagt sich so leicht. Aber mal ehrlich. Deine Waffe, deine Papiere, keine Erinnerung. Du stehst an der Spitze der Tatverdächtigen, mehr noch: du bist der einzige Tatverdächtige. Erstaunlich, dass er überhaupt zur Vernehmung gekommen ist."

„Wahrscheinlich wollte er nur Informationen."

„Verdammt hohes Risiko, meinst du nicht?"

„Dann hatte er zu diesem Zeitpunkt jedenfalls keine Erinnerung und taucht völlig unbelastet bei uns auf. Er hat erst einmal nichts getan, wir haben keine Beweise, nicht einmal, dass er am Tatort war. Ich Idiot habe ihm wahrscheinlich noch unsere Ratlosigkeit auf die Nase gebunden."

„Wäre mir auch passiert. Ist schließlich ein Kollege."

„Aber dann ist irgendetwas passiert. Novic taucht auf, trifft sich mit Schramm und wird hingerichtet. Es ..."

„... kann nur Zufall sein", ergänzt Brandtner. „Wir haben alles durchsucht, Computer, Telefon, Wohnung, Auto, Schreibtisch, einfach alles. Nichts. Wir haben keine Hinweise übersehen, da ist nichts."

Laumann schüttelt den Kopf.

„Unmöglich. Sie können sich doch nicht einfach zufällig über den Weg laufen. Sie kannten sich nicht, waren nicht zusammen in der Schule, Kindergarten oder sonst wo. Also kann Schramm Novic nur zu einer Zeit kennengelernt haben, die vom Erinnerungsverlust verdeckt wird. Und dann sollen sie sich zufällig getroffen haben? Niemals."

„Oder Novic hat Schramm aufgesucht."

„Wir haben ihn beschatten lassen."

„Telefon?"

„Abgehört."

„Aber nicht lang genug."

Laumann weiß, dass Brandtner recht hat. Er hat nicht vehement genug widersprochen, als die Maßnahmen eingestellt wurden.

„Möglich."

„Warum geht er auf ein Treffen mit Novic ein?"

„Stell dir vor, dir bietet jemand die Möglichkeit, deine Gedächtnislücken aufzuhellen. Würdest du da hingehen?"

„Mit Sicherheit. Aber er hatte keine Ahnung, auf was er sich einließ."

„Novic wahrscheinlich auch nicht. Sonst würde er noch leben."

„Ich habe mit Peter eine mögliche Variante überlegt. Vielleicht geht es um Erpressung."

Brandtner bleibt stehen und schaut Laumann fragend an.

„Überleg doch mal. Kampmann arbeitet bei einer Bank. Der Tote in der Wohnung kommt aus der Schweiz oder aus Österreich. Dort kann man sehr gut Geld verstecken. Ich gehe davon aus, dass sich unser Verdacht bestätigen wird und der Typ dort ein Banker war."

Brandtner scheint nicht überzeugt.

„Okay, ich spiele mit. Und wie sollen Schramm und Novic dazu passen? Novic als Kleinkrimineller – und Schramm? Ein Hauptkommissar? Wie passt er dazu?", fragt er Laumann.

„Ich weiß nicht."

„Es ist weit hergeholt. Und wenn wir hier wieder einen Fall mit Steuerflucht haben, braucht der Typ weder Novic noch Schramm. Der kriegt Millionen für die Daten und macht sich ein schönes Leben."

„Peter hatte den gleichen Gedanken." Nachdenklich schlendert Laumann einige Schritte weiter. Er schaut in den grauen Himmel, der weiteren Regen ankündigt.

„Und wenn es nicht um Steuern geht?"

„Sondern?" Brandtner ist ganz gespannt.

„Wer weiß. Um viel Geld. Waffen, Drogen, Menschenhandel, organisierte Kriminalität, etwas in dieser Richtung."

„Und Schramm soll dabei mitgemacht haben?"

„Kannst du dich an das Gespräch erinnern, als Schramm sagte, dass jeder Kopf seinen Preis hat? Vielleicht lag dieser Preis auf dem Tisch."

„Das kann ich mir nicht vorstellen."

„Der Typ kommt an irgendwelche Unterlagen, kennt vielleicht Namen, Kunden, Transaktionen – und kann nicht mehr tun, er ist nur Banker. Vielleicht kommt er zufällig mit Kampmann ins Gespräch und gemeinsam suchen sie jemanden, der sich vielleicht damit auskennt. Der bewaffnet ist und mehr oder weniger Kenntnis von solchen Dingen hat."

„Da würde Schramm nicht mitmachen, viel zu gefährlich", ist sich Brandtner sicher.

„Und wenn er gar nicht weiß, auf was er sich einlässt? Sie sitzen zusammen, spinnen ein wenig herum, reden von Autos, Häusern, einem ruhigen und entspannten Leben, keine Vorgänge mehr, kein

Stress. Irgendwie hat sich die Sache verselbstständigt und Schramm hat eine Möglichkeit gesehen, unbeschadet mitmachen zu können."

„Meinst du das wirklich?"

„Wo liegt dein Preis?", fragt Laumann. „Da kommt jemand und legt dir eine Million auf den Tisch, oder zwei oder drei oder sogar fünf Millionen. Plötzlich ist die Chance da und du siehst eine Möglichkeit, die Sache elegant durchzuziehen, ohne dass dir jemand etwas kann. Was würdest du tun?"

„Wie oft möchte ich am liebsten jemandem den Hals umdrehen und mache es dann doch nicht! Rumspinnen ist die eine Sache, das aber durchzuziehen eine ganz andere."

„Vielleicht hat irgend so ein Wirtschaftsheini Schramm nicht die volle Wahrheit gesagt, vielleicht ging er davon aus, dass es nicht gefährlich wird ..."

„Und was hat Novic damit zu tun?"

„Keine Ahnung."

Brandtner hat noch immer erhebliche Zweifel.

„Das kann ich nicht glauben. Das muss mir Schramm ins Gesicht sagen. Ehrlich, das ist nur eine Theorie und die nehme ich wirklich nicht ernst. Ich ..."

„Schon gut. Belassen wir es dabei. Nur eine Theorie. Ich muss zurück und mit der Präsidentin und dem Staatsanwalt reden. Wir werden nicht mehr um eine Öffentlichkeitsfahndung herumkommen. Wir müssen den Druck erhöhen."

Vergeblich versucht Laumann zu lächeln und geht zum Auto. Seine Gedanken kreisen immer wieder um seine Theorie. Die drei oder vier Leute haben sich mit einer Bestie angelegt und den Preis gezahlt. Sollte seine Theorie stimmen, wird auch Schramm nicht mehr lange leben. Mit solchen Leuten legt man sich nicht an. Er muss Schramm finden. Er hat ganz offensichtlich einiges in Erfahrung gebracht und Laumann will Antworten, will endlich verstehen. Und er will keinen toten Klaus Schramm.

Aber die wichtigste Frage von allen: Wo ist Schramm?

◊

Kleine Wasserrinnsale fließen die Straße hinunter. Wild kreisende Blätter schwimmen auf den Rinnsalen und verschwinden in den

Gullys, die langsam vollaufen. Menschen hetzen durch die Straßen. Die Dunkelheit treibt sie an, endlich in die wohlige Wärme des eigenen Hauses zu gelangen.

Er sitzt in einer kleinen Ecke einer Pizzeria und macht sich über das Essen her. Die letzten Tage scheinen seinen Appetit gesteigert zu haben. Der Rotwein ist gut und er ist froh, dass er sich für den Wein entschieden hat.

Die Fensterfront ist groß und die Reklameschilder anderer Geschäfte spiegeln sich in den Pfützen auf der Straße wider. Auf der gegenüberliegenden Seite erkennt er eine kleine Boutique. Laura Kampmann steht vor dem Schuhgeschäft und schaut zu ihm herüber. Noch immer sieht er sie und nichts an ihrem Verhalten hat sich geändert. Sie steht einfach nur da und schaut ihn an. Als er zu ihr hinübersieht, verschwimmen die Konturen des Geistes, was er auf die Regentropfen an der Scheibe schiebt. Und doch erscheint sie ihm anders, das Blut ist nicht mehr so eindeutig sichtbar. Es ist noch da, zweifellos, aber doch scheinen die Konturen blasser zu werden. Er isst weiter, da ihm keine passende Reaktion einfällt. Bisher hat nichts geholfen, selbst eine Ansprache blieb nicht mehr als ein erfolgloser Versuch.

„Wahrscheinlich können Geister nicht reden", hat er sich immer wieder eingebildet. Oder sie wollen nur Angst und Schrecken verbreiten. Diesen Gefallen wird er ihr nicht tun, meistens wendet er seinen Blick nicht einmal mehr ab, sondern wartet nur, was als Nächstes passiert. Doch wie immer passiert nichts und sie löst sich in Luft auf.

Nach dem Essen geht er zurück ins Hotel und schaltet den Fernseher ein. Die übliche Berieselung ist zu sehen, nichts Gehaltvolles, und schon gar nichts über die Ermittlungen, die ihn unter Druck setzen. Nach einigem Umschalten schaut er in den Videotext und liest die aktuellen Nachrichten und ein wenig Sport. Schließlich entscheidet er sich für das dritte Programm und ruft den Videotext auf. Er findet dort tatsächlich eine Nachricht über seinen Fall, die jedoch nur die ergebnislosen Ermittlungen der Polizei zum Inhalt hat. Laumann hat es offensichtlich geschafft, dass keine Verbindungen zu den Toten auf dem Feld und der Schießerei in Wattenscheid erkennbar sind. Zumindest nicht für die Medien. Insgeheim fragt er sich, ob auch Anatol die Nachrichten verfolgt und wie er diese Nachrichten aufnimmt. Schließlich kennt er die Täter aus Wattenscheid und wahrscheinlich auch den Täter, der Laura und den Unbekannten ermordet hat ... Schlaflose Nächte wird das Anatol aber wohl kaum bereiten. Gelegentlich glaubt er zu erkennen, dass dieser der ganzen Sache sogar noch Spaß abgewinnen kann. Auf was hat er sich da eingelassen?

Er betrachtet die Umschläge, die auf dem kleinen Schreibtisch liegen. Morgen wird er alles Nötige in die Wege leiten und hoffen, dass alles wie geplant verläuft. Morgen wird er Antworten erhalten und, mit ein wenig Glück, sein Leben fortsetzen können. Ob es ein Leben in Freiheit sein wird, kann er nicht sagen. Es hängt von Anatols Antworten ab und natürlich von dem, was er getan und vielleicht sogar verbrochen hat. Und trotzdem ist er zuversichtlich, dass sein Plan funktioniert. Wenn er die Mörder identifiziert und der Staatsanwaltschaft präsentiert hat, kann er vielleicht mit einem milden Urteil rechnen, einen Deal aushandeln.

Für einen Augenblick überlegt er, ob er Claudia anrufen soll. Doch er legt das Telefon wieder weg. Sie würde viel weinen und ihn zu überreden versuchen, sich Laumann zu stellen und gemeinsam alles durchzustehen. Er hat einfach nicht die Kraft für ein verweintes Gespräch voller Flehen und Bitten. Er bringt es einfach nicht über das Herz. Eine E-Mail will er auch nicht schreiben, er hat alles im Brief gesagt und wüsste dem nichts mehr hinzuzufügen. So sehr er es sich auch wünscht, aber er kann sich selbst nicht verzeihen – wie könnte er das dann von Claudia verlangen? Er kann sich selbst nicht verstehen, wie sollen Claudia oder Laumann ihn verstehen?

Es fehlen Antworten. Doch er hat Angst, dass alles einfach nur auf Geld hinausläuft. Er hielt es nie für möglich, sich korrumpieren zu lassen, doch anscheinend ist genau dies geschehen. Schlimmer noch, er ist zu einem Typ Menschen geworden, den er strafrechtlich zu verfolgen geschworen hat. Und nur wegen des Geldes. Oder war noch mehr im Spiel? Leise verflucht er seine Erinnerungslücke, die sich einfach nicht schließen will. Wenn Anatol ihm keine Antworten gibt, wird er niemals wissen, was passiert ist und was ihn zu einer solchen Tat bewogen hat. Ist er ein Straftäter?

Der Begriff hallt wie ein Echo durch seinen Kopf. Er schämt sich – und schämt sich umso mehr dafür, dass er mit seinem glücklichen Leben mit Claudia offenbar nicht zufrieden war. Es hat ihm anscheinend nicht gereicht und was immer er auch suchte, er wird es niemals finden und Claudia verlieren. Welch ein erbärmlicher kleiner Idiot ...

Hör auf mit der Jammerei, denkt er sich. Du hast dir alles selbst eingebrockt und nun musst du die Suppe auch auslöffeln.

Er streckt sich auf dem Bett aus und fällt in einen unruhigen Schlaf mit schlechten Träumen.

Wie gerädert wacht er morgens auf und fühlt sich schlecht. Die Euphorie, endlich eine Entscheidung oder eine Lösung gefunden zu haben, ist verflogen. Seinen Plan hält er nicht mehr für einfach und logisch. Er begibt sich in die Höhle des Löwen mit ungewissem Ausgang und dem Wissen, dass er sich mit einem gewaltigen Löwen anlegt.

Sein Laptop fährt hoch, er geht duschen und setzt sich anschließend an den Rechner. Er schaut sich einige Kurznachrichten an und versucht dann, regionale Nachrichten zu finden. Im regionalen Teil einer Tageszeitung entdeckt er ein Bild von sich. Erschrocken fährt er zusammen, vergrößert den Text und beginnt zu lesen.

Das Polizeipräsidium Bochum und die Staatsanwaltschaft suchen ihn als Zeugen für die Ermittlungen in einem Kapitalverbrechen. Sein gegenwärtiger Aufenthaltsort sei unbekannt. Möglicherweise verschließe er sich nicht freiwillig den Ermittlungen und es sei nicht auszuschließen, dass er entführt wurde.

Wer die gesuchte Person erkenne oder seinen Aufenthaltsort wisse, solle ihn auf keinen Fall ansprechen, sondern sich stattdessen unverzüglich mit der Polizei in Verbindung setzen.

Der Text ist sehr allgemein gehalten und soll offensichtlich niemanden beunruhigen. Kein Wort davon, dass er Polizeibeamter ist – und nirgendwo ein Hinweis, dass er als Beschuldigter gesucht und verdächtigt wird, einen oder mehrere Morde begangen zu haben. Laumann versucht anscheinend, ihn zu finden, aber so wenig Staub wie möglich aufzuwirbeln. Die Medien scheinen noch immer keine Verbindung zu den Morden und ihm gefunden zu haben. Wahrscheinlich hat es eine Absprache mit den Medien gegeben, vorläufig keine reißerische Story zu veröffentlichen – und damit bis zum großen Tag der Festnahme zu warten ...

Schnell packt er seine Sachen zusammen. Er ist froh, dass er bereits gestern seine Rechnung bezahlt hat und einfach so verschwinden kann. Mit den Taschen bepackt verlässt er sein Hotelzimmer, hängt das „Bitte aufräumen"-Schild an die Türklinke und sieht sich auf dem Flur um. Da niemand zu sehen ist, geht er vorsichtig die Treppe hinunter und wagt einen Blick auf die Rezeption. Niemand da – und so geht er zielstrebig auf den Ausgang zu.

„Wollen Sie nicht noch frühstücken? Wir haben gerade frischen Kaffee gekocht." Der junge Mann von der Rezeption, der ihn bereits gestern in Empfang genommen hat, steht im Durchgang zum Frühstücksraum.

„Ich habe verschlafen und gleich einen wichtigen Termin", gibt er zur Antwort.

In seinen Augen erkennt er ein kleines Funkeln und ist sich sicher, dass er die Zeitung gelesen und ihn erkannt hat. Er kann jetzt nur hoffen, dass ihm genug Zeit bleibt und er noch rechtzeitig vor Laumann fliehen kann. Diesen hat er nicht in seinem Plan berücksichtigt und kann nicht riskieren, dass er kurz vor der Ziellinie scheitert.

„Ganz wie Sie wünschen", entgegnet der junge Mann. „Beehren Sie uns bald wieder."

„Sicher." Es ist seine einzige Antwort und er verlässt das Hotel, zu schnell. Wenn der Angestellte ihn nicht erkannt hat, dann weiß er jetzt, dass etwas nicht mit ihm stimmt. Er wendet sich sofort nach links und versucht, über die Einkaufsstraße aus dem Sichtfeld des jungen Mannes zu entfliehen. An der nächsten Möglichkeit geht er nach rechts und befindet sich in unmittelbarer Nähe zu seinem Wagen. Abrupt bleibt er stehen. Gestern hat er den Wagen direkt vor dem Hotel geparkt und erst später einen anderen Parkplatz gesucht. Vielleicht hat der Mann ihn gesehen und sich das Kennzeichen gemerkt. Dann wird er Laumann das Kennzeichen geben oder hat es bereits schon getan. Er ist nicht bereit, dieses Risiko einzugehen und entscheidet sich gegen den Wagen.

Er dreht sich wieder um und geht in die entgegengesetzte Richtung. So schnell wie möglich muss er weg. Er zieht sich die Kapuze seines Anoraks tiefer in die Stirn und bewegt sich zum Bahnhof, von dem auch die Linienbusse abfahren. Aus der Entfernung beobachtet er zuerst den Platz. Vielleicht erkennt er Kollegen, die auffällig unauffällig den Bahnhof beobachten. Mit Sicherheit wird Laumann keine ihm bekannten Kollegen mit der Überwachung beauftragen. In der dunklen Ecke eines Unterstandes zündet er sich eine Zigarette an. Lange kann er sich nicht hier aufhalten. Laumann wird Druck machen, also schaut er sich verschiedene Personen etwas länger an. Niemand macht einen auffälligen Eindruck, niemand beobachtet die Fahrgäste. Auf den Aushängen sucht er sich eine Buslinie aus und zieht am Automaten einen Fahrschein. Er hat Glück und muss nur zwei Minuten auf den Gelenkbus warten. Nach kurzer Überlegung entscheidet er sich für einen Stehplatz im Gelenk und hofft, von außen nicht so einfach sichtbar zu sein. Ohne Komplikationen erreicht er Herne und steigt dort in die U-Bahn nach Bochum.

Am Rathaus verlässt er die U-Bahn, um den Hauptbahnhof zu meiden. Der Regen empfängt ihn wieder, als er auf den Rathausplatz tritt. Eilig geht er durch das Einkaufscenter „CityPoint" und hastet an der H&M-Filiale vorbei. An der Bäckerei geht er hinaus auf die Kortumstraße, Bochums Einkaufsstraße, und verschwindet in der Menge einkaufshungriger Menschen, die sich nicht um ihn kümmern, ihn vielleicht gar nicht bemerken. So gelangt er unbehelligt in eine Seitenstraße und betritt die Kanzlei des Rechtsanwaltes Berndt, den er bereits mehrere Male privat beauftragt hatte und dem er vertraut.

Vorsichtig klopft er an der Eingangstür und seine Sekretärin begrüßt ihn mit einem Stirnrunzeln.

„Herr Schramm. Wie geht es Ihnen?"

Wie geht es ihm? Wie soll er die Frage nach all den Ereignissen beantworten? Doch bevor er zu einem langen Monolog ansetzt, antwortet er nur kurz: „Gut. Ist Herr Berndt bereits im Haus?"

„Haben Sie einen Termin mit ihm vereinbart?"

„Leider nein. Es ist sehr kurzfristig und ich muss dringend mit ihm sprechen, nur wenige Minuten."

„Okay. Ich frage mal eben nach."

Sie greift zum Hörer und spricht kurz mit ihm. Noch bevor sie aufgelegt hat, fliegt die Tür auf und der hochgewachsene Rechtsanwalt steht in der Tür.

„Kommen Sie rein."

Er wendet sich zu seiner Sekretärin.

„Bitte, die nächste halbe Stunde nicht stören."

Der Rechtsanwalt winkt ihn in sein Büro und bietet ihm einen Platz an. Mühsam setzt er sich in den Sessel und beobachtet ihn aufmerksam.

„Was kann ich für Sie tun?"

Er weiß nicht, wie er seine Erzählung beginnen soll. Aber er ist der einzige Mensch, dem er zurzeit vertrauen kann.

„Ich weiß nicht, wie ich anfangen soll. Die Sache ist etwas, naja, kompliziert."

Herr Berndt greift zu verschiedenen Unterlagen, schiebt sie zur Seite und wirft ihm die Tageszeitung hin.

„Hat es damit zu tun?"

„Ja", flüstert er leise. „Und noch viel mehr."

„Ich habe noch nie eine so lächerliche Fahndung in der Presse gesehen. Es erinnert mich an einen Eierlauf und offenbar haben Ihre Pressestelle und der Staatsanwalt keine Ahnung, wie sie eine Fahndung nach Ihnen begründen sollen. Ist doch alles Wischiwaschi. Also?"

„Sie wissen, dass ich im Krankenhaus war?"

„Nein", antwortet er und schüttelt mit dem Kopf. „Etwas Ernstes?"

„Wahrscheinlich nicht, aber es stehen noch Untersuchungen aus. Ich bin einfach im Krankenhaus aufgewacht und kann mich an die letzten beiden Monate nicht erinnern."

Er nickt und hebt seine Handfläche als Aufforderung, fortzufahren.

„Nun, ich bin irgendwann aufgewacht, hatte keine Ahnung wo und wer ich bin und irgendwann taucht Laumann in meinem Krankenzimmer auf."

„Laumann? Von der Mordkommission?", fragt der Anwalt. Er nickt nur zur Bestätigung und starrt auf seine Hände.

„Also, weiter. Was ist passiert?"

„Ich ..." Er bricht den Satz ab und startet einen neuen Versuch.

„Es gab zwei Tote in Wattenscheid, auf einem Feld." Schweigen.

„Ein Mann und eine Frau. Kopfschüsse, glaube ich. Ich habe darüber gelesen. Und?"

„Man hat meinen Dienstausweis am Tatort gefunden."

Berndts stechenden Augen schauen ihn an, suchen Antworten, bevor er überhaupt eine Frage gestellt hat.

„Okay, das ist nicht gut, aber das ist doch nicht das Problem, oder?"

„Nein. Es war meine Waffe, mit der die beiden erschossen wurden."

„Scheiße."

Ein erneutes Schweigen erfüllt den Raum. Berndt macht sich einige Notizen und schaut ihn an.

„Aber Laumann hat Sie noch nicht zum Tatverdächtigen gemacht. Wieso, worauf wartet er?"

„Er hat nichts in der Hand. Patronenhülsen aus meiner Waffe, meinen Dienstausweis, beides am Tatort, aber nicht einen einzigen Beweis, dass ich tatsächlich dort oder irgendwie beteiligt war. Und meine Erinnerungslücke ist echt. Ich habe nicht die geringste Ahnung, was passiert sein könnte. Das war auch das Problem für Laumann."

„Mit ein wenig Fantasie hätte er oder der Staatsanwalt aber einen Tatverdacht begründen können, wenn auch nur schwach."

„Vielleicht hatte ich einfach nur das Glück, Kollege zu sein. Möglicherweise hat mir das eine Schonfrist eingebracht."

„Die jetzt aber stark zur Neige geht, wenn ich das richtig bewerte. Sie haben noch immer nichts in der Hand und panische Angst vor dem Medienrummel. Das kann ich alles noch verstehen, aber warum die Flucht?"

Er reibt sich die Hände und traut sich nicht, dem Anwalt in die Augen zu schauen.

„Also? Was?"

„Ich habe zufällig jemanden getroffen. Er kannte die Tote und er kannte mich. Ich dachte ..."

Ja, was hast du gedacht?, meldet sich die Stimme in seinem Kopf. Berndt kneift die Augen zusammen und beugt sich über den Schreibtisch in seine Richtung.

„Ich dachte, dass ... Ich glaube, dass wir genug geredet haben. Ich möchte Sie um einen Gefallen bitten ..."

„Moment, Moment, Herr Schramm, nicht so schnell. Ich kann Ihnen nur helfen, wenn ich alles weiß, also wie steht es nun damit?"

„Ich muss erst noch was klären, bevor ich morgen zu Laumann gehen und mich stellen werde. Erst dann kann ich meine Unschuld beweisen, vielleicht nicht vollständig, aber zumindest, was die Morde betrifft. Ich möchte, dass Sie meine Verteidigung übernehmen."

Er greift in seine Tasche und zieht die drei Umschläge hervor.

Rechtsanwalt Berndt liest die Namen Claudia, Laumann und seinen eigenen. Er schaut ihm wieder in die Augen und verschränkt die Finger ineinander.

„Und Sie sind sich sicher, dass Sie morgen mit Laumann reden werden? Das hier", er hält die Umschläge hoch, „sieht mehr nach finaler Lösung aus. Was haben Sie vor?"

„Ich habe ein Treffen mit einer Person, die mir alles erklären kann. Glauben Sie mir, ich weiß, dass es gefährlich ist. Und Sie haben meine einzige Sicherheit in den Händen. Sollte irgendetwas passieren, das mich daran hindert, zu Laumann zu gehen, verschicken Sie bitte die Umschläge und öffnen Ihren eigenen. Darin ist alles erklärt, unter anderem auch, warum ich in dieser Lage bin."

„Herr Schramm, das macht keinen Sinn. Lassen Sie mich Laumann anrufen und mit ihm reden. Ich finde einen Weg, glauben Sie mir. Ihre Flucht macht alles nur schlimmer. Sie zwingen die Behörden dazu, Sie offiziell zur Fahndung auszuschreiben, dann haben Sie nichts mehr unter Kontrolle. Wenn man momentan überhaupt von Kontrolle sprechen kann. Also geben Sie mir den ..."

„Es gibt noch mehr Tote!"

„Was?", schreit er jetzt. „Was haben Sie gesagt?"

„Es gibt noch mehr Tote." Er schluckt zwei Mal.

Berndt greift zum Hörer und sagt seinen nächsten Termin ab. Sein Kopf ist hochrot.

Er macht sich Sorgen, dass sich Schaum vor dem Mund des Anwalts bildet.

„Ich habe den Mann getroffen, der mich und die Tote kannte. In Wattenscheid."

„Die Schießerei?", fragt er resigniert.

Er nickt nur.

„Haben Sie ...?"

„Nein, aber er wurde vor meinen Augen hingerichtet. Verdammt, es ist kompliziert. Ich habe jedenfalls später die Person gefunden, die mir alles erklären kann."

„Und für die Morde verantwortlich ist. Sind Sie noch klar bei Verstand? Sie können doch nicht, also mir fehlen die Worte. Sie sind Polizist, verdammte Scheiße. Wie können Sie nur ... ich fasse es nicht!"

Der Rechtsanwalt steht auf und geht zum Fenster. Er schaut auf die Straße und legt eine Hand auf die Glasscheibe. Mit der anderen Hand reibt er sich über den Mund. Dann dreht er sich um und setzt sich an den Schreibtisch. Er zieht die Schublade auf, holt zwei Gläser hervor und schenkt Cognac ein. Ohne auf ihn zu warten, leert Berndt sein Glas in einem Zug.

„Scheiße."

„Dem schließe ich mich an", leert auch er sein Glas.

„Und Laumann weiß von Ihrem Treffen und der Hinrichtung?"

„Ja."

„Das ist ein Albtraum. Warum sitzen Sie noch hier?"

„Aus zwei Gründen. Laumann hat mich angerufen. Es gab eine Überwachungskamera in dem Café. Er weiß, dass ich nicht geschossen habe. Aber er wollte Antworten, wollte, dass ich ins Präsidium komme und mit ihm rede. Ich habe mich dann abgesetzt."

„Warum? Sie haben sich immer weiter reingeritten, was soll das?"

„Weil ich keine Antworten hatte, zumindest nicht so viele wie jetzt."

„Dann lassen Sie mich jetzt mit Laumann reden."

„Nein, auf keinen Fall. Wenn meine Kontaktperson mitbekommt, dass ich mit Laumann rede, ob persönlich oder über Sie, weiß ich nicht, was alles passieren könnte. Ich will Claudia schützen, mehr nicht. Solange ich noch auf freiem Fuß bin, mich mit ihm treffe, solange ist Claudia sicher. Und wenn das Gespräch morgen vorbei ist, kann nichts mehr passieren. Dann kann ich reden."

„Wollen Sie mir wirklich nicht mehr erzählen?"

„Nein. Wenn alles vorbei ist, reden wir. Dann können Sie mir auch in den Hintern treten. Vielleicht werden Sie mich auch verstehen, aber jetzt ist nicht der richtige Zeitpunkt."

Berndt gießt sich noch einen Cognac ein. Er dreht das Glas in seinen Fingern und beobachtet ihn.

„Haben Sie eigentlich eine Vorstellung davon, was Sie von mir verlangen?"

„Machen Sie sich keine Sorgen. Ich war nie hier. Die Sachen haben Sie per Post erhalten."

„Und Sie glauben, das geht einfach so? Während Ihrer Ohnmacht muss in Ihrem Kopf etwas kaputtgegangen sein. Wir können die Sache noch regeln, lassen Sie uns zu Laumann gehen, jetzt!"

„Es gibt da noch einen Toten."

Das Cognacglas rutscht aus seiner Hand und zerschellt auf dem Schreibtisch. Die braune Flüssigkeit verläuft über den Tisch und kriecht in die dort liegenden Papiere.

„Ich muss doch irgendwann aufwachen. Das ist ... das ist ... unglaublich. Wann? Wo?"

„In Gelsenkirchen. Ich hatte mit dem Hingerichteten und der Toten, die auf dem Feld gefunden wurde, eine Wohnung. Wahrscheinlich so etwas wie ein Basislager von dem aus wir operiert haben."

„Ein Basislager?" Berndt ist außer sich. „Ein Basislager???", überschlägt sich seine Stimme.

„Naja, ich weiß nicht, wofür wir die Wohnung gebraucht haben. Ich gehe davon aus, dass wir dort alles geplant und durchgeführt haben?"

„Ja, was denn? Was haben Sie geplant und durchgeführt?"

Sein Schweigen zeigt ihm deutlich, dass Schramm noch nicht zu einem Gespräch bereit ist.

Der Anwalt zuckt mit den Schultern und mit einer fragenden Mimik will er ihn zum Reden bringen.

„Das ist in den Umschlägen."

Berndt sinkt wie ein nasser Sack zusammen. In seinen Augen zeigt sich Resignation und eine tiefe Furcht.

„Und Sie sind wirklich sicher?"

„Nein", antwortet er und versucht sich an einem Lächeln. „Ganz und gar nicht. Aber mir bleibt keine andere Wahl. Mir wird nichts passieren."

Er steht auf und greift sich seine Tasche.

„Herr Schramm, warten Sie." Der Anwalt kommt um den Schreibtisch herum und bleibt vor ihm stehen. Er ist etwa einen Kopf größer und schaut auf ihn herab.

„Es gibt Menschen, die scheißen auf ihre Versprechen, Zusagen und andere Menschen. Wenn er bereits getötet hat, kann er Sie auch mit einem Handstreich umlegen lassen. Warum soll er Sie am Leben lassen?"

„Das habe ich mich schon so oft gefragt und auch ihm habe ich diese Frage gestellt. Und wissen Sie, was er geantwortet hat?"

„Sie werden es mir sagen."

„Er hat Angst vor der Polizei. Er will keinen Bullen umlegen und vom gesamten Polizei-Apparat verfolgt werden. Und wissen Sie, was das wirklich Schlimme daran ist?"

„Nein."

„Ich glaube ihm und der Zusicherung, dass er Claudia in Ruhe lässt."

Berndt atmet tief aus und schüttelt den Kopf.

„Ein wenig dürftig, oder nicht?"

„Mehr kann ich nicht erwarten. Er soll nur Claudia in Ruhe leben lassen. Was mit mir geschieht, ist egal."

„Haben Sie sich nur ein einziges Mal gefragt, wie es Claudia jetzt geht?"

„Ständig, jede Sekunde. Sie ist alles, was noch zählt."

„Dann gehen Sie nicht, bitte."

„Ich kann nicht."

Er geht zu Berndts Schreibtisch, greift sich einen Kugelschreiber und unterschreibt eine Vertretungsvollmacht, die auf einem Stapel liegt.

„Für alle Fälle."

„Herr Schramm, bitte."

„Keine Chance. Eine Bitte habe ich noch."

„Was?"

Er deutet auf seine Sachen.

„Kann ich die hierlassen? Sie würden mich stören. Ich brauche nur diese Plastiktüte."

„Wann werden Sie ihn treffen?"

„Noch heute."

Er reicht ihm die Hand, die Rechtsanwalt Berndt ein wenig länger festhält als notwendig.

„Passen Sie auf sich auf. Und morgen reden wir?" Er weiß, dass er ihn nicht aufhalten kann und hat seine vergeblichen Versuche abgebrochen.

„Versprochen."

Er verlässt die Kanzlei und der Regen fällt noch immer auf Bochums Straßen. Die Plastiktüte mit den CDs stopft er sich unter die Jacke. Er meidet die Bochumer Innenstadt. Am Planetarium steigt er in die U-Bahn Richtung Bochum-Gerthe und fährt von dort weiter mit dem Bus nach Dortmund. Es wird Zeit für sein Treffen mit Anatol.

5. Kapitel
Die Wahrheit

Laumanns Faust knallt auf den Tisch der Rezeption.

„Er ist weg?" schreit er den Mann an.

Der junge Mann an der Rezeption zuckt zusammen und wird erkennbar kleiner.

„Vor einer halben Stunde, etwa", haucht er vorsichtig. „Ich konnte ihn nicht aufhalten. Was hätte ich denn tun sollen?"

Brandtner legt Laumann die Hand zur Beruhigung auf die Schulter. Laumann hätte den jungen Mann am liebsten am Kragen über den Rezeptionstisch gezogen. Doch er weiß, dass der Junge nichts hätte tun können. Aber die Welle der Frustration hat ihn erfasst. In solchen Situationen ist er nur schwer zu bremsen und häufig neigt er dann dazu, ungerecht zu werden. Das Klopfen auf seiner Schulter interpretiert er nicht als Vorwurf, sondern eher als Mitgefühl. Erstaunlicherweise kommt er wieder zur Ruhe und versucht, freundlich mit dem Mann zu reden.

„Hatte er einen Wagen dabei?"

„Ja, er kam gestern mit einem schwarzen BMW mit Hamburger Kennzeichen. Er fuhr dann kurz weg und kam ohne Auto wieder." Laumann notiert sich das Kennzeichen.

„Wir sollten die Umgebung absuchen lassen und die Fahndung nach dem BMW herausgeben", sagt er zu Brandtner, der sich ein wenig absetzt und zum Handy greift.

„Hat er gesagt, wo er hinfährt?"

„Nein. Er musste wegen eines Termins dringend weg. Wollte nicht einmal mehr frühstücken."

„Was hatte er bei sich?"

„Eine Laptoptasche, eine Reisetasche und eine Plastiktüte."

„Kann ich das Zimmer sehen?"

„Gerne."

Der junge Mann reicht ihm einen Zimmerschlüssel, den Laumann an Sarah Krafft weitergibt, die sofort Richtung Treppe verschwindet.

„Ist Ihnen irgendetwas aufgefallen?"

„Nein. Ein ganz normaler Gast. Keine Wünsche, keine Anrufe und auch keine Bestellungen. Ich glaube, dass er auswärts gegessen hat, weiß es aber nicht genau. Die Rezeption war nicht ständig besetzt, hier im Haus hat er jedenfalls nicht gegessen."

Brandtner gesellt sich wieder zu ihnen und nickt Laumann zu. „Läuft."

Laumann fingert eine Visitenkarte aus seiner Tasche und reicht sie dem jungen Mann.

„Rufen Sie mich bitte sofort an, wenn Ihnen noch etwas einfällt. Und entschuldigen Sie bitte meinen Wutausbruch."

„Okay. Kann ich mich jetzt wieder um das Hotel kümmern?"

„Sicher. Sie werden noch zur Vernehmung vorgeladen, denn wir müssen Ihre Zeugenaussage aufnehmen. Wenn Sie dann vielleicht eine Stunde Zeit für uns hätten, wäre ich Ihnen sehr dankbar."

„Kein Problem, rufen Sie mich einfach an. Viel Erfolg noch."

Der junge Mann verschwindet und Laumann erkennt, wie erleichtert er ist.

Brandtner schüttelt den Kopf. „Langsam bekomme ich die gleiche Paranoia. Wieder einen Augenblick zu spät."

„Aber die Fahndung zeigt Wirkung. Er ist mehr oder weniger Hals über Kopf abgehauen. Bestimmt hat er unseren Aufruf mitbekommen und hält sich in der Nähe auf." Laumann kann die Nähe zu Schramm körperlich spüren. Das Gefühl gleicht jedoch nicht der Verfolgung eines Straftäters, dieses Gefühl hier ist anders. Er ärgert sich über den Gedanken, dass er vielleicht emotional zu stark beteiligt ist und er den Fall besser abgegeben hätte. Doch es ist eindeutig zu spät. Er spürt, dass der Abschluss der Ermittlungen näher gekommen ist.

„Das ist momentan die einzige Chance, an Schramm heranzukommen. Er stellt sich nicht, weil er etwas weiß. Er ist der Schlüssel und kann uns Antworten geben. Warum sonst sollte er fliehen?", fragt Brandtner.

„Ich brenne auf seine Vernehmung. Ich habe die Schnauze voll und keine Lust mehr auf weitere unangenehme Gespräche mit der Präsidentin. Und bis die Antworten aus der Schweiz und Österreich vorliegen, vergehen wahrscheinlich Wochen. Ich kann mir das Drama dort vorstellen, wenn der Typ tatsächlich Banker war. Ich habe so meine Zweifel, ob wir überhaupt eine Antwort bekommen. Denen ist das Bankgeheimnis noch wichtiger als uns der Datenschutz." In Brandtner Stimme ist der Frust nicht zu überhören. Er schaut seinen Chef an, der nur den Kopf schüttelt und abwesend vor sich hinmurmelt: „Mir ist nur schleierhaft, wie er an die Informationen kommt und wir völlig im Dunklen tappen. Er muss sich wieder erinnert haben."

Dann wendet Laumann sich wieder Brandtner zu: „Gibt es eigentlich etwas Neues aus der Wohnung in Gelsenkirchen?"

„Nein, der Typ war schon einige Stunden tot. Auch wenn Schramm in der Wohnung war – er hat ihn nicht erschossen. Es war eine andere Waffe. Oder er hat sich eine andere Waffe besorgt. Ansonsten: nichts. Absolut leergeräumt, sogar die Mülleimer wurden geleert. Einige Handy-Nummern, aber alles Prepaid. Ich habe einige Rufnummern angerufen – alles tot. Keine Mailbox, einfach nichts."

„Das ist unmöglich. Es gibt immer Spuren."

„Sicher, jede Menge. Fingerabdrücke von Novic und Kampmann. Auch der Tote muss sich dort länger aufgehalten haben. Seine Spuren haben wir auch gefunden. Und Schramms Fingerabdrücke. Er war in der Wohnung, definitiv."

„Und keine Hinweise, worum es hier geht?"

„Nein."

„Wir sind also auf die Mitarbeit in Österreich und der Schweiz angewiesen?"

„Wenn der Typ eindeutig identifiziert werden kann und seine Wohnung durchsucht wird, finden wir vielleicht etwas."

„Und bis dahin stochern wir im Nebel?"

„Korrekt. Wir können nur warten."

Laumann wünscht sich eine andere Antwort, kann die Situation aber nicht ändern. Warten ist nicht seine Lieblingsbeschäftigung. Selten war er lange mit einer Mordermittlung beschäftigt. Seine im Präsidium bekannte Auffassungsgabe führte ihn immer schnell in die richtige Richtung, führte ihn zum Täter. Gelegentlich scheiterte es an den Beweisen, aber das konnte ihm nicht angekreidet werden. Doch dieser Fall ist anders und er ist nicht bereit, einfach aufzugeben.

„Irgendwelche Ideen?", fragt er Brandtner.

Brandtner schweigt erst mal, bevor er mit den Achseln zuckt: „Was sollen wir tun? Vielleicht finden wir noch etwas im Computer, Peter arbeitet daran. Aber sonst? Wir werden Schramm irgendwann aufgreifen, vielleicht gibt er uns einige Antworten."

Wie angewidert wendet sich Laumann ab. Warten, sonst nichts. Warten? Worauf? Auf den nächsten Toten oder einen toten Schramm?

Sarah Krafft kommt die Treppen hinunter und schüttelt den Kopf.

„Nichts im Zimmer, was uns irgendwie weiterbringen könnte. Er war ja auch nur eine Nacht hier. Die Spurensicherung sichert die Beweise und ich bin sicher, dass wir Schramms Fingerabdrücke finden. Als letzten Beweis für seine Anwesenheit, wenn irgendjemand die Aussage des Hotelangestellten anzweifeln sollte."

Die drei Ermittler stehen im Kreis und beobachten das Kommen und Gehen im Hotel. Niemand kümmert sich um sie, sie sind unsichtbar. Genau wie das Team, das gerade das Zimmer von Schramm untersucht. Auch Schramm ist unsichtbar.

Laumanns Handy klingelt, als sie gerade das Hotel verlassen. Er hört zu, nickt mit dem Kopf und schnippt mit den Fingern, worauf Krafft und Brandtner stehen bleiben.

„Wo?", ist die einzige Frage, die Laumann am Handy stellt.

„Beschreiben Sie mir kurz den Weg."

Laumann dreht sich nach links und sucht Straßenschilder.

„Wir haben das Auto gefunden, es steht hier in der Nähe, zwei Straßen weiter."

Sie setzen sich in Bewegung und treffen wenige Minuten später am Fahrzeug ein. Ein Team junger Streifenbeamter steht am Fahrzeug. Das Blaulicht am davor geparkten Streifenwagen blinkt und taucht die Umgebung in eine gespenstische Atmosphäre.

Mit ungutem Gefühl geht Laumann zum Fahrzeug und hält eine Hand an eines der Fenster, um eine Spiegelung zu vermeiden.

„Das Fahrzeug ist verschlossen", sagt der junge Streifenbeamte. Brandtner dreht sich zu ihm um und schaut ihn an. Verlegen schaut der uniformierte Polizist zu Boden, während Laumann durch alle Fenster schaut.

„Nichts Erkennbares darin."

„Das Fahrzeug ist auf eine Autovermietung in Essen zugelassen", äußert er stolz in Laumanns Richtung. Er ist sich der Anerkennung sicher, dass er mitgedacht und Auskünfte eingeholt hat.

„Essen? Und? Schon angerufen, wer das Fahrzeug gemietet hat?"

„Äh, nein." Auf dem Gesicht des Streifenbeamten zeigen sich rote Flecken. „Ich werde sofort mit meinem Wachhabenden sprechen und ihn bitten, dort anzurufen. Bin gleich wieder da."

„Nein, ist schon gut. Wir machen das über unsere Dienststelle."

„Rainer, ruf bitte sofort Peter an, er soll sich mit der Autovermietung in Verbindung setzen. Und ein Wagen der Essener Kollegen soll mit einem Bild von Schramm dort vorbeifahren. Lass fragen, ob ein Zweitschlüssel vorhanden ist, sonst müssen wir den Wagen öffnen lassen. Peter soll bei den Kollegen seinen Charme spielen lassen, vielleicht bringen sie uns den Schlüssel."

„Glaubst du, dass wir im Wagen etwas finden?", fragt ihn Sarah Krafft.

„Nein, aber trotzdem sollten wir nachschauen."

Wenige Minuten später erfährt Laumann, dass Klaus Schramm den Wagen gemietet hat und seine Eltern in Duisburg besuchen wollte. Anschließend wollte er von Köln/Bonn aus in den Urlaub fliegen.

„Dummes Zeug", ist die einzige Antwort von Laumann. „Seine Eltern wohnen in Bochum. Und Urlaub? Nie im Leben. Versuch trotzdem mal, was am Flughafen in Erfahrung zu bringen. Ich glaube es zwar nicht, aber wer weiß ..."

Sarah Krafft bietet an, am Fahrzeug auf die Kollegen zu warten. Laumann ist froh, dass er nicht die ganze Zeit untätig auf die Kollegen warten muss und fährt zurück zum Präsidium. Wieder ein verlorener Tag. Keine richtigen Ergebnisse – und Schramm ist erneut entwischt. Es ist früher Nachmittag und bisher sind keine Informationen zum Aufenthaltsort von Schramm eingegangen. Doch ein wenig Zuversicht macht sich in Laumann breit. Schramm ist in unmittelbarer Nähe. Es ist nur eine Frage der Zeit, bis sie ihn finden.

Als er seine Bürotür öffnet, sinken die Schultern nach unten. Auf dem Monitor klebt eine gelbe Haftnotiz, dass er im Büro der Präsidentin erwartet wird. Dringend!

Laumann riecht den kalten Zigarettenrauch und zündet sich eine an. Der Mantel wirft er achtlos auf einen der Stühle. Die Beine legt er auf dem Schreibtisch ab, schließt die Augen und überlegt, wie er dem Unheil entgegentreten will.

Er hat nichts zu berichten und muss damit rechnen, abgesetzt zu werden. Die Präsidentin wird bemerkt haben, dass er zu stark emotional beteiligt ist, und den gleichen Vorwurf erheben, den er bereits an sich selbst gerichtet hat. Und doch hat er kleine Erfolge zu vermelden. Er ist Schramm auf der Spur und die Schlinge zieht sich langsam zu, aber sonst? Er kennt weder das Motiv noch hat er Verdächtige. Und keine Ahnung, ob Schramm nun Beschuldigter ist oder nicht.

Als er an der Tür der Präsidentin klopft, sieht er sie in ihrem Bürostuhl sitzen – und vor dem Schreibtisch Staatsanwalt Renner sowie Dresmer, Leiter der Kriminalpolizei. Laumann erkennt die undankbare Konstellation: kein freier Stuhl am Schreibtisch der Präsidentin. Alles erscheint eindeutig. Er wird für den Fall verantwortlich gemacht und wird eine üble Standpauke über sich ergehen lassen müssen. Dass er dabei wie ein Schuljunge am Schreibtisch stehen muss, erscheint ihm erniedrigend. Er fröstelt und eine Gänsehaut macht sich auf seinen Armen breit. Das Klima im Raum kommt ihm eisig vor. Laumann sucht die Flucht nach vorne.

„Wir sind einen Schritt weiter."

Die Präsidentin lächelt ihn freundlich an, was Laumann im Ansatz erstaunt.

„Guten Tag, Herr Laumann", begrüßt sie ihn.

Laumann merkt, wie ihm jetzt die Röte ins Gesicht steigt. „Guten Tag, Frau Engel."

Er begrüßt Renner und Dresmer per Handschlag. „Ich komme soeben aus Recklinghausen und war in Gedanken noch nicht hier im Präsidium. Verzeihung."

Die Polizeipräsidentin erhebt sich aus ihrem Bürostuhl und weist auf den Besprechungstisch mit mehreren Stühlen. Laumann grinst über seine Sorge, dass er vorgeführt werden und eine Standpauke erhalten sollte. Er bemerkt angesichts der Kekse, die auf dem Tisch stehen, sein leises Magenknurren, Renner grinst.

„Hunger?"

„Keine Zeit", gibt Laumann mürrisch zurück.

„Würden Sie uns bitte auf den neuesten Stand bringen, Herr Laumann", fordert die Präsidentin.

Laumann fasst die bisherigen Ereignisse zusammen und führt noch einmal die Verbindungen zwischen den Morden auf. Auch die Erkenntnisse zum Mord in der Gelsenkirchener Wohnung stellt er dar. Sein Bericht endet mit den Ergebnissen aus Recklinghausen und dem Essener Autoverleih. Er nennt den einzigen gemeinsamen Nenner: Schramm.

Staatsanwalt Renner eröffnet das Gespräch.

„Wie passt Schramm Ihrer Meinung nach in dieses Bild? Ist er für die Morde an Kampmann, dem Unbekannten und dem Mann in Gelsenkirchen verantwortlich?"

Laumann denkt einen Moment darüber nach. Von seiner Antwort hängen die nächsten Entscheidungen ab. Nach wie vor ist er sicher, dass Schramm nicht für die Morde verantwortlich ist. Aber kann er es wirklich ausschließen?

„Es gibt nach wie vor keinen konkreten Beweis gegen Schramm. Ich bin überzeugt davon, dass er in irgendetwas hineingeraten ist. Vielleicht strafrechtlich relevante Handlungen begangen hat. Aber ...", er hebt den Finger, „ich bin überzeugt, dass er für die Morde nicht verantwortlich ist. Vielmehr glaube ich, dass die beiden Täter aus Wattenscheid die Finger im Spiel hatten."

Laumann glaubt das Ausatmen der Präsidentin zu hören. Die Vermeidung eines Image-Schadens für das Polizeipräsidium Bochum erscheint ihr in greifbarer Nähe.

„Was ist das Motiv? Wann und wo hat alles angefangen?", fragt Dresmer.

Laumann schweigt und schüttelt den Kopf, was Antwort genug ist.

„Wir tappen völlig im Dunkeln, haben nicht einmal Ansätze für eine Erklärung. Es gibt eine Theorie, aber wie gesagt, nur eine Theorie."

„Und die wäre?" Das Interesse von Staatsanwalt Renner ist spätestens jetzt geweckt.

Laumann würde sich am liebsten auf die Zunge beißen. Zu schnell und unüberlegt hat er diese Äußerung von sich gegeben, jetzt gibt es kein Zurück mehr.

„Vielleicht Erpressung", antwortet er leise in den Raum.

„Wer? Schramm?" Die Präsidentin ist entsetzt.

„Schramm und Erpressung", schnaubt Dresmer verächtlich. „Ich kenne Schramm schon einige Jahre, das passt nicht zusammen. Wen sollte er auch erpresst haben? Und womit überhaupt?"

„Möglicherweise war der Tote aus Gelsenkirchen irgendein Banker mit Zugriff auf hochsensible Dateien. Und dabei meine ich nicht Steuerhinterziehung, sondern eher in Richtung Geldwäsche und organisierte Kriminalität."

„Warum nicht Steuerhinterziehung?"

„Weil ein Banker diese Informationen direkt an die Behörden oder die Bundesländer für Millionen verkaufen könnte. Er braucht dafür weder Komplizen noch kriminelle Energie – und kann sich rechtlich einwandfrei bereichern. Wenn es um andere Dinge geht, braucht er Leute, die Ahnung haben, die ihn unterstützen."

„Dies könnte die Hinrichtung in Wattenscheid erklären, vielleicht auch die anderen Morde. Aber es bleibt dabei eine wichtige Frage." Staatsanwalt Renner schaut alle, die am Tisch sitzen, nacheinander an. „Verzeihen Sie mir die Offenheit, aber warum lebt Schramm dann noch?"

Laumann schluckt. Genau das ist der Schwachpunkt seiner Theorie. Warum lebt Schramm noch?

„Die Sache könnte völlig außer Kontrolle geraten sein. Ich könnte mir sogar vorstellen, dass nur der Banker die Identität und wahre Gefährlichkeit des Erpressten kannte und die anderen Beteiligten belogen hat."

„Gut. Nehmen wir einfach an, dass der Tote aus Gelsenkirchen tatsächlich Banker war. Den Kontakt zu Kampmann kann man damit erklären. Aber wann kommen Novic und Schramm in die Geschichte?"

„Ich weiß es nicht. Zurzeit nehme ich an, dass Kampmann und Novic sich bereits vorher kannten. Und Kampmann muss den Kontakt zu Schramm hergestellt haben, vielleicht über einen gemeinsamen Bekannten."

"Hm." Renner scheint mit der Entwicklung nicht glücklich. Auch auf Dresmer machen die wenigen Antworten und vielen Vermutungen offenbar nur wenig Eindruck.

„Dann ist Schramm der Einzige, der Antworten geben kann?"
„Ja und nein."
„Wie meinen Sie das?", fragt die Präsidentin.

„Wir können nicht mit Sicherheit davon ausgehen, dass sich Schramm erinnert. Ich halte es eher für unwahrscheinlich. Sollte er sich erinnern, hätte er sich bei mir gemeldet. Alleine schon, um den Verdacht des Mordes auszuräumen. Aber nichts ist passiert. Er muss auf anderen Wegen an Informationen gekommen sein. Und bevor Sie fragen: Ich weiß nicht, wie.

Wir haben alle Beweise durchgeschüttelt, Rechner ausgewertet, Handys abgehört, haben Schramm sogar beschattet, und wenn Sie mir das Eingeständnis erlauben, zu früh aufgehört. Aber wir haben keinen Hinweis oder Kontakt gefunden, der uns irgendwie weiterbringen würde."

Laumann kann nicht an sich halten und greift sich einen Keks.
„Aber ...", er kaut genüsslich an dem Keks, „Schramm hält sich

in der Nähe auf und wir werden ihn bald finden. Da bin ich sicher. Dann werden wir auch die Ermittlungen abschließen können."

„Was ist, wenn Schramm an den Morden beteiligt war? Als Schütze, meine ich?", fragt Dresmer und rutscht unruhig auf seinem Stuhl herum.

„Werner", keift die Präsidentin zurück, „ich will davon nichts hören. Ein Beamter meiner Behörde ist kein Mörder und wir sollten uns davor hüten, dass solche Vermutungen nach außen dringen."

„Da stimme ich Ihnen zu. Wir brauchen absolute Verschwiegenheit. Wenn wir Schramm als Tatverdächtigen wegen Mordes suchen oder sich herausstellt, dass er geschossen hat. Mein Gott, ich mag mir das Chaos nicht einmal vorstellen ... Ich habe auch nur meine direkten Vorgesetzten eingeweiht und stehe in ständigem Kontakt. Absolute Diskretion. Wenn wir verhindern, dass die Medien einen Zusammenhang herstellen, können wir die Sache vielleicht elegant aus der Welt schaffen, selbst wenn Schramm der Täter ist. Glücklicherweise war der letzte Mord in Gelsenkirchen. Das hat hier keiner richtig mitbekommen."

„Wie wollen Sie das aus der Welt schaffen?" Laumann erkennt, dass er nur aus diesem Grunde noch die Ermittlungen leitet. Es ist die Angst, dass etwas nach draußen dringt. Je länger er dabei ist, desto besser eignet er sich als Sündenbock für ergebnislose Ermittlungen.

„Das klären wir, wenn es so weit ist und wir das Ergebnis auf dem Tisch liegen haben. Jetzt können wir wenig tun."

„Haben Sie bereits einen Plan in der Tasche, Herr Staatsanwalt?", fragt Dresmer.

„Vielleicht können wir die Verbindung zwischen den Morden auf dem Feld und im Café kappen und es als unterschiedliche Taten mit unterschiedlichen Motiven darstellen."

Laumann hebt zum Protest an. „Nicht mit mir."

„Aber nur, und nur dann, wenn es keine Möglichkeit gibt, die Taten zu klären. Sollten die Taten geklärt werden und Schramm mit drinstecken, müssen wir uns den Medien stellen. Da müssen wir dann durch, da führt kein Weg vorbei."

„Frau Engel, wie sehen Sie das?", fragt Laumann die Präsidentin. Sie schaut zu Dresmer, der verlegen auf den Boden sieht.

„Warten wir doch zunächst einmal das Ergebnis ab. Wir sollten keine ungelegten Eier verteilen. Noch haben wir Zeit."

Laumann hat ein ungutes Gefühl bei der Sache, beschließt aber, das Gespräch zunächst auf sich beruhen zu lassen. Zunächst einmal müssen sie Schramm haben und die Ergebnisse erarbeiten. Für Laumann heißt es wieder nur warten. Wie er solche Tage hasst.

Es klopft mehrfach an der Tür, als Laumann sich gerade erhebt und verabschiedet. Die Tür wird ohne weiteres Klopfen geöffnet. Laumann sieht Müller in der Tür stehen. Unruhig von einem Fuß auf den anderen tretend blickt er Laumann an. Der verabschiedet sich noch einmal und zieht Müller auf den Flur.

„Was ist los?", fragt er ihn.

„Wir haben ihn", platzt es aus ihm heraus. „Er ist in Dortmund. Die Kollegen sind schon unterwegs. Wir können sofort los, den Wagen habe ich hier." Er hält die Fahrzeugmappe mit den Schlüsseln hoch.

Laumann starrt Müller hinterher, der nicht bemerkt hat, wie Laumann stehen geblieben ist. Er dreht sich um, als er Laumann nicht neben sich sieht und sieht ihn fragend an.

„Komm schon, wir haben kaum Zeit?"

„Wie?"

„Ein Angestellter im Hotel Fallentaler hat sich gemeldet. Er hat Schramm aus der Zeitung erkannt und uns sofort angerufen. Er sitzt mit einer Person in der Lounge. Andere stehen auch noch in der Nähe."

„Dann los."

Laumann marschiert los. In ihm macht sich ein ungutes Gefühl breit. Er freut sich nicht auf das nahende Ende. Angst ergreift seinen Körper. Die Angst, dass er sich in Schramm geirrt hat, Angst, dass er etwas übersehen hat, und Angst, dass ihn dieser Fall in ein tiefes schwarzes Loch stürzen wird.

Als Müller den Wagen startet und Gas gibt, bemerkt Laumann, dass er nicht nur seinen Mantel, sondern auch seine Waffe vergessen hat.

6. Kapitel
Das Finale

Viel zu früh erreicht er Dortmund. In Dortmund-Bövinghausen sucht er eine kleine Autovermietung, da er dringend einen fahrbaren Untersatz braucht. Er möchte so selten wie möglich in der Öffentlichkeit gesehen werden und für alle Fälle schnell verschwinden können. Zu viele Menschen lesen die Zeitung und könnten sein Bild gesehen haben.

Die Ränder, die sich mittlerweile um seine Augen gebildet haben, und sein Verzicht auf eine ordentliche Rasur geben ihm die Zuversicht, nicht ganz so schnell erkannt zu werden. Sein Gesicht ist durch die Kälte gerötet und durch seinen krankheitsbedingten Ausfall hat er abgenommen. Auf dem Bild, das die Zeitung zeigt, sieht er hingegen frisch, gepflegt und ein wenig voller aus.

Zuversichtlich betritt er die kleine Autovermietung und leiht sich für drei Tage einen Wagen. Er entscheidet sich für einen schwarzen Mercedes älteren Baujahrs und zahlt die Mietgebühr bar. Die alte Dame am Schalter scheint sich nur für das Bargeld zu interessieren. Seinen Ausweis will sie gar nicht sehen. Er diktiert ihr einfach einen erfundenen Namen, den sie im Computer eingibt, und unterschreibt den Mietvertrag mit diesen Namen. Er wundert sich nicht mehr, dass so viele Ermittlungen im Sande verlaufen, wenn es den Tätern so einfach gemacht wird.

Mit dem Wagen fährt er in die Dortmunder Innenstadt, parkt in einem großen, unübersichtlichen Parkhaus. Er taucht in der Menschenmenge auf dem Westenhellweg, Dortmunds geschäftiger Einkaufsmeile, unter. Isst in einem Fastfood-Restaurant, geht spazieren und macht sich Gedanken über den Ablauf der nächsten Stunden.

Anatol wird nichts in einem großen Hotel unternehmen. Er wird das Hotel lebend verlassen. Vielleicht hält Anatol sein Wort und lässt ihn gehen. Wahrscheinlich warten seine Leibwächter auf dem Parkplatz auf ihn, um gnadenlos ihre Anweisungen auszuführen. Seine Waffe gibt ihm zusätzliche Sicherheit. Kampflos wird er nicht aus dem Leben scheiden.

Nach dem Gespräch mit ihm wird er noch einige Zeit sitzen bleiben, vielleicht noch etwas essen und dann Laumann anrufen. Der wird sich mit Sicherheit sofort auf den Weg machen. Er braucht sich also keine allzu großen Sorgen zu machen, alles easy, alles wird gut.

Seine Entscheidung beruhigt ihn ein wenig und macht ihn zufriedener, wenn auch nicht glücklich. Rechtsanwalt Berndt kann mit Sicherheit auch noch einiges für ihn tun. Vielleicht wird alles nicht so schlimm, wie er noch vor wenigen Stunden dachte.

Einige Zigaretten später macht er sich auf den Weg und fährt auf den Parkplatz des Hotels Fallentaler. Von einer Parkbucht aus beobachtet er den Hotelbereich und den Eingang des Hotels. Niemand betritt während seines Wartens den Eingang. Nach einigen Minuten ist noch immer niemand da und langsam glaubt er, dass Anatol nicht kommt. Trotzdem steigt er mit der Plastiktüte aus dem Wagen, geht um das Hotel herum und schaut in den Eingangsbereich. An der Bar sitzen einige Leute. Die hinteren Bereiche kann er nicht einsehen, ohne selbst von innen gesehen zu werden. Vorsichtig betritt er die Bar durch eine kleine gläserne Eingangstür. Eine hohe Holzwand versperrt die Sicht in den Gastraum. Als er seinen Fuß in den Raum setzt, schaut sich niemand nach ihm um.

„Hallo Arschloch", haucht ihm unvermittelt ein russischer Akzent ins Ohr.

Erschrocken fährt er herum und dreht sich zu der Ecke, in der sich Nikolas unsichtbar für ihn aufgehalten hat.

Nikolas! Er hat ihn nicht gesehen. Er muss hinter der Holzwand gewartet haben. Wahrscheinlich schon seit Stunden. Nikolas greift ihm an den Unterarm, ein unmissverständliches Zeichen, dass er ihm folgen soll. Ein zweiter Mann taucht auf und folgt ihnen zur Toilette. Der zweite Mann versperrt den Zutritt zu den Herrentoiletten. Nikolas durchsucht ihn und führt dabei ein Gerät an seinem Körper entlang, das er nie zuvor gesehen hat. Ein Ticken, gleich einem Sonar, ist zu hören. Das Handgerät steckt er wieder in seine Tasche. Nikolas greift nach seinem Holster. Er entlädt seine Waffe und gibt sie ihm zurück, das Magazin behält er.

„Anatol hat gesagt, dass du die Waffe behalten darfst. Er hat nicht gesagt, dass sie geladen sein darf", sagt er mit einem hämischen Grinsen.

„Toll gemacht, Nikolas. Ob unbewaffnet oder ungeladen, da gibt es keinen Unterschied."

Nikolas scheint ein wenig verunsichert. Auf Widerworte zu reagieren, scheint nicht seine Stärke zu sein. Wenn er in fremde Augen schaut, sieht er meistens nur Angst und Entsetzen. Aber er ist nicht bereit, seine Unsicherheit zu zeigen.

„Und Vertrauen wird durch dein Verhalten sicher nicht gefördert. Mal sehen, wie Anatol darauf reagiert."

Verschüchtert händigt er ihm sein Magazin aus.

„Nur in die Hosentasche. Nicht in die Waffe", entgegnet er.

Zu dritt verlassen sie die Toiletten und ihm wird ein Tisch in einer dunklen Ecke zugewiesen. Nikolas und sein Partner verschwinden so lautlos, wie sie aufgetaucht sind.

„Mein lieber Kommissar", beginnt Anatol das Gespräch und erhebt sich aus einer tiefen Sitzgruppe. „Setz dich doch zu mir, bitte."

Seine dunklen, braunen Augen starren ihn an. Er scheint ihn mit diesem Blick einschüchtern zu wollen. Was ihm zumindest teilweise gelingt. Anatol ist ihm zuwider und weist das typische, klischeehafte russische Verhalten auf. Edlen teuren Schmuck – die Goldkette um seinen Hals würde an jeden Leopard-Panzer passen – Designerklamotten und italienische Schuhe. Er scheint Ende fünfzig zu sein, braungebrannt, und die Brillanten an seiner Rolex funkeln um die Wette.

Anatol bemerkt die Falten auf seiner Stirn.

„Noch immer skeptisch?" Er lacht leise.

Er schaut sich vorsichtig in der Bar um und hört im Hintergrund „Happy" von Pharrell Williams, sehr passend, sehr witzig.

„Als Beweis meiner Versprechen habe ich dir deine Waffe gelassen. Bin ich nicht nett?"

„Nett wäre nicht das Wort, das ich zu deiner Beschreibung benutzen würde."

„Ich habe dir deine Waffe als Beweis meiner Ehrlichkeit überlassen. Du hast nichts zu befürchten. Ich gehe davon aus, dass auch du keinen Unsinn machen wirst."

Er scheint auf eine Bestätigung zu warten, also nickt Schramm ihm zu.

„Und ich bin selbst gekommen. Mich zu treffen, ist so gut wie unmöglich. Das schafft nicht jeder, wenn ich das mal so sagen darf."

„Du kannst keine weiteren Mitwisser gebrauchen, also regelst du die Sache lieber selbst. Richtig?"

Anerkennend nickt er leicht mit dem Kopf. „Exakt. Sehr scharfsinnig."

„Also, was hast du für mich?"

Anatol setzt zum Sprechen an und schweigt, als die Kellnerin ihm einen Kaffee bringt.

„Und für meinen Gast bitte auch einen Kaffee. Schwarz?", fragt er in seine Richtung.

„Ja, bitte", Schramm ist total überfordert. Der russische Akzent ist weg, und zwar völlig. Anatol könnte aus jedem anderen Land der Welt stammen, kein Akzent ist für ihn erkennbar. Die Angestellte verschwindet wieder. Er lächelt ihn an.

„Gaaaanz wie isch brauche Akzent", haucht er ihm mit einem übertriebenen russischen Akzent entgegen. „Manchmal brauche ich einen anderen Akzent", sagt er mit einem leicht britischen. „Oder wenn ich mit dir rede ...", ergänzt er in akzentfreiem Hochdeutsch.

„So etwas habe ich nicht für möglich gehalten", erwidert er verstört. „Ich hätte nicht gedacht, dass man so etwas lernen kann." Plötzlich erscheint ihm Anatols gesamtes Outfit wie eine Karikatur. Er bedient ein Klischee und kann sich jederzeit wie ein Chamäleon verwandeln. „Wer in der ganzen Welt aufwächst und im richtigen Umfeld erzogen wurde, kann so etwas lernen."

„Und was ist schief gelaufen?", fragt er grinsend.

Anatol beugt sich zu ihm vor, seine Augen funkeln gefährlich und die Wangen weisen eine kleine rote Färbung auf.

„Übertreibe es nicht, mein lieber Freund! Sollte es mir in den Sinn kommen, mit den Fingern zu schnippen, wird dein Hirn über den schönen Tisch verteilt."

„Wie bei Novic?"

„Genau wie bei Novic. Können wir uns wieder wie zivilisierte Menschen unterhalten?"

„Zivilisierte Menschen legen sich nicht um."

„Wieder der Moralapostel? Der Polizist? Du solltest dir lieber merken, was ich dir gerade noch versucht habe, zu erklären."

Sein Kaffee wird gebracht und er überlegt, wie er das Gespräch fortsetzen soll. Anatol gibt einem seiner Leibwächter ein Zeichen und zeigt auf die beiden Kaffees. Im Spiegelbild eines Fensters sieht er, wie der Leibwächter zum Tresen geht und die beiden Kaffees bezahlt.

„Du willst schon gehen?"

„Nein, wir haben doch noch etwas zu besprechen. Aber vielleicht müssen wir schnell weg und ich bin kein Mensch, der seine Rechnungen nicht bezahlt. Ich bezahle immer, wie sieht es mit dir aus?"

Das Gespräch verläuft sehr merkwürdig und nur einer am Tisch hat Spaß. Er kann einfach nicht erkennen, was Anatol vorhat – und hatte sich einen ganz anderen Gesprächsverlauf gewünscht.

„Ich bestelle nichts, was ich nicht bezahlen kann."

„Du bleibst niemandem etwas schuldig, oder? Bezahlst immer schön deine Rechnungen, oder sollte ich mich täuschen? Sehr ehrenhaft." Anatol grinst.

„Diskutieren wir hier über Moral und Ehre? Was soll das hier alles? Du hast mir Antworten versprochen. Also?"

„Sonst interessiert dich nichts?"

„Nein."

„Sicher?"

Worauf will Anatol hinaus? Was sollte ihn interessieren? Er will den Mörder von Laura Kampmann, mehr nicht. Und Anatol hat die Antworten, die er so dringend sucht.

„Willst du nicht wissen, wie ich euch gefunden habe? Wo der Fehler lag? Worauf du zukünftig achten solltest?"

„Ich werde diese Informationen zukünftig nicht mehr brauchen. Mir liegt nur ..."

„Oh, du ziehst dich aus deinem erfolgreichen Geschäft zurück? Es beruhigt mich ein wenig, dass ich nie mehr von dir hören werde."

„Lass den Quatsch, verdammt. Wenn du mir etwas zu erzählen hast, gut. Wenn nicht, werde ich jetzt aufstehen und verschwinden."

„Wirst du nicht, du willst die Wahrheit kennen und ich", dabei macht er eine ausladende Geste, „darf der Überbringer der Wahrheit sein, darf Aletheia spielen. Das habe ich mir schon immer gewünscht."

Langsam verliert Schramm die Lust an diesem Gespräch. Anatol zieht es in die Länge und er weiß nicht, warum. Genießt er es einfach nur oder verfolgt er einen Plan?

Er hat nicht genug Zeit für lange Gespräche und macht sich Sorgen, dass ihn plötzlich jemand erkennt und Laumann in der Tür steht, bevor er Antworten hat. Er will nicht daran denken, was dann hier passieren wird. Und Anatol hat mit Sicherheit seine Flucht bereits organisiert. Genau wie er auch.

„Gut, gut, gut", wiegelt er ab. „Die Wahrheit, okay." Er nippt an seinem Kaffee und beugt sich wieder vor, lächelt wie ein glückliches Kind, das seine Eltern mit einer Überraschung begrüßt.

„Am besten erzähle ich dir ein kleines Märchen, das kann ich nämlich sehr gut, musst du wissen. Also los. Es war einmal ein sehr, sehr böser Mann. Eines Tages sah er in seinem armseligen Leben merkwürdige Dinge und begann zu träumen. Er beobachtete die merkwürdigen Dinge tagaus, tagein und wartete. Irgendwann kam der Tag, da ein naiver, unvorsichtiger und etwas dicklicher König", dabei kichert er und klopft sich auf seinen Bauch, „einen Fehler mit einer Telefonnummer machte. Der naive, unvorsichtige und dickliche König hat den Fehler später gefunden und dafür gesorgt, dass dieser Fehler nie mehr passieren wird. Das ist aber eine andere Geschichte." Er nippt wieder an seinem Kaffee.

Schramm bekommt langsam Kopfschmerzen, Anatols Art der Erzählung raubt ihm seinen letzten Nerv. Er würde ihm gerne das Nasenbein brechen und die Wahrheit kurz und bündig aus ihm herausprügeln. Doch Anatol grinst nur und fährt fort.

„Der böse, böse Mann saß ganz alleine in seinem Kämmerchen, träumte und hatte niemanden in dieser Welt, dem er diesen Traum erzählen konnte. Doch der Zufall bringt ihm eine kleine Fee, die dem bösen Mann zuhört, und beschließt, ihm seine Wünsche zu erfüllen."

„Kannst du nicht etwas schneller erzählen?", faucht er ihn an und fügt gedanklich hinzu: „Das weiß ich alles schon, Arschloch. Bägli hat auf den Konten etwas gefunden, stolpert über die Handy-Nummer von Anatol und überzeugt Laura Kampmann, so weit war ich auch schon."

„Mein lieber Freund", brüstet sich Anatol.

„Und nenn mich nicht mehr »Freund«, verstanden?", antwortet er barsch.

Blitzschnell beugt Anatol sich zu ihm herüber, bringt sein Gesicht direkt vor seines, sein Kopf wird hochrot. Eine solch schnelle Bewegung hat er ihm nicht zugetraut. Er ist wesentlich gefährlicher, als er sich vorstellen kann. Sein Speichel trifft ihn im Gesicht, als Anatol weiterspricht.

„Du hast mich angegriffen. Du hast mich abgezockt und beinahe dem Spott meiner Geschäftspartner ausgesetzt. Und jetzt heulst du mir die Ohren voll wegen der beschissenen Wahrheit und ein paar toten Menschen. Du hast zwanzig Millionen eingesackt und forderst die Wahrheit von mir, mein kleiner Polizist? Meine oder deine Wahrheit, mein lieber Freund?", zischt er ihm gefährlich ins Gesicht und kann in seinem Wutausbruch einen leichten russischen Akzent nicht verbergen. „Sei froh, dass ich beschlossen habe, dein kümmerliches Leben zu schonen. Jetzt nehme ich mir die Freiheit und erzähle so, wie ich es will, denn dafür habe ich genug bezahlt." Er macht einige Sekunden Pause. „Wäre dir Herr Kommissar lieber?", fragt er plötzlich so freundlich wie zuvor, in akzentfreiem Hochdeutsch.

„Ist mir egal, weiter." Er muss vorsichtiger sein, sonst wird er die Wahrheit nie erfahren. Der Schrecken sitzt ihm noch im Nacken und spätestens jetzt weiß er um die Gefährlichkeit dieses Mannes.

„Wo waren wir stehen geblieben? Ach ja, die Fee. Die gute alte Fee, nein, nein, die gute junge Fee. Sie hat viele Freunde und Bekannte. Über einen dieser Bekannten stößt sie auf den barmherzigen und guten Ritter in seiner schillernden Rüstung, mit seiner Moral und der überschwänglichen Ehre, die ihn umgibt."

Also ist er der Ritter in diesem Laientheater. Jetzt ist zumindest klar, warum er ihm den Moralapostel vorwirft und von Ehre spricht.

„Aber so sehr der edle Ritter seine Bauern auch beeindruckt, in seinem Innern stinkt er wie ein fauler Fisch und verpestet die Luft in seiner Umgebung."

Er beschließt, nicht darauf zu antworten oder auf diesen Vergleich einzugehen. Anatol grinst ihn wieder höhnisch an.

„Und der edle Ritter fordert den unvorsichtigen und naiven König mit einem Telefonat heraus. Er wusste nicht, mit wem er sich anlegt und setzt den König dermaßen unter Druck, dass er den Forderungen nachgeben muss. Er kann seine Fehler nicht innerhalb einer solch kurzen Zeit ausbügeln. Und er weiß nicht einmal, ob der edle Ritter alleine gekommen ist und woher er die Informationen hat, verstehst du?"

Er nickt. Langsam wird ihm klar, dass sie die Erpressung extrem kurz gehalten haben, damit Anatol keine Gelegenheit für Gegenmaßnahmen hatte. Daher hat er auch die Summe bezahlt, die er wahrscheinlich aus der Portokasse genommen hat. Und wenn er ihn richtig verstanden hat, ist ihm das Geld egal. Er hatte einfach nur Angst, dass seine Geschäftspartner von seinem Fehler erfahren und sein Leben beenden könnten. Oder die Geschäfte vorbei sind. Was für eine Welt ...

„Aber der unvorsichtige König hat viele, viele Freunde. Der edle Ritter hat versehentlich das Telefon, das er für seine Forderungen nutzte, doch tatsächlich für Telefonate mit der Fee genutzt. Sie haben sogar Treffpunkte vereinbart, sehr unvorsichtig ..." Anatols Grinsen wird immer breiter und seine verkniffenen Echsenaugen schauen ihn ruhig an. Er wartet auf eine Reaktion, sucht die Erinnerung in seinen Augen.

Er hat ihn auf ihre Spur gelockt und ihm alle ausgeliefert. Und nur des Geldes wegen hat er sich darauf eingelassen und die Sache gestartet. Er ist wirklich kein edler Ritter, da hat Anatol richtig gelegen, er ist ein verdammter Idiot. Ihm wird kalt und er spürt, wie ihm die Farbe aus dem Gesicht weicht. Anatols Grinsen wird noch breiter, er genießt den Augenblick. Es ist wie in einem billigen Krimi, am Ende muss der Böse alles erzählen.

„Sehr schnell kannte der König die Namen der Fee und des Ritters. Aber nicht den Namen des bösen Mannes, des Träumers. So verlangte der König einen Beweis und forderte den Ritter und die Fee auf, ihm einen solchen zu bringen. Natürlich bevor die Forderung erfüllt wird. Der Ritter ging auf den Wunsch ein und so fand ein Treffen statt, zu dem der König einen seiner Lakaien schickte. Das Treffen verlief nicht sehr freundlich und alle rannten weg, zumindest die, die noch laufen konnten." Er kichert. Eine unangenehme Pause entsteht. Anatol sieht ihm lange in die Augen. „Kannst du dich jetzt wieder erinnern, mein Freund?"

Sein Mund ist staubtrocken. Keine Geistesblitze, keine Bilder und auch kein Film vor seinen Augen. Alles gelöscht, schwarz und leer.

„Warum hast du sie erschossen?", fragt er ihn.

„Dazu kommen wir gleich noch. Du wirst sehen, wir werden viel Spaß haben, glaub mir einfach. Das Schicksal hat es wirklich gut mit mir gemeint."

Sein Herz bleibt stehen, sein Blut pocht in den Adern und das Pochen dröhnt wie Donnerschläge in seinen Ohren.

„Na ja, der König hat einen kleinen Teil der Beweise erhalten, das war das Gute an der Geschichte. Und er sah, dass die Forderungen schnellstens erfüllt werden mussten, da sonst ein neuer König gewählt wird. Als die Forderung erfüllt war, sandte der unvorsichtige König seine Heerscharen aus", fährt er fort. „Und der unvorsichtige König erhielt einen Anruf von seinem Kaiser. Der hatte Andeutungen aufgeschnappt und war erbost über die Geschichten, die ihm zugetragen wurden. Zugetragen von kleinen miesen Kriechern, die den Stuhl des Königs begehrten. Aber der Kaiser konnte beruhigt werden und der König durfte die Sache regeln. Er stellte fest, dass die Fee und der Ritter nicht mehr ihre Namen tragen wollten und einen Bauern beauftragt haben. Aber im Märchen ist der Bauer dumm und manchmal auch in der Wirklichkeit. Der Bauer plapperte und plapperte."

Novic hat also die Pässe besorgt, auch das hat er sich bereits denken können.

"Warum hast du Laura umbringen lassen?"

„Dazu kommen wir gleich. Nur noch zwei kleine Ausführungen ins Märchenland. Kurz nach dem Treffen, von dem alle, die es noch konnten, weggelaufen sind, fällt der Ritter um, kawumm", und er schlägt die Hand auf den Tisch. „Und als er wieder wach wird, ist er der ehrenvolle, moralisch unangreifbare Ritter in der strahlenden Rüstung, ohne Fehl und Tadel, wie zu der Zeit, als er die Fee nicht kannte."

„O Wunder, o Wunder", fällt Schramm dazu ein. „Das soll ich glauben?"

„Ach nein!" Anatol zieht das Nein in die Länge und lacht laut. „Ein getreuer Diener hat ein wenig nachgeholfen. Du solltest wirklich nicht deine Wasserflaschen so im Auto liegen lassen. Aber wie das Leben so spielt, bei der Portionierung haben wir uns ein wenig, wirklich nur ein wenig, verschätzt." Anatol lacht herzhaft. „Aber ich stehe auf der Sonnenseite des Lebens", wieder folgt die ausladende Geste, „und wir haben dich überwacht und gesehen, wie du nach dem Treffen die Flasche geleert hast, aber du bist einfach nicht umgefallen. Manchmal seid ihr Bullen hart im Nehmen. Dir ist wahrscheinlich der Arsch auf Grundeis gegangen.

Meine Leute haben sich kaputtgelacht, wie ein gehetztes Tier bist du durch die Gegend gefahren. Ich habe alles vorbereiten lassen, die Beweise lagen bereit und du fährst treu in der Gegend herum und verbuddelst selbst Beweise, verdammte Scheiße. Erst nach zwei verdammten Tagen", er hält dabei zwei Finger in die Höhe, „erst nach zwei verdammten Tagen fällst du um. Einfach so.

Und wir konnten nichts machen, wir konnten ja nicht ständig neben dir stehen. Du hast es sogar geschafft, die Beweise vor unseren Augen verschwinden zu lassen. Meine Leute, Gott sei ihren Seelen gnädig, haben gepennt. Du sagst mir nicht, wie und wo du die Beweise versteckt hast, oder?"

„Nein. Wie sollte ich mich auch daran erinnern? Hast du es schon vergessen?"

„Du hast deine Waffe, gibst mir die CDs", und zeigt dabei auf die Plastiktüte, „und ich soll dir deinen Blackout glauben?"

„Glaub, was du willst. Nicht eine einzige Erinnerung ist aufgetaucht. Keine Chance."

Anatol schätzt ihn mit seinen Augen ab und schüttelt den Kopf.

„Wie dem auch sei. Deine Frau, die Nachbarn, alle standen um dich herum und du machst keinen Mucks. Ich habe damals tatsächlich gedacht, dass du verreckst. Scheiße, das wäre echt übel gewesen. Wir wussten auch nicht, wie lange das Zeug nachweisbar war und was mit den Beweisen passiert ist, für die ich eigentlich eine ganz andere Verwendung vorgesehen hatte. Manchmal habe ich sogar gebetet, dass mein kleiner lieber Kommissar nicht das Zeitliche segnet."

„Nun weißt du, dass nichts nachweisbar war. Und die Beweise", er schiebt die Plastiktüte über den Tisch, „sind hier. Wie sieht es jetzt mit Antworten aus?"

Anatol greift zur Tüte und Nikolas erscheint.

„Bestell uns doch gleich noch zwei Kaffee. In fünf Minuten kannst du auch bezahlen, okay?"

Nikolas nickt und mit der Plastiktüte in der Hand verschwindet er wieder. Er bleibt aber im Sichtbereich an der Tür stehen, nachdem er am Tresen bestellt hat.

Schramm sitzt mit Anatol am Tisch und wartet. Anatol scheint seine Unruhe zu spüren.

„Weißt du, dass Misstrauen die Welt beherrscht?"

„Ich versteh nicht."

„Nun, ich habe bei dem Treffen, wie sag ich das, gewisse Vorkehrungen getroffen. Für alle Fälle. Und da ich auf der Sonnenseite stehe, sind diese Vorkehrungen zu Gold geworden. Ich habe sie zwar aus anderen Gründen getroffen, aber nun erfüllen sie einen überraschenden, geradezu phänomenalen Zweck."

Die Angestellte stellt wieder zwei Kaffee auf den Tisch und entfernt sich mit dem gebrauchten Geschirr wieder.

„Traust du mir?"

„Ehrlich? Nein. Nicht im Geringsten", antwortet er ehrlich.

„Glaubst du mir?", fragt er ihn noch einmal, doch dieses Mal erhebt er die Stimme leicht.

„Dein Märchen deckt sich mit meinem Wissen, du hast mich in meinen Überlegungen bestätigt."

„Nein, das meinte ich nicht. Glaubst du mir und meinen Worten?"

„Ich weiß nicht, was ich dir glauben kann."

„Das habe ich mir gedacht. Und deswegen bekommst du jetzt den ultimativen Beweis von mir. Fakten, die dir die Augen öffnen werden. Bist du bereit?"

Vorsichtig nickt er mit dem Kopf.

„Wirklich? Letzte Chance."

Kopfnicken. Anatol greift neben sich und legt ein Tablet auf den Tisch.

„Du hast ...?" Er kann den Satz nicht beenden.

„Ja, genau. Ich habe das Treffen filmen lassen. Keine Hollywood-Produktion, aber immerhin. Willst du es sehen?" Anatol klatscht vor Freude ungeduldig in die Hände.

Wieder Kopfnicken. Anatol startet die Aufnahme, seine Hände zittern leicht und er dreht seinen Kopf in seine Richtung. Ein kleiner Speichelfleck bildet sich in einer Ecke seines Mundes und sein widerliches Grinsen verzerrt sein Gesicht zu einer teuflischen Grimasse. Er schaut auf den Monitor, als sich dort ein kleines Fenster öffnet. Mit seinem dicken Zeigefinger berührt er das Startsymbol. Anatols Augen mustern ihn scharf.

Zuerst sieht er nur einen schwarzen Bildschirm, die Stoppuhr beginnt zu laufen. Es erscheinen grüne Schlieren und die Kamera versucht, sich scharf zu stellen. Er sieht ein Feld in der Nacht und zwei Leute sprechen russisch.

„Was wird gesprochen?"

„Willst du eine exakte Übersetzung?"

„Ja."

„Gut: »Wo ist das Arschloch?«

»Da hinten, mit seiner Schlampe. Geh doch nicht so nah ran.«

»Ja, warte. Da. Ich hab sie.«"

Auf dem Bild sind zwei Personen zu sehen, grünlich verfärbt wie bei einem Nachtsichtgerät. Laura Kampmann und er. Nur ihre Oberkörper sind zu sehen, da eine kleine Anhöhe die Sicht einschränkt. Häufig wird das Bild unscharf und der Kameramann verwackelt es ganz offensichtlich.

Immer wieder versucht er, näher an sie heranzuzoomen. Doch das Bild verwackelt oder verschwimmt ständig. Laura und er scheinen einige Worte zu wechseln – und schauen plötzlich beide nach rechts. Anatol übersetzt weiter.

„»Da kommt Kirill.« – »Wo?« – »Weiter rechts.«"

Das Bild wackelt wieder und erfasst eine Person, die sich von rechts auf sie zubewegt. Kurze Zeit später stehen sie zu dritt beisammen. Der Mann nimmt etwas in der Größe einer CD von ihm entgegen. Er schaut plötzlich in die Richtung der Kamera. Das Bild verwackelt, sie sind nicht mehr zu sehen, und die Kamera versucht, das Bild scharf zu stellen. Es sind aber nur vereinzelt Grashalme und Steine zu erkennen.

„»Scheiße, hat uns das Arschloch gesehen?«

»Keine Ahnung. Ich weiß nicht. Es ist doch dunkel. Was soll er sehen?«"

Plötzlich sind Knallgeräusche zu hören.

„»Scheiße. Verdammt, wer ballert da rum?«" Anatol klingt gleichgültig, er beobachtet ihn aufmerksam und saugt jede Reaktion in sich auf. Das Bild wird dunkel, grün, wieder dunkel, verwackelt, der Zoom macht Geräusche und sucht krampfhaft nach einem Punkt, um sich scharf zu stellen.

„»Der Typ hat die Schlampe umgelegt. Scheiße!«"

Sein Herz setzt aus. Drei weitere Schüsse sind zu hören.

„»Scheiße, halt die verdammte Kamera drauf.«

»Hat er Kirill umgelegt?«

»Ja, Scheiße verdammte.«"

Auf dem Bild ist ein Hügel zu sehen. Die Kamera schwenkt langsam nach rechts, bis eine Person sichtbar ist. Er ist alleine im Bild und sieht sich um. Kurz verschwindet er hinter dem Hügel, beugt sich zu etwas hinunter. Er schaut nach rechts, dann nach links auf den Boden, blickt in Richtung Wald. Er hat eine Hand zum Kopf geführt und rauft seine Haare. Er scheint verzweifelt und hält eindeutig eine Waffe in seiner rechten Hand.

„»Scheiße, lass uns abhauen. Der legt uns auch um, wenn er uns sieht. Weg hier, Scheiße. Mach die verdammte Kamera aus und komm!« – »Warte.«"

Noch einmal ist Schramm zu sehen, dann rennt er nach links aus dem Bild.

Die Aufnahme ist zu Ende. Kreidebleich sieht er auf den Bildschirm, seine Kehle ist staubtrocken und er kann sich noch immer nicht erinnern. Ihm wird heiß, ihm wird kalt, Schweißperlen bilden sich auf seiner Stirn und die Hände werden feucht.

Anatol schließt das Fenster auf dem Tablet und steckt es in seine Tasche.

Er starrt auf seine Kaffeetasse und ist nicht in der Lage, die Bilder zu verarbeiten. Verzweiflung, Angst und Wut stürzen auf ihn ein. Seine schlimmste Befürchtung ist eingetreten, er hat Laura Kampmann und den Mann erschossen. Mühselig hat er zu leugnen versucht, sich immer wieder eingeredet, dass er nicht der Täter ist, doch tief im Inneren seines Geistes hat er es gewusst oder geahnt. All jene, die an ihn geglaubt haben, all jene, die ihn geliebt haben, hat er verraten. Mit fünf Schüssen hat er menschliches Leben ausgelöscht und seines beendet. Er ist ein Doppelmörder und nichts, nichts kann er daran ändern. Über Anatol hat er geurteilt, hat ihn in seinen Gedanken als „böse" abgestempelt und ist selbst keinen Deut besser. Ein Doppelmörder.

Er spürt die Hand des Russen auf seiner Schulter.

„Wer die Wahrheit kennt, will sie vergessen", sagt er und lächelt ihn mit kalten Augen an. Einer der Leibwächter taucht auf.

„Wir müssen gehen. Jetzt sofort."

Mit Tränen in den Augen schaut er Anatol an.

„Die Gier hat dich verändert, mein Freund, die Aussicht auf das große Geld. Du bist mir nicht unähnlich, nur mir macht es nichts aus. Wir müssen gehen. Man hat dich erkannt, Laumann ist unterwegs. Leb wohl, mein Freund!"

Anatol erhebt sich und zieht sich noch den Mantel über. Einen Schal wirft er sich locker um den Hals und schaut noch einmal kurz auf ihn herab.

„Diese Aufnahme wird niemand sehen. Und wir werden uns nicht mehr sehen oder hören, lebe mit der Wahrheit und triff deine Entscheidung."

Dann dreht Anatol sich um und verschwindet. Nikolas und sein Partner folgen ihm.

Er sitzt am Tisch und kann keinen klaren Gedanken fassen. Die Kellnerin kommt an den Tisch. „Darf ich Ihnen noch einen Kaffee bringen?" Sie bleibt erschrocken stehen, als sie sein entsetztes Gesicht und die geröteten Augen sieht.

Er schüttelt nur mit dem Kopf, unfähig zu sprechen und klar zu denken. Die Bedienung zieht sich ängstlich zurück.

„Flucht", schießt ihm in den Kopf. „Hau ab, jetzt kannst du nichts mehr tun. Verschaff dir Zeit."

Er nimmt seine Waffe aus dem Holster, legt das Magazin ein und lädt die Waffe.

◊

Schramm rennt zum Parkplatz und öffnet mit zittrigen Händen die Tür des Mercedes. Der Schlüssel findet nicht sofort das Zündschloss, er flucht und schreit. Als der Wagen endlich anspringt, rast er rückwärts aus der Parkbucht und rammt beinahe einen Porsche, dessen Fahrer schreit und ihm einen Vogel zeigt. Er jagt den Schalthebel in den Vorwärtsgang und drückt auf das Gaspedal. Die Reifen quietschen erbärmlich und hinterlassen schwarze Spuren auf dem Asphalt. Sekunden später haben die Reifen genug Grip und der Wagen schießt nach vorne.

Auf der Zufahrtsstraße zur B1 bricht für einen Moment das Heck aus, er kann den Wagen noch abfangen und jagt weiter auf die A40 nach Bochum zu. Verkrampft überlegt er, wohin er fliehen soll, und schlägt wütend auf das Lenkrad ein. Wieder. Und wieder. Und wieder. Er kann nicht mehr aufhören, die Haut an einem der Fingerknöchel platzt auf, das Blut verteilt sich auf den Fingern und dem Lenkrad, aber er kann nicht aufhören.

„Mörder! Mörder!", schreit es in seinem Kopf. Er schreit seine Wut nach draußen und schlägt noch einmal auf das Lenkrad ein.

„Scheiße, verdammte", schreit er in den Wagen, als ihn kurz vor der Autobahn das Blitzlicht einer Geschwindigkeitsüberwachung trifft. Er überholt wahllos rechts und links. Ein wildes Hupen aufgebrachter Autofahrer begleitet ihn und vertreibt seine Gedanken. Langsam nimmt er den Fuß vom Gaspedal. Er muss sich beruhigen, er darf nicht auffallen, sonst ist sofort alles zu Ende. Nur Unauffälligkeit hilft ihm im Moment weiter, er muss sich verstecken und überlegen, wie es weitergehen soll. Laura Kampmann wurde erschossen, von ihm. Er ist ein Mörder. Sogar ein Doppelmörder. Das wollte ihm sein Kopf sagen und deswegen hat er Laura immer wieder als Geist gesehen.

Er soll zu seiner Tat stehen, sich stellen, endlich die Verantwortung übernehmen und ihr den Frieden geben, den er für sich erst noch suchen muss. Aber nicht jetzt, erst braucht er Ruhe, muss überlegen und mit Claudia sprechen. Claudia. Seine Vertraute in schweren Stunden, die er so schmählich verraten hat. Wahrscheinlich hat er sie verloren, für immer. Wie sollte sie ihm auch verzeihen können – und wie sollte sie ihn noch als ihren Ehemann bezeichnen, einen Mörder, einen Geächteten und lebenslänglich Inhaftierten? Die Panik, die ihn überfällt, kontrolliert sein Handeln. Er muss sich zur Konzentration zwingen und unauffällig in der Masse verschwinden.

Als er auf der A40 auf die Brücke am Ruhrpark, einem großen Einkaufszentrum am Randbereich von Bochum, zufährt, sieht er einen Streifenwagen mit blinkendem Blaulicht oben stehen. Er ist sich sicher, dass er nach ihm Ausschau hält und findet die Bestätigung, als sich einer der Streifenbeamten ein Funkgerät vor das Gesicht hält.

Er schaut in den Rückspiegel und sieht noch, wie der Polizist zur anderen Seite der Brücke kommt, noch immer das Funkgerät vor dem Gesicht. Er muss von der Autobahn und in die Stadt, in kleine Straßen flüchten, die ihn verschlucken und ihm Unterschlupf gewähren.

In ihm wächst der Gedanke, dass er den Wagen schnell loswerden muss, eine Flucht zu Fuß erscheint ihm einfacher. Er verlässt mit überhöhter Geschwindigkeit die Autobahn in Bochum-Harpen. Wieder bricht das Heck aus und dieses Mal schleudert er auf den zweispurigen Castroper Hellweg, rammt seitlich ein Fahrzeug und tritt wieder auf das Gaspedal.

Die Kurve nach rechts in die Castroper Straße, die zur Innenstadt führt, schafft er nicht mehr und fährt weiter auf den Sheffield-Ring, die Umgehungsautobahn, die durch Bochum führt. Aus den Augenwinkeln bemerkt er einen heranrasenden Streifenwagen mit Blaulicht, der von der Castroper Straße herunterkommt. Das Martinshorn ist deutlich vernehmbar und im Hintergrund, weiter entfernt, hört er weitere Streifenwagen herannahen. Er beschleunigt noch mehr und versucht, sich durch die Fahrzeugreihen zu zwängen, rast mal rechts, mal links an den überraschten Fahrern vorbei.

Der Plan, den Wagen abzustellen und zu Fuß zu flüchten, ist vergessen. Zuerst muss er versuchen, einen größeren Abstand zu den Verfolgern zu gewinnen. Im Rückspiegel kann er den Streifenwagen sehen, der nicht näher kommt, was ihn zunächst beruhigt. Vielleicht wollen sie ihn nicht um jeden Preis verfolgen, sondern denken an ihr eigenes Leben und die Gefahr eines schweren Unfalls.

Die Straße vor ihm wird leer, er atmet auf, beschleunigt, doch der Schock trifft ihn wie ein Blitz. Der Sheffield Ring kann nicht leer sein, er wird immer befahren, es sei denn ... Die Zufahrten sind gesperrt und der ihn verfolgende Streifenwagen will ihn nicht stoppen, sondern nur den fließenden Verkehr aufhalten, den er soeben überholt hat.

Auf der Brücke über der Stadtautobahn in Altenbochum sieht er zwei weitere Streifenpolizisten stehen. Er rast weiter und überlegt, wohin er fliehen soll. Das Gaspedal ist voll durchgetreten und die Bäume fliegen an ihm vorbei. Die Umgehungsautobahn wird zum Oviedo-Ring und beschreibt vor der Ausfahrt am Innovationspark Springorum, einem kleinen Gewerbegebiet, eine Rechtskurve. Er beschließt, dort abzufahren und über verschiedene Stadtteile sein Glück zu versuchen. Er lässt das Gaspedal los, der Wagen verliert an Tempo und trotz vorsichtiger Bremsversuche hat er noch 100 Stundenkilometer auf dem Tacho.

Kurz vor der Abfahrt stehen zwei Streifenwagen quer zur Straße und versperren ihm den Weg. Er sieht noch, wie die Polizisten hinter den Fahrzeugen stehen und einer der Beamten seine Waffe auf ihn richtet. Doch er wird nicht schießen, da ist er sich sicher. Das wird schon seit Jahren in den Aus- und Weiterbildungen so gelehrt, fahrende Fahrzeug sind durch Schusswaffen nicht zu stoppen.

Er kommt den Streifenwagen gefährlich nahe. Die Windschutzscheibe zerspringt mit einem lauten Knall und sein Körper wird gegen die Rückenlehne geworfen. Kleine Glassplitter vom Sicherheitsglas fliegen durch den Innenraum, die Zeit verzögert sich und wird langsamer, die Geräusche verstummen. Die Splitter treffen sein Gesicht, automatisch verschließt er für einen kurzen Augenblick die Augen. Blind versucht er den Mercedes über den Seitenstreifen rechts an den Streifenwagen vorbeizulenken, kann aber nicht umgreifen und verspürt einen brennenden Schmerz in der Schulter. Der Moment des Zögerns und der Blindheit führt unvermeidlich in den Streifenwagen, den er mit der Seite rammt. Der Airbag geht auf und schlägt ihm den Stoff ins Gesicht, weißes Pulver verteilt sich im Innenraum. Er wird erneut in die Rückenlehne gedrückt.

Der Wagen bewegt sich weiter vorwärts, panisch dreht er am Lenkrad. Der Mercedes gerät ins Schlingern, rutscht am Streifenwagen vorbei und fliegt kreiselnd die Auffahrt hinauf. Mit der Front schlägt er das erste Mal in die Leitplanke, die Kreiselbewegung geht weiter, bis das Heck in die gegenüberliegende Leitplanke knallt und das Fahrzeug mitten auf der Auffahrt zum Stehen kommt. Rauchwolken dringen aus dem Motorraum und verteilen sich um das Fahrzeug. Ein beißender Rauch verteilt sich im Wageninneren, brennt in seinen Augen. Warmes Blut läuft an seiner Schulter hinunter und der stechende Schmerz wird stärker.

„Er hat tatsächlich auf mich geschossen", sagt er ungläubig zu sich selbst und beginnt zu lachen, was sich für einen Außenstehenden sicherlich wie das Geschrei eines Irren anhören muss. Ein Hustenanfall unterbricht sein Lachen. Für einen Moment sieht er im Rückspiegel eine klaffende Wunde auf seiner Stirn, die ihm Blut in die Augen treibt. Im Außenspiegel sieht er einen demolierten Streifenwagen, doch keine Polizisten.

Mit dem rechten Arm wischt er sich das Blut aus dem Gesicht. Seinen linken Arm kann er kaum bewegen. Mit der rechten Hand öffnet er die Fahrzeugtür. Umständlich löst er den Sicherheitsgurt, lässt sich vom Sitz auf die Straße fallen und verharrt auf allen vieren auf der Straße. Mühsam versucht er, sich aufzurichten und zieht sich an der Fahrertür hoch, verteilt Blut auf der Verkleidung. Er nimmt die Waffe aus seinem Gürtel und steht mit hängenden Schultern blutend auf der Straße. Die Streifenbeamten sieht er jetzt unten auf dem Oviedo-Ring stehen.

Keiner scheint verletzt, doch alle haben die Waffe im Anschlag. Er dreht sich um und schaut die Auffahrt hinauf. Immer wieder wird seine Sicht durch herablaufendes Blut verschwommen. Er wischt sich das Blut ab und hält seine Waffe fest. Schreie dringen aus weiter Ferne ganz leise an sein Ohr. Er kann nicht hören, was geschrien wird, wer schreit oder woher jemand schreit, aber es wird geschrien. An der Leitplanke steht Laura Kampmann und schaut ihn an. Sie hat ein weißes, sauberes Kleid an, die Hände vor dem Körper gestreckt, als wollte sie ihn in den Arm nehmen. Tränen laufen über ihre Wangen.

„Was willst du von mir", schreit er sie lauthals an. „Hast du nicht genug?"

Doch sie weint und dieses eine Mal bewegt sie sich. Sie legt ihre Hände vor dem Mund und schüttelt den Kopf. Sie scheint zu gehen, bewegt sich aber keinen Zentimeter fort. Und sie schweigt noch immer.

„Was?", schreit er noch einmal und erhält keine Antwort. Ihm läuft Blut in den Mund und von seinem linken Arm tropft es langsam auf die Straße. Seine Flucht ist zu Ende, so viel ist sicher.

Er hört einen Schrei, dreht sich um und schaut wieder die Auffahrt hinauf. Ein Mann mit Hemd kommt die Straße hinuntergelaufen, wild gestikulierend und schreiend. Die Worte kann er nicht verstehen, sie dringen nicht in sein Bewusstsein. Sein Körper wird schwer und er spürt, dass seine Beine das Gewicht seines Körpers nicht mehr lange tragen werden. Überall erscheinen jetzt blaue, flackernde Lichter. Er schwankt und bringt noch ein letztes Mal die Kraft auf, um sich in der Auffahrt hinzustellen.

◊

Laumann bekommt über Funk mit, dass Fahrzeuge den fliehenden Schramm verfolgen. Streifenbeamte haben ihn von der Brücke am Einkaufszentrum „Ruhrpark" gesehen. Ein Hubschrauber verfolgt trotz der einsetzenden Dämmerung den rasenden Mercedes und sendet Informationen über seine Fahrt Richtung Bochum. Aus der Höhe erkennt der Pilot, dass sich ein Stau gebildet hat und die Flucht Schramms beenden wird. Dieser nimmt die Abfahrt in Bochum-Harpen und entgeht dem Stau.

Der Funk ist überlastet und aus der einfachen Verfolgungsfahrt eines Dortmunder Streifenwagens, der Schramm einfach nur anhalten wollte, ist eine blinde Jagd mit unzähligen Streifenwagen geworden. Die Situation gerät mehr und mehr außer Kontrolle. Der Jagdinstinkt hat eingesetzt und Laumann weiß, dass die Kollegen nicht mehr zu stoppen sind. Dumpfe Angst breitet sich in seinem Magen aus und er fürchtet, dass er die verfolgenden Beamten nicht mehr beruhigen kann.

„Nicht schießen! Nicht schießen!", brüllt er immer wieder in das Funkgerät. „Er ist und bleibt unser Kollege. Nicht schießen!" Doch er weiß, er wird das Ende nicht mehr aufhalten können.

„Steht die Straßensperre?" hört er aus dem Funkgerät.

„Wir sind zu spät, das schaffen wir nicht mehr", meldet sich eine andere Stimme.

„Stehen mit zwei Fahrzeugen am Innovationspark, sperren jetzt den Ring. Wenn er nicht vorher abfährt, stellen wir ihn hier."

Laumann weist Müller an, die Königsallee zu verlassen und in die Wasserstraße einzubiegen, um zur Abfahrt am Innovationspark zu gelangen.

„Gib Gas! Sonst schaffen wir es nicht mehr, schneller", schreit er zu Müller.

Müller hat die gleichen Gedanken und beschleunigt das Behördenfahrzeug, dem jedoch einige PS fehlen.

„Er kommt auf uns zu, verdammt, er bremst nicht", kann Laumann über den Funk vernehmen.

„Nicht schießen! Nicht schießen!" schreit er wieder in das Funkgerät, doch sein Schrei geht im Chaos des Funkverkehrs unter. Einen Augenblick später hört er einen entfernten Knall. Einen Schuss.

„Scheiße", schreien beide fast zeitgleich. „Scheiße."

In der Ferne ist ein zweites Knallen zu hören. Laumann erinnert es an die Geräusche eines Verkehrsunfalls. Sie rasen an der Drusenbergstraße vorbei und sehen die rotierenden Blaulichter auf der Brücke, die Martinshörner sind ausgeschaltet. Die Abfahrt wurde von Streifenwagen blockiert. Die gespenstische Stille wird nur durch das Schreien der Kollegen durchbrochen, die jemanden auffordern, die Waffe fallen zu lassen und sich auf den Boden zu legen.

Laumann reißt die Beifahrertür auf und springt aus dem Wagen, der noch nicht zum Stillstand gekommen ist. Die letzten Meter rennt er die Straße hinauf zu den Streifenwagen, die die Auffahrt blockieren.

„Nein! Nein! Nein!", ist alles, was Laumann noch schreien kann. Seine Lungen beginnen zu brennen, doch er bleibt nicht stehen. Er sieht Schramm neben einem demolierten Fahrzeug auf der Auffahrt stehen. Das Gesicht ist blutverschmiert und die gesamte linke Körperhälfte ist in Blut getränkt. Mit hängenden Schultern steht er auf der Straße und Laumann erkennt die Waffe in seiner rechten Hand.

Schramm dreht sich zur anderen Seite und schreit etwas in Richtung der Leitplanke. Laumann kann ihn nicht verstehen, da ist niemand und seine Schritte werden kraftloser und langsamer.

„Klaus! Nicht!", schreit er noch hinaus. Schramm schwankt und droht zu Boden zu sinken. Er steht noch immer, schaut auf die Leitplanke und spricht. Und hebt dabei die Waffe.

◊

Schwarze Punkte flimmern vor seinen Augen, seine Beine zittern und Claudias Gesicht taucht vor seinen Augen auf. Dicke Tränen laufen ihr über das Gesicht und ihre Augen zeigen ihm deutlich ihr Unverständnis.

„Was habe ich nur getan?", flüstert er und Tränen vermischen sich mit dem Blut auf seinem Gesicht. „Was habe ich nur getan?"

Er muss einen Schritt zur Seite machen und kann einen Sturz gerade noch verhindern. Alles hat er verspielt, sein Leben und Claudias und das Leben von Laura Kampmann, vielleicht sogar von den anderen Menschen. Warum hat er sie bei diesem Wahnsinn nicht gestoppt? Wieso sie? Er hätte sich stoppen müssen und hatte doch nur seine eigene Gier im Kopf.

„Ich weiß nicht, was ich getan habe. Verzeih mir bitte. Ich liebe dich."

Laura steht noch immer weinend an der Leitplanke und schaut zu ihm herüber.

„Hast du dein Ziel jetzt erreicht? Hast du endlich Ruhe gefunden?", schreit er zu ihr herüber. „Ich habe dich getötet."

Er lacht und hustet wieder. „Ich habe dich getötet", haucht er und hebt seine Waffe.

◊

Laumann hört, wie Schramm schreit: „Ich habe dich getötet."

Sein lang gezogener Schrei dröhnt durch die stille Dämmerung. Laumann hält einfach nicht an, nur noch wenige Meter, seine Lungen brennen, die Beine werden immer schwerer und trotzdem geht er weiter. Mehrere Schüsse brechen durch die Dämmerung und Laumann verlangsamt seine Schritte. Er kommt zu spät, alles ist zu spät, alles vorbei. Nur wenige Meter haben ihm zum guten Ende gefehlt, wenige Meter und er hätte das Unvermeidliche aufhalten können.

Ungläubig starrt Laumann auf Schramm, sein Körper bäumt sich zwei oder drei Mal auf, die Waffe fällt zu Boden und rutscht einige Zentimeter die Auffahrt hinunter.

„Nein", ist das einzige Wort, das ihm einfällt. Schramm sinkt auf die Knie, dreht sich noch in seine Richtung und fällt mit dem Rücken auf die Straße. Noch mehr Blut macht sich auf seiner Kleidung breit, sprudelt aus einem schwarzen Loch in seinem Hemd.

Laumann rennt weiter und rutscht neben Schramm auf den Boden. Er nimmt Schramms blutigen Kopf in seine Hände und weint so bitterlich wie nie in seinem Leben zuvor. Vorsichtig legt er Schramms Kopf in seinen Schoss und wippt mit dem Oberkörper hin und her. Die Menschen um ihn herum bemerkt er nicht, er wippt und weint, wippt und weint. Mit verschwommenem Blick erkennt Laumann noch einmal Schramms Blick. Eine Blutblase klebt an seinen Lippen, die flache Atmung bringt die rote Blase zum Platzen.

„Warum? Warum?", fragt er. „Warum bist du nicht zu mir gekommen?"

Schramm versucht zu sprechen, neue rote Blasen bilden sich um seinen Mund. Laumann beugt sich hinunter und hält sein Ohr an Schramms Lippen.

◊

Die Welt um ihn herum versinkt in Stille. Irgendwo hört er einen Vogel zwitschern und Schreie, die sich von ihm entfernen. Sein Körper wird schwer, immer schwerer. Langsam geht er in die Knie und legt sich auf den Rücken. Nur ein wenig ausruhen, dann wird er die Sache wieder in Ordnung bringen. Nur fünf Minuten, das ist alles. Dann wird er mit Laumann reden und ihm sagen, was er getan hat. Wahrscheinlich wird er für lange Zeit ins Gefängnis gehen, aber er hat es nicht anders verdient.

Er spürt große warme Hände auf seinem Gesicht und plötzlich taucht Laumann in seinem Blickfeld auf. Laumann. Wie konnte er nur glauben, dass er seinen Job nicht macht? Wie konnte er nur an seinen Fähigkeiten zweifeln? Er weiß es nicht und will ihn fragen, aber ihm fällt das Atmen schwer. Er spürt Flüssigkeit in seinem Mund und fragt sich, warum er ihm zu trinken gibt, wenn er doch Probleme mit dem Atmen hat.

Dann sieht er Laumanns blutverschmierte Hände und weiß, dass es sein Blut ist. Sie haben auf ihn geschossen und deshalb weint Laumann. Er mag ihn: Laumann ist zwar jähzornig, aber ehrlich. Wie ein Polizist zu sein hat, nicht wie er.

Das Atmen fällt ihm immer schwerer, die Geräusche verstummen und Laumann sieht ihn fragend an.

Er dankt Laumann für sein Vertrauen, das er ihm während seiner Vernehmung entgegengebracht hat und sagt ihm, dass es ihm um die Toten leid tut. Dass er es gerne ungeschehen machen würde und sich selbst nicht verzeihen kann. Und dass er Claudia so liebt und nicht begreift, wie sie sie so verraten konnte. Dass es ihm unendlich leid tut.

Stille. Ruhe. Tiefschwarz. Ein Meer aus Nichts, kein Wort, kein Mensch, einfach Nichts.

◊

Schramms Worte gehen im Blut unter. Er liebt Claudia. Das ist alles, was Laumann versteht. Eine Träne sammelt sich in Schramms Augen und fließt langsam die Wange herab. Laumann hält seine Hand und sieht in Schramms gebrochene Augen. Sein lang gezogener Schrei hallt über die Straße.

Lange Zeit sitzt Laumann auf der Straße und weint. Er merkt nicht, wie Kollegen ihn von Schramm wegziehen wollen und er um sich schlägt. So beschließen die Kollegen, zu warten. Auch Müller steht sprachlos auf der Auffahrt und weiß nicht, was er tun soll. Auch ihm ist nicht nach Reden zumute, er ignoriert die Fragen und Rufe der Streifenbeamten. Er geht langsam zurück zum Wagen und setzt sich bei geöffneter Tür auf den Fahrersitz. Ein uniformierter Kollege kommt auf ihn zu und klopft ihm auf die Schulter. Als der Kollege ihm eine Schachtel Zigaretten hinhält, nimmt er sich eine und lässt sich Feuer geben. Müller ist Nichtraucher.

Die Dunkelheit wird durch weiteres Blaulicht vertrieben. Der Hubschrauber kreist noch immer über der Abfahrt, Funkgeräte knarren und hektische Betriebsamkeit macht sich breit.

Laumann legt Schramms Kopf vorsichtig auf die Straße und geht mit blutverschmierter Kleidung die Auffahrt hinauf. Er ignoriert Müller und geht auf der Wasserstraße in Richtung Innenstadt. Müller fährt mit Schrittgeschwindigkeit hinterher und wartet darauf, dass Laumann einsteigt.

◊

Die Beschleunigung drückt seinen Körper in den Sitz. Die Gebäude rasen am Fenster vorbei und ein dumpfer Druck macht sich in seinem Magen breit, als die Maschine abhebt. Die Maschine schwebt kurz über der Landebahn und die Stadt mit ihren Straßen und Plätzen wird immer kleiner. Kurze Zeit später ertönt das Signal, dass er sich wieder abschnallen darf.

Sofort kommt Nikolas auf ihn zu und fragt, ob er ihm etwas zu trinken holen darf.

Anatol lächelt ihn an. „Martini, bitte."

Nikolas geht das kurze Stück den Mittelgang hinunter und öffnet die Bar. Die schweren Eichentüren knarren und Anatol hört, wie er den Martini ins Glas füllt. Er beobachtet, wie vorsichtig Nikolas mit dem Glas umgeht. Getrieben von der Angst, das Glas fallen zu lassen oder einen Fehler zu machen.

Zum Schutz hält er ein Tuch unter das Glas, um das Getränk nicht auf den Boden zu verschütten. Nikolas Schritte klingen auf dem dicken Teppich im Mittelgang gedämpft. Er ist froh, sich für diese Ausstattung entschieden zu haben, die ihm so viel Ruhe und Entspannung gönnt. Er schließt die Augen, lächelt und wartet auf seinen Martini.

„Darf es sonst noch etwas sein?", fragt er und stellt den Martini auf den Tisch vor Anatol.

„Wie ist der Stand der Dinge? Haben wir eine Rückmeldung?"

„Noch nichts. Aber Schramm wurde entdeckt und lieferte sich eine Verfolgungsjagd mit der Polizei."

„Hat er es geschafft?"

„Es sieht nicht so aus. Viel Polizei, Chaos und sogar ein Hubschrauber wurde eingesetzt. Schüsse sollen zu hören gewesen sein. Wir haben aber noch keine endgültige Aussage."

„Ah, Schramm versucht zu fliehen und wehrt sich. Das ist ..."

Anatols Handy klingelt. Nikolas zieht sich zurück. Dieses Gespräch ist nicht für seine Ohren bestimmt. Anatol hört gespannt zu, nickt zwischendurch und stellt nur eine Frage: „Sicher?"

Er lacht lauthals und Nikolas erscheint an der Zwischentür.

„Alles in Ordnung?"

„Bestens, mein lieber Nikolas. Alles bestens."

„Ist alles wie geplant verlaufen?"

„Besser, Nikolas, viel besser."

Er hat es wieder einmal geschafft, doch dieses eine Mal war es fast zu spät. Zu nahe ist ihm Schramm mit seinen Banditen gekommen und hat ihm ernsthaft Sorgen bereitet. Sein Plan hat funktioniert, sogar besser, als er zu träumen wagte. Seine Kontakte hat er noch nicht genutzt, da er zuerst das Ende abwarten wollte. Und das Ende übersteigt seine Erwartungen, er braucht die Kontakte nicht mehr. Nicht in diesem Fall. Er greift zu seinem Laptop und ruft verschiedene Verzeichnisse auf.

Dann spielt er das Video mit der Übergabe ab.

In der grünen Dunkelheit der Restlichtverstärkung ist ein Feldweg als dunkler Strich sichtbar. In weiter Entfernung ist eine Schnellstraße zu erkennen, auf der sich nur kurz ein Fahrzeug fortbewegt und aus dem Kameraobjektiv verschwindet. Kurz vor der Straße sind vereinzelt Bäume dunkel zu sehen, die die Straße von den landwirtschaftlichen Flächen abgrenzt.

Eine Panorama-Übersicht zeigt verschiedene Waldbereiche, die an die Felder grenzen. Die Sicht ist eine andere, nicht die Sicht, die Schramm gesehen hat. Aber die Situation ist die gleiche, doch die Perspektive zählt. Anatol lächelt wieder und starrt gebannt auf das Video.

Aus einem dieser Waldbereiche erscheinen zwei Personen. Schramm und Laura Kampmann bewegen sich zu einem kleinen Hügel, der die Sicht auf den Weg ein wenig einschränkt. Sie bleiben dort stehen, unterhalten sich und warten. Immer wieder schaut Schramm in verschiedene Richtungen und seine Nervosität ist förmlich sichtbar.

Aus dem entgegengesetzten Waldstück kommt eine männliche Person auf Schramm und Kampmann zu. Der elende Kirill, sein Lakai. Dieser kleine Nichtsnutz und Versager, den er schon lange beseitigen wollte. Doch er war leider mit ihm verwandt und so musste er Rücksicht nehmen, kurzfristig. Immer wieder ärgert er sich über seine Blutsverwandtschaft, die ihm im Weg steht. Unfähige Stümper ohnegleichen, mit einem Gehabe, als wären sie der Kopf und Entscheidungsträger. Doch dann bot sich ihm diese einmalige Möglichkeit.

In einigen Metern Abstand folgt Nikolas. Sein Nikolas, den er gerne zum Sohn gehabt hätte, der sich seines Blutes würdig erwiesen hat. Er bleibt wenige Meter von den drei Personen entfernt stehen und schaut auf die Uhr, verharrt einige Sekunden. Mit wenigen Schritten steht er plötzlich, nachdem Schramm einen Umschlag an Kirill ausgehändigt hat, neben den Personen und durchsucht zuerst Laura Kampmann oberflächlich. Er durchsucht Schramm, nimmt ihm die Waffe und einen Gegenstand weg. Kirill händigt den Umschlag an Nikolas aus, den er zuvor von Schramm erhalten hat.

Anatol weiß, dass sich zwei CDs in dem Umschlag befinden und der kleinere Gegenstand die Geldbörse ist. Eindeutig erkennbar ist dies auf dem grünstichigen Bildmaterial nicht.

Nikolas setzt sich ein wenig ab und verharrt ein oder zwei Sekunden. Schnell hebt er Schramms Waffe und schießt unvermittelt Laura Kampmann in den Kopf. Eine kleine dunkle Fontäne löst sich von Kampmanns Kopf und zerstreut sich in der Luft. Laura Kampmann ist im Begriff, zu fallen, als Nikolas ihr in die Brust schießt.

Er wendet sich dem verdutzten Kirill zu, schießt diesem zwei Mal in die Brust. Und, wie Anatol es gewünscht hat, in den Kopf, als Kirills Körper zu Boden sinkt.

Schramm steht wie angewurzelt und beobachtet das Geschehene, das er nicht zu begreifen scheint. Nikolas dreht sich zu ihm um und schaut ihn an.

Anatol lächelt, da er sich Nikolas Gesicht vorstellen kann, wie er dem verdammten Schramm ins Gesicht grinst. Nikolas hätte nicht eine Sekunde gezögert und ihn erschossen, wenn er ihm den Befehl gegeben hätte.

Nikolas wirft Schramm die Waffe und die Geldbörse zu, die zu Boden fallen. Als er rennend im Waldstück verschwindet, steht Schramm noch immer bewegungslos auf dem Feldweg bei den Toten. Langsam beugt er sich nach unten, hebt die Waffe auf und dreht sich zu Laura Kampmann. Mit der linken Hand fährt er sich durch das Haar, schaut zuerst in Richtung Wald und sieht sich hastig um, ob er beobachtet wird. Welch ein Narr! Er hat wirklich geglaubt, sich mit einem Riesen anlegen zu können. Schramm macht auf der Stelle kehrt und rennt in die entgegengesetzte Richtung. Die Geldbörse scheint er übersehen zu haben.

Das Bild wackelt kurz auf und schwenkt wieder Richtung Schnellstraße. Im Unterholz sind zwei dunkle Gestalten zu erkennen, die sich aus dem Versteck auf eine kleine Straße begeben. Eine Person hält einen kameraähnlichen Gegenstand in der Hand. Der andere Mann dreht sich zum Feld um und winkt mit den Händen in Richtung Feld, der aufnehmenden Kamera entgegen. Verdeckt zwischen den Bäumen steht ein Fahrzeug. Die Personen steigen ein und fahren aus dem Bild.

Die Aufnahme wird gestoppt. Anatol lächelt. Der Plan hat besser funktioniert, als er dachte. Er steht immer auf der Sonnenseite des Lebens.

„Nikolas?"

„Ja?"

„Ist der Brief unterwegs?"

„Natürlich. Er wird Laumann in einigen Tagen erreichen."

Anatol lächelt. Als auf dem Bildschirm ein Fenster geöffnet wird, bestätigt er den Button und löscht die Aufnahme.

◊

Die kalte Jahreszeit ist von einem auf den anderen Tag Vergangenheit. Plötzlich und unerwartet können Winterjacken und Winterschuhe in den Keller gebracht werden. Der Frühling setzt früh ein und bringt die Wärme über Bochum. Die ersten Knospen treiben aus, die Tage werden länger und die Röcke der Frauen wieder kürzer. Das Leben pulsiert in den Straßen, die ersten Eisdielen öffnen ihre Türen und Kinder spielen laut schreiend in den Parks der Stadt.

Rechtsanwalt Berndt sitzt in seinem stickigen Büro und betrachtet die Umschläge, die er von Schramm kurz vor dessen Tod erhalten hat. Immer wieder denkt er über das Gespräch nach und stellt sich die Frage, ob er den Ausgang der Ereignisse hätte verhindern können. Zu unfassbar war das alles! Er hat geahnt, dass das Vorhaben von Schramm gefährlich sein könnte. Niemals hat er damit gerechnet, dass das tödliche Ende von der Polizei verursacht würde.

Er erinnert sich an seine Frustration und natürlich die Sorge um Claudia Schramm. Mehrfach hat er sie angerufen, aber sie ging nicht ans Telefon. Er war nicht traurig darüber, vielmehr hasste er Gespräche, die Tod und Trauer zum Inhalt hatten.

Immer wieder hat er die Umschläge zur Seite gelegt, wollte sie nicht sehen und sich nicht mit dem Schicksal Schramms auseinandersetzen. Schließlich öffnet er den Umschlag mit seinem Namen und findet darin CDs und ein kurzes Anschreiben.

„Sehr geehrter Herr Berndt,
da Sie nun meinen Brief in der Hand halten und meine Zeilen lesen, ist es zur Gewissheit geworden, dass mein Vorhaben gescheitert ist. Vielleicht war ich einfach nur zu naiv, um die Tragweite der Ereignisse richtig einschätzen zu können. Nun ist das Unabänderliche eingetreten und ich kann nur hoffen, dass Sie mit meinen Unterlagen etwas anfangen können.
Sie finden mehrere CDs in dem Umschlag. Ich habe diese Kopien angefertigt, damit die möglichen Beweise nicht einfach verschwinden können. Natürlich können Sie die CDs einsehen, ich selbst habe kaum etwas davon verstanden. Vermutlich sind Transaktionen in Millionenhöhe darauf zu finden, doch ich konnte die Konten oder Transaktionen niemandem zuordnen. Vielleicht ist Ihnen mehr Glück beschieden.
Zusätzliche Kopien befinden sich in dem Umschlag an Laumann. Auch ihm habe ich noch einige Zeilen geschrieben. Ob er etwas damit anfangen kann, bleibt abzuwarten.
Ich weiß nicht, mit wem ich es hier zu tun habe, aber er nannte sich Anatol Parujew. Mir hat er einmal gesagt, dass es nicht sein richtiger Name sei und er diese Identität von einem Jungen angenommen habe, der früh verstorben sei. Vermutlich ist er für meinen Tod verantwortlich, so wie er auch für die anderen Morde verantwortlich ist. Bisher konnte ich nur in Erfahrung bringen, dass Kampmann, Novic, Bägli und ich diesen Anatol mit den CDs erpressen wollten. Mir fällt kein Grund ein, warum ich mich dieser Gruppe angeschlossen habe, meine Erinnerungen sind nicht zurückgekehrt. Wahrscheinlich ging es einfach nur um das Geld.
Ich stelle Ihnen frei, wie Sie mit den CDs verfahren wollen.
Haben Sie vielen Dank für alles, was Sie für Claudia und mich getan haben.
Leben Sie wohl.
Klaus Schramm"

„Heilige Scheiße, warum hast du dich auf so etwas nur eingelassen?", murmelt er vor sich hin, wirft den Brief auf seinen Schreibtisch und sieht in Gedanken Schramm vor sich sitzen.

Er erinnert sich noch sehr gut an die Nachricht, dass Schramm auf der Straße von der Polizei erschossen wurde. Zu schnell machte diese Neuigkeit die Runde, ging von Mund zu Mund und zufällig traf er Staatsanwalt Renner auf dem Flur der Staatsanwaltschaft. So hörte er nicht einmal 24 Stunden später die Nachrichten aus erster Hand.

Immer wieder versuchte er, Claudia Schramm zu erreichen, fuhr sogar zu ihrem Haus. Die Rollläden waren heruntergezogen und die Dunkelheit hatte die Zimmer fest im Griff. Alle Versuche, ihr den für sie bestimmten Umschlag auszuhändigen, schlugen fehl.

Er nimmt die Umschläge für Claudia Schramm und Hauptkommissar Laumann in die Hand und betrachtet sie einige Zeit schweigend.

Schließlich greift er zum Hörer und gibt eine Telefonnummer ein.

„Laumann", meldet sich eine tiefe und traurige Stimme.

„Rechtsanwalt Berndt hier. Guten Tag, Herr Laumann."

„Was kann ich für Sie tun?", fragt die Stimme müde und desinteressiert.

„Ich möchte mit Ihnen über Klaus Schramm sprechen."

Laumann antwortet nicht. Im Hintergrund hört Rechtsanwalt Berndt, wie ein Feuerzeug gezündet wird und Laumann einen tiefen Zug an der Zigarette nimmt. Dennoch antwortet er nicht.

„Sind Sie noch dran?", fragt Rechtsanwalt Berndt.

„Worüber wollen Sie mit mir sprechen? Schramm ist tot."

„Ich weiß. Ich habe kurz vor seinem Tod mit ihm gesprochen. Er war bei mir und hat mir einen Umschlag für Sie gegeben. Den würde ich Ihnen gerne aushändigen."

„Was hat Schramm Ihnen erzählt?"

„Können wir das in Ihrem oder meinem Büro besprechen?"

Laumann überlegt einen kurzen Moment.

„Gut. Rauchen Sie?"

Rechtsanwalt Berndt ist irritiert.

„Nein. Warum?"

„Dann in meinem Büro. In einer Stunde?"

„Ich bin da."

Das Gespräch wird beendet und Rechtsanwalt Berndt lehnt sich in seinem Bürosessel zurück.

„Frau Sohlmann?", ruft er durch das Büro. Seine Sekretärin erscheint mit einem Block in der Hand in der Tür.

„Ja?"

„Sagen Sie für heute alle Termine ab. Ich habe ein wichtiges Treffen im Polizeipräsidium. Das kann auf keinen Fall verschoben werden."

„Sonst noch etwas?"

„Nein, danke." Die Sekretärin verschwindet so unauffällig, wie sie erschienen ist.

Er nimmt sich seinen Mantel, stopft die Umschläge in seine Aktentasche, greift sich die Tasche, die Schramm damals zurückgelassen hat, und verlässt wortlos das Büro.

Sein Fahrzeug parkt er einige Meter vor Claudia Schramms Haus. Mit schweren Schritten macht er sich auf den Weg und eine Gänsehaut bildet sich auf seinen Armen, als er sich dem Haus nähert. Eine unsagbare Kälte strömt von dem Haus aus, die wärmenden Sonnenstrahlen vertreiben seine Gänsehaut nicht. Die Rollläden sind heruntergezogen, Claudia Schramm hat die Welt ausgesperrt, die Dunkelheit in ihr Haus eingeladen und sich der Einsamkeit hingegeben.

Vorsichtig geht er zur Haustür und zögert einen Moment, bevor er den Klingelknopf drückt. Er hört Pink Floyd's „Is There Anybody Out There?" als Klingelton. Als er sich umdrehen und gehen will, öffnet sich eine Zwischentür und ein Schrecken fährt ihm durch die Glieder. Leicht schlurfend erreicht Claudia Schramm die Eingangstür, die sie langsam und bedächtig öffnet. Ihr bleiches, eingefallenes Gesicht mit tiefschwarzen Rändern unter den Augen linst heimlich um das Türblatt herum und sie betrachtet den störenden Eindringling. Claudia Schramm sah schon zur Beerdigung mitgenommen aus, aber dieser Zustand hat sich in den letzten drei Tagen noch einmal erheblich verschlimmert.

„Herr Berndt?", fragt sie leise.

„Claudia, ich ..." Rechtsanwalt Berndt schluckt und sucht krampfhaft nach Worten. „Kann ich Sie einen Moment sprechen?"

Claudia Schramm öffnet die Tür weiter.

„Sicher, kommen Sie rein." Sie geht zurück ins Haus, ohne auf den Besucher zu warten.

Er folgt ihr und die Dunkelheit im Haus ergreift von ihm Besitz. Im Haus ist es still, so unsagbar still, als würde es die Gemütsfassung von Claudia Schramm widerspiegeln. Seine Augen müssen sich erst an die Dunkelheit gewöhnen und zeigen ihm nicht den Weg.

„Ich kann kein Licht ertragen, wissen Sie? Nicht im Moment." Die Stimme kommt aus dem Bereich der Küche, sehen kann er Claudia Schramm nicht. „Setzen Sie sich an den Tresen. Möchten Sie einen Kaffee?"

„Nein, danke", entgegnet er und erkennt in der Dunkelheit die tiefgrauen Umrisse des Tresens. Er legt seine Aktentasche ab, stellt Schramms Tasche auf den Boden und überlegt, wie er das Gespräch beginnen soll.

„Ich habe Sie auf der Beerdigung gesehen. Danke."

Berndt muss wieder schlucken. „Es war eine schöne Beerdigung, angemessen für Klaus."

Er beißt sich auf die Lippen.

„Verdammter Idiot, Beerdigungen sind nie schön!", schreit die Stimme in seinem Kopf.

Ein leises Schluchzen ist aus der Küche zu vernehmen.

„Ich ... Ich, verdammt, es tut mir so leid. Ich ... weiß nicht, was ich sagen soll."

„Es geht mir genauso. Laumann hat kurz mit mir gesprochen. Wissen Sie, was er mir gesagt hat?" Die letzten Worte gehen in einem heftigen Schluchzen unter.

Er schweigt, wartet und hofft, dass Claudia das Gespräch fortsetzt.

„Er hat gesagt, dass Klaus wahrscheinlich das Mädchen und den Mann auf dem Feld erschossen hat."

„Was?" Es ist mehr ein Schrei als eine Frage. „Das kann ich nicht glauben, das ist ein Irrtum, mit Sicherheit, nicht Klaus."

„Er war es!", schreit sie. Seine Augen haben sich an die Dunkelheit gewöhnt und er sieht, wie Claudia Schramm weinend am Küchenschrank zu Boden rutscht.

„Er war es", sagt sie nun leise flüsternd.

Er überlegt, ob er zu ihr gehen soll, entscheidet sich aber dagegen, da er seine Gefühle sonst nicht mehr unter Kontrolle hat.

„Er war kurz vor seinem Tod bei mir und hat mir in Ansätzen etwas erzählt, wollte aber nicht mit der ganzen Geschichte rausrücken. Er hat gehofft, an diesem Tag Antworten zu finden und Laumann eine Lösung präsentieren zu können. Zu keiner Zeit hat er geglaubt, dass er die beiden erschossen hat, und er hat den Schuldigen gefunden. Dann hat er mir", er öffnet seine Aktentasche, „den Umschlag für Sie gegeben. Ich sollte ihn aufbewahren für den Fall, dass ... Für den Fall, der jetzt eingetreten ist." Er legt den Umschlag wortlos auf den Tresen.

„Er ist an Sie gerichtet. Ich weiß nicht, was sich darin befindet. Ihr Mann wollte einfach nicht reden."

Claudia steht auf und geht zum Tresen. Sie nimmt den Umschlag und drückt ihn an sich wie ein kleines Baby. Trotz der Dunkelheit erkennt Berndt die Trauer, die Claudia umgibt. Keine Tränen sind zu erkennen. Die Tränenflüssigkeit ist aufgebraucht oder der Körper weigert sich, weitere Tränen zu produzieren, die sowieso nur nach außen gespült werden.

„Seine Tasche hat er auch bei mir gelassen. Sie steht hier unten."

Beide schweigen, es bedarf keiner weiteren Worte und Berndt würde am liebsten sofort wieder gehen.

„Kann ich noch etwas für Sie tun? Soll ich jemanden für Sie anrufen?"

„Nein, danke." Ohne ein Wort des Abschieds geht Claudia Schramm die Treppe zum oberen Bereich des Hauses hinauf und lässt Rechtsanwalt Berndt einfach am Tresen sitzen. Leise greift er sich seine Aktentasche, horcht noch einmal am Treppenaufgang und verlässt das Haus, als er Claudias Weinen hört.

◊

„Mein liebster Schatz,
ich sitze hier in einem kleinen schäbigen Hotelzimmer und versuche mir zu erklären, was ich dir angetan habe, suche Gründe für das Geschehene zu finden. Aber so sehr ich mich auch abmühe, ich finde einfach keine Erklärung, nicht einmal ansatzweise.
Ich habe es genossen, dich in die Arme zu nehmen, deine Haut zu spüren und den Duft deiner Haare zu riechen. Nie zuvor war meine Liebe zu dir so unendlich groß wie in diesem Moment, jede Berührung ein Ereignis und jede Umarmung ein paradiesisches Erlebnis. Wie sehr ich dich vermisse. Für jede Sekunde unserer gemeinsamen Zeit bin ich dankbar.
Aber ich habe Fehler gemacht, Fehler, die ich nicht nachvollziehen, nicht entschuldigen kann und für die ich einstehen muss. Ich habe

mich einfach nicht getraut, dich anzurufen, zu sehr schmerzt der Gedanke, was ich dir zugemutet und angetan habe.
So werde ich nicht um Entschuldigung oder Verzeihung bitten, ich kann mir nicht einmal selbst verzeihen. Aber du hast ein Recht darauf, Antworten zu erhalten.
Mit Laura Kampmann und Novic habe ich Beweise für illegale Geldtransaktionen erhalten. Wir sind wohl davon ausgegangen, dass ein großes internationales Wirtschaftsunternehmen Gelder am Fiskus vorbeischleust und Geldwäsche im großen Stil betreibt. Wir haben den Firmeneigner erpresst und viel Geld erhalten. Frag nicht, warum ich mich beteiligt habe, ich kann es selbst nicht erklären. Ich weiß nicht, warum die Gelder beiseite geschafft wurden und wohin diese Gelder gingen, doch ich habe mich an der Erpressung des Firmeneigners beteiligt.
Mit Laura Kampmann habe ich eine CD mit Beweisen ausgehändigt, um unseren Forderungen Nachdruck zu verleihen. Als Laura und der Mann erschossen wurden, habe ich erkannt, mit wem wir uns angelegt hatten. Doch da war schon alles zu spät und es gab kein Zurück mehr für mich.
Aber ich habe diese Menschen nicht erschossen, dessen bin ich mir sicher. Warum sie getötet wurden, kann ich nicht sagen. Spätestens seit Novic Tod weiß ich, dass es nicht einfach ein Wirtschaftsunternehmer war, den wir erpresst haben. Der Mann nannte sich Anatol Parujew, aber der Name ist falsch. Ich werde mich mit diesem Mann treffen und Antworten erhalten, die die Wahrheit ans Licht bringen. Er scheint ein großes Tier in der russischen Mafia zu sein. Da du diesen Brief jetzt in deinen Händen hältst, ist der Plan fehlgeschlagen.
In dem Umschlag sind verschiedene gefälschte Pässe, die auf unterschiedliche Namen ausgestellt wurden. Wahrscheinlich hat Novic sie besorgt. Und du findest darin auch Kontounterlagen mit Zugangsdaten zum Onlinebanking. Auf den Konten liegen zwanzig Millionen Euro, die nicht zurückzuverfolgen sind. Niemand weiß von diesen Konten. Alle, die von diesen Konten profitieren wollten, sind tot.
Nutze das Geld in deinem Sinne! Spende es, was ich gut finden würde, oder nutze es für dich selbst! Laumann weiß nichts von dem Geld und den Konten, auch Rechtsanwalt Berndt nicht. Du bist die

Einzige, die davon weiß und darüber verfügen kann. Du wirst die richtige Entscheidung treffen.
Ich werde Laumann und auch Rechtsanwalt Berndt einige Beweise zukommen lassen. Vielleicht können sie damit etwas anfangen.
Ich liebe dich und bin enttäuscht, dass mir ein Leben mit dir anscheinend nicht ausgereicht hat.
Deine Maus."

Claudia lässt den Brief zu Boden gleiten und weint.

◊

Die hellen und wärmenden Sonnenstrahlen treffen nicht Laumanns Büro und schon gar nicht sein Herz. Er sitzt rauchend in seinem dunklen Zimmer des Polizeipräsidiums Bochum, hat die Neonröhren wie üblich ausgeschaltet und starrt gedankenversunken auf die Wand. Die Nächte ohne Schlaf haben tiefe Spuren in seinem Gesicht und tiefschwarze Ringe um seine Augen gezeichnet. Seinem aschfahlen Gesicht fehlen die hellen Sonnenstrahlen. Der Aschenbecher quillt über und auf dem langen Dienstflur schwebt der Geruch kalten Rauchs. Niemand wagt Laumann auf den Gestank anzusprechen. Niemand spricht mit Laumann und jeder macht einen großen Bogen um ihn.

Immer wieder muss er an den blutüberströmten Schramm denken, mit schaumigen Blutblasen vor dem Mund und den Kopf in seinen Händen. Schramm hatte ihm keine Antworten mehr geben können und ihn mit vielen Fragen, die bis heute nicht beantwortet wurden, zurückgelassen.

Sie waren zu spät, nur einen Hauch, aber einfach zu spät und konnten die Kollegen, die dem Jagdfieber erlegen waren, nicht mehr stoppen. Letzten Endes führte das zum überflüssigen Tod von Schramm, seinem Kollegen, einem Freund. Die gemeinsamen Gespräche mit Schramm fehlten ihm bereits jetzt, obwohl erst wenige Tage seit der Beerdigung vergangen waren.

Er brachte nicht die Kraft auf, den Vorgang abzuschließen, und so hat Brandtner den Schriftkram alleine erledigt. Ein Wort des Dankes kam bisher nicht über seine Lippen, zu groß war die Angst, dass Brandtner Fragen stellt. Aber niemand stellt Fragen, nicht einmal die Präsidentin, alle schweigen und versuchen ihr tägliches Arbeitspensum zu erledigen.

Die Beerdigung hat ihn Überwindung gekostet, gerne wäre er ihr ferngeblieben, doch das hatte er Claudia Schramm nicht antun können. Sie hat Kraft aus seiner Anwesenheit geschöpft und seinen stützenden Arm über Stunden nicht losgelassen. Nach der Beerdigung fuhren sie alleine zur Ruhr und gingen schweigend am Wasser spazieren, ohne sich um das bettelnde Geschnatter der Enten zu kümmern. Claudia weinte immer wieder leise vor sich hin und Laumann musste sämtliche verbliebene Kraft aufbringen, sie wortlos zu trösten.

Lange hielt er sie schweigend im Arm, als er sie nach Hause brachte.

„Danke", war alles, was sie mit schwacher Stimme hervorbrachte. Sie hauchte ihm einen freundschaftlichen Kuss auf die Wange und verschwand im Haus.

Es war der erste Tag seit langer Zeit, dass er sich sinnlos betrank und seine Frau, die immer wieder krampfhaft und meist vergeblich versuchte, auf seine Gesundheit zu achten, ließ ihn gewähren. Den ganzen Abend hielt er sich mit Alkohol in seinem Arbeitszimmer auf, verschloss die Tür und doch sollte alles nichts nutzen. Die Leere in seinem Herzen konnte nicht gefüllt werden.

Die Binsenweisheit, wonach die Zeit alle Wunden heilt, hängt ihm zum Hals heraus, leere Phrasen, die gedankenlos ausgesprochen werden und keinen Trost spenden.

Leise klopft es an der Tür und Müller schaut vorsichtig in das stinkende Büro.

„Chef, ich hab hier was. Das ist eben angekommen. Ohne Absender. Direkt an dich." Er wedelt mit dem Umschlag in seiner Hand.

Laumann winkt Müller zu sich und nimmt den Umschlag entgegen. Er ist gepolstert und er kann keinen Hinweis auf den Inhalt ertasten. Umständlich sucht Laumann nach einer Schere, seufzt, als er keine findet und reißt den Umschlag einfach auf. Eine CD-Hülle fällt auf seinen Schreibtisch. Fragend blickt er Müller an, der noch in seinem Büro steht und keine Anstalten macht, Laumanns Büro zu verlassen.

„Was?", fragt er ihn.

„Nichts. Ich dachte, es könnte etwas mit Schramm zu tun haben." Müller zieht den Kopf ein und verschwindet.

Laumann dreht die CD in seinen Händen und starrt sie an. Keine Beschriftung. Er wirft sie auf einen Stapel an seinem Schreibtisch und starrt wieder die Wand an. Doch die CD will ihm nicht aus dem Kopf gehen. Wer könnte sie ihm geschickt haben?

Umständlich greift er sich die CD und dreht sich zu seinem Laptop um. Er legt sie hinein und wartet, dass der Rechner die Daten erkennt. Nur eine Datei mit einer Zeitangabe wird angezeigt – und mit einem Doppelklick startet er die Wiedergabe.

Als er die grünlich verwackelte Aufnahme mit Kampmann und Schramm sieht, zuckt er zusammen und bringt sein Gesicht ganz nahe an den Monitor. Das Bild verwackelt einen Moment und weder Schramm noch Kampmann sind zu sehen. Es ist kein Ton zu hören und erst, als die Schüsse zu hören sind, glaubt Laumann, Stimmfragmente zu hören, die jemand zu löschen versucht hat. Das Bild wird wieder ruhiger. Einzig und allein ist Schramm zu sehen, der eine Waffe in der Hand hält und sich vorsichtig umschaut. Schramm dreht sich um und verschwindet aus dem Bild. Das Band ist zu Ende und der Bildschirm wird schwarz.

Laumann reißt das Laptop vom Tisch, das scheppernd zu Boden fällt. Der Monitor zeigt einen tiefen Riss und die Powerleuchte erlischt.

Unbemerkt wird die Bürotür geöffnet und ein Mann steht in seinem Büro.

„Herr Laumann? Rechtsanwalt Berndt."

Laumann schaut verdutzt von seinem Schreibtisch hoch und sieht Rechtsanwalt Berndt, der ihm die Hand entgegenstreckt. Reflexartig greift er nach der Hand und sieht zu, wie sich Rechtsanwalt Berndt an seinen Schreibtisch setzt. Er zieht einen Umschlag aus seinem Aktenkoffer und hält ihn Laumann entgegen.

„Herr Schramm war kurz vor seinem Tod in meinem Büro. Er gab mir den Umschlag mit der Bitte, ihn an Sie auszuhändigen, wenn etwas passieren sollte. Wir wissen, wie die Geschichte zu Ende ging und so komme ich nun dem Willen meines Mandanten nach."

„Dem Willen Ihres Mandanten?"

„Ja. Herr Schramm war mein Mandant."

„Was hat er Ihnen gesagt?"

„Absolut nichts. Nur, dass er der Lösung nahe sei und er mit dem Tod mehrerer Menschen nichts zu tun habe."

Rechtsanwalt Berndt zieht die Augenbrauen hoch, als Laumann verächtlich die Luft ausstößt.

„Er war nicht dazu zu überreden, sich vor einem Treffen mit dem Informanten mit Ihnen zu unterhalten. Er wusste, dass er *alle* Antworten bei diesem Treffen erhalten würde. Ich bin aber sicher, dass einige Antworten bereits in diesem Umschlag sind."

Rechtsanwalt Berndt schließt seine Aktentasche und steht auf.

„Moment, Herr Berndt. Was hat er Ihnen noch gesagt?"

„Wie ich schon sagte, nichts weiter. Er sollte Antworten erhalten. Hat mir nicht einmal gesagt, wohin er geht und mit wem er sich treffen wollte. Aber wir haben vereinbart, dass er sich nach dem Treffen stellen wird und Ihnen seine Ergebnisse schildert. Das haben Ihre Kollegen nun leider verhindert."

Laumann erhebt seine Stimme zum Protest, doch bevor er etwas sagen kann, wird er von Rechtsanwalt Berndt gehindert.

„Ich habe die gleichen Beweismittel im Umschlag. Für alle Fälle, wie Herr Schramm bemerkte. Mehr gibt es im Moment nicht zu sagen."

Rechtsanwalt Berndt sieht das zerstörte Laptop auf dem Boden liegen.

„Ich wünsche Ihnen noch einen schönen Tag!" Grußlos verlässt er Laumanns Büro.

◊

Die Polizeipräsidentin rutscht unruhig auf ihrem Stuhl herum. Dresmer, der Leiter der Kriminalpolizei, spielt mit seiner Kaffeetasse.

Laumann schaut abwechselnd beide an. Sein Gesicht ist gezeichnet von den vergangenen Wochen. Er scheint kleiner geworden zu sein und schleicht meist geduckt über die Flure des Präsidiums.

„Wir haben uns für diese Presseerklärung entschieden", führt die Präsidentin aus, „um den größtmöglichen Schaden vom Ansehen der Polizei fernzuhalten. Der Artikel wurde ..."

„... wurde zu Ihrem Schutz herausgegeben. Damit weder Sie noch die Führungsstelle die Verantwortung für diese Katastrophe übernehmen müssen", vollendet er den Satz.

„Was glaubst du eigentlich, wer du bist?", schreit Dresmer ihn an. „Dein Versagen hat uns in diese Scheiße gebracht! Er war dein Freund und nur du hättest auf ihn einreden können."

Laumann setzt ein angestrengtes Lächeln auf. Er richtet seine Worte wieder an die Präsidentin.

„Sie wussten die ganze Zeit, dass wir immer einen Schritt zu spät waren. Die Kommission kann keine Ergebnisse aus dem Hut zaubern, sie müssen mühselig erarbeitet werden. Und die Kommission hat hervorragende Arbeit geleistet. Jetzt werfen Sie der Kommission nicht vor, sie hätte versagt. Das hat sie nicht und das wissen Sie ganz genau. Fünf Minuten früher, beschissene fünf Minuten, und alles wäre verhindert worden."

Die Präsidentin hustet in ihre Hand.

„Wie dem auch sei. Die Presseverlautbarung wird so veröffentlicht. Novic kam wegen eines Bandenkrieges ums Leben. Schramm ist für die Morde auf dem Feld verantwortlich, als Privatperson. Wir bleiben bei der Geschichte einer Dreiecksbeziehung, die aus dem Ruder gelaufen ist. Kein Tatzusammenhang. Und der Schusswaffengebrauch war gerechtfertigt."

„Ist das wirklich Ihr Ernst?", fragt Laumann entsetzt. „Glauben Sie wirklich, dass Schramm die beiden erschossen hat?"

„Das Video ist eindeutig", wirft Dresmer ein.

Laumann springt auf und sein Stuhl fällt krachend zu Boden.

„Das Video ist ein Fake, ein nichtssagender Haufen Mist und völlig bedeutungslos." Er stützt sich mit beiden Fäusten auf dem Tisch ab.

„Die Spezialisten sagen etwas anderes. Sie können keine Manipulation feststellen, keinen Schnitt, nichts ist retuschiert oder nachträglich eingebaut. Ob Sie wollen oder nicht, Schramm bleibt der Täter. Der Staatsanwalt friert das Verfahren ein."

„Glauben Sie allen Ernstes, dass ich Schramms Ruf in den Dreck ziehen lasse. Für die Politik oder das Ansehen der Polizei? Vielleicht hat er einen Fehler gemacht, okay. Aber er hat einem miesen Arschloch in die Eier getreten und ihm mehr zugesetzt, als wir mit unseren kläglichen Mitteln jemals erreichen werden. Und ich werde mir dieses Arschloch holen, ganz sicher werde ich das."

„Können Sie sich vorstellen, was passiert, wenn die Geschichte ans Licht kommt? Wenn der Öffentlichkeit mitgeteilt wird, dass Polizeibeamte als Erpresser auftauchen oder Mörder? Dieser Vertrauensverlust wird nicht zu reparieren sein, für sehr lange Zeit nicht. Denken Sie nicht an Ihre Kollegen, die als Verbrecher gebrandmarkt werden, wenn Sie einen Verkehrsunfall aufnehmen? In Schulen für den Polizeiberuf werben? Was werden die Jugendlichen fragen? Ob sie eine Haftstrafe abgesessen haben müssen, um eingestellt zu werden?" Die Präsidentin schüttelt den Kopf. „Das will ich mir beim besten Willen nicht vorstellen. Wenn es der Sache dient, stelle ich meinen Job gerne zur Verfügung. Aber es ist keinem damit gedient." Still verstreichen die Sekunden und sie setzt ihre Ansprache fort.

„Die Verfahren sind eingestellt. Sie werden nichts unternehmen, verstehen wir uns? Gar nichts." Die Präsidentin verschränkt ihre Finger ineinander und beugt sich zu Laumann vor. „War diese Ansage eindeutig genug?"

„Was wollen Sie machen? Mir kündigen? Wenige Jahre vor meiner Pension?"

„Nein, Sie bleiben schön hier und arbeiten ganz normal weiter."

„Unter Kontrolle meinen Sie? Sie stellen mich einfach kalt."

Die Präsidentin schaut ihm ganz ruhig in die Augen. „Ich sehe, dass wir uns verstanden haben. Der Fall bleibt geschlossen, wir bekommen aus dem Ausland keine weiteren Ermittlungsansätze und mit den CDs können wir ohne die Mithilfe ausländischer Banken nichts anfangen."

„Weil wir uns jetzt vor einem großen und medienwirksamen Verfahren fürchten, wird die Flut irgendwann über uns hereinbrechen. Vielleicht nicht morgen oder übermorgen. Vielleicht auch nicht nächste Woche oder nächsten Monat. Früher oder später wird uns dieser Anatol Parujew wieder vor die Füße fallen. Und dann werde ich da sein und das Schwein an die Wand nageln."

„Bis dahin interessiert sich kein Mensch mehr für diese Geschichte", gibt Dresmer zu verstehen.

„Doch, ich werde mich für die Geschichte interessieren. Und die Vergangenheit wird uns einholen. Parujew, oder wer immer er sein mag, wird wieder auftauchen, jede Wette!"

Laumann geht zur Tür und greift zur Klinke. Einen Augenblick verharrt er und dreht sich noch einmal zur Präsidentin und zu Dresmer um.

„Ich werde noch eine Wette annehmen. Wenn Parujew auftaucht, wird es kein leiser Auftritt sein. Der wird laut und blutig. Dann werde ich Sie wieder an unser Gespräch erinnern."

Laumann verlässt das Büro und geht zum Eingang des Präsidiums. Oben auf der Treppe bleibt er stehen und schaut in den strahlend blauen Himmel. Leise murmelt er vor sich hin: „Es ist nicht vorbei, ganz und gar nicht."

◊

Städtische Allgemeine Zeitung
In einer dramatischen Pressekonferenz verlas die Polizeipräsidentin, Frau Engel, ein Statement, wonach ein Angehöriger der Kriminalpolizei für die Morde an Laura K. und einem bisher unbekannten Mann verantwortlich sei. Hintergrund sei mit „an Sicherheit grenzender Wahrscheinlichkeit" ein Beziehungsstreit, der letztendlich zu den tödlichen Schüssen führte. Der Tatverdächtige wurde während seiner Flucht wegen der gegenwärtigen Gefahr für Leib oder Leben der eingesetzten Beamten erschossen. Die Polizei und die Staatsanwaltschaft werden alle zur Verfügung stehenden Mittel einsetzen, den Sachverhalt schnellstmöglich aufzuklären. Nachfragen von Journalisten an die Polizeipräsidentin waren nicht zugelassen.

◊

Viel später.

Westdeutscher Reporter
Die Staatsanwaltschaft teilte heute in einer Pressekonferenz mit, dass die Beschuldigten der Schießerei in einem Café bisher nicht identifiziert worden seien. Das Bundeskriminalamt sei eingeschaltet und mithilfe der Video-Aufzeichnungen werde international an der Identifizierung der Tatverdächtigen gearbeitet. Hinweise auf ein Motiv hätten sich keine ergeben, aber eine „Angelegenheit der organisierten Kriminalität oder ein Machtkampf zwischen verfeindeten Organisationen" könne nicht ausgeschlossen werden.

Ein Wort zur Geschichte

Meine Geschichte ist frei erfunden, sie hat ihren Ursprung nicht in einem der von mir als Polizist bearbeiteten Vorgänge.

Lediglich der Beginn von *Tod im Nichts* hat sich in Teilen so zugetragen. Tatsächlich gab es die Bewusstlosigkeit und die Erinnerungslücke, die heute noch besteht, wenn auch nur für einige Tage – und nicht für mehrere Wochen, wie in meinem Krimi.

Ich kann mir nicht vorstellen, welche Qualen meine Frau in diesem Tagen durchlebt hat, und bin froh, sie an meiner Seite zu wissen.

Selbstverständlich sind alle Hauptfiguren frei erfunden. Ähnlichkeiten mit lebenden oder verstorbenen Personen sind rein zufällig.

Danksagung

Ich möchte den folgenden Personen für wertvolle Hinweise, Kommentare und Tipps danken: Thomas Bausen, Jessica Kröger und Dr. Frank Weinreich.

Mein Dank gilt auch Nadine Kranz, die mich immer wieder zur Fertigstellung des Textes angespornt hat.

Nicht zuletzt möchte ich mich bei den Ärzten und Pflegern der Uniklinik Bergmannsheil in Bochum für die gute Betreuung bedanken. Vielleicht wäre dieses Buch ohne sie niemals geschrieben worden.

Die Autoren

Allan Ballmann, geboren 1963 in Wattenscheid, ging nach dem Abitur an der Märkischen Schule zur Polizei und versah zunächst seinen Dienst in der Hundertschaft und im Streifendienst. Nach seinem Hochschulstudium wechselte er 1997 als Kriminalkommissar und Diplomverwaltungswirt zum Landeskriminalamt Düsseldorf. Seit Dezember 1998 bearbeitet der 2008 zum Kriminalhauptkommissar ernannte Ballmann beim Polizeipräsidium Bochum unterschiedliche Betrugsdelikte. Mit *Tod im Nichts* legt er seinen ersten Kriminalroman vor.

Co-Autor **Axel Pütter** ist Erster Polizeihauptkommissar a.D. und war bis Ende Februar 2016 Leiter der Pressestelle des Polizeipräsidiums Bochum. Zusammen mit Frank Schneider hat er 2012 den Band *15 Morde und andere Todesfälle. Wahre Kriminalgeschichten eines Hauptkommissars* veröffentlicht. 1988 wurde Pütter Mitglied, 1994 Leiter einer Mordkommission und 2002 stellvertretender Dienststellenleiter im Fachkommissariat für Tötungsdelikte bei der Polizei Bochum.

abgrundtief !

**Gerhard Starke /
Marie Luise Blanke**
Sie hat einfach nicht aufgehört
Authentische Fälle eines Mordermittlers. 220 Seiten.
ISBN 978-3-89796-260-6
11,90 Euro

In Westerburg wird eine hilfsbereite Witwe mit einem Hammer erschlagen, eine junge Frau in Elkenroth regelrecht abgeschlachtet, in Dierdorf steckt eine Grillgabel in der Stirn der Toten. – Brutale Kapitalverbrechen, die sich im Westerwald, am Mittelrhein und in der Eifel zugetragen haben.
Gesammelt von Kriminalhauptkommissar Gerhard Starke während seiner 33-jährigen Arbeit als Mitglied der Mordkommission Koblenz. Zu spannenden und authentischen Geschichten verarbeitet von Marie Luise Blanke – und immer auch mit dem Blick auf so manches Skurrile an einer Situation, das trotz allen Grauens gelegentlich durchscheint.
Zwanzig Fälle, die auf wahren Begebenheiten basieren, menschliche Abgründe offenbaren und mitreißende Einblicke in den aufwühlenden Arbeitsalltag eines Ermittlers gewähren. Bluttaten, die scheinbar alltäglich daherkommen, die überall und jederzeit geschehen könnten ...